本著作系海南大学"中西部高校提升综合实力工程"之
"海南文化软实力科研创新团队"系列成果之一

重构与转型

《小说月报》（1910～1931）翻译文学研究

石晓岩◎著

社会科学文献出版社
SOCIAL SCIENCES ACADEMIC PRESS (CHINA)

本书获得教育部人文社会科学研究青年基金项目资助

（项目批准号：09YJCZH028）

本书获得海南大学科研启动基金项目资助

（项目批准号：kyqd1020）

摘　要

中国现代文学转型的动力是双重的：一方面源于当时的文化规范和社会环境，以及中国文学发展的内在诉求；另一方面来自翻译文学的刺激和影响，翻译文学在文学革命的浪潮中是创新的主要来源。清末民初，我国的文学翻译活动形成了前所未有的高潮，这种情况一直延续到五四以后。翻译文学与本土文学在相当长时间内的互动，共同造就了与中国古代文学有别的"新文学"。翻译文学首先在文学语言和审美形式上在文学内部给传统文学以冲击。时代背景和社会条件导致了文学观念的改变，使小说、戏剧在文学系统中的位置由边缘向中心移动。外来的影响和自我的需要使西方文学的典范地位在清末民初就得到提升，实现了中西文学局部的沟通交流。五四"科学"与"民主"的历史氛围提供了一个颠覆既有模式的历史契机。在西方范式与民族意识的共同作用下，新文学在语言、文体、理论、翻译、创作、批评各个方面的建构与当时的意识形态契合，赢得了广泛的读者群，培养了新文学的译者与作者，使文学摆脱了粗糙的启蒙工具和娱乐工具的地位，成为社会文化事业的有机组成部分。

本书以《小说月报》（1910~1931）为范本考察文学翻译在近代以来中国文学转型中的意义，是因为就翻译文学的输入而言，《小说月报》是近现代文学史译介数量最大、历时最久、影响深远的文学期刊。《小说月报》不仅拥有高素质的作者群和译者群，更拥有为数众多的高素质的读者群。自1910年创刊以来，《小说月报》主编数次更迭，刊物的面貌和译介的重点也随之变化，几乎每次都成为现代文学史上意味深长的文化事件。尤其是前后期《小说月报》中译作反映的文学观念和翻译策略有巨大的差异。《小说月报》在现代文学转型过程中有重要的文学史地位，亦有时间跨度上的代表性，因此研究《小说月报》的译介情况可以从一个侧面比较完整而生动地反映在中外文学交流中文学观念的演进和新文学发生发展的状况。

对《小说月报》翻译文学的研究，首先面临的是四个重大的问题：为什么要翻译？翻译什么？怎么翻译？翻译的结果如何？本书前两章主要考察前三个问题。以1921年《小说月报》革新为界，整体观照和描述王蕴章、恽铁樵主编的《小说月报》（1910～1920）和沈雁冰、郑振铎等人主编的《小说月报》（1921～1931）的翻译文本、翻译观念、翻译思想、翻译策略等问题，分析中国文学在与域外文学的交流中出现的新质，体察民初文学前进路上面对西方文学的徘徊与犹豫，以及新文学为建构自身而取法西方时的矛盾与两难。本书后三章主要探讨第四个问题——翻译的结果。本书试图将微观层面的个案分析与宏观层面的整体考察相结合。在微观层面，本书从《小说月报》翻译文本、历史事件和编译者观点的分析入手，回顾语体文欧化大讨论产生的时代背景和文学背景，辨析小说、戏剧、新诗等现代文体建构过程中与域外文学的碰撞和交流，考察新文学者引进自然主义、写实主义、新浪漫主义等西方文学理论建设新文学的实践，从宏观层面考察翻译文学怎样参与并深刻影响了现代文学语言的建构、现代文体格局的形成和现代文学理论空间的开创。从新文学发生的角度看，两者并不是分离的，《小说月报》"现代文学第一刊"地位的确立与现代文学对自身形象的想象和建构是同时进行的。

本书应用了比较文学的接受－影响研究方法和平行研究方法，以及译介学的研究方法和多元系统论等相关翻译理论。本书从翻译文学的角度切入，在既有文学范式崩溃与新文学范式确立的框架里，以《小说月报》为个案从细部考察转型的过程，描述和讨论新文学发生过程中某些具有代表性的现象。全书在力图给《小说月报》做一个客观、公正的历史定位和总结的同时，尽可能回到历史现场，总结20世纪初中西文化交流的特点。

序

　　石晓岩女士请我为她的新著《重构与转型——〈小说月报〉(1910~1931) 翻译文学研究》作序，读完书稿，我欣然命笔。

　　中国传统文学，蕴涵着儒、道、佛三家文化的因子；而基督教文化，则是西方文学的文化基因。由于历史和地理的原因，西方文化直到鸦片战争以后，才狂涛怒浪般地涌进中国，掀起了中西文化整合的高潮，萌生了中国现代文化。

　　书籍是文化的重要载体，中国书籍由笔画构成的汉字写成，属于象形文字系统。西方书籍则由字母拼成的句式写就，属于拼音文字系统。那时懂外语的国人凤毛麟角，国人要读西方的书，认识国门外的世界，只有通过翻译这不二途径。中国的翻译事业，沿着自然科学—人文学术—文学艺术的路线发展。与此同时，报刊和出版业的兴盛，使得刚翻译过来的西方著作迅速进入社会，得以传播，产生影响。而且清末民初，随着留学生被大量派遣，翻译队伍中又出现了一支虎虎有声的生力军，翻译水平大为提高。

　　自梁启超倡导"三界革命"（文界革命、诗界革命、小说界革命）以来，文学期刊如雨后春笋般地涌现，有人统计过，1902~1916年所创办的文艺期刊就达57种。其中49种创办于商业发达的上海，两种创办于香港，九省通衢的汉口和全国政治文化中心的北京各新办了一种（这个统计并不完全，有的地方办的文艺期刊未包括在内）。而办刊时间最长、影响最大的期刊，则数《小说月报》(1910~1931)。

　　《小说月报》不但荟萃了中西优秀文学作品，而且还大量刊载和评介西方文学理论、文学思潮。现代文学许多著名作家如鲁迅、周作人、郑振铎、徐志摩、梁实秋等，时常在这块文学园地发表译作和译介外国文学作品与文学思潮的文章；沈雁冰先是在此发表译介外国文学的文章，然后以茅盾的笔名，与巴金、丁玲等一样，在这家刊物上将自己的处女作奉献给大众，从而走上文学创作的道路。

如果说前期《小说月报》为新文学的诞生做好了充裕的铺垫和准备；中期为新文学的萌生与发展起到了促进作用的话，那么在后期则展示了新文学的成熟。毋庸讳言，在当时众多的文学期刊中，《小说月报》对中国新文学的贡献，应该是最大的，难怪日后会成为研究者最关注的对象之一。

研究《小说月报》与中国新文学的关系及其贡献的成果，可谓多矣。石晓岩这本著作的独特之处，就在于并不像其他研究者那样，对此全面进行论述，而是从社会的需要与文化语境的变化出发，选取该刊的翻译文学与中国新文学的关系这个热门话题，以小见大，探讨外国文学如何通过文艺期刊这个媒介促进本土文学创新与发展；本土文学又怎样从文学观念、艺术方法、题材及形式等方面，吸取异域文学的养料，实现自我嬗变与更新。同时，本书又能以小见大，从一个侧面比较完整而生动地反映在中外文学交流中，文学观念的演进和新文学发生、发展的历史进程。

学术研究贵在创新。如果重复别人的论调，没有新的发现，即使作者的文笔再好，也是没有意义的。这本书的价值首先在于，它不囿于在西方文学影响下建立了中国新文学这个在学术界占主流地位的论调，以翻译学理论为参照，考察了清末民初的翻译文学（其实就是西方文学）与本土文学的互动，肯定翻译文学是中国本土文学创新的主要来源，它们共同造就了与中国古代文学有别的新文学。恰如著者所说，在西方范式与民族意识共同作用下而形成的新文学，"在语言、文体、理论、翻译、创作、批评各个方面的建构与当时的意识形态契合，赢得了广泛的读者群，培养了新文学的译者与作者，使文学摆脱了粗糙的启蒙工具和娱乐工具的地位，成为社会文化事业的有机组成部分"。这种看法颇为新颖，又很有说服力。

其次，著者从大处着眼，把《小说月报》的翻译文学放在当时正在嬗变的文化语境中加以审视，同时又从细小处洞幽烛微，注意到该刊不同时期的几位主编王蕴章、恽铁樵、沈雁冰、郑振铎等在文化观念、审美趣味、翻译观念、翻译思想、翻译策略等方面存在差异，导致该刊选择翻译外国文学的文本、所使用的语言形式等大相径庭，因而所刊载的翻译作品译风不同，对处于转型时期中国文学的贡献也不一样。长期以来，学界在对《小说月报》历任主编的评价中，几乎都是贬低王蕴章、恽铁樵的，认

为他们把该刊办成鸳鸯蝴蝶派的阵地之一；认为沈雁冰、郑振铎、叶圣陶
扭转了刊物的办刊方针，使之朝写实主义方向发展。难能可贵的是，著者
从头至尾仔细地查阅了每一期《小说月报》，依据刊物所提供的第一手资
料，也参考了前人有关这方面的论述，既不否认沈雁冰、郑振铎、叶圣陶
等后任主编的成绩，又实事求是地给予王蕴章、恽铁樵主编公正的评价，
还区别了沈雁冰与郑振铎、叶圣陶等主编，在编辑发表外国文学译作时的
不同编风及其对新文学创作的影响。

最后，著者将域外文学的刺激、影响与中国文学现代化的内在诉求结
合起来，以《小说月报》为中心，探讨文学翻译在参与新文学建构过程中
的历史作用，反映出中外文学交流中，文学观念演进和新文学发生发展的
某些方面。值得注意的是，著者不是满足于空泛的议论和抽象的推导，而
是依据《小说月报》所发表的译本、评介文章，以及该刊所组织的几次关
于小说、诗歌、戏剧和文学理论等重大话题的讨论，展现出翻译文学怎样
参与并深刻影响了现代文学语言的建构、现代文体格局的形成、现代文学
理论的开创、现代文学作品思想内容与艺术形式创新的过程，揭示了转型
时期文学发展的某些方面，凸显了《小说月报》中的翻译文学在参与新文
学建构过程中的历史作用，公正地将该刊评定为"现代文学第一刊"。这
种建立在翔实材料上的论断，不但令人信服，而且给人耳目一新之感。

此外，著者在史料的发掘、目录的分类梳理上，下了一番功夫，为后
来的研究者查找这方面的资料，提供了方便，能使他们少走弯路。学术史
告诉我们，古往今来，任何一部优秀的学术著作，不会终结某一方面的学
术探讨；它应能为后来者继续深入的探讨，起到借鉴和引路的作用。《重
构与转型——〈小说月报〉（1910～1931）翻译文学研究》就是这样一部
新见迭出、令人深思并为后来的研究者指路的学术著作。这正是这部颇见
著者功力的学术著作价值之所在。

吴定宇
2013.9.10

目　录

绪　论

一　选题的目的、价值和意义

继六朝隋唐、明末清初两次翻译高潮之后，我国的翻译活动在清末民初形成了第三次高潮。与前两次翻译高潮不同的是：其一，近代翻译活动的主体不再是西域高僧或西方传教士，而是我国的知识分子；其二，随着国人对西方文化认识和理解程度的加深，以及对中华文明的反思，译介西书所涉猎的范围要比前两次广阔和丰富得多。1842 年和 1860 年两次鸦片战争的失利，以及 1895 年中日甲午战争的惨败，使中国沦为半殖民地半封建社会，也从根本上动摇了天朝大国在政治、经济、军事、文化等各方面的盲目自信。此后，社会发展的主题是从"器物层"到"制度层"到"文化层"向西方学习，翻译受到空前的重视。所谓"求西洋之法，以译书为第一义"。首先被大力译介的是自然科学类的西书，而后是社会科学类的西书，19 世纪末以后，域外文学的翻译也逐渐兴盛起来。

若将"中国翻译文学"界定为"中国人在国内或国外用中文翻译的外国文学作品"①，那么近代的文学翻译当开始于 19 世纪 60 年代。最早译成中文的外国文学体裁是诗歌。1864 年，英国使臣威妥玛将美国诗人郎费罗的《人生颂》译成中文，还请担任过户部尚书的董恂润色。董恂将威妥玛的 9 节译诗改译成 9 首七绝（严格地说，这首诗是他们合译的）。不仅如此，董恂还将译诗亲自抄在扇面上，托人送给万里之外的郎费罗本人，留下一段中外文学交流的佳话。接着，王韬和张芝轩于 1871 年合译了法国国歌《马赛革命歌》与德国诗歌《祖国歌》。随后，无名氏在 1872 年将英国

---

① 郭延礼：《中国近代翻译文学概论》，湖北教育出版社，1998，第 15 页。

作家斯威夫特的小说《格列佛游记》中的小人国部分译出 8000 字，更名为《谈瀛小记》在《申报》上发表。自此以后，翻译域外小说逐渐成为一种文化风气。

1899 年林纾翻译的《巴黎茶花女遗事》和 1902 年梁启超主办的《新小说》中译介的政治小说是近代翻译文学高潮到来的表征，此后，文学翻译呈愈演愈烈之势。这一方面是因为戊戌变法失败后知识分子将文学作为启民智、新民德的工具，提高了文学在社会文化体系中的地位；另一方面是林纾文情并茂的翻译和域外文学的曲折情节及逸闻趣事引起了国人的兴趣。当时翻译文学进入中国主要通过图书和期刊两条途径。在《民国时期总书目·外国文学卷》中收录的 1911~1950 年的 4400 余部外国文学论著中，五四之后翻译小说的数量最多不过 1500 种。施蛰存曾分析：1919~1949 这 30 年和 1950~1990 年这 40 年外国文学译本的出版，很可能少于 1890~1919 年这 30（29）年，1890~1919 年应该是"迄今为止介绍外国文学最旺盛的时期"。① 除图书出版外，作为现代社会产物的文艺报刊是翻译文学传播的另一条途径。《新小说》《绣像小说》《月月小说》《小说林》《竞立社小说月报》《中外小说林》《新小说丛》《广东戒烟新小说》《小说时报》《中华小说界》《小说月报》《礼拜六》《小说大观》等期刊都刊载翻译小说，有的刊物上翻译小说还占多数。

对清末民初的翻译文学做以下粗线条的勾勒，我们看到译者们的翻译实践构成了多元的文学翻译图景：梁启超的《新小说》在教化宣传上发现了西方小说，林纾在艺术情调上发现了西方小说，李伯元的《绣像小说》、吴趼人的《月月小说》在国俗民情和趣味性上发现了西方小说，黄人和徐念慈的《小说林》在美的性质上发现了西方小说。从与域外文学交流的角度看，无论是梁启超对中国小说"综其大较，不出诲盗诲淫两端"② 的激烈抨击，或是侠人"吾国小说之价值，真过于西洋万万也"③ 的盲目自大，还是林纾在小说技巧上"以中化西"地求同存异，早期的译者总是不由自主地拘囿于"中/西"优劣比较的框架，较少深入到文学本体层面。而愈到民初，对文学本体的认识功能、教化功能、审美功能、娱乐功能的探讨

---

① 施蛰存：《导言·中国近代文学大系·翻译文学集》，上海书店，1990，第 18 页。
② 任公：《译印政治小说序》，《清议报》第一册（1898 年）。
③ 侠人：《小说丛话》，《新小说》第十三号（1905 年）。

愈多，在国俗民情和"美的方面"① 寻求中西之间的沟通对话比单纯的中西优劣比较进了一大步。

五四以后，在域外文学的推动下，中国文学现代思想意识凸显，传统文体格局发生裂变和重组，小说、戏剧、诗歌、童话、寓言、散文等现代文体格局渐趋成熟。编者注重对理论和文艺思潮的介绍，现代文学批评渐成规模。如果说清末民初译者对翻译文本的选择（包括作家、作品的文类、内容等）鱼龙混杂、良莠并存，那么五四之后的译介则系统而深入，从对域外文学的国别、作者、作品等方面的选择可以看出译者建构新文学的自觉。从译介学的角度来看，考察译者的翻译思想和翻译策略是件有意义的工作，因为目的语（target language）文学并不是源语（source language）文学的简单转换。源语与目的语转换过程中信息的增添、失落、变形等现象背后隐藏的是一系列文化密码，译者的文化心理、审美取向、知识结构等因素以及特定的文化环境都会对翻译文学的面貌产生影响。同时，译语文化中的政治、经济、文学观念等因素会直接影响编者的翻译策略——对域外文学的选择、阐释和接受。从译者对英、法、美、德等西方发达国家作家作品的选择、对东邻日本和西邻俄国的复杂态度，对北欧、东欧、亚非拉美等弱小民族文学由忽视到重视的态度转变，我们可以看出编者翻译策略后面的时代、社会、文学内部的深层动因。

从清末民初到五四前后的几十年里，作为现代社会产物的报刊一直是翻译文学的主要传播媒介。较之图书出版，报刊以其及时、迅捷、丰富、有效等特点在传播效果上更胜一筹。在翻译文本的选择和质量上报刊翻译也许不如图书出版那样精益求精，但是在文学史意义上报刊翻译要比图书出版更为重要，它反映的是动态的活生生的文学交流史。篇幅小、出版周期短、发行时间长的优势使报刊能更完整和更丰富地呈现不同时期翻译文学的趋势和重点，尤其是那些历史悠久、由名家执掌的文学期刊上的翻译文学，往往体现出前辈们对现代文学自我建构的多元想象。正是基于这种考虑，本书选取《小说月报》的翻译文学进行个案分析。就翻译文学的输入和影响而言，《小说月报》是近现代文学史上译介数量最大、寿命最长、影响深远的文学期刊。22 年里，《小说月报》不仅拥有高素质的作者群和

---

① 摩西：《〈小说林〉发刊词》，《小说林》第一号（1907 年）。

译者群，而且读者群庞大。若不是 1932 年商务印书馆在"一·二八"战火中毁于一旦，它的寿命会更长，影响会更大。自 1910 年创刊以来，《小说月报》主编数次更迭，刊物的面貌也随之变化，几乎每次都成为现代文学史上意味深长的文化事件。《小说月报》1921 年革新后，编辑方针、栏目设置、著译情况、文学观念及语言形式等转变明显，但对域外文学的翻译和评介热情却与前期《小说月报》保持一致，对世界文学的关注和借鉴以及对本土文学的反思和建构的追求始终不变。全部 22 卷 262 期的《小说月报》中共有 2000 余种译作（其中包括近 1500 种翻译文学作品），约占期刊文章总数的 1/2（《小说月报》翻译文本目录详见附录二，按卷数、作品名、作者、国别、译者分类一一标注）。前 11 卷中大约有 500 篇翻译文学作品（其中包括 470 篇翻译小说、新剧和新诗），但此时直译、意译、译述不分，这个数字只是大概的统计。革新后的《小说月报》，除随译作同时刊出的大量外国名画、世界各国作家肖像以及海外文坛消息外，共有翻译文学作品 1000 余篇（其中包括 919 篇翻译诗歌、戏剧、小说、散文、童话、寓言），占革新后 11 卷《小说月报》的一半左右。前 11 卷翻译文本主要集中在长篇和短篇小说，以及游记等纪实文学上。"瀛谈""译丛"等栏目主要是对域外政治、军事、文化、科技、风土人情等知识的介绍。后 11 卷翻译文本则明确体现出新文学建设的主体意识，设置了评论、文学史、作家介绍、小说、戏剧、诗歌等栏目，对域外文学进行有的放矢地译介。前后期《小说月报》中译作反映的文学观念和翻译策略差别很大，但译作在篇幅上所占比例变化却很小，这充分说明了翻译文学在中国文学现代转型中的重要地位。鉴于《小说月报》在清末民初文学向五四新文学转型过程中的文学史地位和时间跨度上的代表性，研究《小说月报》的译介情况可以较完整而生动地反映文学观念演进和新文学发生发展的进程。

本书的理论价值和创新点主要体现在五个方面。

其一，期刊研究与译介学研究的结合。本书试图将两种研究方法结合起来考察翻译文学与文学转型的关系。当下的期刊研究多从文学生产与文学消费、编辑与出版、市场与体制、社团流派与个人等角度，透视分析体现于报刊编辑、出版和报刊文本内部的诸问题，翻译文学很少独立成为报刊研究的考察对象。译介学研究则更注重考察不同民族语言转换过程中所表现出来的文学与文化交流、译介过程中不同文化之间的交融、排斥以及由于误读产生的扭曲与变异等文学现象，而较少在文学史整体框架内考察。本书一方面将《小说月报》的翻译文学作为文学研究的"资料库"讨论新文学的发生，重视它的期刊属性，从编辑、发行、期刊文本内部考察《小说月报》的译介特点。另一方面力求将翻译中的文学现象与中国文学现代化进程联系起来，注重翻译文学在参与新文学建构中发挥的作用，在文学史的整体框架中进行研究。

其二，域外文学的刺激和影响与中国文学现代化内在诉求的结合。现有的域外文学研究思路大多停留在域外文学作品、思潮、流派比较的层面上，而外国文学研究又往往将翻译文学与外国文学等同，将文学翻译看作不同语言之间的转换，忽视了翻译实践在参与新文学建构过程中的历史作用。本书试图突破这种两极式的目的语/源语、翻译文学/外国文学的等同化处理方式，关注译者民族意识对译本选择和接受的影响，关注翻译文学进入中国的具体途径和方式。当我们审视20世纪上半叶的中国文学，域外文学的大量翻译是客观事实，域外文学对文学转型产生的影响也毋庸置疑，但接受和影响的途径则因较复杂的因素而显得模糊，本书试图以《小说月报》为中心，从比较文学和译介学的视角整理和描述域外文学进入中国的方式与途径，以及域外文学向翻译文学转换过程中编者、译者对意识形态和文化思想的操纵。

其三，力求以一种多元的、流动的文学史观深入考察新文学的发生问题，辨析新文学发生的多源流状态。从具体层面看，研究翻译文本有助于我们把握《小说月报》生存的历史情境，看22卷《小说月报》怎样参与建构并从一个侧面见证中国文学的现代化进程。从广泛意义上看，以《小说月报》为中心，窥斑见豹，分析翻译观念和文学观念变化和发展的深层原因，梳理翻译文本与中国现代文学语言、文体格局、批评模式之间的关系等重大问题，可接近中国现代文学格局的生成现场。由于《小说月报》的特殊地位，中国新文学"发生"的一些历史问题可在研究中得到进一步解决。

其四，以《小说月报》为个案考察翻译文学与中国新文学的发生，更可以突破当下翻译文学研究的模式——在新的视野与理论观照之下，尝试建立新的研究方法与研究框架，梳理期刊研究和翻译研究这两个新兴研究领域的内在联系，为中国现代文学研究提供富有建设性的材料。

其五，对近现代文学期刊研究的促进。本书从翻译文学的角度切入扫描《小说月报》，期望通过对《小说月报》的发展历史特别是翻译文学的历史进行全面、客观的梳理，对《小说月报》史料的收集和报史研究起到促进和推动作用，并有利于以当代立场对《小说月报》进行尽可能客观的历史定位。

二　文献综述

20世纪80年代，对于《小说月报》的专门研究很少，研究重点多集中在对革新后的《小说月报》所体现的沈雁冰文艺思想、郑振铎文艺思想的阐释和对文学研究会代用期刊的价值评判上，偶尔提及革新前的《小说月报》，也将其视为"鸳鸯蝴蝶派"刊物①。20世纪90年代末以来，在期刊研究的热潮中，对一代名刊《小说月报》的研究得到学界的热切关注，对《小说月报》的考察也比较深入和全面，产生了一批重要的研究成果。这些论文主要聚焦于几个方面：一是对《小说月报》的创作或批评进行宏观的考察；二是研究《小说月报》与鸳鸯蝴蝶派、文学研究会等文学流派的互动共生关系；三是将文学思潮、时代背景、编辑方针、栏目设置结合起来研究《小说月报》的现代文学观念；四是从期刊研究的角度切入，讨论《小说月报》对现代文学生产与传播、编辑与出版、社团与个人关系研究的启示意义。这些研究成果所讨论的问题为我们了解《小说月报》的全貌勾勒了大致的图景。2004年以后，柳珊、董丽敏、谢晓霞三位青年学者陆续推出三部论述角度不同但富含创新性的专著，将《小说月报》的研究进一步推向深入。

殷克勤的《简论〈小说月报〉在中国现代文学史上的地位和作用》②系列文章对《小说月报》发刊、发行情况，办刊人员及宗旨，刊物内容及特色，主要作家创作情况等进行全景式扫描，论述其沿革变迁情况并论证其在现代文学史上的重要地位和作用。杨庆东③运用叙事学理论考察革新前的《小说月报》，分析中国小说叙事范式的现代性嬗变，从文言/白

---

① 张伯海：《能说〈小说月报〉是鸳鸯蝴蝶派吗?》，《新闻战线》1980年第5期。
② 殷克勤：《简论〈小说月报〉在中国现代文学史上的地位和作用》，《扬州师范学院学报》（人文社会科学版）1993年第3期。
③ 杨庆东：《略论中国小说叙事范式在〈小说月报〉中的现代性转换》，《山东教育学院学报》2004年第1期。

话在小说文本建构中的流变入手探讨 20 世纪初小说文体的现代性转化。邱培成①在考察革新前《小说月报》中反映的清末民初小说观念转变后提出了长短篇分流的观点。谢晓霞的《过渡时期的杂志：1910 年 ~ 1920 年的〈小说月报〉》②为前期《小说月报》正名，认为前期《小说月报》是蕴涵着传统向现代过渡因素的过渡性杂志。这个观点的提出意味着我们在对《小说月报》进行价值评判时已不是简单地将《小说月报》腰斩两段，抑前扬后，而是力图还原文学现场，凸显前期《小说月报》存在的价值及其紧跟时代步伐的进步性。这些论文对前、后期《小说月报》的内容和特点进行了归纳和梳理，使我们对《小说月报》这个近现代文学史上赫赫有名的文学期刊有了宏观的认识和把握。

倪平的《〈小说月报〉与文学研究会》③提出革新后的《小说月报》虽与文学研究会关系密切，但其编辑出版一直受到商务印书馆的制约，只能算作文学研究会的代用刊。而王淑贵的《〈小说月报〉与文学研究会》④则总结了《小说月报》在新文学运动中的重要地位和深远影响。柳珊《1910 ~ 1920 年的〈小说月报〉是"鸳鸯蝴蝶派"的刊物吗?》⑤从 1910 ~ 1920 年《小说月报》的两位主编王蕴章和恽铁樵的编辑理念、栏目设置以及此时期《小说月报》的读者群说明《小说月报》的编辑思想和价值取向与新文学刊物同出一辙，否定了过去将这一时期《小说月报》作为鸳鸯蝴蝶派刊物的结论。文学期刊在现代文学史中扮演着举足轻重的角色，几乎每个文学流派和文人集团都着力于主办同人刊物来发表主张、产生影响。《小说月报》作为商务印书馆旗下的文学杂志，虽不是严格意义上的同人刊物，却先后与民初的鸳鸯蝴蝶派和五四后的文学研究会过从甚密。这些论文从流派与期刊的关系角度讨论《小说月报》的刊物性质，为我们了解当时的文学环境和文化症候提供了可资参考的材料。

---

① 邱培成：《从前期〈小说月报〉看清末民初小说观念的演变》，《江淮论坛》2003 年第 6 期。
② 谢晓霞：《过渡时期的杂志：1910 年 ~ 1920 年的〈小说月报〉》，《宁夏大学学报》（人文社会科学版）2002 年第 4 期。
③ 倪平：《〈小说月报〉与文学研究会》，《上海师范大学学报》（哲学社会科学版）1985 年第 3 期。
④ 王淑贵：《〈小说月报〉与文学研究会》，《津图学刊》2001 年第 4 期。
⑤ 柳珊：《1910 ~ 1920 年的〈小说月报〉是"鸳鸯蝴蝶派"的刊物吗?》，《中国现代文学研究丛刊》2000 年第 3 期。

　　对《小说月报》编辑理念的论述历来备受关注，研究的焦点集中在王蕴章、恽铁樵、沈雁冰、郑振铎、叶圣陶等人身上。范伯群先生的《从鲁迅的弃医从文谈到恽铁樵的弃文从医——恽铁樵论》为恽铁樵正名，指出恽铁樵是编、译、著皆能的全才，是大力扶持青年作者的"慧眼伯乐"，开辟了前期《小说月报》这一"纯正的文学公共园地"①。徐枫的《略论茅盾在"五四"前后的编辑思想和实践》②及陈桂良的《从〈小说月报〉的改革看茅盾的读者意识》③《茅盾与〈小说月报〉》④，从启蒙主张、读者意识、注重舆论导向、扶持文学新人等角度肯定了茅盾的功绩。商金林的《"荒歉"年代的丰碑——叶圣陶主编〈小说月报〉述评》⑤论述了1927年后叶圣陶主编《小说月报》在"写这个不寻常的时代的生活"，培养和提拔文艺新人以及壮大文坛上的贡献。近年来，董丽敏的《想象现代性——重识沈雁冰与〈小说月报〉的关系》⑥《现代性的异响——重识郑振铎与〈小说月报〉的关系》⑦《〈小说月报〉1923：被遮蔽的另一种现代性建构——重识沈雁冰被郑振铎取代事件》⑧等文章以1923年《小说月报》主编更替之事为切入点，探讨沈雁冰以对"被压迫被损害民族文学"与"通信"这两个栏目的重视企图落实现代性理想，但这种编辑行为终因曲高和寡导致读者群流失，造成沈雁冰的去职。而接替沈雁冰的郑振铎，在文学自身的现代性追求和文学对于现代国家建构的功利性影响之间找到了一种折中，他对"整理国故"与"诺贝尔文学奖介绍"的重视，表达了一种更含蓄和隐晦的现代性追求。这对于停留在期刊编辑的现象描述以及相关背景的常识

① 范伯群：《从鲁迅的弃医从文谈到恽铁樵的弃文从医——恽铁樵论》，《复旦学报》（社会科学版）2005年第1期。

② 徐枫：《略论茅盾在"五四"前后的编辑思想和实践》，《杭州师范学院学报》1993年第5期。

③ 陈桂良：《从〈小说月报〉的改革看茅盾的读者意识》，《常州工学院学报》2004年第1期。

④ 陈桂良：《茅盾与〈小说月报〉》，《编辑学刊》2004年第3期。

⑤ 商金林：《"荒歉"年代的丰碑——叶圣陶主编〈小说月报〉述评》，《北京大学学报》（哲学社会科学版）1993年第4期。

⑥ 董丽敏：《想象现代性——重识沈雁冰与〈小说月报〉的关系》，《学术季刊》2002年第2期。

⑦ 董丽敏：《现代性的异响——重识郑振铎与〈小说月报〉的关系》，《南京师范大学文学院学报》2002年第1期。

⑧ 董丽敏：《〈小说月报〉1923：被遮蔽的另一种现代性建构——重识沈雁冰被郑振铎取代事件》，《当代作家评论》2002年第6期。

性介绍的《小说月报》研究而言是一种可喜的突破。

对《小说月报》的文体演变和栏目设置的关注也是研究的侧重点之一。丁晓原的《诗意的私语:〈小说月报〉散文的话语类型》①,重点论述了《小说月报》散文的话语类型,肯定了《小说月报》对重真实、重个性和作家主体性的现代美文的先导意义。丁文的《新文学读者眼中的〈小说月报〉革新》② 通过十二至十四卷"通信"栏目里编者与读者的对话,读出读者与编者之间"我们"与"先生"的关系,读者的期待视野成为《小说月报》办刊必须考虑的背景。曹小娟的《浅析〈小说月报〉的读者批评专栏》③ 从读者批评栏目的设置与取消情况分析其所反映的编辑理念,不失为研究《小说月报》的一种途径。

从文学与传媒的互动角度,李辉在《在商业和文化之间——论 20 年代〈小说月报〉的改革》④ 一文中指出作为民间出版机构刊物的《小说月报》不可避免地具有商业追求。谢晓霞的《商业与文化的同构:〈小说月报〉创刊的前前后后》⑤ 认为文化人和生意人的双重身份决定了商务印书馆在出版策略选择上的双重立场,既照顾到企业的利润追求,又尽量不失自己的文化身份和文化品位。刊物对于商务印书馆来说主要起到文化身份塑造、广告和商业利润追求的三重功能。董丽敏的《〈小说月报〉:革新、断裂还是拼合——重识商务印书馆和〈小说月报〉的关系》⑥ 同样从商业的角度重新思考了《小说月报》与商务印书馆的关系。文章指出:《小说月报》的全面革新尽管有来自新文化阵营的压力,但来自商务印书馆方面的商业改良需要是导致《小说月报》改革的更为关键的因素。这与其说是一次断裂的"文学革命",还不如说是一场带有商务印书馆特色的商业拼合。从文学的生产和消费体制研究《小说月报》,是期刊研究的重点之一,在文学社会学的领域内开辟了《小说月报》的研究空间。

---

① 丁晓原:《诗意的私语:〈小说月报〉散文的话语类型》,《中国现代文学研究丛刊》2002 年第 4 期。
② 丁文:《新文学读者眼中的〈小说月报〉革新》,《云梦学刊》2006 年第 3 期。
③ 曹小娟:《浅析〈小说月报〉的读者批评专栏》,《海南师范学院学报》2006 年第 1 期。
④ 李辉:《在商业和文化之间——论 20 年代〈小说月报〉的改革》,《河南大学学报》(社会科学版)2005 年第 3 期。
⑤ 谢晓霞:《商业与文化的同构:〈小说月报〉创刊的前前后后》,《中国现代文学研究丛刊》2002 年第 4 期。
⑥ 董丽敏:《〈小说月报〉:革新、断裂还是拼合——重识商务印书馆和〈小说月报〉的关系》,《社会科学》2003 年第 10 期。

以上论文或多或少涉及了《小说月报》的文学翻译实践，但没有把翻译文学作为独立的文学研究对象进行考察。期刊研究侧重于讨论编辑、出版、发行以及文学生产与消费等方面的问题，外国文学研究又倾向于将《小说月报》翻译文学作为"资料库"来考察域外作家作品的译介情况，没有认识到《小说月报》翻译文学作为一个整体的独立研究价值。最近几年，《小说月报》翻译文学引起了学者的关注。董丽敏的《翻译现代性：剔除强化与妥协》① 《翻译现代性：在悬置与聚焦之间》② 系列论文从《小说月报》对西方强国英、法文学的译介和被损害民族俄国等文学译介的选择入手，论证经翻译而来的文学的现代性追求，是不同的文化和语境的差异与冲突间的跨文化选择，也是消弭了文学性/社会性不同指向之后呈现的自省感、责任感与使命感交混的现代知识分子的人生实践。谢晓霞的《"林译"与〈小说月报〉》③ 从译者与期刊相互影响的角度出发，指出大量林译小说的刊登，不但影响到《小说月报》的风格，而且还影响到其中的创作。刘翠的《20 世纪 20 年代〈小说月报〉与日本自然主义》④ 则从文艺思潮的引进与误读角度考察《小说月报》，文章以沈雁冰主持的《小说月报》为中心，对 20 世纪 20 年代日本自然主义的传入及变异进行研究，比较中日文化的异同，对自然主义在中日的截然不同的命运进行深入探讨。此外，探讨五四时期翻译文学的论文也为《小说月报》翻译文学的研究提供了背景参照。秦弓在《"五四"时期翻译文学的价值体认及其效应》⑤ 中认为五四时期较之近代对翻译文学价值的认识趋于全面。翻译文学是思想启蒙的载体、精神沟通的桥梁、救治传统文学观念弊病的良药、新文学建设的范型和别致的审美对象。翻译文学极大地拓展了中国文学的表现空间和艺术天地，促成了白话文学语体的成熟，培养了作家，也哺育了读者，在多种层面上参与了中国现代历史进程。《"五四"时期的儿童文学翻译》⑥ 援引《小说月报》等期刊上诸多

---

① 董丽敏：《翻译现代性：剔除强化与妥协》，《学术月刊》2006 年第 6 期。
② 董丽敏：《翻译现代性：在悬置与聚焦之间》，《文艺争鸣》2006 年第 3 期。
③ 谢晓霞：《"林译"与〈小说月报〉》，《广西社会科学》2003 年第 8 期。
④ 刘翠：《20 世纪 20 年代〈小说月报〉与日本自然主义》，《唐都学刊》2006 年第 2 期。
⑤ 秦弓：《"五四"时期翻译文学的价值体认及其效应》，《天津社会科学》2005 年第 4 期。
⑥ 秦弓：《"五四"时期的儿童文学翻译》（上），《徐州师范大学学报》（哲学社会科学版）2004 年第 5 期；《"五四"时期的儿童文学翻译》（下），《徐州师范大学学报》（哲学社会科学版）2004 年第 6 期。

例子说明现代意义上的中国儿童文学的萌生、成长与外国儿童文学翻译的密切关系。李红叶从文体的角度考察童话的发生，在《赵景深的安徒生童话翻译与研究》① 和《周作人与安徒生》② 等文章中以《小说月报》《文学周报》等期刊及专著上的童话译作为研究对象，梳理赵景深和周作人的童话翻译和研究，指出"实用主义"既是中国接受安徒生童话的基点，也是中国阐释安徒生童话的基本模式。

就著作而言，陈玉刚的《中国翻译文学史稿》③，谢天振、查明建主编的《中国现代翻译文学史》④，孟昭毅、李载道主编的《中国翻译文学史》⑤ 都是从文学研究会的翻译活动角度提及《小说月报》的翻译，重点分析《小说月报》译介"被损害民族文学"的意义。2004 年以后，三位青年学者出版了《小说月报》的研究专著，分别是柳珊的《在历史缝隙间挣扎——1910～1920 年间的〈小说月报〉研究》⑥，董丽敏的《想象现代性——革新时期的〈小说月报〉研究》⑦ 和谢晓霞的《〈小说月报〉1910～1920：商业、文化与未完成的现代性》⑧。这些专著的部分章节已经以论文的形式发表，这从上面的梳理中可以看到。三本专著或多或少地涉及《小说月报》的翻译，但论述角度有所不同，柳著以孙毓修撰写的"欧美小说丛谈"为个案分析民初小说翻译意识的转变，董著从翻译文本选择的角度把握《小说月报》在文学自身现代性追求和建构现代国家的功利性追求之间徘徊的矛盾与困惑，谢著则以前期《小说月报》翻译文学所达到的程度论证文学革命的不可避免和势不可挡。这些研究成果一方面表明《小说月报》的综合研究已达到一定水平，对期刊研究及现代文学研究起到积极的推动作用，另一方面也为我们反思研究现状寻求突破提供了契机，在中国文学现代转型视野中考察《小说月报》的翻译文学，依然有相当大的研究空间。

---

① 李红叶：《赵景深的安徒生童话翻译与研究》，《衡阳师范学院学报》2005 年第 4 期。
② 李红叶：《周作人与安徒生》，《求索》2005 年第 1 期。
③ 陈玉刚：《中国翻译文学史稿》，中国对外翻译出版公司，1989。
④ 谢天振、查明建主编《中国现代翻译文学史》，上海外语教育出版社，2004。
⑤ 孟昭毅、李载道主编《中国翻译文学史》，北京大学出版社，2005。
⑥ 柳珊：《在历史缝隙间挣扎——1910～1920 年间的〈小说月报〉研究》，百花洲文艺出版社，2004。
⑦ 董丽敏：《想象现代性——革新时期的〈小说月报〉研究》，广西师范大学出版社，2006。
⑧ 谢晓霞：《〈小说月报〉1910～1920：商业、文化与未完成的现代性》，上海三联书店，2006。

从翻译文学研究整体状况来看，不同学科切入点各异。比较文学研究重视"作家（包括原作家、翻译家）、作品和事件"，如陈玉刚的《中国文学翻译史稿》等；译介学研究关注"翻译文学在中国文化语境中的传播、接受、影响、研究等问题"，认为"翻译总是一种创造性的叛逆"，如谢天振的《译介学导论》，谢天振、查明建主编的《中国现代翻译文学史》等；外国文学研究重视细致的外国作家作品分析，但较少论及翻译对现代文学转型的意义和作用。近年来翻译文学在现代文学研究领域受到重视。陈平原在《中国现代小说的起点——清末民初小说研究》中对域外小说刺激与启迪的思考，陈思和在《中国文学中的世界性因素》中对"世界性因素"的阐释和探讨，都对中外文学交流背景下的现代文学转型的现实情形进行扫描，在文学史的视野中贯穿"现代转型"的理论思考。这些研究视角和方法对以《小说月报》翻译文学为中心考察中国现代文学转型提供了有益的借鉴。

三　研究内容与研究思路

《小说月报》（1910~1931）是中国文学现代化转型的生动个案。作为近现代期刊史上最重要的、寿命最长的文学期刊，《小说月报》生动地反映了晚清以来新文学建设的探索、追求、彷徨和选择，见证了在波谲云诡的20世纪初二三十年里中国文学发展的艰辛历程。不少著名的新文学作家如鲁迅、周作人、茅盾、郑振铎、叶圣陶、冰心、朱自清、老舍、巴金、丁玲、沈从文、俞平伯、废名、施蛰存等人的文学活动都与之紧密相连。如果说《新青年》是现代思想第一刊，那么革新后的《小说月报》是当之无愧的现代文学第一刊。正如五四新文学运动的文学史意义要远远超过其创作实绩一样，《小说月报》的文学史意义要大于文学意义。几乎对于任何有关新文学发生的研究来说，《小说月报》都是无法绕开的存在。

对《小说月报》翻译文学的研究，首先面临的是四个重大的问题：为什么要翻译？翻译什么？怎么翻译？翻译的结果如何？谈到《小说月报》的翻译文本，以往的论述更多地集中于1921年之后的翻译，以此凸显五四融入世界文学的姿态，但如果我们想要深入探讨这四个问题，就必须追溯到1910年的《小说月报》——甚至要追溯到商务印书馆创办的第一个文学期刊《绣像小说》的那个时期。那时，中国人刚刚"开眼看世界"，这四个问题就不仅存在，而且不单指向文学，更涉及思想的层面。孔慧怡说："翻译所造成的长远文化影响并不取决于原著或译作本身，而是取决于当时的文化环境会把外来知识引上什么道路。"① 翻译动机的不同决定了翻译内容和策略的不同。民初以降，随着启蒙主义思潮的退潮，梁启超"导化群氓"式的启蒙译介动机逐渐减弱。1910～1912 年王蕴章任主编期间，大多是怀着猎奇和消遣的心理译介域外文本。1912 年恽铁樵接任主编之后，译介域外文学一方面仍是为了了解异域风情，鉴其政教得失，另一方面也开始注意西方文学观念以及叙事技巧等方面的独特之处。1921 年《小说月报》革新以后，沈雁冰、郑振铎等新文学者明确地提出学习西方典范以建构中国现代文学的翻译动机，对翻译文本的选择很大程度上取决于新文学者对现代文学自身形象的想象与塑造，以及建设现代民族国家的社会文化事业的需求。

以色列学者埃文－佐哈尔提出：当翻译文学"处于中心时，往往参与创造一级模式，不惜打破本国的传统规范；处于边缘时，则常常套用本国文学中现成的二级模式。前者的翻译策略，着重译文的'充分性'，后者则着重'可接受性'"②。前期《小说月报》怀着"以中化西"的文化心态，翻译方法以意译、译述为主。革新后的《小说月报》则表现出"以西化中"的勇气，翻译方法强调直译，甚至"硬译"。不同的翻译方法，反映的是不同文化环境以及由文化环境决定的翻译观念，方法与观念本身没有对错之分，它们是特定文化环境中政治意识形态、文学观念、经济等因素共同影响的结果。《小说月报》以客观的翻译文本为我们呈现了彼时的历史现场，但是却不是我们进入历史的真实起点，我们要考虑到当时文化语境中种种错综复杂的关系，以及种种影响译本选择和翻译的相关因素，才能为《小说月报》做尽可能客观的历史定位，凸显其文学史意义。我们所要做的工作是，将《小说月报》的翻译文本、翻译概念都"作为一个既成事实加以接受，在此基础上展开其对影响、接受、传播等文学关系、文化交流等问题的考察和分析"③。说到底，这是一个等待我们以当代立场去

① 孔慧怡：《总序》，王宏志编《翻译与创作——中国近代翻译小说论》，北京大学出版社，2000，第 4 页。

② 〔以色列〕伊塔马·埃文－佐哈尔：《多元系统论》，张南峰译，《中国翻译》2002 年第 4 期。这里的"一级"（primary）是指经典文本组成的形式库，"二级"（secondary）是指非经典化的形式库。"充分性"（adequacy）是指遵守源语及其文化的规范，"可接受性"（acceptability）是指遵守目的语文化的规范。

③ 谢天振：《译介学导论》，北京大学出版社，2007，第 9 页。

描述和阐释的跨文化交流中的文化现象和文学现象。

本书第一章、第二章论述的重点是上述前三个问题——翻译动机、翻译内容和翻译策略。以 1921 年《小说月报》革新为界，整体观照和描述《小说月报》（1910～1920）和《小说月报》（1921～1931）的翻译文本、翻译观念、翻译思想、翻译策略等问题，分析中国文学在与域外文学的交流中出现的新质，体察民初文学前进路上面对西方文学的徘徊与犹豫，和新文学为建构自身而取法西方时的矛盾与两难。

第三章、第四章、第五章分别从不同的角度探讨第四个问题——翻译效果。从宏观层面来看，旨在考察翻译文学怎样参与并深刻影响了现代文学语言的建构、现代文体格局的形成和现代文学理论空间的开创。从微观层面来看，本书从《小说月报》的具体翻译文本、历史事件和编者译者的观点表述入手，回顾语体文欧化大讨论产生的时代背景和文学背景，讨论小说、戏剧、新诗等现代文体对自我形象的追寻和定位过程中与域外文学观念的对话和交流，以及新文学者以《小说月报》为根据地引进自然主义、写实主义、新浪漫主义等西方文学理论及批评模式以建立新文学历史合法性的努力。

本书对《小说月报》翻译观念、文学观念变迁的论述集中在 1910～1925 年，以凸显其在新文学从发生到确立的转型进程和历史意义，而将 1925 年以后的翻译观念和文学观念作为次一级的考察对象。因为新文学的语言、文体、理论、批评等各方面在五四文学这里已经基本成形，1925 年后的文学进入了新文学发展的第二个阶段——1925 年"五卅"运动爆发后，救亡代替启蒙成为时代的主题，文学主潮随着社会的变革日益政治化，五四文学的大潮逐渐退去，代之以无产阶级革命文学的兴起。通过对《小说月报》翻译文学以及相关历史资料的整理和分析，本书倾向于将 1898～1925 年的文学转型视为一个复杂的过程而不是简单的"进化"，因为很多文学现象并非清末民初专享，亦非五四独有，两者呈现立体交叉的浑融状态。清末民初的翻译和创作在题材选择、人物塑造、情节模式、语言运用、叙事技巧、出版方式等方面都出现了"现代性"的萌芽，而五四的翻译和创作则突破了感性的认识，开始进行自觉的理论探讨和对现代文学的建构，并成为社会文化结构的有机组成部分。如果对此进行简化的描述，就是说，1898 年以前，中国古代文学的文学思想、文学观念、文学语言、文体格局等并未发生实质性变化，1925 年前后呈现的文学图景已经比较清晰地具有新文学的面貌，其中五四是一个十分重要的转折点，赋予新文学远远超出纯文学层面的思想内涵和社会能量，使五四文学与清末民初文学分属于不同的天地。本书试图把研究视线落在两者之间的错综复杂、犬牙交错般的转型过程，并重视五四作为转折点的重大意义。这一时期是中国翻译史（尤其是文学翻译）上的黄金时期，域外文学在中国现代文学的转型与建构中扮演了至关重要的角色。前、后期《小说月报》到民初、五四及其以后等各个时间段，译介重点以及由此体现的翻译观念和文学观念又有本质的差异。本书试图以文学史的眼光梳理原始材料，以加深我们对那个时代文学生成现场的认识，加深对现代文学发生和形成的理解。

　　中国现代文学的发生与确立一直是现代文学界关注的焦点，在过去的很长时间内学者们都赋予1917～1919年的"新文化运动"及"文学革命"极其重要的文学史地位，强调古代文学与现代文学之间的断裂。王德威大胆提出"没有晚清，何来五四"的观点，强调晚清"被压抑的现代性"，质疑五四的崇高地位。[①] 王富仁则从独立知识分子的形成和白话文运动两个角度立论极力捍卫五四作为现代文学史起点的重要意义。[②] 两位先生论述角度不同，但都似乎隐含着一个前提："晚清"和"五四"只能一个"在朝"一个"在野"，作为起点的正统地位只有一个。这延续了五四以来的"定于一尊"的叙述模式。五四新文学者为突出现代文学的"革命"性质，保证现代文学有一个全新而光辉的起点，以决然的姿态对蕴涵着启蒙和审美现代性萌芽的清末民初文学展开凌厉的批判与攻击，将原本蕴涵着多种可能性的充满张力的文学实践简化为新/旧、先进/落后的角逐，人为地清晰化但也简化了古代文学向现代文学演变的轨迹。我们经常见到的现代文学史叙述是，1921年《小说月报》的革新是中国现代文学兴起的标志，革新前的《小说月报》是带有"鸳鸯蝴蝶"倾向的刊物，革新后的《小说月报》是文学研究会代用刊物。这种武断的划分极大地"提纯"了人们对《小说月报》的理解，革新前的《小说月报》似乎成为革新后的《小说月报》辉煌成就的一种衬托，淹没在革新后的《小说月报》的光环

---

① 王德威：《想象中国的方法：历史·小说·叙事》，生活·读书·新知三联书店，1998，第3～16页。

② 王富仁：《当前中国现代文学研究中的若干问题》，《中国现代文学研究丛刊》1996年第2期。

里，落后/进步、旧文学/新文学的二元区分无形中等于在研究尚未开展时就已得出预设的结论。人们常常看到革新后的《小说月报》偏重于译介外国文学，谈论它在普及外国文学知识、开阔新文学作者和读者的视野、推动新文学建设和社会革命等方面的作用，很少留意革新前的《小说月报》中翻译文本的大量存在。事实上，从民初到五四，《小说月报》的出版方商务印书馆一直秉承"东西文化互陶铸，开新纪元弥辉煌"的出版理念，商务印书馆涵芬楼的中西文藏书量和商务编译所编辑的高素质在当时国内都是首屈一指的，《小说月报》翻译文本的丰富与此不无关系。将前后期《小说月报》的翻译文学结合起来看，更有利于我们从翻译文学的角度把握民初文学观念和翻译观念的过渡性，以及五四的突破和成就，并由此透视新文学的发生。关于翻译文学的性质归属，我们认为翻译文学不能简单等同于外国文学，而应看作民族文学的特殊组成部分。《小说月报》的翻译文学充分说明，翻译文学是中外文化、语言、思想、艺术撞击的产物，译作既受输入国社会环境和文化规范的影响，也烙上译者主体选择和民族心理的印记，经过翻译改造过的文学作品已不再是原来意义上的外国文学作品。

本书应用了比较文学的接受—影响研究[1]和平行研究的方法，不是将翻译文学与新文学的关系理解为线性因果关系，而是在综合考虑世界文学发展态势、中国文学内在需求、中国古代文学传统、翻译主体知识结构、意识形态和社会思潮等因素，建立起综合的立体的阐释框架。本书还借鉴了译介学研究方法和相关翻译理论[2]，将翻译实践看作特定主体在特定时空下特定的政治行为、文化行为和文学行为，将翻译文学视为在译入语社会中承担着独特而重要的文化功能的受译入语文化诸多因素共同作用的产物。以色列学者埃文-佐哈尔的多元系统理论[3]对于本书的写作有启发意

---

[1] 乐黛云指出："接受和影响是同一过程的两面：影响：A（播送者）—B（接受者）；接受：B（接受者）—A（播送者）。播送者对接受者来说是'影响'，接受者对播送者来说就是接受。过去的影响研究只研究 A 如何影响 B，很少研究 B 对于 A 如何接受。如今这一单向过程改变为双向过程，就为这一领域开辟了许多新的层面。"乐黛云：《比较文学原理》，湖南文艺出版社，1988，第 54~55 页。

[2] 相关论述参见谢天振《译介学》，上海外语教育出版社，2000；谢天振《译介学导论》，北京大学出版社，2007。

[3] 〔以色列〕伊塔马·埃文-佐哈尔：《多元系统论》，张南峰译，《中国翻译》2002 年第 4 期。

义。新文学发生期中国文学自身状况及世界地位和埃文－佐哈尔指出的三种情况很相似："没有成型，处于幼小时期"，"处于边缘或弱势阶段"，"处于某种危机或转折点"。在这样的情况下，翻译不仅输入了新的思想内容，还输入了新的形式和技巧，因此翻译活动在这样的历史时期频繁而重要，占据了文学活动的中心位置，成为文学革新的动力。在前人所取得的研究成果和理论成果的基础上，本书对《小说月报》的翻译文学进行综合的立体的阐释，力求有新的发现，阐发新的见解。

|第一章|

"开眼看世界"

——《小说月报》(1910～1920)的文学翻译

近代翻译的大量西文书刊,为中国人打开了一扇"开眼看世界"的窗。透过这扇窗,中国知识分子第一次从天文、地理、史类、传记、医学、体学、政学、理财、律法、格致、算学、文学等方面全方位地了解世界。西文新学的大量翻译虽没有给中国带来富强,但促进了中国知识分子的思想解放和知识结构的调整,提供了近代文学变革的思想文化基础。同时,清末民初文学翻译在文学本体层面亦带来很多新质,加速了古代文学向现代文学的转型进程。就此,施蛰存先生总结道:"大量外国文学的译本,在中国读者中间广泛地传布了西方的新思想、新观念,使他们获得新知识,改变世界观。使他们相信,应当取鉴于西方文化,来挽救、改造封建落后的中国文化。至于外国文学本体的影响,我们发现的是上文提到过的三项较明显的效益:(一)提高了小说在文学上的地位,小说在社会教育工作的重要性。(二)改变了文学语言。(三)改变了小说的创作方法,引进了新品种的戏剧。这些情况,都出现在近代文学史的后半期。"① 《小说月报》(1910～1920)在王蕴章主编期间,它的主要作者是自南社文人和商务印书馆编读者,体现出较浓厚的传统文学审美趣味。对域外文学的译介虽然不乏强国保种的民族主义呐喊,却在编撰中以其对市场的敏感流向市民趣味的猎奇与消遣。1913年恽铁樵接任主编后,对域外文学的认识逐渐深入到文学本体。在梁启超倡导的"小说界革命"退潮、游戏消闲文学重起的时候,恽铁樵一直在两者之间寻找第三条道路,把小说当成"大说"做,实现

---

① 施蛰存:《中国近代文学大系·翻译文学集一·导言》,上海书店出版社,1990,第26页。

改良的文学理想。在王编《小说月报》和恽编《小说月报》中，我们能看到随着文学意义上西方范式的确立，文学表现范围的扩大与文学观念的渐变，各种文体尤其是小说的概念和功能发生的迁移。

第一节 王蕴章："名作"·"新闻"·"新理"·"常识"

《小说月报》（1910～1920）共包括 11 卷 127 期（其中第一卷六号，第二卷十三号中包括一期增刊），其中第一、二、九、十、十一卷的主编为王蕴章，第三卷第一至三号为两人合编，第三卷四至十二号，第四、五、六、七、八卷的主编为恽铁樵。在一至十一卷《小说月报》中，翻译的文学作品主要是小说和新剧，数量上基本呈逐年增长趋势，1915 年以后尤为明显，译作数量超过了创作数量，如表 1-1 所示 ［1910～1920 年《小说月报》的著译数量统计表及译介文学作品数量统计表详见附录一中的（一）、（二）］。

表 1-1 第一卷至第十一卷《小说月报》译、著作品数量对比表

类别＼数量＼卷	一	二	三	四	五	六	七	八	九	十	十一
翻译小说	5	15	18	28	22	48	56	48	55	61	76
创作小说	12	33	28	34	49	80	55	52	59	31	26
翻译戏剧	1	4	3	0	2	4	0	1	1	15	1
创作戏剧	1	1	0	0	0	2	0	0	3	0	0

《绣像小说》因 1906 年李伯元病逝而停刊，商务印书馆 1910 年创办《小说月报》本有接续《绣像小说》的意图："本馆旧有《绣像小说》之刊，欢迎一时，嗣响遽寂，用广前例，辑成是刊。"其"迻译名作，缀述新闻，灌输新理，增进常识"[①] 的办刊方针与《绣像小说》大致相同。

一至三卷三号、九至十一卷《小说月报》的主编王蕴章（1884～1942），字莼农，别号西神、西神残客，是光绪朝举人、南社社员，也是后来所谓"鸳鸯蝴蝶派"的中坚作家。他善骈文、词曲，亦懂英文，能翻

---

① 《编辑大意》，《小说月报》第一卷第一号（1910 年）。

译小说，曾在《小说月报》上翻译过莫泊桑的小说①，第九卷以后，他作为主编不仅自己着手翻译，还为其他译者"润辞"。1910~1912年王蕴章编辑的《小说月报》，是名副其实的"名作""新闻""新理""常识"的杂烩。除文学"名作"之外，几乎每期都用大篇幅登载与文学无关的世界各地的奇闻逸事以及科技发明。第一卷第一号（1910）至第二卷第六号、十二号（1911）连载的《译丛》和第二卷第四号（1911）至第三卷第三号（1912）连载的《二十世纪理学奇谭》以及《世界近闻》《理科游戏》《海客丛谈》《海外珠铃》《世界新智识》等栏目都在介绍这类消息，内容包括世界各地的社会生活、名人逸事、科技发明以及卫生保健、声光电化、动物植物和各种生活常识，五花八门，包罗万象，但都不涉及文学。各栏目内容试摘录几则如下（文中的标点、小括号中的国别为笔者所标注）：

妇人开矿之新营业、海错余谈、鲨鱼排、袋鼠仔肉、青苔、去尘妙法、死人驾车之奇闻、多情之新郎、大运动家之前车可鉴、离婚之价值②

时表之寿命、动物之本能、纽约之犬名医、架空电线与地下电线、英国住民四之一尽为农夫、放光细菌之奇灯、动物与音乐、火药界之大进步、饮酒家之寿命、欧美诸大国民之饮料、英国名士之睡眠时间、食盐之消费额、花鸟、印度之学校生徒、罗马法王之俭约、蚁之耐热力、霉菌之对于岩石之作用、轻气烧时发生之热量③

儿童入学、海关进口税、产麦排名、羊羔送钱、击球会比赛、发明电机、妇人舟子、采乳机、雷击、煤业、博采、离婚、窃衣、烟浓电大、检力器、飞行船④

强声器、人造之星、卖酒之妙法、变色蜥蜴、神之答问、大力之杯、旋风之试验⑤

---

① 〔法〕Guy De Manpassant：《妙莲艳谛》，西神残客译，《小说月报》第五卷第五号（1914年）；〔法〕Guy De Manpassant：《帐下卒》，西神译，《小说月报》第五卷第十二号（1914年）。
② 《译丛》，《小说月报》第一卷第三号（1910年）。
③ 觉华：《译丛》，《小说月报》第二卷第十二号（1911年）。
④ 《世界近闻》，《小说月报》第一卷第三号（1910年）。
⑤ 〔日〕坂下龟太郎：《理科游戏》，《小说月报》第一卷第一号（1910年）。

古城之古美术（意大利）、讬克代理店（美洲）、世界之圣境（瑞士）、美洲妇女之习性（美洲）、贫富之沟通（美）①

仆谐（美）、德皇威廉之轶事（德）、牧师受窘（美）、难兄难弟（美）、雅谑（美）②

机器造雨、晨气之所以爽、虫造风船、新电车、除鼠简法、电气开会、树叶之电、纸币上之微生物、电气肥料、马之耳、蛛丝布、燕占晴雨、机器蚕、玻璃汗衫、显音器之新制、玻璃时钟、轻气球之疗病、治声嗄法、治不眠之简法、奏乐辟蚊③

沙底电线（非洲）、新出门机（美）、利用电线之新法（意）、爆岛后始生之植物（南洋）、蟹知地震（智利）、自动车之速力（巴黎）、轨条上之走船、丁抹、巨鳄（日）、眼色鉴人（俄）、海利翁（英）、不饮水岛（英）、大电灯（澳）、笛之奇效、物无相似（英）、蜂书（瑞士）、新奇风雨表（智利）、大自鸣钟（美）、缝衣机器引线之针眼（美）④

这些消息来源何处，是著是译，今天已很难考证。但不能不说，这些"新闻""新理""常识"关注各国经济、政治、军事、市政、民俗、文化，具有开放的视角和"开眼看世界"的宏阔视野。不过，这些真伪难辨的奇闻逸事对开启民智、救国图强、促进社会发展真正能起到的现实作用是微乎其微的。1910 年创刊的《小说月报》是商务印书馆继《绣像小说》之后发行的又一针对市民读者的流行刊物，发行量大，很受欢迎。作为办现代期刊的行家，王蕴章与包天笑、周瘦鹃、周桂笙等南社著名报人一样，了解城市市民的阅读喜好和审美趣味，设置了这些融知识性与趣味性于一炉的栏目，在传播"新理""常识"的高雅外壳里，包裹着迎合大众猎奇、消遣心理的通俗内核。

在第一、二卷的《小说月报》中，王蕴章十分重视传统文学观念中的"雅"文学，在"文苑"和"笔记"栏目中刊登了很多旧体诗词、笔记和序跋等文章。而翻译文学作品仅有林纾与陈家麟合译的长篇小说《双雄较

---

① 我一：《海客丛谈》，《小说月报》第一卷第三号（1910 年）。
② 《海外珠铃》，《小说月报》第一卷第六号（1910 年）。
③ 采南：《二十世纪理学奇谭》，《小说月报》第二卷第五号（1911 年）。
④ 采南：《二十世纪理学奇谭》，《小说月报》第二卷第十一号（1911 年）。

剑录》和《薄幸郎》及啸天生、泣红、朱树人意译的几部短篇小说和"新剧"。域外"新闻""新理""常识"与域外"名作"在期刊中的不成比例，让我们隐约感到清末民初译者译介域外文学时"实学我不如人，文章人不如我"的自负心理：世界奇闻就像"西洋景"一样可供消遣，而若论文章还是华夏最大。而这样的心态很难促成平等开放的中外文学交流。

从上述"新闻""新理""常识"与"名作"并存于这本名为《小说月报》的杂志的现象中，我们还能看到新旧过渡时期文学观念的过渡特点。如果考虑到传统文学观念里的"小说"定义是班固在《汉书·艺文志》中所讲的"盖出于稗官，街谈巷语，道听途说者所造也"，是纪昀在《四库全书总目提要》中所讲的"寓劝戒、广见闻、资考证者"，就会觉得这些国门以外的新鲜事又确可算作"道听途说""广见闻"之一种，纳入"小说"范畴。但同时，除传统小说观念之外，编者也在尽力接触和理解现代文学观念。以栏目设置为例，1910年的《小说月报》第一卷设置了短篇小说、长篇小说、传奇、改良新剧、笔记、文苑等文学栏目，新旧文体杂陈。短篇小说、长篇小说、新剧这些现代文体名词的出现说明了编者求新之意，但仅以篇幅长短来区别长/短篇小说、戏剧小说形制同构的现象又说明了他们对现代文体的陌生。

1918年，恽铁樵去职之后，王蕴章接手编辑第九卷，又重新设置了类似性质的"世界新智识"栏目，有"湘累、空中摩托、最佳之鸟巢、简制自来水笔、膝能写字"[1] 等内容，连载的《科学游戏》名为"关于心灵学之游戏"，实际上介绍的是小魔术：

（一）瞎子猜棋（二）桌下猜钱（三）隔杯认字（四）掉包奇术（五）鼻能闻字（六）未卜先知（七）墨水变鱼（八）鸡蛋变幻（九）纸牌自来（十）梅花飞舞（十一）脱缚妙术一（十二）脱缚妙术二（十三）脱缚妙术三（十四）手帕变化（十五）巧猜书句一（十六）巧猜书句二（十七）巧猜书句三（十八）掷骰奇数（十九）指环奇术[2]

在胡适与陈独秀已经举起文学革命旗帜一年有余，呼唤"德先生"和

---

[1] 《世界新智识》，《小说月报》第九卷第一号（1918年）。
[2] 梦梅：《科学游戏》，《小说月报》第九卷第一号、第二号、第三号（1918年）。

"赛先生"的新文化运动已经进行两年有余，王蕴章在刊物里还以"科学"之名介绍小把戏，显然已经落伍于新的时代了。在新旧文化交替的时代，如果不跟上时代变革的急速脚步，就只能被时代淘汰。及至1920年，《小说月报》的发行量每况愈下甚至入不敷出，商务印书馆的当家人张元济和高梦旦大胆启用当时只有25岁的年轻编辑沈雁冰接管《小说月报》，并且接受沈雁冰提出的"封存全部旧稿""编辑方针不得干涉"等有些苛刻的要求，显示出大刀阔斧改革的决心。此时的王蕴章处境已相当尴尬，从昔日的掌门人沦为被改革的对象。和很多南社中人的命运类似，辛亥革命前反对帝制的革命进步文人，在新文化运动者的视野中已经是守着旧文学立场不放的落伍文人了。

不过，客观地说，在清末民初的文化环境中，王蕴章主编的《小说月报》也不能全说是"旧"，还蕴藏着很多的"新"。

从翻译文本的内容来看，王编《小说月报》的翻译小说和新剧既有开启民智、强国保种、救国图强的爱国主题，也有追求真爱、崇尚文明、倾慕科学的现实主题。

啸天生在1910年第一卷第六号上意译的小说《卖花声》，写"露西亚暗杀之先声"①（"露西亚"是 Russia 的音译，即俄国），在1911年第二卷第一号上翻译的"改良新剧"《多情之英雄》，在第二至三号翻译上的"奇情新剧"《美人心》，在第五至八号上翻译的《残疾结婚》，或写波兰亡国事，或写波兰、俄国交战、波兰战败事，都是反映资产阶级革命的内容，借他国故事警醒本国民众，激发民族危机意识，弘扬爱国主义精神。

周瘦鹃在1911年第二卷第九号翻译的"情剧"《爱之花》中写了如下弁言：

> 大千世界，一情窟也。芸芸众生，皆情人也。吾人生斯世，熙熙攘攘，营营扰扰，不过一个情网罗之。一缕情丝缚之。春女多怨，秋士多悲，精卫衔石，嗟恨海之难填；女娲炼云，叹情天其莫补。一似堕地作儿女，即带情以俱来。纵至海枯石烂而终不销焉。爱译是剧，以与普天下痴男怨女作玲珑八面观。愿世界有情人都成了眷属，永绕情轨，皆大欢喜。情之芽常茁，爱之花常开。②

---

① 啸天生：《卖花声》，《小说月报》第一卷第六号（1910年）。
② 〔法〕《爱之花》，泣红译，《小说月报》第二卷第九号（1911年）。

在以父母之命、媒妁之言为主流婚姻观念的清末民初，在以含蓄、隐晦、委婉为美的古代抒情传统占主流地位的时代，周瘦鹃如此执着地表达对真爱的追求，有其现代意义。其对"世界有情人都成了眷属"的祝愿，对"海枯石烂而终不销"的真爱的赞美，虽然不能不说其"鸳鸯蝴蝶"趣味有迎合市场需求的媚俗因素，但其精神特质与五四张扬个性解放、追求婚恋自由亦有一定的相通之处。

1911 年第三卷第二号沈敏在《鹭莲债券》"译者绪言"中表达了"渐染欧风"情境下对异域"文明国度"与"自由之精理"的仰慕：

> 今之渐染欧风者，莫不言自由矣。世界畸零人曰：以吾国民之程度而言自由，披绮绣于粪墙，镂龙虫于朽木，非直无成，丑又甚焉。姑勿论政策学说之荦荦大者，即至于儿女私情，其所谓婚姻自由且以男女平权之精理，便其伤风败化之私图，其不贻笑于东施效颦邯郸学步者几希。曩从吾乡陈晓青先生得此书原文，虽觉其情文之哀感顽艳，犹视为虞初之续而阁束之。今春忝司译务，公余重搜篋衍，乃反复披览而慨然曰：呜呼！此真吾国民之棒喝也。吾国墨守皇古神权之说，其于婚姻，不曰良缘天定，则曰天作之合，寄权力于媒妁，莫雁御轮，礼繁情杀。辛之大防浸溃，桑濮成风，既动于情遂越乎礼，犹借口于西来风气而肆无忌惮。有女怀春，吉士诱之，士也罔极，二三其德。以至美名词，演至贱惨剧，又何自由之足云。夫文明国度，莫美为最。乃犹有裁判长优士之龌龊。夏稔恩婆老雅木鲁等人格之卑鄙，即以基鹭莲花娘耶律之才子佳人，犹不能成美满姻缘，卒牺牲其身，为天下后世作镜影，则甚矣。人生无毅忍魄力，葆其灵魂，冥冥之中已为造化所束缚，驰骤欲自由而终不可得矣。西哲有言，不自由无宁死，即孔教素位而行，不愿乎外宗旨。窃不自揣，译成是篇。于儿女之私情见自由之精理，虽第就婚姻一方面言之，而政策学说举可以得其汇通，岂区区淑性陶情，供学士文人于茶余酒后作消遣品已耶。梦花主人题《霍小玉传》后云，嘱儿女莫贪密约，后之览者亦将有感于斯文。①

------

① 〔美〕基鹭舒荣：《鹭莲债券》，沈敏译，《小说月报》第三卷第二号（1912 年）。原文中标点为笔者所加。

这里译者对异域"自由"与"文明"的理解是否准确姑且不论，在对"吾国墨守皇古神权之说……寄权力于媒妁"传统的反思以及对"既动于情遂越乎礼，犹借口于西来风气而肆无忌惮"的当下不良风气的批评中，作者对"自由"与"文明"的向往表露无遗，并且希望读者能从小说中"于儿女之私情见自由之精理"，最终使"政策学说举可以得其汇通"。作者不满足于"区区淑性陶情"，或仅"供学士文人于茶余酒后作消遣品"，这表明译者并未将译介看作娱乐、消遣的游戏，而有补救时弊的理想。这就把译作通俗的内容装入"载道"的宏大叙事，客观上也提高了"小说"在文学系统中的地位。

从编辑原则来看，王蕴章和恽铁樵一同提出了当时比较先进、即便在今天看来也仍蕴涵深意的举措。在王、恽共同主编的 1912 年的第三卷第二号刊登的《本社通告》中声明："短篇小说尤所欢迎……如系译稿请将原书一同掷下，以便核对。"① 晚清是意译、译述、改译、豪杰译成风的时期，不仅有译者随意删改原作，还有很多译者著译不分，把译作当著作，干脆就不注明原作及原作者。而王蕴章能在此时提出译稿应有供核对的"原书"，不仅保证了译稿的质量，也客观上为五四后忠实原著、提倡直译的翻译规范做了准备。

1918 年，王蕴章在接替恽铁樵主编《小说月报》期间，刊登了不少名家名作，在沈雁冰创办"小说新潮"栏之后，名家名作就更多了。很多小说在五四之后都有重译本（见表 1-2 中"今译名"中标识）。仅以托尔斯泰、欧·亨利、莫泊桑、雨果、易卜生、左拉、契诃夫、法朗士的译作为例，就有 30 篇，如表 1-2 所示。

表 1-2 1918~1920 年《小说月报》翻译名作表

卷/号/年	原译名	国别	著者	原译者	今译名
9/1~11/1918	恨缕情丝	俄	讬尔斯泰	林纾 陈家麟	
9/2/1918	难夫难妇	美	欧·亨利	张舍我 西神	麦琪的礼物
9/3/1918	断弦	法	孟巴桑	拜兰	
9/7~8/1918	缧絏盟心	法	Victor Hugo	雪生	
9/9/1918	面包	法	毛柏霜	瘦鹃	

① 《本社通告》，《小说月报》第三卷第二号（1912 年）。

续表

卷/号/年	原译名	国别	著者	原译者	今译名
10/2/1919	怯	法	Maupassant	张毅汉	
10/5/1919	势利	法	莫泊桑	周瘦鹃	我的叔叔于勒
10/7/1919	私儿	法	毛柏霜	瘦鹃	
11/2/1920	两个小的兵	法	毛柏桑	泽民	
11/3/1920	球房纪事	俄	托尔斯泰	林纾 陈家麟	弹子房记分员笔记
11/3～8/1920	社会柱石	挪威	易卜生	瘦鹃	社会支柱
11/4/1920	乐师雅路白忒遗事	俄	托尔斯泰	林纾 陈家麟	阿尔背特
11/4/1920	戏言	俄	柴霍甫	济之	
11/4/1920	欧梅夫人	法	毛柏霜	瘦鹃	
11/5/1920	高加索之囚	俄	托尔斯泰	林纾 陈家麟	高加索的俘虏
11/5/1920	蜇语	俄	柴霍甫	云舫	
11/6/1920	神经过敏	俄	柴霍甫	凤生	
11/6、7/1920	磨坊之役	法	佐拉	延陵	
11/7/1920	犯罪	俄	柴霍甫	济之	
11/7/1920	法文课	俄	柴霍甫	凤生	
11/8/1920	亡妻之墓	法	莫柏霜	容斋	
11/8/1920	决斗	法	莫泊桑	今且	决斗
11/9/1920	赌胜	俄	柴霍甫	济之	
11/9/1920	报复	法	毛柏霜	瘦鹃	
11/9/1920	荣耀	法	毛柏桑	风云女士	
11/10/1920	补椅人	法	莫泊三	伯卫	修软垫椅的女人
11/10/1920	真伪自有天知	俄	托尔斯泰	国	上帝看出真情，但不立刻讲出来
11/10/1920	顽童	俄	柴霍甫	梁治华	
11/11、12/1920	奈他士传	法	左拉	瘦鹃	
11/12/1920	快乐的过新年	法	法朗士	高六伽	快乐的过新年

这些名篇小说的译介，说明王蕴章已经在尽力跟上现代文学前进的脚步，努力理解他并不熟悉的东西，但时代的列车奔驰的速度太快，最终把这个清末民初的南社文人远远地甩在后面。五四的帷幕已经拉开，真正的现代性质的文学将在新文化运动思想启蒙的号角声中，伴随大量译作及理论的出现，完成文言向白话的过渡，完成现代文体的重构，完成批评模式的转型。一个全新的时代即将到来。

第二节 恽铁樵:"小说"·"大说"

1912 年王蕴章去南洋之后,恽铁樵由商务印书馆元老庄百俞介绍接任主编。这时他"三十五岁,精力充沛,治事勤谨,甄选严格"①。恽铁樵(1878～1935),名树珏,别号焦木、冷风、黄山民,江苏武进人。南洋公学毕业后曾在中学任教,1911 年入商务印书馆编译所工作。恽铁樵是阳湖派古文大家恽子居的后人,长于古文辞,又曾就读上海南洋公学(即上海交通大学前身),精通英文,是编、著、译皆能的全才。《小说月报》刊登了很多他的精彩译文,他的文学生涯基本与主持《小说月报》相伴随,译作多于创作。离开《小说月报》后,他的兴趣逐渐转向中医,1920 年退出商务印书馆,弃文从医。

恽铁樵主编期间,正值启蒙主义思潮退潮,趣味主义、消闲主义在文坛泛滥之时。民初时期是夹在晚清和五四两个启蒙高潮之间的低潮时期,辛亥革命失败后特殊的政治氛围,以及文艺商业化倾向日趋严重的状况造成了小说回"雅"向"俗"的倾向。陈平原曾描述这段时期"最表面的特征是:作家由以启蒙思想家或带有明显政治倾向的社会活动家为主转为以纯粹卖文为生的文人为主;小说读者由以'出于旧学界而输入新学说者'为主转为以小市民为主;小说创作目的由以启蒙教育为主转为以牟利生财为主"②。而在这"新小说"渐趋退潮,"鸳鸯蝴蝶"风行文坛之时,恽铁樵的可敬之处正在于他在中西比较视野内对文学做出了严肃思考。

恽编《小说月报》承袭了《绣像小说》对现实生活的关注,不仅关注国内社会生活,还体现出了解现代文明和世界近闻的渴望,体现出与世界保持同步的现代意识。《小说月报》明确提出"种类以言情、侦探、科学、探险、军事、历史为范围,其涉及神怪或古代轶史,去现时代情势过远者概不拜赐"③ 的征稿要求,很多小说、游记的译文都出自世界时文报刊,其中注明出处的就有《斯屈兰脱杂志》《亨利彭耐世界杂志》《海滨杂志》

---

① 郑逸梅:《恽铁樵奖掖后进》,《清末民初文坛轶事》,中华书局,2005,第 235 页。
② 陈平原:《中国现代小说的起点——清末民初小说研究》,北京大学出版社,2005,第 117 页。
③ 《本社启事》,《小说月报》第七卷第三号、第九号(1916 年);第八卷第二号(1917 年)。

《大陆报》《大阪日日新闻》《绿书杂志》《巴黎学士院文艺杂志》；*Cassel's Magazine*；*Everybody's Magazine*；*My Magazine*；*Hearst's* 等。恽编《小说月报》的另一个突出之处是改良文学的努力。他不主张政治宣传，但重视文学的教化功能；他反对趣味主义，但重视作品情节的可读性；他文白兼收但反对"绮语"的骈文；他认为通俗教育是小说的功能，但不能忽视其独立的文学价值；他提倡写情，但反对就情言情，试图挖掘言情的心理学、伦理学意义，提倡"撰不如译"；他珍视传统道德，却不盲目贬低西方，而是通过译文讴歌人类的普遍美德。

可以说，恽编《小说月报》是想在西方文明的"新"与传统文明的"旧"之间走一条调和的路——采新而不弃旧，把"小说"做成"大说"。恽铁樵这样的民初文人此时还不能认识到，"新""旧"转型的深层是现代思维模式和全新价值体系的确立，但他显然意识到了其中的艰难和困惑：

> 旧伦理曰，孝悌忠信。新信条曰，自立自重，公德爱群。或者谓旧者与今世界不合用，新者当起而代之。夫有统系之物，无不节节相衔，去一小节目，辄全体皆须更换。今以新代旧，则于旧时一切教义，不无抵触之处，将故步自封乎，不合进化公例。舍旧谋新乎，有其一定程序，一蹴而几，似有异乎自然之蝉蜕，不自然，人为也，非天演，然则莫如采新者保存旧者乎，如何而能并行不悖，此非有大学问不办。以我不贤识小，无为强作解人，特私意以为，居今之世，为人至不易。以旧者已动摇，新者未成立，惝恍失据。[①]

这种"惝恍失据"的心理其实也是恽铁樵建构"大说"文学理想的矛盾心理。梁启超的新民主张、林译小说的艺术情调、《绣像小说》对社会现实的反映、《月月小说》寓教于乐的观点、《小说林》对文学本质的强调，在今天看来都是"节节相衔"的文学转型中的"一小节目"。文学发展与任何事物一样，有个从量变到质变的过程，文学转型需要一个新文化运动那样的在思想文化上都具有颠覆性的历史契机，而越接近临界点的时刻，越是最艰难最令人"惝恍失据"的时刻，《小说月报》面临的就是这黎明前的黑暗。"惝恍失据"更本质的原因是在"译籍东流，学术西化"

---

① 铁樵：《〈兄弟寻亲记〉后记》，《小说月报》第六卷第六号（1915 年）。

的时代氛围里，中国文学中产生了不能为传统文学观念所解释和消化的新质。在梁启超们用"载道"标准衡量西方小说，林纾用传统诗文笔法解读西方小说技巧之后，经由黄人和徐念慈等人对西方文学的阐释，到了管达如、恽铁樵、孙毓修手里，他们开始尝试用西方的文学观念打量中国的文学传统，使那些不能消化的新质逐渐占据主导地位，凝结成了用以改造传统文学观念的西方典范。从"以中化西"到开始"以西化中"，是中国文学转型的关键，它为历来都是局限在传统文学封闭体系内部的调整撕开了一个缺口，源自西方的现代文学观念从这个小小的缺口侵入，一点点动摇了传统文学观念的地位，终于借新文化运动的契机实现了文学的根本性变革。

从恽编六卷《小说月报》中，可见西方典范意识在小说观念、文体形式、著译者素质、社会环境、读者地位、审美标准等方面的逐步确立。

对清末民初的翻译小说热潮，陈平原提出过一个著名的观点："对翻译小说的欢迎，只是中国人接受西洋小说的最表面层次的表现，更重要的是中国读者到底从哪个角度来接受西洋小说，最常见的说法是读西洋小说可考异国风情，鉴其政教得失。表面上只是堂而皇之引述古老的诗教说，可实际上蕴藏着一种偏见：对西洋小说艺术价值的怀疑。"① 这是符合"新小说"提倡之初的客观情况的。而在这样的普遍形势下，恽编第三卷《小说月报》上连载的管达如《说小说》中表达的小说观就显得难能可贵。管达如在中西比较的开阔视野中探讨小说的艺术规律。他首先提出文学翻译的意义在于中西文学交流中的取长补短，表现出积极平等的对话姿态：

> 译本小说之善，在能以他国文学之长，补我国文学之短。盖各国民之理想，互有不同；斯其文学，亦互有不同。既有同异。即有短长。此无从讳，亦无庸讳也。

他将中国小说放在与他国小说平等的位置上比较，认为两者"各有短长"，超越了梁启超"综其大较，不出诲盗诲淫两端"② 和侠人"吾国小说之价值，真过于西洋万万也"③ 的简单化中西优劣比较，是更为客观公

---

① 陈平原：《前言》，陈平原、夏晓虹编《二十世纪中国小说理论资料·第一卷》，北京大学出版社，1997，第9页。

② 任公：《译印政治小说序》，《清议报》第一册（1898年）。

③ 侠人：《小说丛话》，《新小说》第十三号（1905年）。

允的立场。管达如认为，中国小说的"短"在于"向壁虚造"，西洋小说的"长"在于"崇尚实际"，从而得出小说是"社会之反映"的真知灼见：

> 中国小说之所短，第一事即在不合实际。无论何事，读其纸上所述，一若著者曾经身历，情景逼真者然，然按之实际，则无一能合者。此由吾国社会，缺于核实之思想，凡事皆不重实验致之也。西洋则不然。彼其国之科学，已极发达，又其国民崇尚实际，凡事皆重实验，故决无容著述家向壁虚造之余地。著小说者，于社会上之一事一物，皆不能不留心观察，其关涉各种科学处，亦不能作外行语焉。夫小说者，社会之反映也。若凡事皆可向壁虚造，则与社会实际之情形，全不相合，失其本旨矣。①

这种对创作方法的比较，对小说与社会关系的分析在当时无疑是非常新锐的。九年之后，革新后的《小说月报》主编沈雁冰也一再强调"文学是人生的反映。人们怎样生活，社会怎样情景，文学就把那种种反映出来"②。并且提出用"自然主义"校正中国旧文学"向壁虚造"的弊病，在他看来，"经过近代科学的洗礼的"自然主义的最大目标是"真"，而求"真"就要"事事实地观察"，"把所观察的照实描写出来"③。管达如应该并不了解西方文艺理论，但他通过阅读翻译小说得出的结论却与沈雁冰如此相似，这说明了作者的文学修养和敏锐的观察力，但更说明了西方文学已经提供了反观中国文学的视角和尺度——西洋小说的艺术价值被承认，以西洋小说改造中国小说的主张初露端倪。五四新文学的主张在实施过程中没有遇到太大的阻力而被顺理成章地接受，不能说里面没有民初文人的功劳。

《小说月报》在栏目编排上呈现出过渡时期新旧杂糅的特点，一向被视为"齐东野语"不登大雅之堂的小说和新剧被安排在卷首，自古以来居于文坛正宗地位的诗文即使再精彩，也要被排在后面，足见小说与外来艺术形式新剧地位的提高。通俗叙事的小说和新剧代替言志、载道的诗文成

---

① 管达如：《说小说》，《小说月报》第三卷第十号（1912年）。
② 沈雁冰：《文学和人的关系及中国古来对于文学者身份的误认》，《小说月报》第十二卷第一号（1921年）。
③ 沈雁冰：《自然主义与中国现代小说》，《小说月报》第十三卷第七号（1922年）。

为文学"所指"的核心,一方面带动了弹词、神话、童话等边缘叙事文学样式向文学系统的中心移动,另一方面也使文学创作不再在圣贤经传里面找渊源,而是在西洋文学典范和中国古代小说传统中寻找存在的合法性和变革的动力。

在第三卷第十一号连载的《说小说》中,管达如还对译著者的主体修养提出了很高的要求:

> 今也社会改良之声,与文学进步之论,双方并进。译著小说者,非复借是以牟私利,而将借以濬发民智,启迪愚蒙……道德心宜充足也……智识宜求完备也……阅历宜求广博也……文学宜求高尚也。[①]

回想 1901 年,衡南劫火仙从西方作者的社会地位来论证"小说的势力":"欧美之小说,多系公卿硕儒,察天下之大势,洞人类之赜理,潜推往古,豫揣将来,然后抒一己之见,著而为书,用以醒齐民之耳目,励众庶之心志"[②];1903 年"商务印书馆主人"的《本馆编印〈绣像小说〉缘起》亦重申小说作者"名公巨卿,魁儒硕彦"的地位。这些与管达如对作者素质的要求一样,对自古以来"君子弗为"的古代小说观来说无疑是具颠覆性的看法。如果说衡南劫火仙的赞誉暗示着欧美小说示范下中国小说变革的方向,那么管达如则是在西方小说的参照下看到现有译著者的不足。而只有这种高标准、严要求,才不致使"小说界革命"流于口号式的空喊。

1905 年,恽铁樵也以欧美小说为参照提出严肃的小说创作观念,赞许小说家的社会地位,褒扬欧美小说家的知识与修养,批评国内小说的粗制滥造之风:

> 欧人以小说与文学并为一谈,故小说家颇为社会所注意。而为此者,真学问亦迥不犹人。国文既须深造,又必通晓各国语言,与希腊腊丁文字,且于各种科学咸窥门径,社会世情洞烛无遗。非如吾国人仅粗解涂鸦,便侈谈著述。[③]

这种对作家知识结构的苛刻要求,从一个侧面反映了西方典范不仅局

---

① 管达如:《说小说》,《小说月报》第三卷第十一号(1912 年)。
② 衡南劫火仙:《小说之势力》,《清议报》第六十八册(1901 年)。
③ 铁樵:《作者七人·序》,《小说月报》第六卷第七号(1915 年)。

限于个别作品的引荐，而且已经深入到创作主体的层次。创作主体素质的提高与作品的质量有直接关系，创作主体社会文化地位的转变在文学实践中直接或间接地影响到作者思维方式的转变，从而带来作品的内容和叙事技巧的转变。

1913 年，恽编第四卷第三号中，孙毓修从社会环境和读者地位的角度比照西方，反思国内现状。他举了迭更司（狄更斯）一百周年诞辰时英美社会发行迭更司纪念邮票、翻刻迭更司全集的例子，赞美欧美国家重视文学的社会风尚。对比中国的社会文化环境，他感叹道：

> 凡此固见名人之遗泽，而欧美社会之活泼，亦迥非东方人士所能及也。

他接着又从读者的角度来谈文学在英国所受到的礼遇：

> 英人常谓：虽英国之乞丐，但能读莎士比亚、司各德、迭更司三人之书乎，则可以上傲别国之帝王。以别国文学史，无能与此三人并对之人物。其辞骄矣，然世界之人已公认之。①

这样的介绍在我们今天看来有些夸张，但在民初的乱时浊世，"高贵的理想与尊严的文艺，在恶雨阴霾中跌入了泥塘水潴，近代小说进入了它最黯淡无光的发展时期"②，这样的描述显然不仅是为了新人耳目，而是标志西方典范地位的进一步提升，希望中国的文学也能在社会文化等级中享有独立的尊严。饱读文学名著的人就可以"上傲别国之帝王"，这在"学而优则仕"的中国是不可想象的。文学可以不只是载道的工具，还具有独立的审美价值，这正是后来五四一代文人所追求的。孙毓修在这里虽然只是粗浅地涉及，但其价值正在于过渡意义上。

恽编第四卷至第七卷《小说月报》中翻译了多篇著名作品。仅以狄更斯、柯南·道尔、莫泊桑、雨果、托尔斯泰、欧·亨利、巴尔扎克、爱伦·坡、容闳、莫里哀、都德、莎士比亚、梅里美的作品为例，就有表 1-3 中罗列之多。1912～1917 年，这些名篇的出现，说明民初译者已经冲破侦探小说一统天下的局面，初步树立起西方典范。

---

① 孙毓修：《司各德、迭更司二家之批评》，《小说月报》第四卷第三号（1913 年）。
② 杨义：《中国现代小说史》第一卷，人民文学出版社，1986，第 36 页。

表 1 - 3　1912～1917 年《小说月报》翻译名作表

卷/号/年	原译名	国别	著者	原译者	今译名
3/2/1912	鬼语	英	迭更司	潜夫	
4/5～8/1913	洪荒鸟兽记	英	Conan Doyle	李薇香	失落的世界
4/10/1913	蚤妒	法	孟巴桑	廖旭人　陈任先	
4/11/1913	虚无党密议	英	柯南达利	孟曙　胡昕同	
5/1/1914	悲欢人影	法	莫巴桑	王述勤　廖旭人	珠宝
5/1～4/1914	银瓶怨	法	嚣俄	东亚病夫	
5/2/1914	村伟人	法	莫泊桑	廖旭人	政变的一幕
5/2/1914	六尺地	俄	讬尔斯泰	天笑生	一个人需要多少土地
5/3/1914	面包趣谈	美	欧·亨利	幼新　铁樵	
5/5/1914	妙莲艳谛	法	Manpassnt	西神残客	
5/7/1914	巴黎女子	法	孟普桑	随波　珠儿	项链
5/7～10/1914	哀吹录（猎人斐里朴、耶稣显灵、红楼冤狱、上将夫人）	法	巴鲁萨	林纾　陈家麟	
5/12/1914	帐下卒	法	Manpassnt	西神	
5/12/1914	金虫述异	美	埃底加阿郎保	徐大	
6/1/1916	鹅媵宝石	英	孔那多咽	雪生	
6/1～2/1915	潜艇致胜记	英	柯南达利	作霖	
6/1～8/1915	西学东渐记	中	容纯甫	凤石　铁樵	西学东渐记
6/3/1915	情量	法	Manpassnt	铁樵	修软垫椅的女人
6/3/1915	奖励金	法	Manpassnt	廖旭人	
6/6/1915	守财虏	法	莫勒	乐水	悭吝人
6/10/1915	谎	法	多得	建生　廖旭人	
6/10/1915	悍	法	多得	建生　廖旭人	
6/10/1915	妒	法	多得	建生　廖旭人	
6/12/1915	大拇指	英	孔那多咽	雪生	
7/1/1916	雷差得纪	英	莎士比	林纾　陈家麟	理查二世

卷/号/年	原译名	国别	著者	原译者	今译名
7/2～4/1916	亨利第四纪	英	莎士比	林纾　陈家麟	亨利四世
7/5～7/1916	凯彻遗事	英	莎士比	林纾　陈家麟	裘力斯·凯撒
7/6/1916	婴娜加尼	英	Conan Doyle	小蝶 无为 铁樵	
7/7～9/1916	鞑蛮哥小传	法	梅利曼	远生	达蛮哥小传
7/11、12/1916	毒带	英	柯南达利	袁若庸	
8/7～10/1917	人鬼关头	俄	托尔斯泰	林纾　陈家麟	伊凡之死
8/9/1917	小家庭	法	多得	旭人	
8/11/1917	航空异闻	英	科南达利	小蝶 常觉	

应该说明，虽然民初的译介在选择上有随机性，但大体上西方典范的树立并不盲目，它是近代知识分子自主选择的结果。民初文人感到了时代、民族和文化的多重危机，遂译欧西文章以求改变"文敝道丧"的现状。但同时，他们对传统文化依然有深深的眷恋，所谓"渐有高尚文学之思想，以救垂倒之文风"[1] 是在中国古典文学和西方文学两个系统中寻找资源的，这里描述的西方典范只是他们改良文学的策略之一，而不是全部。在此，我们较少谈及近代文学嬗变过程中的传统文学助力，是为了突出文学翻译对这段时期西方范式逐步上升的助力作用，凸显迈出"以西化中"第一步的标志性意义——它在本质上与历代以复古为旗帜的文学革新运动划清界限，预示着文学现代转型的到来。

然而，纵然恽铁樵有出众的编、译、著才华和雅洁的文学理想，他终究逃不出新旧过渡时期文人"惝恍失据"的困境，以及在困惑中艰难跋涉与选择的宿命。是归化还是异化，是"以中化西"还是"以西化中"，作为《小说月报》掌舵人的恽铁樵必须做出选择。尽管西方典范意识在恽编《小说月报》中不断上升，恽铁樵几经思索还是表达了归化的小说观念和文学观念，试图在传统文学格局内部消化外来新知，以中化西。

首先是对"小说"概念的理解。西方小说观念和小说译作的输入，迫使中国的小说家以新的角度诠释小说，以新的角度审视中国旧有的文体，"小说"概念的重构和转化反映在《小说月报》中最明显的就是栏目的不

---

① 陈光辉：《致恽铁樵信》，《小说月报》第七卷第一号（1916 年）。

断调整。可以参看表1-4来了解历年的栏目设置情况，从栏目的频繁变化中可以看出编者对"小说"概念认识的矛盾与困惑。

表1-4 第一卷至第十一卷《小说月报》栏目设置表

卷别（年份）	栏目
第一卷（1910）	图画、短篇小说、长篇小说、传奇、改良新剧、笔记、文苑、谐乘、译丛、杂纂、附录
第二卷（1911）	除上栏之外，尚有谐文、杂俎
第三卷（1912）	同第二卷
第四卷（1913）	插画、短篇小说、长篇小说、文苑（文、诗、词）、说林，欧美小说丛谈、附录、传奇
第五卷（1914）	插画、短篇小说、长篇小说、新剧、传奇、国故、瀛谈、笔记、诗话、文苑、杂俎、画概、棋谱、杂俎、游记
第六卷（1915）	插画、短篇、长篇、文苑、游记、笔记、杂俎、国故、弹词（或新体弹词）、补白（诗钟、楹联等）、本社函件撮录
第七卷（1916）	插画、琐言、名著、轶闻、随笔、杂俎、文苑（文、诗）、弹词、说觚、随笔、撮录（词及其他）、名著
第八卷第一号至第六号（1917）	插画、寓言、记事、文苑（文、诗）、杂俎、补白
第八卷第七号至第十二号（1917）	插画、新著、丛译、国故、瀛谈、院本、弹词、文苑（文、诗）、诗话、杂俎
第九卷第一号至第八号（1918）	插画、说丛、传奇、弹词、新剧、文苑（文、诗、词）、杂俎、余兴
第九卷第九号至第十二号（1918）	插画、说丛、弹词、文苑（文、诗、词）、史外、瀛谈、诗话、弈话、食艳、杂俎、诗钟、文虎
第十卷（1919）	除上栏之外，尚有美术、金石、剧谈、余兴、补白、曲本、游记
第十一卷第一号至第十号（1920）	插画、说丛、弹词、文苑、瀛谈、游记、小说新潮、编辑余谈、小说俱乐部、杂载、文学新潮、补白、剧本
第十一卷第十一号、第十二号（1920）	插画、社说、小说新潮（短篇 长篇）、弹词、剧本、笔记、杂载、补白

自《小说月报》创刊以来，参照西方范式的长篇小说、短篇小说和新剧栏目刊载译作和创作，隶属传统文类的文苑、笔记、弹词、传奇等栏目刊载创作，译著并重，新旧并立，一时间相安无事。但随着译作和创作数

035

量的增加，随着对小说认识的深入，两种"小说"概念之间的矛盾逐渐显露。在两难取舍的困惑中，恽铁樵在第八卷第一号的《编辑余谈》中提出修整体例，事实上是由西方小说概念向传统小说概念的回归：

> 本卷体例，重行修整，实较前此为妥。先时分阐曰长篇小说，曰短篇小说，其余则曰笔记曰杂俎。此盖以长短篇小说为正文，余为附录也。然正文恒少，附录转多，阅者疑焉。杂俎笔记，分类亦复未允。且长短篇题曰小说，将谓后者非小说乎。标签曰《小说月报》，内容有小说，有非小说，此不可也。凡记琐事之一则，无论其事属里巷与闺阁，廊庙或宫闱，要之，非正面发挥政治学术之大者，皆小说也。此以事迹言之，至于文字，直不可分析。晋书南北史，正史也，其文大似小说。《山海经》、《搜神记》，目录家或采入说部，而其文之雅饬瑰奇，文学家奉为圭臬。将以何者为标准乎？若曰章回体为小说正宗，然章回仅小说之一种耳。故自鄙意言之，笔记亦小说。[1]

若参照西方范式以通俗叙事作为选录小说的标准，那么置原来正统"小说"概念中的"杂俎"与"笔记"于何地？把它们归入"非小说"吗？恽铁樵显然不满意这样的归类。从创作情况来看，明明是长短篇"恒少"，杂俎笔记"转多"。小说和戏剧近代以来被大加提倡，但显然无论是创作还是批评都不如诗文这样的古代传统核心文体成熟，就《小说月报》而言，"文苑"和"笔记"栏目里刊登的"诗古文词"的文学水平并不在小说之下，甚至还要超出小说。在恽铁樵看来，笔记既有史家风范，又有"雅饬瑰奇"的文采，地位并不在"章回体"之下。如何将长短篇与笔记一并归入"小说"，使《小说月报》的刊名不引起歧义呢？恽铁樵找到了否定性的概念：凡是内容上"非正面发挥政治学术之大者"，皆可归入小说，这样就避开了在写作方法上区分小说/笔记之间虚构/实录的矛盾，将文学意义和目录学意义上的小说合二为一。

恽铁樵是从历史写作的角度而不是从文学创作的角度来考虑虚构与实录的：

> 兹于向所谓长短篇小说者，名曰寓言，明此为设事惩劝，非可据

---

[1] 铁樵：《编辑余谈》，《小说月报》第八卷第一号（1917年）。

为典实者也。向之名掌故瀛谈者，统言之曰记事，明此为有本而言，非信口雌黄，混淆黑白者也。此皆全卷之正文也，犹未足以尽小说之范围。另辟一阑曰杂组，凡关于小说考据，与夫零缣断素之小品文字属之。①

"寓言"虽为虚构，但具有"设事惩劝"的教化功能，这与经史"经世致用"的原则一致。"记事"无论是记述国内掌故还是记述国外瀛谈，都"有本可言"，符合史家的实录精神。恽铁樵的分类是在思考之后对中国古代小说概念的归化。不过，这种分类只持续了半年，从第八卷第七号起，主要栏目改为中/西对立式的新著/丛译、国故/瀛谈，这说明恽铁樵的设想已经不能消化西方文类所带来的新质，故干脆按"国外/国内"的地域标准分开编辑。1918 年王蕴章接任《小说月报》主编，采用比较模糊的说丛、传奇、弹词、新剧、文苑等栏目，尽可能地回避矛盾，而到了1920 年将"小说新潮"栏交给沈雁冰主持，西方小说典范已经毫无疑问地确立起来了。

有论者指出，史传文化对小说叙事的影响一是在于"借事明义""有裨世道"的教化、劝惩功能经由历史叙事成为小说叙事的规范，二是在于"高度重视叙事的认知功能，要求小说担负起传播知识、牖启'闾巷颛蒙'的任务"②。几千年来，史传文化与儒家经典结合在一起，在古代社会发挥着主要的意识形态功能，以其掌控的文化政治权力规定了自身"雅"的性质。从小说的惩劝功能和认识功能出发，恽铁樵将《红楼梦》与欧美小说做比较，认为前者在表现社会生活、改良世道人心上不如后者：

> 所贵乎小说者，为其设事惩劝，可以为教育法律宗教之补助也。惟如是必近情著理，所言皆眼前事物。善善恶恶，皆针对社会发挥，然后著者非浪费笔墨，读者不虚掷光阴。我国小说家竟无有能与此数者。《红楼梦》自是佳作，然亦不尽此意。曹雪芹之宗旨，在自己文字之传世，不在当时社会之改良。故才大如海，若论有益于社会，终让欧美小说名家一筹也。③

---

① 铁樵：《编辑余谈》，《小说月报》第八卷第一号（1917 年）。
② 程丽蓉：《对话场景中的中国现代小说理论话语》，人民文学出版社，2006，第 151～152 页。
③ 《答某君书》，《小说月报》第八卷第二号（1917 年）。

恽铁樵承认《红楼梦》是"才大如海"的"佳作"，但在"有益于社会"方面不如欧美小说。这是"传世"与"觉世"的区别。恽铁樵重视"觉世"，重视小说的教化功能和认知功能，事实上是对欧美小说进行了符合自己需要的解读，与他的"小说之体，记社会间一人一事之微者也。小说之用，有惩有劝，视政治教化具体而微，而为之补助者也"① 的传统观念是一致的，而这反过来又直接影响到他对西方小说的理解和译介。

对持传统文学观念的恽铁樵来说，诗文才入得了"文苑"，"通俗教育"的小说既不是真正的"文学"，也没有资格与"精微奥妙"的"文学"相提并论：

> 文苑中之诗词，虽非小说，然小说与文学为近。敝报诗文，又太半出自闻人，丁此文敝之世，广为传布。俾青年知国文之高者如此，虽敝报不足言兴废继绝，抑亦保存国粹之一道也。②
>
> 窃谓小说有异乎文学，盖亦通俗教育之一种，断非精微奥妙之文学所可并论也。③

认为"俗"小说不在"雅"文学之列的并非恽铁樵一人的观点，而是那个时代受过儒家正统教育的读书人的普遍观点，这是由那代人的知识结构决定的。而唯其如此，在开眼看世界之初 19 世纪西方小说的繁荣景象才会给他们以震惊，西方文学观念才会对中国文学观念产生如此强烈的碰撞和冲击，时人曾经表达过两种观念最初碰撞时所带来的震撼：

> 吾昔见东西各国之论文学家者，必以小说家居第一，吾骇焉。吾昔见日人有著《世界百杰传》者，以施耐庵与释迦、孔子、华盛顿、拿破仑并列，吾骇焉。吾昔见日本诸学校之文学科，有所谓《水浒传》讲义、《西厢记》讲义者。吾益骇焉。④

这惊骇来自小说家居文学家之首的地位，来自小说家中佼佼者与佛教、儒家、政治及军事领袖平起平坐的身份，来自小说可以登堂入室作为

---

① 树珏：《再答某君书》，《小说月报》第七卷第三号（1916 年）。
② 铁樵：《编辑余谈》，《小说月报》第八卷第一号（1917 年）。
③ 树珏：《本社函件最录》，《小说月报》第七卷第一号（1916 年）。
④ 楚卿：《论文学上小说之位置》，《新小说》第七号（1903 年）。

学校教材。而"惊骇"恰恰说明小说家在中国地位之卑微，小说在文学系统中地位之卑微。

这样，1902 年以来"小说界革命"的推动、文学翻译实践、对西方文学日益具体的认识形成一股合力，推动着小说向中心移动。恽铁樵感受到小说在西方文学中的地位，敏锐地感觉到"欧风东渐"的小说作为文体长于"诗古文词"的叙事优势，寻找将小说纳入中国"文学"体系的合法性：

> 欧人以小说与文学并为一谈，故小说家颇为社会所注意。①

> 自欧风东渐，小说之为文学，已无可疑议。若谓小说仅供消遣，只须诙谐白话，直无有是处。诗古文词，固国文所由出。然引人入胜，断不如小说。细针密缕，起伏照应，断不如小说。形容刻画，巨细毕陈，古今同冶。诗古文词之组织体裁，亦断不如小说之繁复，充分言之。岂但通文理，并足以明事故人情。②

不过，恽铁樵不是像晚清新小说家一样参照西方范式，用"往往每一书出，而全国之议论为之一变"③ 的功利理由提高小说的文学地位，或是直接将"小说固小道，而西人通称之曰文家，为品最贵"④ 作为树立小说威望的西方榜样，他是借助古代文论资源赋予小说种种"雅"的性质，在传统文学格局内部调整小说的位置，这是他与新小说家有别的地方。来看一则《小说月报》为包天笑译的法国小说《苦儿流浪记》作的广告词：

> ……于男女学校少年诸子人格修养上，良多裨益……包先生以生花之妙笔，写痛苦之事情，曲曲传神，面面俱到乎。读是书者，与其视为小说，毋宁视为文学读本。⑤

表面上看还是在说"小说"与"文学"的"道不同不相为谋"，但却另有深义：如果符合传统章法笔法，能承担教化功能——具有"雅"文学

---

① 铁樵：《作者七人·序》，《小说月报》第六卷第七号（1915 年）。
② 冷风评《英雄镜》，鲜民、澍生译，《小说月报》第七卷第九号（1916 年）。
③ 任公：《译印政治小说序》，《清议报》第一册（1898 年）。
④ 林纾：《〈迦茵小传〉小引》，陈平原、夏晓虹编《二十世纪中国小说理论资料·第一卷》，北京大学出版社，1997，第 154 页。
⑤ 《广告》，《小说月报》第六卷第九号（1915 年）。

的内涵，小说就能升格为"文学读本"。

将小说通过雅化的途径获得正统"文学"地位的策略更为具体地体现在恽铁樵的"大说"[①] 理想里：

> 或者谓我编小说过分认真，有似"大说"。此语甚谑，未为不知我，要亦非真知我……"新小说"何以名？为有"旧小说"也。"宋小说"何以名？为有"唐小说"也。宋小说近俗，唐小说近雅。就文学上言之，似乎唐小说较为认真。然不闻认《水浒》、《西厢》为小说，而名《说郛》、《说海》为"大说"。何以故？新小说类记一人一事，旧小说则多至数十万言，具种种方面，有似正史。似旧小说较为认真，然亦不闻有"大说"之名。又何以故？且进而求诸西洋，西文小说有两种，其一为 Novel，寻常六辨士之价值者是也。一为 Classic，名人著作是也。按 Novel 之意义，为新闻为故事，述之而足以娱人者。Classic 之意义，则为古文。若就或人的意思论之，此真可当"大说"之称矣。但林译的《拊掌录》、《双鸳侣》、《吟边燕语》等书，虽译笔雅似《史》、《汉》，恐怕不能强名"大说"。然原本则固 Classic 也。又何以故？通人著书，好谈体例。小说的体例，倒有的难说，无已概括言之，苟能博社会欢迎，又能于社会有益，斯不妨自我作古。呼"牛"呼"马"，一概听便。西哲之言曰：有一点钟之书，有永久之书。敝报不避"大说"之诮，认真做去，永久不敢望，若一点钟，吾知免矣。[②]

恽铁樵的论辩逻辑是，你们不说《说郛》《说海》这类文言笔记小说的代表作是"大说"，不说"有似正史"的旧小说是"大说"，不说西洋不以"娱人"为目的的古文 Classic 是"大说"，为何单单说我的小说是"大说"？言外之意，就是说恽氏提倡的"大说"与这三者有共同的审美取向——笔记、正史、古文，都是雅文学的明显特征。小说的无"体例"，说明"大说"兼容并包，包括文体自由的笔记体小说。如果说

---

① "大说"是与民初盛行的娱乐消闲小说观相对立的，因而受到讥讽。姚鹓雏有言："数年前，常州恽铁樵主商务《小说月报》，多为庄论，不佞尝戏目其所编为'大说'。斯言固戏，然可知凡为小说，必有所以别于'大说'者。"《小说学概论》，《半月》第三卷第五号（1923 年）。

② 铁樵：《编辑余谈》，《小说月报》第五卷第一号（1914 年）。

"由俗入雅"确立小说的文学地位是"小说界革命"的目标,那么,梁启超是在"小说是文学"的命题基础上论证小说是"文学之最上乘":从小说的政治功能,到小说的文学地位,到小说家的社会地位,历历都有一个西方的榜样在,以至于希望读者去仿效的主人公,也"从西方历史中去寻找,而不是从中国历史中寻找;对中国人来说,真正具有民族美德的完人是华盛顿、拿破仑、马志尼、加里波第"①。而恽铁樵觉得"小说是文学"在中国不是一个不证自明的存在,他认可西方"小说是文学"的观念,但他要在传统文论资源里发掘小说的"文学"属性,在古代文学内部续接上梁启超的宣言,他要证明宣言的合法性。两人在"小说是文学"的观点上达成一致,走的路却如此不同。梁启超走的是"觉世"之路,他要借文学之力唤醒民众改革社会;而恽铁樵走的是"传世"之路,他要"不避大说之消,认真做去",期待的是能实现文学价值的"永久"。

不仅如此,恽铁樵的编译思路也体现出对传统文学观念的归化。他熟习英文,主编《小说月报》之前在商务印书馆编译所任职,有机会接触外文书刊杂志,所以他的译作在数量上多于创作,质量上在当时也属一流。他主编期间选择的译文,粗略地看有两种指向,都体现着古代文论对"雅"的要求:一类是"考其民情""鉴其得失"的,如《印度婚嫁志异》《西班牙宫闱琐语》《高丽近状》《弗罗列大横海铁道记》《匈牙利游记》等都是对比中国情况介绍世界各地近闻的文章,第七卷大量翻译了关于欧战题材的小说,旨在振奋民心、弘扬爱国主义;另一类要符合"文字雅驯、思想新颖"②的审美尺度,进一步说,就是以"雅驯"的"文字"化"新颖"的"思想"。"文字雅驯"主要指的是译作而不是原作的文笔,由于译者炫才的心理和外语水平的限制,意译、译述以及译后"润辞"的译文大量存在,所以"文字雅驯"主要指的是汉语而不是源语的写作水平。第四卷第五号、第六号连载的林纾、廖琇昆用文言翻译的小说《义黑》,第四卷第五至八号连载的李薇香用文言翻译的小说《洪荒鸟兽记》受到读者的好评。1915年,商务印书馆将两书以单行本形式重印出版,并在第六卷的《小说月报》上刊登广告,称《义黑》"译者以渊雅之笔,状沉痛之

① 李欧梵:《现代性的追求》,生活·读书·新知三联书店,2000,第183页。
② 《本报特别广告》,《小说月报》第六卷第一号(1915年)。

情。其事其文，都成神品"①，称《洪荒鸟兽记》译笔"雅驯畅达，洵为情文并茂之作"②。总的来看，恽铁樵选择的域外小说思想上载的是与传统道德契合的"道"，形式上追求的也是文章的"章法"和"笔法"，这是与新文学的最大差距。

由此我们可以看出"小说"概念确立的复杂性，一方面，西方的小说译作和观念以各种渠道进入中国，总体上看对中国的文学观念产生极大影响，但从细部考察影响的程度与范围，可以看到因译者主体文学观念的不同而产生的分歧。另一方面，西方范式在更多时候只是一种参照标准，它提供了从本国角度考察西方和从西方角度考察本国的双重视域，这种双向考察从宏观上看，推动了近代文学的转型和发展，但是在具体考察过程中得出的认识和结论不尽相同，甚至可能截然相反。联系到《小说月报》创刊的前一年（1909 年）鲁迅兄弟翻译的《域外小说集》，不难看出恽铁樵等人移植西方小说观念所存在的偏颇与局限。鲁迅说："《域外小说集》为书，词致朴讷，不足方近世名人③译本。特收录至审慎，迻译亦期弗失文情。异域文术新宗，自此始入华土。"④ 周氏兄弟的超越之处在于将"小说"定位为"异域文术新宗"，全面树立起西方小说的典范地位。唯其如此，方能看到林纾这样的"近世名人"采用归化策略译介的弊病，倡扬"弗失文情"的异化翻译，而这正是文学现代转型的起点。

当我们考察文学翻译与新文学发生时，梁启超们参照西方典范提出小说是"文学之最上乘也"⑤ 的颠覆性口号固然有振聋发聩的意义，周氏兄弟的翻译实践和文学观念固然有筚路蓝缕之功，但是恽铁樵们在中国文学现代化进程中在西方典范面前犹豫彷徨的身影亦同样值得重视，他们患得患失的抉择正说明了民初时期的复杂性和过渡性，其中内部存在着的种种矛盾形成了巨大的张力，在他们众声喧哗的论述里蕴涵着文

---

① 《〈义黑〉广告》，《小说月报》第六卷第六号（1915 年）。

② 《〈洪荒鸟兽记〉广告》，《小说月报》第六卷第六号（1915 年）。

③ "近世名人"指林纾。鲁迅在 1932 年 1 月 16 日致增田涉的信中说："《域外小说集》发行于一九〇七年或一九〇八年（应为 1909 年，笔者注），我与周作人在日本东京时。当时中国流行林琴南用古文翻译的外国小说，文章确实很好，但误译很多。我们对此感到不满，想加以纠正，才干起来的。"见《鲁迅全集》第十四卷，人民文学出版社，2005，第196 页。

④ 鲁迅：《〈域外小说集〉序言》，《鲁迅全集》第十卷，人民文学出版社，2005，第169 页。

⑤ 饮冰：《论小说与群治之关系》，《新小说》第一号（1902 年）。

学前进方向的多种可能性。古典文学到现代文学的转型绝不仅仅是一个线性进化过程，与其说蕴藏着历史的必然，毋宁说也包含更多的偶然。陈平原先生认为清末民初文人的贡献在于，"正是他们的点滴改良，正是他们前瞻后顾的探索，正是他们的徘徊歧路甚至失足落水，真正体现了这一历史进程的复杂与艰难……离开这一代人的努力，'五四'作家的成功就很容易被误解为只是欧美文学的移植"①。转型时期前人的探索无论失败的经验或是成功的经验都有其意义，他们共同体现了清末民初文学的过渡性质，这种过渡性不能简化为从古代到现代的线性递进，它本身是一种充满多种可能性的场域，各种力量相互竞争，相互角力，进入历史的固然为后人时常念起，那些未能得到实现的主张却体现了真正丰富的历史。

第三节　译籍东流：翻译小说的嬗变

清末和民初是文学翻译的高潮时期，也是文学转型的重要时期。在这段时间里，晚清最主要的翻译小说——政治、科学、侦探三类有着不同程度的变异，翻译文学表现的主题因展现西方文明的科技、西人的生活与情感而逐渐变得宽泛和多元。翻译观念也随之出现变化，翻译策略从归化向异化转移，翻译功能从政治启蒙向审美体验和娱乐消闲过渡。

之所以将清末和民初区分开来，是因为两个时期文学风尚有很大不同。杨义先生在概括清末民初小说理论与创作时形象地比喻："他们（清末民初小说家）心浮气促地把小说艺术捆绑在某派政治的战马戎车上近十年，又心灰意懒地把小说艺术送进佳人才子的宝马香车上七、八年，使这位小说巨人宛若疟疾患者，忽冷忽热，热时似坐蒸笼，冷时如入冰窟。"②19世纪与20世纪之交，梁启超倡导的"诗界革命""文界革命""小说界革命"的意义与其说是文学的改良革新运动，不如说是维新派在政治活动失败之后靠文化启蒙"曲线救国"的途径；"三界革命"从一开始就被纳入启蒙的框架。文学翻译在相当程度上是以启蒙宣传和普及教育为目的

---

① 陈平原：《中国小说叙事模式的转变》，北京大学出版社，2003，第30~31页。
② 杨义：《中国现代小说史》第一卷，人民文学出版社，1986，第64页。

的，间接地为变法改革和革命宣传服务。而辛亥革命之后动荡的政治格局、浮躁迷乱的社会风气以及畸形繁华的殖民地文化使启蒙框架松动瓦解，以小市民为主体的读者群和商业化的出版体制加速了文学向娱乐、游戏、趣味的转向。从文学自身发展来看，对艺术技巧以及小说固有的种种"俗"的特质的强调，是民初小说对说教式"新小说"的反拨，也体现出文学系统的自我调节功能。民初的文学翻译也因此呈现驳杂的质地。比如，同是侦探小说，晚清的翻译旨在帮助人们了解西方社会和民情心理，带来"一起之突兀"的叙事技巧上的借鉴，而民初的翻译则显然更看重故事本身的趣味性，满足市民读者的好奇心理和娱乐需求；同是政治小说和科学小说，晚清主要是将其作为政治启蒙和普及知识的工具，而民初则注重故事的叙事技巧、情节的趣味性和题材的新颖；同是言情小说，《巴黎茶花女遗事》传递的不仅是"哀感顽艳"的抒情风格，还有马克和爱猛的爱情悲剧体现的反封建主题，而民初的翻译则在"哀情""苦情""艳情""惨情"的情天恨海里沉迷，少了些道义与担当。《小说月报》作为从清末向民初过渡的刊物，与晚清文学和民初文学都有不同。它与晚清文学翻译的不同在于它从宏大叙事走向日常生活，从新民启智走向文学审美；它与民初文学翻译的不同在于它于娱乐之中求教化，从情天恨海里求道理。如果说晚清梁启超唱响的是补救时事的慷慨悲歌，民初徐枕亚低吟的是自怨自怜的末世哀歌，那么《小说月报》表达的则是对现实人生的平凡叙事。它关注平凡人生，不同于晚清期刊；它主张情"宾"事"主"，不同于同时代"鸳鸯蝴蝶派"的刊物。

晚清的小说家几乎众口一词地认为政治小说、侦探小说、科学小说为我所无，引进域外小说有助于改良社会，突破旧小说模式："中国小说……其性质原为娱乐计，故致为君子所轻视，良有以也。今日改良小说，必先更其目的，以为社会圭臬，为旨方妙。抑又思之，中国小说之不发达，犹有一因，即喜录陈言……然补救之方，必自输入政治小说、侦探小说、科学小说始。盖中国小说中，全无此三者性质。而此三者，尤为小说全体之关键也。"[1] 到了民国，虽然恽铁樵也说"小说之言侦探、科学者，为吾国所无，非译不可"[2]，但随着译介目的的变化，表现的主题开始

---

[1] 定一：《小说丛话》，《新小说》第十五号（1905年）。
[2] 铁樵：《论言情小说撰不如译》，《小说月报》第六卷第七号（1915年）。

多元化。

小说界革命"启民智、新民德"的译介目的使西方小说进入中国之后发生了错位。错位首先发生在对西方小说性质的认识上。就科幻小说而言，西方的科幻小说"描述科学发现、技术进步以及未来的事件和社会变化如何影响人类。对这些影响的描写，可能是对科学事实和原理的一种细致周密的推断，或是将这些事实原理扩展到与它们完全矛盾和毫不相干的一些领域"[1]。在西方文学观念中，科幻小说的价值在于启迪智慧、活跃思想、培养科学的世界观，唯独不负担传播科学知识和预见未来的任务，没有中国译者所看重的"导化群氓"的功利目的。而我国1903~1907年兴起的翻译"科学小说热"却主要因为科幻小说具有传播知识的功能和科技进步带来的新奇题材。在晚清译者眼里，翻译科学小说目的是输入科学知识，使高深的科学变得通俗易懂，便于达到"掇取学理，去庄而谐，使读者触目会心，不劳思索，则必能于不知不觉间，获一斑之智识，破遗传之迷信，改良思想，补助文明"，"导中国人群以进行"[2] 的目的。输入知识的译介目的影响了对科幻小说作家的选择。就文学传统来看，科幻小说在世界范围内形成两派，一为注重科学性的凡尔纳派，一为注重文学性的威尔斯派。前者"在科学技术的基础上抒写幻想，有很大预见性，能启发和鼓励人们去探求科学真理"[3]，后者则通过科学幻想的方式触及资本主义社会里的残酷现实，影射现实生活。译者们对法国小说家儒勒·凡尔纳的小说十分推崇，而英国小说家赫·乔·威尔斯的小说则受冷落。仅1903~1907年，凡尔纳就有十几部科幻小说相继被翻译出版。而威尔斯的小说则迟至1915年才有两部被译成中文。

就侦探小说而言，它在第一次世界大战之后的西方文学系统中是典型的通俗小说，作家们并不讳言他们是为了娱乐的目的而写作。[4] 侦探小说受欢迎的原因在于小说的内容而不是情感：错综复杂的情节，作者所采用

---

① 中国大百科全书出版社不列颠百科全书编辑部编译：《不列颠百科全书·第十八卷》，中国大百科全书出版社，1999，第138页。

② 鲁迅：《〈月界旅行〉辨言》，《鲁迅全集》第十卷，人民文学出版社，2005，第164页。

③ 施咸荣：《外国现代科学幻想小说·序》，上海文艺出版社，1982，第7~8页。

④ Drabble. M：*The Oxford Companion to English Literature*，Foreign Language Teaching and Research Press，2005. p. 276. "They were productive, consistent, and unembarrassed by the idea they were satisfying a need for entertainment."

的掩饰重要破案线索的写作技巧，都能产生特别的审美愉悦。① 而晚清的译者，纵然周桂笙等人也认识到了侦探小说的叙事技巧，但更多人是抱着救国救民的热情赞赏侦探小说"侦探手段之敏捷也，思想之神奇也，科学之精进也，吾国之昏官、聩官、糊涂官所梦想不到者也"，或者直接表明"吾国无侦探之学，无侦探之役，译此者正以输入文明"② 的译介目的。这就使得侦探小说的译介形成一种奇特的雅俗结合结构。在西方，侦探小说本质上是"俗"的，内容上符合娱乐化、商业化的大众需求，形式上借助情节、悬念来增强其可读性。而在中国，翻译侦探小说因为承载着教化功能和强国理想而步入"载道"的大雅之堂，但其形式在迎合市民需求的翻译取向中又很难实现传统文学观念中"雅驯"的追求。

至于政治小说，它在写作技巧和"艺术意图"上都不具有独立性，晚清翻译政治小说是"专欲发表区区政见"③ 来启迪民智改良社会，这个观点在梁启超的数篇文章中都多次阐述过。

陈平原先生认为晚清翻译存在着中"雅"西"俗"的矛盾："新小说家的本意是通过提高小说地位来促进新小说的创作，通过译介域外小说来为这种创作提供样板。提高小说地位，把小说置于'文学之最上乘'，这在中国必然意味着小说的雅化；而这种雅化小说的样板恰恰又是域外的通俗小说，'求新'、'求雅'在这里实在很难统一。"④ 这种局面是由中西不同的雅俗标准造成的，晚清以社会功能做标准，而西方则有独立的文学经典的评判标准。此外，中国近现代文学从诞生起就包含政治化和娱乐化这对难分难解的矛盾，因为小说为大众喜闻乐见，所以才受到启蒙宣传家的重视，而要达到启蒙宣传的目的，又必须借助小说的趣味性和娱乐性，中"雅"西"俗"在当时也许是最好的调和办法。事实上，按照新民启智的标准衡量，"新民"最有力的政治小说在《新小说》后就渐渐沉寂，"启

---

① Drabble. M：*The Oxford Companion to English Literature*，Foreign Language Teaching and Research Press，2005. p. 277. "The fact that it is popular form that engages the mind rather than the emotions has always given it a degree of respectability... The intricacy of the plots, the skill with which the author produces yet disguises the clues vital to the solution, give particular pleasure..."

② 中国老少年：《〈中国侦探案〉弁言》，陈平原、夏晓虹编《二十世纪中国小说理论资料》，北京大学出版社，1997，第213页。

③ 饮冰室主人：《〈新中国未来记〉绪言》，《新小说》第一号（1902年）。

④ 陈平原：《中国现代小说的起点——清末民初小说研究》，北京大学出版社，2005，第104页。

智"最有力的科学小说在 1907 年之后也逐渐退潮，反而是三者之中最"俗"的趣味性的侦探小说一直在《绣像小说》《月月小说》《小说林》中大行其道，直至 1914 年创刊的《礼拜六》里还在译介。这再次说明了意识形态功能和审美娱乐功能共同构成了文学系统的生态平衡，人为地偏重任何一方都会遭到这个系统的抵制和调节。民初软性文学的出现一方面是由于它处在晚清和五四两个启蒙精神高扬时期之间的低谷，另一方面也来源于文学系统自身的调节。

到了民初，随着社会上启蒙热情的降温，科学小说的翻译热潮由盛而衰，以"科学小说"命名的翻译和创作大为减少，11 卷《小说月报》中仅十余篇，而在一些民初创办的"鸳鸯蝴蝶"刊物中几乎绝迹。《小说月报》上唯一一部长篇科学小说是第四卷第五号至第八号连载的《洪荒鸟兽记》①，原著为英国作家柯南·道尔在 1912 年出版的 *The Lost World*（《失落的世界》）。李薇香在 1913 年就将其译成中文，即使在信息交流发达的今天这样迅速的翻译速度也是让人赞叹的。吸引李薇香的除了柯南·道尔在中国的知名度，更主要的原因在于原著流畅的叙事、引人入胜的情节和故事本身的趣味性。从普及知识到注重趣味，对科学小说的翻译明显体现出晚清到民初翻译功能的转化。

《洪荒鸟兽记》篇幅很长，行文流畅，删节、漏译、篡改之处不多，是清末民初科学小说中比较好的译本，后来由商务印书馆发行单行本。小说讲述英国一支四人探险队深入南美一个与世隔绝尚未开化的高原考察的故事。一路上，探险队屡陷绝境，几经磨难，终于找到了神秘高原，并以惊人的勇敢、非凡的智慧和毅力完成了考察任务。《洪荒鸟兽记》很可能是我国最早描写恐龙的翻译小说，小说以地壳变迁、物种起源、进化理论、古生物学等现代自然科学理论为依据，有很强的说服力。小说中描写的用三趾的后肢行走的韦尔登龙、高大的袋鼠样的禽龙、群居善战面目狰狞的翼手龙、凶猛残暴的肉食性恐龙无不活灵活现。恐龙与高原上的始祖鸟、猿人和巨大的蕨类植物为读者展开了一幅令人叹为观止的史前画卷。《洪荒鸟兽记》的译者没有对小说做"科学教科书"式的改写，而是在意故事性和趣味性，对主人公的爱情、惊险的场面和扣人心弦的情节的渲染

---

① 〔英〕 Conan Doyle：《洪荒鸟兽记》，李薇香译，《小说月报》第四卷第五号至第八号（1913 年）。

多于小说中所传达的科学知识。原著中葛莱薰只在小说中出现三次——第一次是马隆认为她喜欢英雄，为了赢得她的爱情而参加探险队；第二次是马隆为高原上的火山湖命名为"葛莱薰湖"；第三次是马隆探险归来，见到了已经是律师太太的葛莱薰，才知道她并非青睐"英雄"。马隆用淡淡的有点自嘲的语气讲述他与葛莱薰的重逢，他们的爱情事实上从未开始过，自然也就谈不到结束。而在译本中，为了迎合读者的审美趣味，译者大加渲染马隆和葛莱薰的爱情，在探险队的退路被毁的危急关头马隆都要思及"伦敦之繁华，葛莱薰之情愫，万感交集，几欲失声而悲"，俨然英雄美人间的情深意长。曾有论者将此书与1903年凡尔纳的《地底旅行》的译本做比较，认为"此书未有像凡尔纳那样把作品当作科学教科书，而是把科学知识溶入故事情节中，因此这些科学知识在翻译过程中能顺利过关，给保存下来"①。《洪荒鸟兽记》展现出与晚清科学小说十分不同的翻译风格，在卸掉"导化群氓"的科普重任之后，科学小说首先关注的是"小说"层面的可读性，其次才是"科学"层面对读者想象的激发和智慧的启迪，这是更接近西方"科学小说"的本义的。对于译者来说，选择柯南·道尔而不是选择凡尔纳，是从知识布道者向文学翻译者身份的一种回归。

另外，"科学"的崇高地位并未随启蒙意图的淡化而失落，反而因贴近现实生活而深入人心。"科学"表现在与现代科技相关的科学小说、军事小说和理想小说里，还表现在与现实生活相关的侦探小说、社会小说甚至言情小说里。如果说晚清翻译的"科学小说"热衷于表现上天入海这样的大事而高高在上令人敬畏，民初则因生动地体现"科学"给人们生活带来的便利而显得亲切可感。尽管文学中对科技的描写并非准确，有时还是出于想象，但自然科学研究的进展的确为文学提供了新的表现对象和理论根据。在《小说月报》的翻译小说中，汽车、火车、飞行艇、潜水艇、鱼雷艇等现代交通工具，电话、电灯、显微镜等各种各样的声、电、光学仪器、照片、电报等新奇事物已经不再被看作"奇技淫巧"，而是令人惊叹不已的现代科技的结晶和文明进步的标志。

再以侦探小说为例，同是以案件为中心展开情节，科学崇真求实的精

---

① 卜立德：《凡尔纳、科幻小说及其他》，王宏志编《翻译与创作——中国近代翻译小说论》，北京大学出版社，2000，第146页。

神使侦探小说呈现出与中国侠义公案小说迥异的性质。"公案小说强调清官的明断,围绕着明断,小说着力揭示清官的道德风貌;推理小说突出侦探的解谜,而解谜取决于科学思维和科学知识。公案小说表现了古代贤人政治的理想,侧重于对读者的道德教育;推理小说是近代科学精神的产物,侧重于对读者的智力启迪。"① 第三卷第三号《糖果中之炸弹》中采用倒叙手法,先叙女优之死,然后讲破案过程。原来女优被一位贵妇怀疑与其丈夫有染,贵妇定计送她一盒颗颗包装精美的糖果,女优不知糖纸包的是炸弹,打开品尝,被炸弹炸得血肉模糊。面对现代科技,译者在后记里慨叹"竟如是之酷耶"。第五卷第一号的《心电站》中讲述侦探开来地使用一种类似于心电图仪的机器判定杀人凶手的故事。这种叫作"燕多分"的电流表能"以诸人之心房跳跃之情状……察人爱、恨、喜、惧、怒、悔种种感情",起到近似于现代刑侦工作中的测谎仪的作用。侦探在种种调查之后,仍无法确认真凶,于是将所有嫌疑人带到医院检测"心电",在现代科技仪器和开来地的心理攻势面前,凶手最终供认不讳。译者在小说中插言:"开来地果能以最新科学作用探出此离奇疑案,为侦探界中别树一帜,今大侦探家可勒开来地竟能以科学之力激发罪犯之天良,而自承其罪状,宁非举世诧怪惊愕之事。"② 尽管小说对"心电"的描述掺杂了作者的想象,有夸大之嫌,但确是毫不吝惜地表达出对科学的推崇和赞美。

以"科学"为表现对象扩大了文学的表现范围,使翻译小说更引人入胜。第五卷第十号的《机师复仇记》中讲了普法战争中爱国的法国火车司机消灭侵略者的故事。司机和"我"被迫答应普军往巴黎运送官兵和弹药,起初,"我"很困惑为何司机让"我"不停地往炉火中铲煤,直到司机在经过山洞时用螺丝击破玻璃量水管"我"才恍然大悟。一时间沸水四处飞溅,车内水蒸气弥漫。浓雾之中,司机让"我"趁乱将车头与车厢连接的挂钩解开,使车厢停留在山洞中。待车头驶出山洞,司机和"我"令车头倒车,然后迅速跳离车头。几十秒后,车头车厢在山洞中首尾相撞,弹药发出轰天巨响,车厢里的普军全军覆没。科技不仅是救国的手段,还是普通人救命的法宝。在第六卷第二号的美国小说《电灯》里,大佐遭到

---

① 应锦襄、林铁民、朱水涌:《世界文学格局中的中国小说》,北京大学出版社,1997,第105页。
② 《心电站》,天笑、毅汉译,《小说月报》第五卷第一号(1914年)。

情敌的报复，在冬夜里被吊在野外的树上，虽呼喊求救，但因远离人烟没人注意。就在大佐快要冻僵的时候，忽然想起了鞋上平时取乐玩的电灯。于是大佐打开开关，点亮电灯，一位过路的牙医远远看见了灯光，为大佐松绑，救了大佐的命。第五卷第四号的《显微镜》讲一位微生物专家在做实验时遇见入室抢劫的小偷，小偷要钱不得，便想要桌上的"巨筒镜"。博士为保护显微镜，急中生智拿起一个盛满液体的玻璃管，警告小偷里面的液体是"杀人微生物之巢窟"。小偷害怕地放下枪，说出自己为给妻子治病而筹钱，不得已盗窃的隐情。博士惊讶地发现，自己研究的微生物正是治疗小偷妻子感染的病菌，于是告诉小偷已经找到治疗方案，小偷千恩万谢，博士回答"勿谢我而，但谢格致之作用"。小说中对细菌的描述是颇具震撼力的："汝勿藐此纤纤者，其力较诸水火刀兵盗贼为尤烈也。渠等所占一邮票大小之地位，而为数可七百余万，不其伙乎?"[①] 小小的微生物能使人患病并迅速传染，也能迅速治好疾病，今天的我们视病菌感染导致疾病为常识，但在一百年前这个观点却不能不说是对几千年来的中医观点的一个挑战。近代科学的发展带来西方文明的突飞猛进，翻译小说为普通的中国读者打开一扇窗，窗外展现的是一个闻所未闻的新鲜世界。

窗外的世界不仅有先进的"历算之术""格致之理""制器尚象之法"[②]，还有风尚迥异的社会和人。以生动形象的方式反映现实生活是文学与科学的重要区别，在影视艺术尚不发达的20世纪初，翻译小说是向读者展示西方市民社会的最直接最有效的渠道。1912年管达如即从此方面论证翻译西方小说的必要：

> 译本小说之所长，又在能以他国社会之情形，报告于我国国民。各国之社会，其组织皆互有不同，因之其内容亦极差异……盖小说者，本社会之反映，而其叙事又极详，故多读译本小说者，于外国社会之情状，必多有所知。因可以比校其异同，评论其得失，下至日用行习之间，一名一物之细，为他种书籍所万不能及者，亦可借此而得之。则译本小说，不徒可输入他国之文学思想，抑可为觇国之资矣。[③]

① 《显微镜》，天笑译，《小说月报》第五卷第四号（1914年）。
② 冯桂芬：《采西学议》，徐中玉主编《中国近代文学大系·文学理论集二》，上海书店，1995，第671页。
③ 管达如：《说小说》，《小说月报》第三卷第十号（1912年）。

晚清的政治小说写爱情，最普遍的是"娶妻当娶苏菲亚，嫁夫当嫁马志尼"式的革命爱情。民初的"鸳鸯蝴蝶"写爱情，最受欢迎的是才子佳人、苦情怨偶。《小说月报》的创作小说写爱情，"不是《玉梨魂》、《断鸿零雁记》那样的爱情悲剧，而是夫妻生活间的婚姻悲剧"，"《小说月报》期望以谈夫妻之情的言情小说取代言未婚男女之爱的言情小说，从而改变言情小说的创作倾向，淳化整个社会风俗"①。《小说月报》翻译小说中不仅写婚姻，也写恋爱，其中不乏清新明朗之作，讴歌了西方社会中小人物真挚高尚的爱情。《出山泉水》② 中，美丽的少女心细亚一度被赖门的英俊外表所迷惑，但在发现赖门的恶劣品行后终于嫁给了貌丑心善的铁匠孛雷。《歌谶》③ 中，贫寒的歌手乔凡尼与织女周利亚相爱，富有的咖啡店主觊觎周利亚的美貌，见钱财打动不了周利亚，便绑架了乔凡尼。在歌场场主的帮助下，周利亚巧妙地救出了乔凡尼，咖啡店主得到了应有的惩罚。《解铃人》④ 中，摩门教向教徒宣传能为上帝多生子女者即可享天国幸福，荒淫的牧师以此为由奸淫少女，少女雅蕙也打算献身牧师，青年怀尔盾说服并且救出雅蕙，两人月夜骑马逃离邮达州。《难夫难妻》⑤ 中，贫穷的夫妻相爱至深，为了送给对方圣诞礼物，妻子剪掉了美丽的长发买来表链，丈夫卖掉了心爱的金表换来发梳，各自牺牲了珍视的东西，却证实了相濡以沫的爱情。这些小说里的主人公都是在社会底层苦苦挣扎的小人物，他们虽然贫穷，却拥有人类最可宝贵的真情和真爱。他们肯于以自我牺牲的方式来维系这种真情，这种朴素但高尚的美德给虚伪灰暗的社会增添了一抹亮色，也使这类小说极具感染力。

翻译小说对爱国主义、民族主义的诠释也别具一格。小说的主人公极少是晚清金戈铁马的壮士豪杰，而是凡俗生活中有着七情六欲和喜怒哀乐的普通人。1916 年，《小说月报》明确提出要迻译"激发民气""摇旗呐喊"的欧战小说，选择的文本却鲜有正面描写战火硝烟的文字，

① 柳珊：《在历史缝隙间挣扎——1910~1920 年间的〈小说月报〉研究》，百花洲文艺出版社，2004，第 190 页。
② 〔英〕《出山泉水》，铁樵译，《小说月报》第三卷第七号（1912 年）。
③ 〔英〕却而司佳维：《歌谶》，竞夫译，《小说月报》第五卷第九号（1914 年）。
④ 《解铃人》，爱权译述，《小说月报》第四卷第十一号（1913 年）。
⑤ 〔美〕O. Henry：《难夫难妇》，张舍我译，《小说月报》第九卷第二号（1918 年）。

多从侧面反映普通人在战争中的境遇与思考，从而超越了狭隘的民族主义，带有人道主义色彩。《沙场归梦》①讲述俄土两国交战之际，一名土耳其士兵逃逸被捉。俄军少将和大佐本打算将其处死，但在交谈中反而被士兵所打动，在反战观念上达成共识。当晚，少将梦见自己手上沾满鲜血，士兵的儿女指认他为凶手，自己的儿女也避自己如蛇蝎。大佐也梦见士兵的三个儿女求自己放过他们的父亲。次日醒来，少将和大佐不约而同地解开绳索，偷偷放走了土耳其士兵。小说的动人之处不仅在于表现了战争给人们在肉体上和心灵上带来的伤害，更在于以人道主义的视角表达了对处于敌对位置的将军与士兵之间的理解与同情——战争是国家之间政治利益的角逐，所以无论胜败，人民都是牺牲品和受害者。人道主义的"情"战胜了民族主义的"理"，含蓄地谴责了战争的残酷。《独臂少尉》②中，却克与杜赛是远房表亲，互相爱慕但从未表白。杜赛的爸爸是富翁，却克拥有格兰奇老屋的产权，却克以此试探杜赛的感情："汝嫁我岂不百事宁帖？"杜赛误认为却克不是出于真情，断然拒斥："以若所言，直类商家之贸易矣。""人之相知，贵相知心，世亦有滥用其情爱，至为人所鄙弃者，我则不类此辈。"后来却克参军，在战场上失去了一只手臂，退伍返乡的却克以为自己再也不配娶杜赛了。杜赛却以身相许："是何伤？我哥卫国而丧其腕，在我视之，较胜于肢体无缺者。"两人的爱情终成正果。小说没有正面交代却克如何作战如何失去手臂，只选取了却克从军前后的两个场景细致描写，凸显出女主人公杜塞重德不重财的高尚爱情观，使其不慕虚荣深明大义的形象跃然纸上，从而把儿女情长与国家安危和谐地统一起来。《吾血沸矣》③中的萨姆响应国家号召毅然从军。临别之际，萨姆安慰女友杜辣："勿哭，他日吾负盾归来，欢喜当甚于吾以短人入选。"杜辣回答："君勿忧，吾以君能为国杀敌，喜极而哭，非有他也。"萨姆"情知此语非真，然公义私情，胡能两全，言念及此，为之怃然"。萨姆不是顶天立地的英雄，只是一个普通的国民，他凭着最朴素的爱国心和责任感参军杀敌，但同时又怀着对女友杜辣的歉疚与牵挂。"公义私情，胡能两全"的矛盾心

---

① 〔俄〕Nemirovich：《沙场归梦》，铁樵重译，《小说月报》第七卷第一号（1916 年）。
② 《独臂少尉》，黄静英译，《小说月报》第七卷第一号（1916 年）。
③ 《吾血沸矣》，泠风、铁樵译，《小说月报》第七卷第二号（1916 年）。

理展现得淋漓尽致。这些小说中的主人公上至将军下至平民，没有什么惊天地泣鬼神的丰功伟绩，也没有什么舍生取义的豪言壮语，他们不是战争的符号，道义、良知和美德以最平凡然而最动人的方式在他们身上闪光。

《小说月报》的这些翻译小说不是以俯视或仰视的姿态看待西方社会，这些表现西方普通人的情感与日常生活的小说闪耀着人性的光辉，在一定意义上体现着跨越种族跨越国别的人类美德。这些于平凡之中求深刻的小说，对才子佳人式的小说和政论说教式的小说来说，是一种突破，更是一种启发。中国传统小说的主人公多是帝王将相、英雄美人、才子佳人，而翻译小说的主人公是名不见经传的小人物，有着凡俗人生琐碎而具体的喜怒哀乐，对他们生活的描写突破了旧小说程式化的窠臼，是小说走向现实人生的开始，扩大了小说表现生活的范围，也深化了小说的主题。恽铁樵正是认识到这一点，才反复强调言情小说要"持之有故，言之成理，不必言强盗美人，自能引人入胜"①；"何以外国小说，言情者且日出不已？""此无他，以意胜耳。文章惟意胜者无穷，盖事变万有，意象亦万有。"②

与翻译小说主题的嬗变同步的是翻译策略和翻译观念的转变，其中尤其值得注意的是主体知识结构的变化。百日维新以失败告终，但清廷对教育体制的改革并没有因此终止。废科举、兴学堂、仿效西方学制等改革是中国现代文化转型中意义深远的事件。一方面，科举制的废除堵住了千百年来读书人的"学而优则仕"之路，这些文人无论是穷愁著书还是忧愤著书，都壮大了小说的创作队伍，有助于提高小说的质量。另一方面，新式学堂的创办促进了现代学科的兴起，有助于西方各类科学的传播，其中对于文学影响最大的莫过于格致学（声、光、电、化等自然科学）、政治学、心理学和伦理学。恽铁樵在《小说家言》编辑后记中说："文学，小说家所有事也；常识，小说家所当知也。经传之信条，先贤之学说，西来之新知识，又小说家所当知也。"③ 中西合璧的知识结构是对小说家提出的新期望。毋庸置疑，民初译者对西方科学的认知远不及五四一代人。恽铁樵曾

---

① 铁樵：《〈小说家言〉编辑后记》，《小说月报》第六卷第六号（1915年）。
② 铁樵：《答刘幼新论言情小说书》，《小说月报》第六卷第四号（1915年）。
③ 铁樵：《〈小说家言〉编辑后记》，《小说月报》第六卷第六号（1915年）。

尝试用来自西方的新名词、新术语解读文本，其中不乏牵强的"以中化西"之处。比如，他选择的"含有伦理学意味"① 的域外小说是符合儒家道德规范的，他声明的"就伦理方面着笔"② 的择稿标准也指向儒家文化"忠孝节义"的传统道德。但就文学而言，他们毫无疑问都具有深厚的文学修养以及独到的审美眼光，很多不从教化功能解读而是从审美感知解读的批评文字都是很精到的。

民初译者尝试从心理学、伦理学角度阐释小说，一则表明翻译小说中出现了传统的"字有字法、句有句法、章有章法、部有部法"③ 的文章之法所不能阐释的内容，二则从客观上反映了西方批评范式地位的提升。莫泊桑的《悲欢人影》④ 开篇讲郎丹因为美貌的妻子去世而伤心欲绝，接着讲生活困窘的郎丹不得已变卖妻子留下的赝品珠宝首饰，不料珠宝商确认都是真品，最后讲郎丹发现妻子生前另有情人，珠宝系情人所赠，顿觉羞愤已极。铁樵在后记中赞叹小说出色的心理描写和巧妙的结构：

> 想入非非一至于此，赝饰是伏笔，悼亡一段好整以暇，使下文跳跃而出；卖珠一段形容羞恶之心，淋漓尽致。是篇中抖搜（擞）精神处入后，写夜气梏亡骂尽一切太刻毒矣，一结尤冷隽不可思议，直是一篇心理学讲义小说云乎哉。⑤

第六卷第二号坚瓠译的《情天胜影》，回忆了一位情窦初开的少女"我"对邻家兄长保罗的难忘初恋，由于年龄差距悬殊，保罗始终把少女当妹妹看，而喜欢漂亮的露斯。少女将爱埋在心底，默默地帮助保罗追求露斯。多年之后，少女与保罗重逢，才知道保罗后来很快与虚荣的露斯分手，"我"开始后悔当年没有向保罗倾诉衷肠。小说用第一人称叙事，少女婉曲细致的心理独白尤为动人。译者在篇首自言：

> 余于兹篇，以不欲强蒙小说之名，则名之曰《童心》（原名），当

① 铁樵：《〈堕落〉后记》，《小说月报》第七卷第十一号（1916年）。
② 《广告》，《小说月报》第七卷第十二号（1916年）。
③ 陈平原：《前言》，陈平原、夏晓虹编《二十世纪中国小说理论资料·第一卷》，北京大学出版社，1997，第5页。
④ 〔法〕莫巴桑：《悲欢人影》，王述勤、廖旭人译，《小说月报》第五卷第一号（1914年）。
⑤ 铁樵：《〈悲欢人影〉后记》，《小说月报》第五卷第一号（1914年）。

余友语此时，余不啻身入一少女之心坎而烛照其隐微也。而此女之居心，又与余少年时代绝异，故此首尾不具之谭，尤使余于儿童心理学上大增见识。①

中国传统小说注重事件的讲述，在行动描写和语言描写上见功力，而西方小说家的笔往往能深入人物内心深处，以心理描写取胜。与五四作家对现代心理学知识的掌握和对小说人物心理的自觉关注相比，民初译者对心理描写的兴趣更多出于对作品直觉的感知，他们隐约感觉到翻译小说表现方式的独特。鲁迅、郁达夫、凌叔华等人以人物心理而不是故事情节为结构中心的小说在五四时期被顺理成章地接受，不能说没有民初翻译小说的功劳。

第四节 从《娇妻》到《娜拉》：文学翻译中的创造性误读

1915 年第六卷第六号《小说月报》"杂俎·欧美名剧"栏中按标题、著者、情节、剧旨的顺序译介了《娇妻》，此剧正是五四时期影响巨大的易卜生剧作《玩偶之家》。易卜生的剧作于 20 世纪初传入中国并在五四时期产生巨大影响，影响不止于文学范畴，更波及中国思想文化乃至中国社会的现代化进程，其中影响最巨者首推《玩偶之家》。1918 年，《新青年》在第四卷第四号、五号连载"特别启事"，预告并征集关于"易卜生之著作"。接着，隆重推出第六号——"易卜生号"，重头戏就是胡适的论文《易卜生主义》和他与罗家伦合译的《娜拉》，文论互证，"娜拉"和"易卜生主义"从此成为新文化运动的一面旗帜。

《娇妻》的译者乐水即是洪深，1915 年时他还只是清华的理科学生，是一个编演皆能的业余戏剧爱好者。作为后来中国现代话剧奠基人之一的戏剧家洪深与当时新文化运动的主将胡适在三年内相继译介了《玩偶之家》②，而观念大相径庭，这种分歧不是一个单纯的译本变迁的问题，它是民初与五四两个时代不同社会意识形态和译者主体意识形态在译本中的折射。我们可以从两次译介的创造性误读中看出民初与五四两代译者在不同

---

① Mary Heaton Vorse：《情天胜影》，坚瓠译，《小说月报》第六卷第二号（1915 年）。
② 剧名 Ein Puppenheim，英译 A doll's house，汉语直译应为《玩偶之家》，乐水译作《娇妻》，胡适译作《娜拉》，为说明变化，剧名未加更改，剧中人名，亦各仍其旧。

知识结构、文学观念、翻译动机驱动下对原作的改编和重写。

一

《娇妻》篇幅不长，1300 字左右，但译者按自己的理解作了较完整的介绍。乐水介绍的情节大致是：娜累、海尔默伉俪情深，后来海尔默积劳成疾，娜累为给海尔默治病私自举债格洛德。海尔默病愈后任格洛德之上司，因其恶名欲开除格洛德，格洛德则以伪造字据罪名要挟娜累为之求情恢复原职。娜累向海尔默求情遭到拒绝，格洛德被免职后写信给海尔默欲告发娜累。娜累的好友林登夫人与格洛德旧有情愫，为援救娜累，允婚于格洛德，格洛德大喜，再次写信给海尔默称前一封信乃是虚构。海尔默读第一封信时怒斥娜累，读第二封信时则回颜作喜，复进甘言慰解。然经此周折，娜累心灰意冷，遂出门去，不知所终。

这里，乐水对剧情作了符合中国传统叙事观念的改写：情节曲折，按顺序发展；冲突集中，有头有尾；人物性格善恶分明，前后变化不大；以情节而不是人物性格的发展作为推进剧情的动力。乐水的“创造性误读”还表现为简化的误读。易卜生原作中的主要人物的复杂个性被简化，人物之间的复杂关系被简化，多重戏剧冲突被简化，只剩下一条与原著略有出入的情节线索——聚焦在夫妻之间家事纠纷上的线索。我们且逐一看乐水的误读、增删和改写：

其一，乐水认为，“惟娜素性娇痴，又好挥霍，海辛苦所入，不足供娜累任性一掷。故海即小儿视之”。而在易卜生的原作中，娜累的“娇痴又好挥霍”只是表面现象——“娇痴”是出于对丈夫的爱，为让丈夫安心养病，她不得已私自借债；“好挥霍”是为了瞒着丈夫攒钱偷偷还债。在格洛德要告发娜累的时候，她为了保全丈夫的名誉和前程，宁愿投水自杀，为爱人和家庭牺牲自己。

其二，乐水认为，格洛德“其人素赖，舞弊招摇”。但在易卜生的原作里，人物性格具有多面性，海尔默并非堂堂正正的君子，格洛德并非一无是处的恶人。海尔默承认辞退格洛德不仅因为他品德不好，还因为担心别人说他被老婆牵着鼻子走，更担心大学密友格洛德以后会取代自己经理的位置。而格洛德要挟娜累之举固非正人君子所为，但从他精干的业务能力和对林登夫人的真情来看，这个“坏人”亦有优点，令人同情。

其三，林登夫人“母死遂弃其夫，闻娜将为格所害，思有以援之”，这里乐水将林登夫人描绘成对爱情执着专一为友情舍己救人的侠女。其实，林登夫人与格洛德虽有旧情，但为经济所迫嫁给林登之后从未有弃夫之念。她是在母死夫亡又无子的情况下不得已自谋生计，而她的朋友娜累正是银行经理的妻子，她所谋到的职位恰恰是顶替格洛德在银行的职位，这些都使格洛德对她有猜忌之心。她承认起初是为救娜累，但允婚于格洛德却是出于对他的了解、信任和真爱。娜、海之爱与林、格之爱形成剧中相互照应的两条线索：前者貌似美满却疏于心灵的沟通，后者多灾多难却出于真心理解。乐水的译介以模糊后者的代价凸显了前者，情节固然简明了，戏剧冲突的张力却削弱了，人物性格也简化了。

其四，也许认为与情节无大关涉，乐水删去了原作一位主要人物——南陔医生。南陔医生在易卜生原作中的出场有双重意义。从剧情看，南陔的爱是将娜累视为知己的无私的爱，恰与海尔默将娜累视为宠物的自私的爱形成对比，娜累对南陔的婉拒既显示了娜累对家庭的重视，也为后来娜累因对家庭失望而出走埋下伏笔。从深层意蕴看，南陔父亲的花柳病使无辜的南陔遗传了骨髓痨，最终死去。如果说海尔默与娜累的悲剧是社会造成的，那么南陔的病逝则是神秘、强大而残酷的命运的安排。喜剧场景的背后隐藏的是现实与命运的双重悲剧，使该剧呈现悲喜杂糅的艺术特色。

乐水称赞剧本"思想新颖，道人所未道"，但乐水理解的"剧旨"是：

> 此剧主义，可分两层。（一）大凡女子，自有女子之意见行为，世人但当鉴其苦衷，而将护之，未可律以丈夫之道，求全责备。（二）夫妇之间，甚难处也。应委曲以求全。未可乖离而脱辖。世之为丈夫者，往往不察究竟，稍不满意，盛气任情，而妇人识见短浅，一经决裂，每有血冷心灰，生趣消灭，而出至愚之途者，是不可不慎也。

乐水敏感地察觉《娇妻》是对女子"律以丈夫之道"的悲剧。从普遍人性的角度理解"女子之意见行为"，"鉴其苦衷，而将护之"，在这个意义上乐水的解读未尝不合情合理。卢卡契也曾说："该剧的全部意义在于指出：如果男人根据他们自己的利益制定的而且是为维护自己尊严的法则来判断天性完全不同的妇女的行为，那就势必导致悲剧。"① 但乐水的局限

---

① 〔匈牙利〕卢卡契：《易卜生创作一种资产阶级悲剧的尝试》，《易卜生文集·第八卷》，人民文学出版社，1995，第254页。

在于"鉴"与"护"都是建立在家庭本位的基础上，在乐水眼里，任何妨碍家庭的行为都是愚蠢而危险的。因此，站在传统伦理道德的立场，海尔默临危自保的行为只是"盛气任情"，而娜累对"玩偶"地位的反抗则是"识见短浅"，离家出走的做法更是"至愚之途"。乐水是将《娇妻》作为维持美满家庭的警示镜和教科书来读的，主张"应委曲以求全"来维持"美满家庭"。从他所申明的理想的夫妻相处之道来看，一方面，他的看法带有宗法社会中根深蒂固的家庭本位的思想，不涉及妇女解放、个性独立、家庭专制这些社会问题。另一方面，乐水较之信奉"夫为妻纲"的封建卫道士又大为进步，他看到因男女性别差异导致的思想行为的分歧，认为"夫"应该理解和尊重"妻"的思想和行为，平等思想初露端倪。乐水对《玩偶之家》情节和主旨的中国化改写反映了民初译者倾向于道德和审美的而非政治的文学观念和阅读期待。而或许正是这种比较接近传统戏曲艺术趣味的译作更符合民初读者对"欧美名剧"的想象，客观上能够引起他们对外国戏剧的兴趣，激发他们进一步了解域外文学的愿望。

二

三年后，《新青年》有意将"易卜生号"打造为新文化运动中"中国文学界杂志界一大创举"，以实现为"海内外有心文学改良思想改良者所欢迎"①的目的，《娜拉》便是为弘扬"易卜生主义"树立起来的典范。值得注意的是，乐水和胡适都没有把剧名直译为《玩偶之家》：乐水译作《娇妻》，胡适译作《娜拉》。乐水眼中的娜累是作为妻子的娜累，胡适眼中的娜拉则是作为个人的娜拉。从家门内的娇妻到走出家门的个人，"娜拉"在中国的身份实现了从民初到五四的第一次转变。

对于胡适来说，《娜拉》的深刻意义在于娜拉出走所昭示的"人"的意识的觉醒，而实现个人解放的首要条件就是打破这看似美满的家庭秩序，进而打破黑暗社会的秩序。《娜拉》是人道主义和个性主义的结合，"无论是对于努力挣脱传统家庭束缚的中国男性，还是对于试图从家庭及其在传统中国社会的从属地位中独立出来的中国女性，娜拉都是一个解放

---

① 《本社特别启事》，《新青年》第四卷第四号，《本志特别通告》，《新青年》第四卷第五号（1918 年）。

的象征"①。

胡适将易卜生剧中的问题与中国社会的"问题"结合起来,首先把矛头指向乐水极力维护的"家庭",说它的"四大种恶德"是:"自私自利;倚赖性奴隶性;假道德,装腔作戏;懦怯没有胆子",而"做丈夫的便是自私自利的代表"。继而批判社会上的三大种势力——法律、宗教和道德在治理社会问题上的无能,最后指出个人与社会之间既对立又互相依存的内在关系:

> 社会与个人互相损害;社会最爱专制,往往用强力摧折个人的个性,压制个人自由独立的精神;等到个人的个性都消灭了,等到自由独立的精神都完了,社会自身也没有生气了,也不会进步了。②

译本《娜拉》突出了"社会问题剧"的特点。一些重要场景译得比较精彩(如娜拉出走之前与郝尔茂痛快淋漓的对话,译者用着重号标出)。但有很多粗糙之处:关于南陔医生的病,译者将"脊髓痨"译为"可怜的背脊骨",读起来显得莫名其妙;南陔自述"我比我那里一切病人还要糟,我统计一生帐目……已成破产了"③ 是比喻自己病情恶化死之将至,译文的直译使读者误认为经济原因导致南陔的死;南陔不愿说病因是父亲花柳病的遗传,故而托词父亲的饮食习惯不好,而译文直译"这倒霉受害的背脊骨对于他们(食物)并没有好处"④ 模糊了病情真相和南陔的痛苦心理。关于柯洛克和林敦夫人恋爱始末的细节,译本亦多处语焉不详,影响读者对柯、林真诚之爱的理解。总体看来,译本尊重原著,但在局部上下文意义的承接上有明显的失误,使读者不明所以,而这些情节对读者理解丰富立体的人物形象、错综复杂的人物关系、现实与命运的双重悲剧是十分重要的。

精彩之处正是译者重视之处,粗糙之处正是译者轻视之处,这一重一轻体现了译者将文化与政治内容附加于文学上的创造性误读:新文化运动的精髓在于破旧立新,然而破旧有明确的目标,立新的标准在何处?出于

---

① 〔挪威〕丹尼尔·哈康逊、伊丽莎白·埃德:《易卜生在挪威和中国》,《易卜生全集·第一卷》,人民文学出版社,1986,第60页。

② 胡适:《易卜生主义》,《新青年》第四卷第六号(1918年)。

③ 胡适、罗家伦:《娜拉》,《新青年》第四卷第六号(1918年)。

④ 胡适、罗家伦:《娜拉》,《新青年》第四卷第六号(1918年)。

思想革命和文学革命的需要，新文化运动主将胡适急切地寻找西方典范作为中国文学和社会现代化的榜样，这使胡适对易卜生主义的提倡在艺术上带有明显的功利主义诉求：

> 易卜生的人生观只是一个写实主义。易卜生把家庭社会的实在情形都写了出来，叫人看了动心，叫人看了觉得我们的家庭社会原来是如此黑暗腐败，叫人看了觉得家庭社会真正不得不维新革命——这就是"易卜生主义"。表面上看去，像是破坏的，其实完全是建设的。①

在胡适眼中，易卜生揭露黑暗现实的"写实主义"和追求个性解放的"个人主义"正是当时中国最急需的，因而是新文化运动和文学革命应该大力提倡的。从这个角度来看，《娜拉》的译介亦存在"创造性误读"，它被加以五四时代所需要的曲解，所有与"写实主义"和"个性解放"无关的都被淡化，"社会问题剧"被浓墨重彩地推向前台。这种简化的误读甚至在很大程度上影响了五四时期的文学创作，"问题剧"与"问题小说"一时间蔚然成风，有论者曾指出胡适的《终身大事》、鲁迅的《伤逝》、曹禺的《北京人》、巴金的《家》、茅盾的《虹》等都与《娜拉》有着或多或少的联系②，但另一方面，原作人物的丰富性格和因此形成的戏剧张力、悲喜杂糅的戏剧艺术则在相当长的时间内被忽视。

译本并非不言自明的存在，必然受到文学之外其他因素的促进和制约。在文学的周边寻找相关因素，方能凸显译本负载的文学价值和历史意义。除上述时代社会因素之外，出版方、编辑、读者多方面因素亦对译本产生了巨大影响，译作中被附加或删减的内容在一定程度上可视为不同社会势力文化取向的间接表达。

作为民营出版机构，商务印书馆"东西文化互陶铸"的温和文化立场和"在商言商"的经营理念反映在《小说月报》上，就是远离政治运动和社会思潮，在社会各界许可的范围内审慎地表达对时代社会的态度，避免直接卷入社会运动的旋涡。就文学而言，《小说月报》赞成"受影响而改良"的文学，对当时学欧不成反而践踏传统美德的现象义愤填膺。恽铁樵

---

① 胡适：《易卜生主义》，《新青年》第四卷第六号（1918年）。

② 〔挪威〕丹尼尔·哈康逊、伊丽莎白·埃德：《易卜生在挪威和中国》，《易卜生全集·第一卷》，人民文学出版社，1986，第59页。

任主编期间的《小说月报》（1912～1917），很重视文学的审美功能和教化功能，偏爱体现传统美德（例如仁爱礼义信等）和人类普遍美德（如爱国主义）的作品，或者艺术上新奇可观译笔精彩的作品。而《新青年》作为同人刊物则没有商务印书馆那么多顾虑，它在第一卷第一号的《社告》中明确表示办刊宗旨是："盖与青年诸君商榷将来所以修身治国之道"，它的译介动机是"今后时会，一举一措，皆有世界关系。我国青年，虽处蛰伏研求之时，然不可不放眼以观世界。本志于各国事情、学术、思潮尽心灌输，可备攻错"。"灌输"的目的是"攻错"，西式的"现代化"图景产生了巨大的吸引力，对比中西差距，他们对传统文化表现出比上代人激烈得多的批判姿态。加之，《新青年》是现代大学体制和现代传媒结合的产物，启蒙知识分子与文人的双重身份使《新青年》的编者、作者和译者将文学引入社会政治和伦理道德领域，以西方价值观召唤迷失在旧世界观和人生观中的国人。

三

同一个文本，相近的译介时间，却有截然不同的理解，得出如此相悖的观点，反映出民初与五四两代译者不同的知识结构、文化价值取向以及阅读期待视野，以及由此决定的不同翻译动机和翻译策略。乐水与胡适的译介都不尽符合"信"的标准，是在不同层面展开的误读，两者都对原作进行了符合自己立场的修改。他们的不同之处在于，《娇妻》体现的是新陈嬗代之际的美学趣味和文学观念，《娜拉》展现的是新文化运动中的启蒙精神和文学观念；《娇妻》是在"推陈出新"中的消化与重释，《娜拉》是在"破旧立新"中的批判与思考。

关于《娜拉》的译介和阐释，在此还可略作旁逸斜出。胡适的译本之后，1949年之前出版的译本不少于8种，其中潘家洵的译本措词优美，最接近原著风格，直到现在仍被视为《玩偶之家》译本的代表。《娜拉》的演出也如火如荼，1935年更是被称为"娜拉年"。在这一年里，洪深在上海导演《玩偶之家》，有论者认为"确实达到了专业化水平，背景真实，表演逼真，超过了中国过去历次的演出"[①]。此时作为左翼戏剧运动领导者

[①] 赵冬梅：《被译介、被模仿、被言说的娜拉》，王宁、孙建主编《易卜生与中国：走向一种美学建构》，天津人民出版社，2004，第187～200页。

之一的洪深依然保持一位戏剧家的追求，对戏剧艺术的精益求精使他的演出获得成功，但此时排演此剧已经不是出于审美的、道德的原因而是出于政治的、社会的原因。

同时，对《娜拉》的阐释也逐渐深入。如果说五四时期《娜拉》还只是"只开脉案，不开药方"的社会问题剧，那么此后作家们则找到了各种各样的"药方"。

1918年胡适对娜拉的出走抱乐观态度，认为"人"的觉醒是社会进步的必要前提，走出家门的娜拉获得了作为"人"的新生，国家和社会的新生因这些勇敢的叛逆者而有希望。五年后鲁迅则以犀利的现实眼光断言，没有经济权的娜拉出走的结果只能"一是堕落，二是回来"。而且，在经济制度未改革之前，即使"在经济方面得到自由……也还是傀儡"。"因为在现在的社会里，不但女人常作男人的傀儡，就是男人和男人，女人和女人，也相互地作傀儡，男人也常作女人的傀儡，这决不是几个女人取得经济权所能得救的。"①《娜拉》的人性和审美价值的评判至此已转化为对中国政治和经济制度的思考。

1935年茅盾就女教师饰演娜拉而被学校开除一事，指出单单解决经济问题并不能保证妇女地位的提高②，1938年他进一步分析"娜拉型"女性出走后失败的原因不仅在于社会，更在于"空有反抗的热情而没有正确的政治社会思想"，而有了后者，才能"做一个堂堂正正的人"③。1941年，郭沫若以秋瑾为例为娜拉安排了在革命洪流和社会的总解放中寻求自身解放的出路："求得应分的学识与技能以谋生活的独立，在社会的总解放中争取妇女自身的解放；在社会的总解放中担负妇女应负的任务；为完成这些任务不惜以自己的生命作牺牲。"④ 1943年冯雪峰认为来自"中上层社会"的大多数"娜拉"或"回家"或"颓废"，只有少数"娜拉"和"中下层妇女"一起从事"民族的社会的战斗"⑤。五四时期的"个性解放"转变为与时代关系更密切的"妇女解放"和"社会战斗"，我们看到"娜

---

① 鲁迅：《娜拉走后怎样》，《鲁迅全集·第一卷》，人民文学出版社，2005，第170页。
② 茅盾：《〈娜拉〉的纠纷》，《茅盾全集·第十六卷》，人民文学出版社，1988，第39页。
③ 茅盾：《从〈娜拉〉说起》，《茅盾全集·第十六卷》，人民文学出版社，1988，第141页。
④ 郭沫若：《娜拉的答案》，《郭沫若全集·第十九卷》，人民文学出版社，1992，第220页。
⑤ 冯雪峰：《妇女"觉醒"的今昔》，《雪峰文集·第三卷》，人民文学出版社，1983，第15页。

拉"在中国的形象已经远远溢出它的所指,在家里的娇妻—出走的个人—无路可走的女青年—投身革命的女战士诸多不同的身份能指中演变。而每一个身份都具有明显的时代话语特征。

《新青年》上的《娜拉》一直被视为新文化运动和文学革命中的一个光辉原点,为后来对娜拉的解读提供了合法性基础,而《娇妻》的译介却早已被历史的尘埃所掩埋。今天我们旧事重提,并不是说乐水的解读多么精辟多么深刻,恰恰相反,就译本而言,乐水的译介无论在篇幅上还是在质量上都不及胡适的译本。但乐水现象的重要性在于展现出民初译者的个性化解读思路,他是从审美的道德的角度将该剧归入"欧美名剧",这种解读可能更接近普遍人性范畴和价值观(两性差别、伦理道德、爱情婚姻等)。但是乐水们的声音在后来的文学实践和文学史叙述中被淹没,这就使我们进一步思考,"民初"的众声喧哗被什么力量规范为五四后的独白声音。从民初到五四,历史总体性有一个从含混多元向清晰明确变化的过程,译者主体性与历史总体性互相牵制,构成复杂的精神地形图。从《娇妻》到《娜拉》,文学翻译不仅是文学现象,更是文化现象,它不仅体现译者的主体意愿,还反映出总体性的历史意愿。一个时代的思想表达有赖于知识分子。20世纪初,君主立宪、维新改良、民主革命各执一词,社会动荡不安,政治意识形态的整合功能相对松弛,知识分子的思想表达潜在地从不同方位汇流成一种不甚明朗的精神趋势;而五四时期现代知识分子逐渐掌握了大学、传媒、出版等文化出版部门,在主流文化话语权上占有绝对优势地位,有足够的底气将民主与科学的时代精神汇聚成统一的力量。事实上,《娜拉》在新文化运动以后的几十年里获得巨大社会反响的真正原因是其蕴涵的政治文化内容,而并非"欧美名剧"的文学价值,《娜拉》在新文化运动之后的译介反映的是中国在现代化进程中改造中国民族文化心理和道德观念乃至社会制度的内在要求。

| 第二章 |

明流与潜流

——《小说月报》（1921～1931）的文学翻译

开始于 1915 年、以《新青年》和北大为宣传阵地的新文化运动主要在三个层面上展开：一是思想文化层面的"反对旧道德，提倡新道德；反对旧文化，提倡新文化"。作为追求中国现代化的思想启蒙运动，它的意义首先在于弘扬科学与民主，反对迷信与专制，通过唤醒国民灵魂和解放国民精神来实现社会的革新和进化。二是语言层面的"反对文言文，提倡白话文"。五四白话文运动所体现的不仅是晚清白话文运动所看重的使"民智大启"的宣传功能，也不仅是单纯的文学语言形式的变革问题，还隐藏着民族文化心理和思维模式的巨大转变，蕴涵着深刻的政治文化内容。三是文学层面的"反对旧文学，提倡新文学"。作为新文化运动中最有实绩的一部分的文学革命，批判封建制度下"文以载道"、游戏消闲的文学观念，建立"表现人生指导人生"的"人的文学"。这场标志着中国现代文化和文学诞生的伟大运动，从一开始就将自己置于与载"三纲五常"之"道"的文学、消闲娱乐的文学激烈斗争的旋涡之中。沈雁冰 1921年接手的《小说月报》就是这场斗争的中坚力量，为文学研究会提供了一个全方位展示自己翻译与创作的空间。从文学观念到文学内容与形式，新文化运动的这相辅相成的三个层面与中国新文学的发生有着千丝万缕的联系。陈独秀在《青年杂志》创刊号上说："近代文明之特征，最足以变古之道，而使人心社会划然一新者，厥有三事：一曰人权说，一曰生物进化论，一曰社会主义是也。"[①] 新文化运动的重头戏一在反传统，一在输入西

---

① 陈独秀：《法兰西人与近世文明》，《青年杂志》第一卷第一号（1915 年）。

方"学理",而人道主义、进化论和社会主义恰好是陈独秀预言的在思想启蒙中影响最大的三种西方"学理",文学革命与前两者关系密切,而后者对 1925 年以后的革命文学影响更大。

第一节　沈雁冰:"进化的"与"民族的"

自晚清严复翻译《天演论》以来,进化论为中国提供了进步社会观念的自然观基础。现代的政治变革、道德变革和文化变革都是以进化的观念为前提。进化论起初只限于思想和政治革命的领域,直到新文化运动才对文学运动产生巨大影响。这影响主要体现在文学发展观上,即以进化论的眼光界定新文学的现在,设想新文学的未来,以进化论的观点来看待新文学的形成,描绘新旧文学的转型。五四时期胡适等人提出"一时代有一时代之文学",很大程度上是依靠进化的观念确立自身的合法性,论证新文学取代旧文学是历史的必然趋势。作为新文学建设者,《小说月报》的编者沈雁冰认为进化论是世界范围内的普适真理,因而将译介域外文学和文艺思潮作为建设新文学的重要途径,并在世界大同的理念下将新文学纳入世界文学进化的链条中。然而,另一方面,《小说月报》对译作的艺术技巧、内容、国别的甄别体现出新文学建设者在弱势文化情境中试图迅速融入现代世界的焦虑与功利心理。

一

1920 年,在杂志销量急剧下降的情况下,迫于商务印书馆高层的压力,《小说月报》主编王蕴章将三分之一的篇幅交给沈雁冰,开辟"小说新潮""编辑余谈"等栏目,登载翻译文学,包括外国小说、剧本、诗歌以及对域外文学的介绍文章。泽民、济之、胡天月等新文学译者的名字首次出现在《小说月报》上。在第十一卷第一号的《小说新潮栏宣言》中,沈雁冰开宗明义地将新文学的翻译观念与清末民初的翻译观念划清界限:

> 我国自从有翻译小说以来,说少也有二十年了。这二十年中,由西文译华的小说,何止千部;其中有价值的自然不少,没价值的却也居半。这诚然是一个缺点……现在新思想一日千里,新思想是欲新文

艺去替他宣传鼓吹的，所以一时间便觉得中国翻译的小说实在都是"不合时代"。况且西洋的小说已经由浪漫主义（Romanticism）进而为写实主义（Realism）表象主义（Symbolicism）新浪漫主义（New Romanticism），我国却还是停留在写实以前，这个又显然是步人后尘。所以新派小说的介绍，于今实在是很急切的了。

沈雁冰从文学本体的角度阐释文学翻译的重要性，使新文学翻译动机与清末民初梁启超新民启智的翻译动机、林纾注重小说情节的翻译动机有了本质的区别。他对西洋小说演进的描述明显地带有历史进化论的痕迹，而对照西洋小说定位中国小说则是将中国文学和域外文学安排在统一的历史进程之中。在回复读者的信中，沈雁冰进一步解释"中西文学程度相差之远，足有一世纪光景"，"凡是思潮等等只有时间上的关系，没有空间上的分别"①。西洋小说先进，中国小说后进，西洋小说的发展轨迹为中国小说提供了变革的榜样，新文学翻译西洋小说的目标是要在最短的时间内补上"一世纪"的课：

> 西洋古典主义的文学到卢骚方才打破，浪漫主义到易卜生告终，自然主义从左拉起，表象主义是梅德林开起头来，一直到现在的新浪漫派；先是局促于前人的范围内，后来解放（卢骚是文学解放时代）注重主观的描写；从主观变到客观，又从客观变回主观，却已不是从前的主观；这其间进化的次序不是一步可以上天的。我们中国现在的文学只好说尚徘徊于"古典""浪漫"的中间，《儒林外史》和《官场现形记》之类虽然也曾描写到社会的腐败，却决不能就算是中国的写实小说（黑幕小说更无论了）；神秘表象唯美三者，不要说作才很少（作才本来不怕其少），最苦的是一班人还都领会不来。所以现在为欲人人能领会打算，为将来自己创造先做系统的研究打算，都该尽量把写实派自然派的文艺先行介绍（《新青年》第六卷六号朱希祖先生译论后面的附说也是如此主张的）。我们假定用一年的时间，大家一齐努力，也许能把这一段工程做完。②

在古典主义—浪漫主义—自然主义—表象主义—新浪漫主义的发展轨

---

① 沈雁冰：《答黄君厚生书》，《小说月报》第十一卷第四号（1920 年）。
② 记者：《小说新潮栏宣言》，《小说月报》第十一卷第一号（1920 年）。

迹中，中国文学处于古典和浪漫之间，但为何要选择写实派、自然派而不选浪漫派呢？因为时代进步，"科学方法已是我们的新金科玉律，浪漫主义文学里的别的原素，绝对不适宜于今日"①。为何不选表象主义和新浪漫主义呢？一是因写实派"人人能领会"，二是因写实的技巧适用于"问题文学"，三是因为要顾及"文学进化的痕迹"。值得注意的是，按照这个发展轨迹，虽从译介自然派入手，最高的目标却是新浪漫主义。"能帮助新思潮的文学该是新浪漫的文学，能引我们到真确的人生观的文学该是新浪漫的文学，不是自然主义的文学，所以今后的新文学运动该是新浪漫主义的文学。"② 1922 年，沈雁冰再次借西洋文学的演变说明了线性进化的文学观念：

> 文学之所以有现在的情形，不是漫无源流的，各主义之递兴，也不是凭空跳出来的。照西洋文学之往迹看来，古典文学之后有浪漫文学，是一个反动；浪漫文学之后有自然文学，也是一个反动。每个反动，把前时代的缺点救济过来，同时向前进一步。③

这里隐含了一个不言而喻的假定前提：小说存在着一个近乎统一的演进历程，这个统一的演进历程既适合西洋也适合中国，西洋走过的路中国也可能会走，西洋曾经出现过的也可能在中国的现在或未来出现，这样中国文学与外国文学在空间上的并列关系被改写为一种时间上的先后关系。再深一层看，本来具有特殊性的"西洋"范式在这里被想象成普遍性的"世界"范式，中国"旧文学"传统因处于这个"世界"范式之外而失去了阐释言说的话语权力，新文学用"西洋"话语和观念解释中国的文学事实，一方面隐含着世界主义的憧憬与理想，另一方面又体现着现代化后发国家建设民族文学的焦虑与紧张。两者之间的矛盾贯穿着整个新文学的发生，由此形成的张力深刻地影响了新文学建设者对翻译文本的选择。

二

在《小说新潮栏宣言》里，沈雁冰列出的外国文学翻译计划是：第一

---

① 沈雁冰：《通信》，《小说月报》第十三卷第四号（1922 年）。
② 沈雁冰：《为新文学研究者进一解》，《改造》第三卷第一号（1920 年 9 月）。
③ 沈雁冰：《通信》，《小说月报》第十三卷第四号（1922 年）。

部分包括般生、斯特林堡、易卜生、左拉、莫泊桑、果戈理、契诃夫、屠格涅夫、陀思妥耶夫斯基、显克微支等 12 位作家的 30 部戏剧和长篇小说，着重介绍他们写实派、自然派的艺术手段；第二部分包括托尔斯泰、陀思妥耶夫斯基、霍普特曼、高尔斯华绥、萧伯纳、威尔斯等 8 位作家的 13 部长篇小说，旨在介绍作为"现社会的对症药"和"新思想宣传的急先锋"的"问题文学"；第三部分是译介卢梭、歌德等作家"过渡时代的文学"，以及一部近代西洋文学思潮史。这个翻译计划囊括了艺术技巧、思想内容、文艺思潮，反映了沈雁冰建设新文学的最初全盘构想，也饱含着建设者对新文学的乐观期待——如果能在一年之内完成译介写实派、自然派的"工程"，就迈出了融入统一的文学进化过程的第一步。一个一个"工程"下来，"待这些阶段都已走完，然后我们创造自己的新文艺有了基础"①。这是一幅多么壮美的蓝图！

《小说月报》第十一卷前九号的"小说新潮"栏目共登载了 29 篇作品，创作 3 篇，译作 26 篇。自第十号起，"说丛"和"小说新潮"栏目合并为"长篇小说"和"短篇小说"，创作和翻译混排，共登载 18 篇短篇和 5 部长篇。十一卷中，莫泊桑的小说占了 7 篇，契诃夫的小说占了 8 篇，般生、左拉、泰戈尔、托尔斯泰、奥莱尔、法朗士等作家都在其列，体现了以"写实派""自然派"为主导的选择原则。革新后的《小说月报》则在此基础上作了调整，沈雁冰任主编的第十二卷和第十三卷里，先后有介绍印象派、表现派、不规则诗派（包括印象派、表现派、未来派等）、未来派等现代主义流派的理论文章，有梅特林克、王尔德、莫里哀这样分别来自象征主义、唯美主义、古典主义作家的戏剧，有《女王玛勃的面网》这样的读者译者都认为费解的现代派小说。在沈雁冰看来，译作的内容和艺术技巧应详加甄别。在内容方面，应着重介绍"问题文学"，有助于前现代国家早日实现现代化；在艺术技巧方面，应介绍"写实派"同时兼顾现代主义，有助于实现"新浪漫主义"的目标，与世界文学接轨。

沈雁冰在选择域外文学时头脑中始终有一个预设的"西洋文学"——即"世界文学"的观念，它不是以某个具体的国别文学为代表，而是糅合了法、德、英、俄、日以及其他北欧、东欧国家文学特征的综合的西方范

---

① 记者：《小说新潮栏宣言》，《小说月报》第十一卷第一号（1920 年）。

式。从这个意义上说，"西洋"就是"世界"，"世界"就是"西洋"，中国的旧文学处于这个体系之外，新文学要融入这个体系。他拿中国文学的幼稚和西方文学的发达做方方面面的比较，急切地希望能够通过自己的译介为中国文学补课，早日加入"世界化"进程。只是沈雁冰融入世界的心理太急切，招来了胡适对《小说月报》的批评：

　　读《小说月报》第七期论创作诸文，颇有点意见，与振铎雁冰谈此事。我劝他们要慎重，不可滥收，创作不是空泛滥作，须有经验作底子。又劝雁冰不可滥唱"新浪漫主义"，现代西洋的新浪漫主义的文学所以能立脚，全靠经过一番写实主义的洗礼，有了写实主义作手段，故不致堕落到空虚的坏处。如梅特林克，如辛兀 Synge，都是极能运用写实主义方法的人，不过他们的意境高，故能免去自然主义的病境。①

胡适指出《小说月报》在创作方面要杜绝"滥作"，在译作方面要杜绝"滥唱""新浪漫主义"，其实是在担心不经"写实主义的洗礼"，新文学的发展会"堕落到空虚的坏处"。"历史的文学观念"的提出者胡适并没有背离进化的观点，他只是在做出"欲速则不达"的警告。从他对梅特林克的赞扬中能看出他对自然主义（或写实主义）—象征主义—新浪漫主义的演进轨迹的认同，这一点与沈雁冰是完全一致的。一年后，在《自然主义与中国现代小说》中，沈雁冰针对文坛现状做了深入的思考，也认为应该放慢进化的脚步："新浪漫主义在理论上或许是现在最圆满的，但是给未经自然主义洗礼，也叭不到浪漫主义余光的中国现代文坛，简直是等于向瞽者夸采色之美。"② 今天我们以后见之明来看，进化论线性思维的弊端是显而易见的，新陈代谢的规律会将复杂的文学现象简单化，陷于目的论和决定论。但进化论在五四时期的贡献是不容置疑的，它是"破旧立新"的理论支撑，以排山倒海的气势瓦解了晚清"中体西用"和民初"推陈出新"的温和改良观，迅速取代古代文学，将新文学"定于一尊"。进化论还导致了文学革新思想的根本转变。中国古代文学讲究"文源于五经"，"只知道有圣贤，不知道有人类"。华夏中心的文化观念，使中国文学很难

　① 胡适：见 1921 年 7 月 22 日的日记，《胡适的日记》，中华书局，1985，第 156 页。
　② 沈雁冰：《自然主义与中国现代小说》，《小说月报》第十三卷第七号（1922 年）。

以平等的姿态和开放的心理面对域外文学。而进化论则以普遍真理的形式，淡化了晚清以来各个层面进行的中/西对立的文学比较和价值评判——既然进化是发展规律，那么文学之间最大的差异就在于时间意义上的阶段而不是空间意义上的国别，新文学就可以堂堂正正地向西方寻求良药而不必在"复古"中寻找革新动力。沈雁冰们试图打破中西二元对立的文学价值观以建立大同文学的努力，使五四新文学运动呈现出与此前历代文学革新运动不同的新气象。

"我们中华的国民文学为什么至今未确立，我们中华的文学为什么不能发达的和西洋诸国一样？"除上文提到的文学思潮之外，沈雁冰还将作者地位和文学观念两个因素引入"世界文学的进化"的框架，论证了著名的"为人生"的"民众文学"的初步构想：

> 英国也经过，朝廷奖重文学后贵阀巨室奖重文学的时代，和我国的情形相差不多。所不同者，他们文学者自身对于文学的观念，却和我国大不相同。他们不曾把文学当做圣贤的留声机，不知道"文以载道""有为而作"，他们却发见了一件东西叫做"个性"，次第又发见了社会、国家和民众，所以他们的文学，进化到了现在的阶段。文学进化已见的阶段是：个人的（太古）——帝国贵阀的（中世）——民众的（现代）。这上两阶段，他们都曾经过，和我们一样，我们现在是从第二段到第三段的时期，我们未始不可以在极短的时间内赶上去，我们安得自己菲薄？
>
> 文学和人的关系也是可以一句话直捷了当回答的。文学属于人（即著作家）的观念，现在是成过去的了；文学不是作者主观的东西，不是一个人的，不是高兴时的游戏或失意时的消遣。反过来，人是属于文学的了。文学的目的是综合地表现人生，不论是用写实的方法，是用象征比譬的方法，其目的总是表现人生，扩大人类的喜悦和同情，有时代的特色做他的背景。文学到现在也成了一种科学，有他研究的对象，便是人生——现代的人生；有他研究的工具，便是诗、剧本、说部。①

---

① 沈雁冰：《文学和人的关系及中国古来对于文学者身份的误认》，《小说月报》第十二卷第一号（1921年）。

不仅如此，沈雁冰特别设立了"海外文坛介绍"栏目，1921～1924年，他在《小说月报》中发表了206条消息，内容包括外国作家作品介绍和外国文坛动态，范围覆盖几十个国家，这些译自欧美书报杂志的新鲜消息使国内读者与世界文坛保持及时的联系，大开国内读者的眼界，初步使国内的文坛呈现"全球化"的局面。

进化论从时间范畴将中国纳入了线性前进的发展轨道，国别文学的个体差异被"世界文学"的统一概念所掩盖。1920年，文学研究会的发起人之一朱希祖在《新青年》上响亮地提出"文学无国界"的观点，他说："真正的文学家，必明文学进化的理。严格讲起来，文学并无中外的国界，只有新旧的时代。新的时代总比旧的时代进化许多。换一句话讲，就是现代的时代，必比过去的时代进化许多。"①

《小说月报》与之相呼应。早年身体力行地致力于外国文学译介活动的沈雁冰以其深厚的文学理论功底发展了"文学无国界"的观点，提出了文学的全人类性的看法——他认为民族文学最终能进化到无国界的世界大同的文学：

> 古典—浪漫—写实—新浪漫……这样一连串的变迁，每进一步，便把文学的定义修改了一下，便把文学和人生的关系束紧了一些……这一步进一步的变化，无非欲使文学更能表现当代全体人类的生活，更能宣泄当代全体人类的情感，更能声诉当代全体人类的苦痛与期望，更能代替全体人类向不可知的运命作奋抗与呼吁。不过在现时种界国界以及语言差别尚未完全消灭以前，这个最终的目的不能骤然达到，因此现时的新文学运动都不免带着强烈的民族色彩。例如爱尔兰的新文学运动和犹太的新文学运动都是向着这倾向，对全世界的人类要求公道的同情的。我们中国的新文学运动也不能不是这性质了。②

我们觉得文学的使命是声诉现代人的烦闷，帮助人们摆脱几千年来历史遗传的人类共有的偏心与弱点，使那无形中还受着历史束缚的现代人的情感能够互相沟通，使人与人中间的无形的界线渐渐泯灭；文学的背景是全人类的背景，所诉的情感自是全人类共通的情感。只因现在世界的人们还不能是纯然世界的人，多少总带着一点祖国的气

①　朱希祖：《非"折中派的文学"》，《新青年》第六卷第四号（1920年）。
②　郎损：《新文学研究者的责任与努力》，《小说月报》第十二卷第二号（1921年）。

味，所以文学创作中难免都要带一点本国的情调。①

这样的文学能表现"全体人类的生活"，救正"人类共有的偏心与弱点"，有统一的"全人类的背景"，倾诉"全人类共通的情感"，代替全人类"奋抗与呼吁"，这是何等雄浑的气魄和伟大的胸襟。文学体现的是人类的思想与情感，而翻译文学是在"还不能是纯然世界"的"现在世界"实现国家之间思想文化的交流。在从蒙昧中刚刚醒来的五四时代，在对未来抱有乐观和憧憬的五四时代，文学的"全人类性"反映的是与世界相联系、与世界平等对话的世界大同的理想。从这个意义上讲，域外文学和中国文学之间已经没有不可逾越的鸿沟，它们共同体现了人类的思想和情感，是人类共有的财富。

对比上一章中提到的梁启超"浸润于国民脑质"，管达如"补我国文学之所短""求世界之智识"、"知外国世界之情状"的译介目的，我们可以看出清末民初翻译与五四新文学翻译的巨大距离：清末民初的翻译带有工具论色彩，把翻译文学当成考其民情、鉴其得失的启蒙工具；而新文学的翻译则着眼于文学建设和文化交流，翻译文学是在"种界国界以及语言差别尚未完全消灭以前"沟通中国与世界的渠道，"全人类"的文学隐含着世界大同的美好理想。比起晚清的文学翻译观念，《小说月报》无疑大大向前推进了一大步，两者已经分属于不同的天地。

三

沈雁冰虽然认为文学的进化是有时间线索可循的，但他认为时间上的"新"不一定就是文学上的"好"，他对文学进化的理解还有一个"时代"以外的向度：文学内容的进化。

1920年，在开辟"小说新潮"栏目伊始，沈雁冰冷静地指出，翻译外国文学的目的"不是徒然'慕欧'"，而是要"提出他（旧文学）的特质和西洋文学的特质结合，另创一种自有的新文学出来"，但是"最新的不就是最美的最好的。凡事一个新，都是带着时代的色彩，适应于某时代的，在某时代便是新；唯独'美''好'不然。'美''好'是真实（Re-

---

① 沈雁冰：《创作的前途》，《小说月报》第十二卷第七号（1921年）。

ality）。真实的价值不因时代而改变。旧文学也含有'美''好'的，不可一概抹煞。"① 新文学强调的不一定是时代的新，而是要吸取旧文学和西洋文学中"美""好"的因子，也就是"真实"——文学中经得起时间考验的精华。

在《新旧文学平议之评议》中，沈雁冰从文学作品的语体、思想和内在精神阐释了"进化"的另一重含义："新文学就是进化的文学，进化的文学有三件要素：一是普遍的性质；二是有表现人生指导人生的能力；三是为平民的非为一般特殊阶级的人的。唯其是要有普遍性的，所以我们要用语体来做；唯其是注重表现人生指导人生的，所以我们要注重思想不重格式；唯其是为平民的，所以要有人道主义的精神，光明活泼的气象。如拿这三件要素去评断文学作品，便知新旧云者，不带时代性质。"② 按照这个标准，惠特曼 100 年前讴歌民主与自由的诗是"极新"的，蒋贻弓的《蚕诗》、范仲淹的《江上渔者》虽是古诗，但描写的是劳动人民的生活，都可称是"新文学"。"我们该拿进化二字来注释'新'字，不该拿时代来注释；所谓新旧在性质，不在形式。"③ 他认为新文学的发展固然受到西方文学很大影响，但同时，也是中国文学自身发展的需要。古代文学从题材到章法以及语言在传达现代生活的思想和情感时捉襟见肘，促进了新文学内容和形式两方面的突破，但朴素的人道主义精神和现实主义的技巧却因受西方文学的影响而得到生发和深入。

沈雁冰认识到"进化"的关键在于文学为何而作为谁而作。文学表现的主题永远指向人类的社会生活和心灵世界，但人是社会中的人，政治、经济、宗教、种族等因素的制约会将人归属于不同的社会阶层，在不同的时代都会有相对的强势群体和弱势群体。一般来讲，强势群体总是少数人，处于社会金字塔的塔尖，而广大的弱势群体构成了庞大的塔基。于是在本国社会，就有君主与臣民、贵族与平民之分；而在国际社会，就有发达的"西洋国家"和被损害的"弱小民族"之分。沈雁冰强调"进化"的文学应该为平民服务，应该表现并指导平民的人生，这种明确的阶级意识和使命感是清末民初的文学所未有的。西洋文学思潮的"进化"轨迹依

---

① 记者：《小说新潮栏宣言》，《小说月报》第十一卷第一号（1920 年）。
② 沈雁冰：《新旧文学平议之评议》，《小说月报》第十一卷第一号（1920 年）。
③ 沈雁冰：《新旧文学平议之评议》，《小说月报》第十一卷第一号（1920 年）。

然为沈雁冰提供了有力的论据：14～17 世纪的文艺复兴时期，新兴资产阶级打着复兴古希腊和古罗马文化传统的旗号反封建反教会，呼唤人文主义，虽然文学作品也表现底层人民生活，但正面主人公往往是王侯贵族、才子佳人，尤以莎士比亚剧作中的主人公为代表。17 世纪的古典主义文学拥护王权、崇尚理性，多在历史和古代作品中选取题材作为表现对象。18 世纪的启蒙文学虽也一样强调理性，但作为启蒙运动的组成部分，它有着批判性和战斗性，将矛头直接指向上层社会，有一定的政治倾向性。启蒙文学反映的是人民大众的生活，正面主人公多是平民和处于底层的小资产阶级。到了 19 世纪，现实主义文学基本上是以启蒙文学为先导的，同时它还将一支笔伸向了生活中丑恶和黑暗的一面，因为深怀对底层人物的同情和爱，愈发加强了对社会中不公平不合理现象的抨击和批判。从这个意义上讲，文学基本是沿着人的文学启蒙的文学方向"进化"的。沈雁冰正是参照西洋文学典范，在中国古代文学中找到关心劳苦大众的现实主义传统，为新文学的发展找根据，来反对歌功颂德的载道文学和金钱主义的消遣文学。

1921 年，沈雁冰以笔名郎损撰文写道："介绍西洋文学的目的，一半果是欲介绍他们的文学艺术来，一半也为的是欲介绍世界的现代思想——而且这应是更注意些的目的。"[1] 沈雁冰提出的翻译目的很明确，然而在实际译介作品时却各有偏爱。从审美体验和艺术技巧上，沈雁冰对以发达国家为代表的"西洋文学"很偏爱，但是从民族心理与情感上，他更重视对"被损害民族的文学"的译介，这两种选择相互制衡，体现出新文学者建构民族文学时的复杂心理。

沈雁冰进一步解释：

> 凡是好的西洋文学都该介绍这办法，于理论上是很立得住的，只是不免不全合我们的目的……虽则现在对于"艺术为艺术呢，艺术为人生"的问题尚没有完全解决，然而以文学为纯为艺术的艺术我们应是不承认的。西洋最好的文学其属于古代者，现在本也很少有人介绍，姑置不论；便是那属于近代的，如英国唯美派王尔德的"人生装饰观"的著作，也不是篇篇可以介绍的。王尔德的"艺术是最高的实

---

[1]　郎损：《新文学研究者的责任和努力》，《小说月报》第十二卷第二号（1921 年）。

体，人生不过是装饰"的思想，不能不说他是和现代精神相反；诸如此类的著作，我们若漫不分别地介绍过来，委实是太不经济的事——于成就新文学运动的目的是不经济的。所以介绍时的选择是第一应得注意的。①

值得注意的是"经济的"一词，沈雁冰是按照自己的新文学理想筛选翻译文学文本的，要利用有限的时间和精力翻译自己所需要的文学作品，方才算"经济"。王尔德为艺术而艺术的著作不符合"为人生"的文学观念，因此沈雁冰认为不必全部介绍。《小说月报》第十二卷第五号发表了沈泽民的《王尔德评传》，该文从唯美主义艺术的角度肯定了王尔德的作品，但又从人格和生活上否定了他。同时，第五、六、八、十二号连载了耿济之翻译的王尔德的剧本《一个不重要的妇人》。如果说"中国的新文学一定要加入世界文学的路上，那么，西洋文学进化途中所已演过的主义，我们也有演一过之必要"②表明了沈雁冰急于将中国文学纳入世界文学之中的渴望，那么此处关于"经济"的讨论则表明了沈雁冰意识到文学演进有自己民族的规律，并非世界上所演进的主义都可能在中国上演，正如并非所有思潮都依次在英、法、德、俄等国家全部上演一样。在内忧外患的乱世，关心国瘼民情才是文学的真正所指，才能体现知识分子的道义与良心。近代中国在欧风美雨和坚船利炮的凌厉攻势下意识到了"天下"之外的"世界"，世界上既有政治、经济、军事、科技发达的国家，还有和中国一样被侮辱被损害的国家。文学既然是参与"民族共同体"想象的意识形态，就与被压迫被损害民族的文学在民族心理上产生了天然的联系。

在沈雁冰主编的两卷《小说月报》里，无论是评论还是创作，都以英、日、俄、法为最多。此外，先后译介了印度、美国、希腊、德国、匈牙利、挪威、保加利亚、爱尔兰、瑞典、西班牙、罗马尼亚、亚美尼亚、西班牙、比利时、荷兰、智利、犹太、波兰、尼加拉瓜、捷克、芬兰等国家的作品，译介范围遍及欧洲，还包括亚洲和美洲的一些国家，除几个老牌的发达国家以外，其余都是新兴的民族国家。第十二卷第十号出版了"被损害的民族文学"专号，译介了波兰、捷克、塞尔维亚、芬兰、希腊、

---

① 郎损：《新文学研究者的责任和努力》，《小说月报》第十二卷第二号（1921年）。
② 沈雁冰：《文学作品有主义与无主义的讨论》，《小说月报》第十三卷第二号（1922年）。

乌克兰等国家的文学概况以及小说和诗歌近 30 篇。十二卷号外出版了
"俄国文学专号"，发表译介文章 40 余篇。对被损害民族的译介得到了周
氏兄弟的大力支持，两个专号里刊登了鲁迅、周作人、周建人的 12 篇介绍
文章和翻译小说。鲁迅和周作人早在 1909 年就出版了介绍俄国、北欧、波
兰等国家反映人民苦难生活和民族解放运动的《域外小说集》，开一代风
气之先。不过受当时读者审美趣味的限制，当时第一册卖了 21 本，第二册
卖了 20 本，入不敷出，就再没有持续下去。1920 年，鲁迅重印《域外小
说集》，昭示着时代的文学理想和审美标准的转变。到了沈雁冰这里，被
压迫民族的文学已经成为文学译介的重中之重。沈雁冰认为文学是"民族
性"的表现且可能是唯一"真正内在"的表现：

> 一民族的文学是他民族性的表现，是他历史背景社会背景合时
> 代思潮的混产品！我们要了解一民族之真正的内在的精神，从他的
> 文学作品里就看得出——而且恐怕惟有从文学作品中去找，才找
> 得出。①

在译介被压迫民族文学时，沈雁冰依然怀有世界大同的理想，只不过
先前由文学进化推导而来，而现在是由此出发呼唤民族平等。如果说西洋
文学的进化使沈雁冰思考的是"我们应该怎样走向世界文学"，那么严峻
现实下对弱小民族的译介则体现的是"我们应该如何建设民族文学"。前
者决定了沈雁冰选择时的重心在输出国文学，按照西洋典范修正自己；而
后者的重心则在输入国文学，强调的是如何有效地"拿来"为我所用。沈
雁冰义正词严地为被损害民族的文学辩护：

> 凡在地球上的民族都一样的是大地母亲的儿子；没有一个应该特
> 别的强横些，没有一个配自称为"骄子"！所以一切民族的精神的结
> 晶都应该视同珍宝。视为人类全体共有的珍宝！而况在艺术的天地内
> 是没有贵贱不分尊卑的！
> 凡被损害的民族的求正义求公道的呼声是真的正义真的公道。在
> 榨床里榨过留下来的人性方是真正可宝贵的人性，不带强者色彩的人
> 性。他们中被损害而向下的灵魂感动我们，因为我们自己亦悲伤我们

---

① 《被损害民族的文学·引言》，《小说月报》第十二卷第十号（1921 年）。

同是不合理的传统思想与制度的牺牲者；他们中被损害而仍旧向上的灵魂更感动我们，因为由此我们更确信人性的沙砾里有精金，更确信前途的黑暗背后就是光明！①

值得注意的是，沈雁冰译介被损害民族的文学一再强调的"民族性"并非新文化运动中屡遭诟病的"国民劣根性"②，而是"一国国民共有的美的特性"。沈雁冰以俄国为例，说俄国的国民性是"能忍苦地和黑暗反抗，能用彻底的精神做事，能爱他，能有四海同胞主义的精神"。角度不同，得出的结论也不同，新文化运动的干将从启蒙的角度讨伐传统文化，从批判的角度挖掘"国民劣根性"；而沈雁冰则从文学的角度批判"审丑"的"国粹文学"，从建构的角度倡扬"善美"的国民性。这是思想启蒙与文学创作的分歧：

> 我相信一个民族既有了几千年的历史，他的民族性里一定藏着善美的特点；把他发挥光大起来，是该民族不容辞的神圣的职任。中华这么一个民族，其国民性岂遂无一些美点？从前的文学家因为把文学的目的弄错了，所以不曾发挥这些美点，反把劣点发挥了。这些"国粹文学"内所表见的中华国民性，我们不能承认是真的中华国民性：国民性的文学如今正在创造着！③

海外学者刘禾指出：歌德在 1827 年首创的"Weltliteratur"（世界文学）一词提出了民族文学之间的一种交流观。歌德想象了一种全球化的情境，在这种情境中，德国语言和文学是一个"世界市场"，所有民族都为他提供"商品"，而他在丰富自己的同时崇高地扮演着翻译者的角色。与歌德的自信相比，五四作家的翻译显得沉重，他们的目的是要学会怎样生

---

① 记者：《被损害民族的文学·引言》，《小说月报》第十二卷第十号（1921 年）。
② 刘禾：《语际书写——现代思想史写作批判纲要》，上海三联书店，1999，第 71 页。"新文化运动中的'现代性'理论把国民性视为中国传统的能指，前者负担后者的一切罪名。'批判国民劣根性'于是上升为批判传统文化的一个重要环节。"刘禾在注释中还进一步解释说："'国民性'的意义向国民劣根性滑动，成为不折不扣的反义词，主要是新文化运动和五四运动的功劳。这一点从反面也可以得到证明。到了 1922 年，《学衡》派的梅光迪和胡先骕等人又出来提倡国粹时，国民性也是贬义词。有趣的是，它在这里第一次被人用来批判同儒家传统价值相对立的现代社会。"
③ 郎损：《新文学研究者的责任和努力》，《小说月报》第十二卷第二号（1921 年）。

产一种民族经典，既值得被世界文学接受，也值得被西方评估。① 在历史进化论的统摄下，民族文学的建立与世界文学始终保持着一种紧张的辩证的关系，与世界接轨体现了民族文学要在全球化语境中获得成员资格的努力，但对被损害民族的"善美"精神的追求又表明了民族文学在以抵抗认同的方式确认自身，民族建构意识和世界主义意识的交织传达出现代性在中国发生的多样性和差异性，也展现出新文学发生过程中的种种暧昧曲折的图景。

第二节　郑振铎："情绪"与"思想"

同是提倡为人生的文学，同是强调翻译文学的重要，《小说月报》（1921～1931）前后两任主编沈雁冰和郑振铎却"同"中有"异"，如果说沈雁冰是一名入世的改革者，郑振铎则是一位稳健的学者。客观地说，郑振铎在学术研究上取得的成就要大于他在文学翻译、创作和批评上取得的成就，郑振铎现代学者的知识背景使他的翻译选择策略与沈雁冰有所区别。"血与泪"的现实关怀与对文学本体的追求两条线索同时交叉在郑振铎的译介思路里，使他的翻译抉择呈现出调和两者的艰难努力，同时也增加了选择的难度。郑振铎试图调和两者之间矛盾的努力体现了他建设新文学的别样构想，同时也展示出新文学发生期多元驳杂的历史现场。

一

郑振铎是从翻译俄国文学开始踏上文学之路的，瞿秋白是他的领路人。瞿秋白对俄国文学和中国新文学的精辟见解，对郑振铎有很大启发和影响。1918 年，就读于北京铁路管理学校的郑振铎结识了在外交部俄文专修馆学习的瞿秋白、耿济之、瞿世英等人，建立了志同道合的深厚友谊。1919 年，他们共同创办进步期刊《新社会》，郑振铎又在《新社会》被查封后筹办《人道》月刊，其间结识了王统照、许地山等新文学同道——都是日后文学研究会的骨干。当时的俄文专修馆用的教材是普希金、托尔斯泰、屠格涅夫、契诃夫等名家的作品，同五四之前多从英语日语转译的俄

---

① 刘禾：《跨语际实践》，宋伟杰等译，生活·读书·新知三联书店，2002，第 268～270 页。

国文学相比，阅读原文更能使他们体会俄国文学的真味（郑振铎不懂俄文，但他的英文水平高，可以阅读英文译本）。更重要的是，俄国十月革命胜利对全世界产生巨大影响，对中国"黑暗悲惨的社会"来说更不啻是"空谷足音"，于是"俄国文学成了中国文学家的目标"[①]。自 1919 年瞿秋白译介托尔斯泰、果戈理的作品始，他们都怀着极大的热情译介俄国文学，希望能为中国和新文学带来光明。

《小说月报》创刊之后，耿济之、耿勉之、耿式之三兄弟，郑振铎、瞿秋白、王统照都是翻译俄罗斯文学的主要力量，以耿济之的成绩最为突出。1920 年，耿匡（济之）和沈颖合译的《俄罗斯名家短篇小说集》出版，瞿秋白为之作序，特别指出文学是"社会的反映"，"因社会的变动，而后影响于思想，因思想的变化，而后影响于文学"，而不是相反。梁启超持"每一书出，而全国之议论为之一变"的观点认为域外文学是启蒙的利器，是改良社会的工具，而瞿秋白则认为"看俄国的文学……可以知道他国内社会改革的所由来，断不敢说，模仿着去制造新文学就可以达到我们改革社会的目的"。"不是因为我们要改造社会而创造新文学，而是因为社会使我们不得不创造新文学，那么，我们创造新文学的材料本来不一定取之于俄国文学，然而俄国的国情，很有与中国相似的地方，所以还是应当介绍。"[②] 社会和文学都在变，是社会改变了文学，而不是文学改变了社会，俄国如此，中国亦应如此。文学与社会隶属不同范畴，两者不可通约，介绍俄国文学会影响中国社会，但直接的首要的影响应该落在中国的新文学上。两相对比，瞿秋白对文学与社会的关系、文学的功能以及译介动机的看法较梁启超前进了一大步，我们看到了新文学译者对清末民初译者的超越。

郑振铎当时也为这本小说集写了序。[③] 与瞿秋白从思想的角度出发不同，他是从文学的角度阐述译介俄罗斯文学的必要性。他从俄罗斯文学"真"的精神、人的文学、平民的文学、悲剧精神四个方面论证"俄罗斯文学是近代的世界文学的结晶"。值得注意的是，郑振铎处处将俄罗斯文

---

① 瞿秋白：《〈俄罗斯名家短篇小说集〉序》（1920），严家炎编《二十世纪中国小说理论史料·第二卷》，北京大学出版社，1997，第 92 页。

② 瞿秋白：《〈俄罗斯名家短篇小说集〉序》（1920），严家炎编《二十世纪中国小说理论史料·第二卷》，北京大学出版社，1997，第 92 页。

③ 郑振铎：《〈俄罗斯名家短篇小说集〉序》（1920），严家炎编《二十世纪中国小说理论史料·第二卷》，北京大学出版社，1997，第 93 ~ 94 页。

学与中国旧文学做比较，通过具体的探讨和细致的对比在俄罗斯文学中寻找反对旧文学的根据，明确新文学的构想。他认为旧文学拘泥于文字雕琢，俄罗斯文学则表现了"真"的思想和情感；旧文学是非人的文学，俄罗斯文学则是切于人生关系表现人性的文学；旧文学是颂圣酬和的文学，俄罗斯文学则是平民的文学；旧文学困于"团圆主义"，千篇一律，俄罗斯文学则富于悲剧色彩和悲悯精神。所以译介俄罗斯文学可以了解"世界的近代的文学的真价"，建立中国新文学的基础。从具体现象入手的实证方法体现了郑振铎严谨笃实的学者气质，他得出的结论因此比浮泛地赞同或反对某种文学观念更有说服力和感染力。郑振铎最初的文学思考和论证方法初步显露了他的翻译策略，如果说沈雁冰是从大处着眼，宏观鸟瞰世界文学，把握全局分析大势，郑振铎则是在小处落墨，在个案的对比分析中总结建设新文学的具体经验。

郑振铎在 20 世纪 20 年代的翻译活动主要集中在俄国小说和寓言、泰戈尔的诗歌以及童话和寓言上，他对"文学"的理解超出了单纯的"为人生"或写实派的主张。他任主编时的《小说月报》，"对于向来的介绍近代的及弱小民族的文学的特色仍继续的保存着"①。但郑振铎在取舍译作时特别重视作品的"文学"内涵，他认为文学最可贵的品质在于"情绪"，而"血与泪"的现实关怀与文学的"情绪"追求并不矛盾，他甚至提出"革命天然是感情的事"。这使《小说月报》译介的侧重点发生了微妙的转移，例如，对古代经典作品的重视和对那些功利性不强的作品的关注。简言之，同是主张启蒙的新文学，沈雁冰的侧重点在启蒙，而郑振铎的侧重点在文学。

二

郑振铎与瞿秋白一样强调文学的社会功利性，他甚至不满足于沈雁冰提出的描写被侮辱和被损害者人生的主张，呼唤文人们直接关注国家、社会和家庭的苦难现实，响应时代的号召，贡献出"血和泪的文学"：

> 我们现在需要血的文学和泪的文学，似乎要比"雍容尔雅"，"吟风啸月"的作品甚些吧！"雍容尔雅""吟风啸月"的作品，诚然有

---

① 《〈小说月报〉第十六卷的新计划》，《小说月报》第十五卷第十一号（1924 年）。

时能以天然美来安慰我们的被扰的灵魂与苦闷的心神，然而在此到处是榛棘，是悲惨，是枪声炮影的世界上，我们的被扰乱的灵魂与苦闷的心神，恐总非它们所能安慰得了的吧。而且我们的心又何忍受安慰？萨但日日以毒箭射我们的兄弟，战神又不断的高唱它的战歌。武昌的枪声，孝感车站的客车上的枪孔，新华门外的血迹……忘了么？虽无心肝的人也难忘了吧！虽血已结冰的人也难忘了吧！①

在"虎狼群行于道中，弱者日受其鱼肉"的黑暗社会里，怀着感时忧国的爱国心和使命感，郑振铎预言"血与泪的文学"将成为"中国文坛的将来的趋向"。"我们的心灵上已饱受这不安的社会所给予的压迫与悲哀了。因此，我们的情绪便不能不应这外面的呼声而有所言。"② 但是，出于对文学特点的考虑，郑振铎又声明"文学的统一，是不可能的。因为个人的环境不同，于是情绪与思想不同，于是由他情思所产生的文学遂亦不同。我在本刊上虽曾极力主张血与泪的文学，却也曾再三声明并不强人以必从"③。值得注意的是郑振铎对"情绪"和"思想"的强调，与"血和泪"相比，郑振铎更加看重的是"文学"的特性：

> 血与泪的文学不仅是单纯的"血"与"泪"，而是必要顾到"文学"二字。尤其必要的是要有真切而深挚"血"与"泪"的经验与感觉。虚伪的浮浅的哀怜的作品，不作可以。④

"血和泪"的题材反映的是作家的道义良知，但"情绪"和"思想"才是文学的根本。有了情绪和思想，不描写血泪的作品也是文学，而没有情绪和思想的作品，即使描写血泪也不算是文学。郑振铎的"文学"定义是："文学是人们的情绪与最高思想联合的'想象'的'表现'，而它的本身又是具有永久的艺术的价值与兴趣的。"⑤ 而两者中，"最重要的元素是情绪，不是思想"⑥。结合俄罗斯文学的研读心得，郑振铎从人道主义的

---

① 郑振铎：《血和泪的文学》，《文学旬刊》第 6 期（1921 年）。
② 郑振铎：《无题》，《文学旬刊》第 44 期（1922 年）。
③ 郑振铎：《无题》，《文学旬刊》第 44 期（1922 年）。
④ 郑振铎：《无题》，《文学旬刊》第 44 期（1922 年）。
⑤ 郑振铎：《文学的定义》，《文学旬刊》第 4 期（1921 年）。
⑥ 郑振铎：《文学的使命》，《文学旬刊》第 5 期（1921 年）。

立场将"情绪"看作文学最重要的元素和最本质的特征，体现了他较之同时代新文学开创者的超拔之处。

同样是通过译介域外文学来反对"载道"的文学和"消闲"的文学，沈雁冰看重的是"为人生"的宗旨和写实主义、自然主义的技巧，而郑振铎看重的却是作品中流泻的人类的"情绪""感情的结晶"：

> 文学是人生的自然的呼声。人类情绪的流泻于文字中的，不是以传道为目的，更不是以娱乐为目的。而是以真挚的情感来引起读者的同情的……文学……的使命，他的伟大的价值就在于通人类的感情之邮。诗人把他的锐敏的观察，强烈的感觉，热烘烘的同情，用文字表示出来，读者便也会同样的发生出这种情绪来。作者无所为而作，读者也无所为而读。①

> 文学不惟是"最好思想的记录"，并且也是人们的一切感情的结晶。他把我们的笑，我们的哭，我们的叹息，我们的崇慕，恨怒，以及我们的一分一秒间的脑中的波动与变化，微妙而且感人地写下来……变我国人的残忍的心理而为同情，变沉闷而且干枯的生活而为丰富而且有趣，实有赖于现在的文学家的努力了！②

"无所为而作""无所为而读"与"表现人生指导人生"的文学功用观的差异是显而易见的。对文学"情绪"的强调、对"崇慕恨怒"感情的强调，事实上是对文学功利性的反拨，对文学本体性的回归。

相形之下，沈雁冰译介域外文学以建设"表现人生指导人生"的新文学，但"提出问题"的小说翻译了，写实主义、自然主义介绍了，创作水平却很难提高——热衷于"问题"使艺术失真，而纯客观描写又无法"指导人生"。如何将艺术追求与现实追求完整统一，是当时沈雁冰面临的难题。温儒敏先生认为沈雁冰的问题在于把文学本质理解得太"实"了，太注重题材的现实性和时代性，忽视了对创作个性、情感和想象力的注意。他说："在'提出问题'与'客观描写'两个斜坡中间，可能有一个关键的地方可作为联络点，即是作家个人的艺术视景。这艺术视景包含了作家对生活的独特的发现而并非单纯充当某一思想观念的工具，即使要'提出

---

① 郑振铎：《新文学的建设》，《文学旬刊》第 37 期（1922 年）。
② 郑振铎：《文艺丛谈》，《小说月报》第十二卷第一号（1921 年）。

问题'，那'问题'也必须是从作家自己的生活体验所涌现，渗透着作家的思想感情气质，而又通过作家独特的构思表现出来。新文学初期出现的概念化倾向，固然可以说是因为只注重'提出问题'或者没有作'客观描写'，更重要的恐怕还是缺少作家独特的艺术视景。"① 除此而外，造成沈雁冰困境的还在于他的双重身份，沈雁冰作为批评家的才气无可否认，但我们同时也应该注意到他的政治身份。沈雁冰1921年接编《小说月报》时已经加入了中国共产党，他利用商务印书馆的编辑职务做掩护，实为共产党在上海的地下联络人，中央与上海组织联络的信件基本上都是由沈雁冰转交。这样的政治身份使沈雁冰虽然有精到的审美能力，但更重视文学作品的思想内容和教育意义；虽然能把握作品的艺术特质，却更看重作家的政治立场。

　　文学作品是人类审美活动和艺术活动的结晶，归根结底表现的是人的生命体验。创作主体的审美体验与社会实践有密切联系，但主体描写的社会中的人、景、事、物往往都融入了主体的人生体验，是主体与外界撞击产生的心灵的火花，是主体心灵世界的外化。郑振铎的"情绪"论提倡的是表现融入生命体验的主观化真实，与沈雁冰提倡的有教育意义的客观化真实形成对比。1921年，在创造社和文学研究会的论争中，创造社的"为艺术"文学观也是要强调创作主体在文学创作中的重要性，但是创造社的言论偏激，欲将文学从社会现象的反映引向个体生命经验的表达，从一个极端引向另一个极端，很容易让人抓住"与时代脱节"的弊病。两个社团的观点实际上分属文学的启蒙功能和审美功能两个层面，是一场错位的对话。郑振铎用"情绪"统率"血与泪"和"文学"，为文学提供了一个比较宽泛的尺度，这种学者式的宽容姿态是在尽可能地为文学开辟一个自由发展、多元对话的空间。

　　表面上看来，郑振铎所提出的译介目的与沈雁冰有相似之处：一是为了"改变中国传统的文学观念"，二是希望"能引导中国人到现代的人生问题，与现代的思想相接触"②。但仔细推敲，他希望的"改变"却不完全与"提出问题"和"客观描写"相重合，郑振铎时刻牢记的是"文学"，而"情绪"是文学的核心，所以"情绪"也是选择域外文学的首要标准。

　　　我们分别那好的文艺的作品，与那够不上称为文艺的作品，不能

---

① 温儒敏：《中国现代文学批评史》，北京大学出版社，1993，第108～109页。
② 郑振铎：《无题》，《文学旬刊》第46期（1922年）。

用理智的道德的标准，只要看他所表现的情绪是否真挚恳切，他的表现的技术是否精密、美丽。任他是"恶之花"也好，"善之花"也好，任他歌颂上帝也好，歌颂萨坦也好，任他是抒写人生的欢愉与胜利，或抒写世间的绝望与残虐，只要他所表现的情绪是真挚的、恳切的，他的表现的技术又是精密的、美丽的，那末他便是一篇好的文艺作品了。①

在郑振铎的表述里，"情绪""技术"甚至重于"理智"和"道德"，文学既不载圣贤之旧"道"，也不载"启蒙新智"之新"道"，这是对"文以载道"传统文学观的彻底颠覆。同时，"情绪"又不同于"言志"派的独抒性灵，它表现的是现代人的思想感情，它不以道德的善恶为标准，而唯着意于真挚。另外，在新文学阵营内部，我们也能看到新文学主将们在文学价值观上的偏向。沈、郑二人都认为在五四时代翻译的重要性甚至要超过创作，但论述的角度有异。沈雁冰说："我觉得翻译家若果深恶自身所居的社会的腐败，人心的死寂，而想借外国文学作品来抗议，来刺激将死的人心，也是极应该而有益的事。"② 郑振铎则说："我们已在许多世界的名著里，见到我们在我们自己的名著里所不能见到的美的情绪，沸腾着的热情，现代人的苦闷，以及伟大的思想了。因此，我们觉得，我们现在应该分些创作的工夫，去注意到世界名著的介绍。"③ 沈雁冰偏重文学的时代性和现实性，郑振铎则偏重文学本身的情感与艺术特质，尽管在总体的思路上两人是基本一致的，但这种偏重带来译介内容的差别。

三

1927 年 5 月，郑振铎赴欧洲游学，委托叶圣陶和徐调孚代为主编《小说月报》，从第十八卷第七号到第二十卷第六号是叶、徐共编时期。第十四卷至第十八卷第六号的《小说月报》一直由郑振铎主编，在此期间《小说月报》译介的文学作品主要有小说、诗歌、戏剧、儿童文学（包括寓言）四种，如果将沈雁冰编辑的两卷和郑振铎编辑的四卷半中的主要国别

---

① 西谛：《卷头语》，《小说月报》第十五卷第二号（1924 年）。
② 沈雁冰：《介绍外国文学作品的目的——兼答郭沫若君》，《文学旬刊》第 45 期（1922 年）。
③ 西谛：《卷头语》，《小说月报》第十六卷第四号（1925 年）。

翻译文学的数目作对比，我们可以看出一些端倪（见表 2 - 1）［1921 ~ 1931 年《小说月报》译介文学作品数量统计表详见附录一中的（三）〕：

表 2 - 1 沈雁冰、郑振铎主编《小说月报》翻译文学国别对比表

卷 \ 数量 \ 国别	英国	美国	法国	德国	日本	俄国	印度	丹麦	犹太	波兰	捷克	匈牙	芬兰	希腊
第12~13卷	6	4	13	1	5	55	9	0	7	12	5	9	3	3
第14~18卷 第6号	53	7	63	6	24	51	32	30	2	4	1	4	0	1

首先，译介英、美、法、德、日这些发达国家文学的数量大幅度提高，而对犹太、波兰、捷克、匈牙利、芬兰、希腊等弱小民族文学的译介比例则有所减少。沈雁冰是一位入世的改革者，他提倡译介弱小民族文学，难掩不发达国家国民的深层文化心理。旧中国在经济、政治、文化上的落后现实令他自然地引弱小民族文学为同道，弱小民族文学中的内容和情感更易引发中国读者感同身受的心灵震撼。另外，肯定弱小民族文学存在的价值和意义就是在肯定自己，弱小民族的文学为新文学的设计提供了可供参考的方案。但郑振铎以学者研究的目光审视，虽然国别各有归属，但文学的本质是相通的，他试图打破国别界限甚至古今界限，把古今中外的文学铺成一个平面，以"情绪"、思想和艺术的综合标准重新估量世界文学。在这样的思路下，弱小民族的文学与西方发达国家的文学不因国别的差异而受到重视或轻视，学术研究的客观态度对爱国主义和民族主义的主观情感是一种制约和反拨。

其次，从表 2 - 1 可以看到，对俄国文学的重视在革新后的《小说月报》中是贯穿始终的，这是《小说月报》以及文学研究会的一大特点。虽然在清末民初的时候已经出现对俄国文学的译介，《新青年》也很重视俄国文学的翻译，但系统地介绍俄国文学，是从《小说月报》开始的。在《海外文坛消息》中，俄国文学向来是沈雁冰介绍的重点。《小说月报》第十二卷号外的《俄国文学研究专号》不仅有郑振铎、耿济之、沈雁冰、周建人、鲁迅、郭绍虞、沈泽民、张闻天、夏丏尊、周作人等人撰译的俄国文坛概况介绍，还翻译了果戈理、屠格涅夫、高尔基、契诃夫、安特列夫、陀思妥耶夫斯基、阿尔志拔绥夫、梭罗古勃、库普林、普希金等 25 位作家的 28 篇作品。郑振铎从译介俄国文学开始步入文坛，深深为俄罗斯文学悲悯的情感、博大的思想和精湛的艺术所折服，他主编的《小说月报》

一如既往地重视俄国文学的译介。

不过，同是重视俄国文学的译介，沈雁冰与郑振铎的出发点有微妙的不同。沈雁冰重视俄罗斯文学，更多出于社会历史的原因，也就是瞿秋白所说的："俄国布尔什维克的赤色革命在政治上、经济上、社会上生出极大的变动，掀天动地，使全世界的思想都受他的影响。大家要追溯他的远因，考察他的文化，所以不知不觉全世界的视线都集于俄国，都集于俄国的文学；而在中国这样黑暗悲惨的社会里，人都想在生活的现状里开辟一条新道路，听着俄国旧社会崩溃的声浪，真是空谷足音，不由得不动心……我们创造新文学的材料本来不一定取之于俄国文学，然而俄国的国情，很有与中国相似的地方，所以还是应当介绍。"[①] 18～19 世纪俄罗斯文学不仅在内容上反映出与中国相似的国情，而且在艺术上也达到足以同当时欧美文学媲美的高度，因此，郑振铎译介俄罗斯文学却更多出于对文学自身的关注："他是专以'真'字为骨的，他是感情的直觉的表现，他是国民性格，社会情况的写真。""俄罗斯的文学是人的文学，是切于人生关系的文学，是人类的个性表现的文学……是平民的文学。""俄国的文学，则独长于悲痛的描写，多凄苦的声音。"[②] 这些观点都是从文学本体层面提出来的。

再次，主编的审美趣味和政治倾向在一定程度上影响着《小说月报》对外国文学的译介。例如，印度文学和丹麦文学在第十一卷至第十二卷中只有少量的译介，在后四卷半中数量却迅速上升，其主要原因在于郑振铎对泰戈尔诗歌和安徒生童话的偏爱。郑振铎翻译泰戈尔的诗集受益于许地山的鼓励，1921～1923 年，他在《小说月报》上先后发表了《园丁集》《新月集》《爱者之赠遗》《吉檀迦利》《歧路》《采果集》选译，并于1922 年在商务印书馆出版了《飞鸟集》在国内的首部完整译本。郑振铎曾将《新月集》与安徒生童话相联系，用极富诗意的语言描绘出他们笔下纯净美丽的文学世界：

> 我喜欢《新月集》，如之我喜欢安徒生的童话。安徒生的文字美

---

① 瞿秋白：《〈俄罗斯名家短篇小说集〉序》，严家炎编《二十世纪中国小说理论史料·第二卷》，北京大学出版社，1997，第 91～92 页。
② 郑振铎：《〈俄罗斯名家短篇小说集〉序》，严家炎编《二十世纪中国小说理论史料·第二卷》，北京大学出版社，1997，第 93～94 页。

丽而富有诗趣，他有一种不可测的魔力，能把我们从忙扰的人世间，带到美丽和平的花的世界，虫的世界，人鱼的世界里去；能使我们忘了一切艰苦的境遇，随了他走进有静的方池的绿水，有美的挂在黄昏的天空的雨后弧虹等等的天国里去。《新月集》也具有这种不可测的魔力，它把我们从怀疑贪望的成人的世界，带到秀嫩天真的儿童的新月之国里去。我们忙着费时间在计算数字，它却能使我们重又回到坐在泥土里以枯枝断梗为戏的时代；我们忙着入海采珠，掘山寻金，它却能使我们在心里重温着在海滨以贝壳为餐具，以落叶为舟，以绿草的露点为圆珠的儿童的梦。总之，我们只要一翻开它来，便立刻如得到两只魔术的翼膀，可以使自己从现实的苦闷的境地里飞翔到美静天真的儿童国里去。①

在对印度文学的译介方面，与其说是泰戈尔首位东方诺贝尔文学奖得主的身份赢得了郑振铎的尊敬，不如说他卓越的文学造诣和深厚的文化修养吸引了郑振铎。1922～1924 年，泰戈尔访华前后，《小说月报》共推出 19 篇介绍泰戈尔思想和著作的文章，小说 5 篇，散文 4 篇，译诗累计上百首，主要集中在第十四卷第九、十号连续推出两期"泰戈尔号"里。1924 年，泰戈尔访华，郑振铎是文学研究会中接待泰戈尔最热心、最卖力的一位，最令他赞赏的是泰戈尔充溢着爱与美的"伟大""情思"：

> 世界上使我们值得去欢迎的恐怕还不到几十个人，太戈尔便是这值得欢迎的最少数的人中的最应该使我们带着热烈的心情去欢迎的一个人！……他的伟大是无所不在的；而他的情思则惟我们在对着熠熠的繁星，潺潺的流水，或偃卧于绿荫上的绿草上，荡身于群山四围的清溪里，或郁闷的坐在车中，惊骇的中夜静听着窗外奔腾呼号的大风雨时才能完全领会到。②

但是泰戈尔来华后，先后做了《东方文化的危机》《人类第三期之世界》等演讲，批判西方物质主义和工业文明，赞美古老悠久的东方文化，

① 郑振铎：《译者自序》，〔印度〕泰戈尔：《新月集　飞鸟集》，郑振铎译，湖南人民出版社，1981，第 61 页。
② 郑振铎：《欢迎太戈尔》，《小说月报》第十四卷第九号（1923 年）。

提倡爱与美的非暴力思想，这些都引起了左翼新文化人士的反感。党中央对泰戈尔的态度体现着"文学与政治的交错"①："我们敬重他是一个人格洁白的诗人；我们敬重他是一个怜悯弱者、同情被压迫人民的诗人；我们更敬重他是一个实行帮助农民的诗人；我们尤其敬重他是一个鼓励爱国精神、激起印度青年反抗英帝国主义的诗人！但是我们决不欢迎高唱东方文化的泰戈尔；也不欢迎创造了诗的灵的乐园，让我们的青年到里面去陶醉的泰戈尔；我们欢迎的，是实行农民运动，高唱'跟随着光明'的泰戈尔。"② 1924年1月起任中共上海地方兼区执行委员会执行委员、秘书兼会计的沈雁冰，相继在1924年4月24日和5月16日的《民国日报》《觉悟》副刊上发表了《对于太戈尔的希望》和《太戈尔与东方文化——读太氏京沪两次讲演后的感想》，正面抨击泰戈尔。沈雁冰后来曾撰文说明"这两篇文章"是根据共产党中央对"太戈尔这次访华的态度和希望"③写的。同是致力于启蒙的新文学建设者，郑振铎在艺术上对泰戈尔的"褒"和沈雁冰在思想上对泰戈尔"贬"形成鲜明对比。

不仅如此，郑振铎从文学的普世意义出发，心向"世界文学"，构建起"文学的统一观"。他认为：

> 文学是没有国界的。因为无论人们的文明程度相差如何的远，无论他们的风土习惯是怎样的不同，他们的思想与感情总是相距不很辽远的；柏拉图，孔丘的学说，即在现时也还有不可逾越的；日本人与西班牙人，北欧人的爱情是同样的，他们的喜怒憎恨与恐忧之情也是丝毫无异的。因此，记录人们的思想与感情的文学，也自然是没有什么界限可言了……"世界文学"几时才得出现？但是——我们却不可不勉力！④

在《文学的统一观》中，他说："以文学为一个整体，为一个独立的研究的对象，通时与地与人与种类一以贯之，而作彻底的全部的研究的。"⑤ 第十五卷第一号至第十八卷第一号在《小说月报》上连载的专著

---

① 茅盾：《我走过的道路·上》，人民文学出版社，1981，第222页。
② 茅盾：《我走过的道路·上》，人民文学出版社，1981，第246页。
③ 茅盾：《我走过的道路·上》，人民文学出版社，1981，第245页。
④ 郑振铎：《文艺丛谈》，《小说月报》第十二卷第一号（1921年）。
⑤ 郑振铎：《文学的统一观》，《小说月报》第十三卷第八号（1922年）。

《文学大纲》实现了"文学的统一观",这部按编年体例写作的文学史真正做到了熔古今中外于一炉,从荷马史诗、圣经故事、希腊神话和诗经楚辞一直写到19世纪包括中国在内的各国文学以及20世纪文学,将世界文学作为一个整体的研究对象去考量,这在文学史的撰写上是空前而且绝后的。

在"通时与地与人与种类一以贯之"的宏阔视野里,郑振铎承认翻译文学"对于新文学的创造,自然也很有益处"。但更重要的是,"就文学本身看……乃是人类的最高精神,又多一个慰藉与交通的光明的道路了"[1]。郑振铎的看法是:

> 人们的最高精神的联锁,惟文学可以实现之。无论世界上说那一种语言的人们,他们都有他们自己的文学,也同时有别的人们的最好的文学,就是,同时把自己的文学贡献给别人,同时也把别人的文学介绍来给自己。世界文学的联锁,就是人们的最高精神的联锁了。我们很惭愧;惟有我们说中国话的人们,与世界的文学界相隔得最窎远;不惟无所与,而且也无所取。因此,不惟我们的最高精神不能使世界上说别种语言的人的了解,而我们也完全不能了解他们。与世界的文学界断绝关系,就是与人们的最高精神断绝关系了。[2]

当然,让郑振铎"惭愧"的不是中国文学一无是处,而是在文学交流上"无所与"又"无所取"的隔膜的窘境。所以解决的办法不是全盘推翻传统文学,而是打破与世界隔膜的局面,实现中外文学的顺畅交流。学者式的研究态度让我们理解了郑振铎为什么能在同一份期刊里埋头整理国故的同时,又满腔热忱地向国内读者介绍诺贝尔文学奖:文学不因国别和时代而有高下贵贱之分,传达真"情绪"、体现真"精神"的作品就是好作品,这样就与文学进化论的线性递进思路拉开了距离。

作为主编,郑振铎学者式的研究态度还体现在译介外国古代文学和近现代文学的态度上。《小说月报》在创刊伊始曾就翻译文学书的问题专门展开讨论,周作人和沈雁冰达成了外国古典名著"可以缓译"的共识,其

---

① 郑振铎:《处女与媒婆》,《文学旬刊》第4期(1921年)。
② 本刊同人:《文学旬刊宣言》,《文学旬刊》第1期(1921年)。

一是因为中国"容易盲从，又最好古，不能客观"的国情，"译近代著作十年，固然可以使社会上略发出影响，但还不及一部《神曲》出来，足以使大多数慕古"。其二是因为缺少译者，"连译点近代的东西还不够"，无暇顾及古代。其三是将研究与介绍分开。研究者可以顾及古代，但介绍给普通读者应该以近代为主。① 周、沈二人的态度值得琢磨，说《神曲》的感染力"足以使大多数慕古"，说明他们很清楚古典名著的巨大文学价值，但越是如此，他们越主张缓译古典。表面上看，是改造社会人生的启蒙尺度压倒了文学尺度；但结合新文化运动"推翻旧道德建立新道德""推翻旧文学建立新文学"的时代背景，可以看出这是建设新文学的必然选择。文学革命以文学进化论为武器将新文学与传统对立，号召推翻传统、"文类外求"，确立起西方典范不容置疑的地位。如果此时来提倡外国古典名著，传统文学有了西方典范为之正名，恐怕就难以推翻了，新文学的反对者也许会打着复古的旗号卷土重来。在新文学脚跟还未站稳之时，这样授人以柄显然不是明智的选择。但即便如此，为纪念但丁逝世六百周年，第十二卷第九号的《小说月报》还是刊登了钱稻孙翻译的《神曲一脔》，从沈雁冰复杂暧昧的态度中，不难看出启蒙追求和审美追求的矛盾导致编译方针的内部出现裂痕。郑振铎似乎更留心《神曲》的文学价值，他迂回含蓄的叙述表达的却是不同于周作人、沈雁冰的观点：

> 中国现在的文学界，如果真介绍了《神曲》等类的作品过来，我敢说是不会发生什么影响的。只不过是多了一种好的文学作品。对于旧文学的破坏，对于新文学观的建设上都不会有什么大影响。②

新文学在与鸳蝴派、甲寅派、学衡派的论辩中逐步确立起存在的合法性和必然性。1925 年 11 月，郑振铎适时地提出了第十六卷的改革计划：

> 本报从前之介绍世界文学，其范围仅及于近代的，自第十六卷起，并拟扩大至于古代及中代，现已请傅东华君将希腊阿里斯多德的

---

① 周作人、沈雁冰：《通讯·翻译文学书的讨论》，《小说月报》第十二卷第二号（1921年）。

② 郑振铎：《无题》，《文学旬刊》第 46 期（1922 年）。

名著《诗学》译出。此书为古典主义的批评的圣经，在欧洲文坛上影响极大。将来尚欲将希腊三大悲剧家的杰作，罗马黄金时代的诸作家的名著以及中世纪的诸大作品陆续介绍进来。[①]

这显然是针对《小说月报》先前的译介方针而来的，体现出文学由他律向自律的追求。第十六卷第一、二号连载了傅东华翻译的《诗学》，第十七卷第一、二、五、十二号连载了傅东华翻译的史诗《奥德赛》，第二十一卷刊登了维吉尔的史诗《第四牧歌》和《伊泥易德》。郑振铎自己的专著《希腊罗马神话传说中的恋爱故事》和《希腊罗马神话传说中的英雄传说》则分别在第十九卷和第二十一卷、二十二卷中每期连载，不曾间断。郑振铎在1935年主编《世界文库》时，仍然念念不忘建设"古典文库"，在《〈世界文库〉发刊缘起》的译介计划中罗列了古埃及、古希伯来、古印度、古中国、古希腊、古罗马的数十位作家的名字和作品。在"文学统一观"的视野中，郑振铎把古今中外的文学视为一个整体，他的"世界文学"概念中既包括现代中国文学和域外文学，也包括古代中国文学与域外文学，这种界定直至今天都是很有启发意义的。他用情绪、思想、艺术等文学标准对世界文学重新估价，在文学的维度上弥补了进化论过于重视时代背景和演进规律所导致的缺失。同时，郑振铎在译介外国文学的过程中形成了现代的文学观念，例如，他的"整理国故"不是征圣宗经载道式的整理，而是以西方的文学观念重新打量中国文学。他参照西方古典文学的精华——史诗，将宝卷、弹词、鼓词等民间文艺形式比作"东方的史诗"，列入俗文学的范畴。与梁启超当初借政治外力提升小说地位相比，新文学已经具备在文学系统内部自我调节和建构的能力。

第三节 多元系统视野中的《小说月报》

在中国文学的现代化转型中，域外文学扮演着重要的角色，而域外文学进入中国的主要途径是翻译。1910~1920年的《小说月报》刊载翻译文学作品近500篇（由于有的文章从内容上看是译文，但未署译者名，很难

[①] 《〈小说月报〉第十六卷的新计划》，《小说月报》第十五卷第十一号（1924年）。

精确统计）。1921~1931 年的《小说月报》，除插图、肖像外（外国名画及世界各国作家肖像占绝大多数），刊载翻译文学作品 1000 余篇。从数量上看，革新前后的《小说月报》刊载的译作大致占期刊总容量的一半。前期翻译文本主要集中在长短篇小说上，"瀛谈""译丛"等栏目注重域外政治、军事、文化、科技、地理、风土人情等知识的介绍。后期的翻译文本体现出新文学建设的自觉努力，在域外文学的推动下，中国文学现代思想意识凸显，传统文体格局发生裂变和重组。乐黛云说："文学翻译与文字翻译不同，不只是文字符号的转换，而且是文化观念的传递与重塑。"① 对面临转型的中国文学来说，翻译对重塑文化观念所起的作用尤为重大。以色列特拉维夫大学学者伊塔马·埃文－佐哈尔的"多元系统"观点将翻译置于文学、社会和文化动态发展的框架中来考察，将翻译文学视为文学多元系统中的子系统，客观描述翻译文学在主体文化中的接受与影响，有助于我们找出制约文学翻译在特定文化环境中的规范与规律。在多元系统论的理论框架中考察《小说月报》的文学翻译，为我们从共时和历时的双重层面理解新文学的发生提供了有效的视角。

一

20 世纪 70 年代，佐哈尔在俄国形式主义、结构主义、文化符号学以及系统论的基础上提出了一套崭新的文学翻译理论——多元系统论（Polysystem Theory）。多元系统论开辟了一条描述性的、面向译语系统的、功能主义的、系统性的新途径，推动了文艺学层面和语言学层面的翻译研究向文化研究转向。②

多元系统论不是用实证主义的方法搜集现象和材料然后用经验主义的途径加以分析，而是注重考察符号现象之间的关系，视符号现象为系统，试图找出支配各种现象运作方式的"多样性和复杂性"的规律。文学与社会环境各有独立的系统，来自不同社群的文学也有自成一体的系统，但这些系统并非孤立的，而是相互联系、相互作用的动态系统，它们在共时层面上形成若干组中心－边缘的关系，但从历时的变化观察，中心－边缘的

① 乐黛云：《全球化时代的比较文学——中国视野——在 17 届国际比较文学年会上的发言》，《中国比较文学》2005 年第 1 期。
② 〔以色列〕伊塔马·埃文－佐哈尔：《多元系统论》，张南峰译，《中国翻译》2002 年第 4 期。

关系是随时可能变化的，有可能一些符号现象从中心被驱逐到边缘，同时有可能另一些符号现象占据中心位置。中心－边缘之间的动态张力起到了对文化发展的制衡作用，促进了多元系统的演进。

过去，我们往往将翻译文学视为次要的、模仿性的、边缘的文学形式，造成翻译文学流浪在源语文学与目的语文学之间的尴尬身份，对于翻译文学的研究也"基本上局限于对翻译实践的没完没了的技术分析和肤浅的价值判断"[1]。而在多元系统论看来，符号系统之间以及它们与文化之间的联系通常是借助某种传递工具进行的，大多发生于系统的边缘而不是中心。对于文学系统而言，翻译文学常常是在边缘发挥功能的主要阶层。翻译文学不仅引进新的思想，还提供新的语言、形式和表现技巧，如果翻译文学在一国的文学多元系统中居于中心位置，那么就说明这个时期翻译是文学创新的主要力量。

佐哈尔特别强调应该将翻译文学纳入文学多元系统中，认为翻译文学"在特定文学的共时与历时的演进中都具有重要影响和作用"。特定的翻译或翻译模式在一个文化的文学系统中是发挥主要的还是次要的作用，完全取决于系统的状态。就一般而言，绝大多数翻译属于次要活动，其作用是保守的，是维护或强化现有文学（文化）传统。但在下列三种情况下，翻译文学可能成为主要的活动，可能促进形式库的充实与完善：第一，当文学还处于"幼稚期"或处于建立过程中；第二，当文学处于"边缘"或处于"弱小"状态，或兼而有之时；第三，当文学正经历某种"危机"或转折点，或出现文学真空时。[2]

就新文学的主张而言，五四文学符合第一种情况，就宏观意义上中国文学的转型而言，五四文学又与第三种情况颇为相似。针对创造社等对文学研究会重翻译轻创作的质疑，沈雁冰在主编一年《小说月报》之后，1921 年 12 月在《一年来的感想》从建设新文学的角度，反对读译作如"吃番菜"的心理。

　　翻译文学作品和创作一般地重要，而在尚未有成熟的"人的文学"之邦像现在的我国，翻译尤为重要；否则，将以何者疗救灵魂的

---

① Wang Ning："Globalization, Cultural Studies and Translation Studies". *Poetics Today*（Special Issue：Translation Studies in China：Past and Future），2000，(15)，p. 40.
② 廖七一：《多元系统》，《外国文学》2004 年第 4 期。

贫乏，修补人性的缺陷呢？我国旧日文人颇以为文学仅供欣赏与兴感而已，此历史的负担，似乎至今尚有余威；一般人的观念，颇以为读外国文学犹之看一盆外国花，尝一种外国肴馔，所以要注意去种自己的花，做自己的肴馔；然而这未免缩小了文学对于人生的使命。我极盼望中国立刻产出许多创作家来分担世界创作家对于人类前途所负的责任，更盼望国内读文学的人们注意文学的重大使命，不要拿"吃番菜"的心理去读翻译的作品。[①]

在中国这样一个有着悠久灿烂历史的文明古国里，"以文治国""华夏中心"的优越感与自豪感一直是主流的文化心态，翻译文学一直在中国文学系统中处于边缘位置。汉唐时期的佛经翻译和明清之际以传教士为主体的翻译活动是中国古代历史上规模最大的两次翻译高潮，但是那时的中国文化多元系统很稳定，文学、语言、政治、经济、意识形态等系统都处于稳定、繁荣的阶段，根本谈不上危机和"真空"。所以翻译文学虽然为中国文化输入了新思想和新形式，但是译作基本是以中国文化为本位的。译者的文化心态没有近现代知识分子为救国图强而奔走呼号的焦虑与急切，更多表现出文化大国选择外来文化时"稳坐钓鱼台"般的优雅从容。清末以降，中国在西方国家坚船利炮的凌厉攻势下，国人以中国为中心的地理空间观念被破坏，在"天崩地裂"中逐渐形成了民族国家意识，意识到自己在世界"大多元系统"中的边缘地位，掀起了大规模的翻译活动，波及自然科学、社会科学、文学各个方面。皇权的覆灭象征着政治和意识形态的崩溃，由此引发了文化多元系统内部的巨变，翻译在重塑中国意识形态、社会制度、文学、语言等各个方面都发挥了重大作用。

正如张南峰所分析的那样："随着中国文化多元系统从强势变为弱势、从地区大系统的中心走到世界大系统的边缘，翻译系统从中国文化多元系统的边缘走到了中心，这是一个必然的结果。"[②] 这种情况在五四时期达到高潮，五四新文化运动以"推翻旧道德，建设新道德"、"推翻旧文学，建设新文学"为旨归，诸多文学家、知识分子甚至思想家、革命家都投入到文学翻译中来，旧的文学模型被扬弃，构建新文学模型又缺乏必要的思

---

① 记者：《一年来的感想》，《小说月报》第十二卷第十二号（1921年）。
② 张南峰：《从边缘走向中心——从多元系统论的角度看中国翻译研究的过去与未来》，《外国语》2001年第4期。

想、文学语言、艺术技巧以及文学类型（即佐哈尔所谓"危机"与"真空"）。这个时期的翻译规范就带有异化的特点，甚至表现为激烈的"硬译"，以突破旧有的僵化模式，翻译文学"趋向于创新并成为典范，为系统提供发展的动力"①。从思想、文学语言、创作手法、理论与批评、文体格局各个方面为新文学的建设提供了创新的榜样和动力。而当20世纪20年代后期现代文学走向成熟之后，翻译文学就不再雄踞中心，开始退居边缘。

1927年"四·一二"之后，郑振铎于5月21日搭乘Athos II邮船赴法国马赛，叶圣陶遂从商务印书馆编译所的国文部调到《小说月报》社，与徐调孚一起主编十八卷第七号到二十卷第六号的《小说月报》，一共二十四期。叶圣陶、徐调孚与沈雁冰、郑振铎同为文学研究会的骨干，也是志同道合的挚友。叶编《小说月报》一方面承袭了沈、郑主编时期"为人生"的主张，另一方面也展示出叶圣陶自己的风格。在郑振铎与叶圣陶交接的第十八卷第六号的"最后半页"中，叶圣陶提出："近来收到好些可观的创作，因此下期就决定是'创作号'，没有论文，没有译品，这在本报似乎是前无其例。但杂志的编辑有什么成法呢？只要编者不觉得十分歉然，读者不觉得十分爽然，偶然改变一点又何妨？……为报答你们的好意，也许不久再出第二个'创作号'。"果然，在第十八卷第七号上，没有一篇译作，没有一篇论文，全部是创作——鲁彦的《黄金》、胡也频的《牧场上》、赵景深的《栀子花球》、西谛的《三姑燕娟与三姑丈》、老舍的《赵子曰》等11篇小说，丰子恺的《闲居》《从孩子得到的启示》《天的文学》《东京某晚的故事》、朱自清的《荷塘月色》等8篇散文，蹇先艾的《灵魂》、长虹的《献给自然的女儿》等8篇新诗，以及秉丞的《读〈柚子〉》等5篇随笔。

以创作为核心的编辑理念，是沈编、郑编《小说月报》不曾有过的理念。很多现代文学名家的创作都刊登在叶编二十四期《小说月报》中。沈雁冰的长篇小说处女作《幻灭》《动摇》《追求》刊登在第十八卷第八号至第十九卷第九号的《小说月报》上；丁玲的处女作《梦珂》及《莎菲女士的日记》《暑假中》《阿毛姑娘》《一个男人和一个女人》等均出现在第十八卷第十二号以后的《小说月报》上；巴金的处女作《灭亡》发表在

① 廖七一编著《当代西方翻译理论探索》，译林出版社，2000，第67页。

第二十卷第一至四号的《小说月报》上；戴望舒的成名作《雨巷》发表在第十九卷第八号的《小说月报》上；沈从文的成熟期小说《在私塾》《或人的太太》《柏子》《雨后》等亦出现在叶圣陶主编的《小说月报》上。除此之外，叶圣陶、郑振铎、王鲁彦、丰子恺、朱自清、俞平伯、废名、施蛰存、蹇先艾、彭家煌、许杰、沈端先、高长虹等现代文学史上耳熟能详的名字都经常出现在叶编的《小说月报》上。相对来说，叶编《小说月报》刊登的译作却大为减少。商金林曾总结叶编《小说月报》"既注重创作，又注重理论研究，既提倡写重大题材，又'随时征访有时代性的他稿件'。既力图全面反映'这个不寻常的时代'，又尽可能把作家们的'所想所感尽量的披露出来'，这就是叶圣陶主编《小说月报》的编辑思想，从而形成了《小说月报》特有的丰富性。"①

叶圣陶以创作为核心的编辑理念，与他的作家气质和教师身份有关，也与他在大革命失败后的险恶政治文化环境中重组被"四·一二"反革命政变冲散的创作队伍的使命感与责任感有关。但在文学史的整体视野中考察，我们还能看到叶编《小说月报》著作多于译作情况的另一重原因。1925年"五卅"运动之后，时代主题已从启蒙转向救亡，无产阶级革命文学在五四文学革命大潮退去后登上时代舞台。在文学主潮随社会变革而日益政治化的同时，新文学的语言、文体、批评等也从"五四"的稚嫩青涩走向成熟——现代文学已经初具规模，中国文学的现代转型已经基本完成。从多元系统论的视角看，因为文学系统趋于稳定成熟，所以翻译逐渐由中心退居边缘，由主要活动转为次要活动，由创新变为保守，由挑战和颠覆既有文学规范转为维护和强化现有文学规范。

二

翻译文学中的所谓"异化"，主张译文应以源语、原文作者、源语文化为主；"归化"则主张译文应以目的语、译文读者、目的语文化为主。②新文化运动期间大量译介西方文学，是在以西方典范之力颠覆传统文学，因而五四中从文学语言到表达方法到篇章结构采取的都是"异化"的翻译

---

① 商金林：《"荒歉"年代文坛的丰碑——叶圣陶主编〈小说月报〉述评》，《北京大学学报》（哲学社会科学版）1993年第3期。

② 郭建中：《翻译中的文化因素：异化与归化》，载郭建中编《文化与翻译》，中国对外翻译出版公司，2000，第273页。

策略，这是与在"改良"旗帜下采取意译、译述甚至豪杰译的"归化"方法的清末民初最大的不同之处。廖七一认为多元体系"涵盖了存在于一特定的文化之中主要的及次要的所有文学系统。在佐哈尔的模型里，'高雅'文学因素对多元体系最为重要，而处于文化等级最底部的'低俗'因素则居次要地位……过去人们将典范作品当做一成不变的被广泛接受的文学，在特定文化里起准则作用，佐哈尔则颠倒这一概念，用典范作品来帮助定义创新与差异"①。中国古代的征圣宗经载道的雅文学传统数千年来一直居于经典化的位置，来自域外的翻译文学和民间的通俗文学不断地为雅文学注入新鲜元素，扩大和重构经典化的形式库。但翻译文学和通俗文学一旦进入系统的中心，就被固定化，逐渐失去了创新的价值。当雅文学居于系统中心的时候，系统压制着创新，把创新的元素"归化"成旧语言，从而把原有的功能放在新的载体上。而新文化运动本质上是启蒙运动，语言、社会、政治、意识形态等各个系统的巨变与文学系统有复杂的关系，旧有政治和意识形态的崩溃使多元系统面临"危机"，不得不彻底改变，"危机"正是新文学的发生的契机，"异化"是重建系统的势在必行的选择。

从文学语言上看，陈子展曾说："到了文学革命运动以后，一时翻译西洋文学名著的人如龙腾虎跃般的起来，小说戏剧诗歌都有人翻译。翻译的范围愈广，翻译的方法愈有进步，而且翻译的文体大都是用白话文，为了保存原著的精神，白话文就渐渐欧化了。"② 在第十二卷、第十三卷《小说月报》的"通信"栏目里编者与读者就语体文欧化的问题展开了广泛的讨论。反对者的主要理由是"欧化的语体文并非一般人所能懂"。对此，沈雁冰回应："我们应当先问欧化的文法是否较本国旧有的文法好些，如果确是好些，便当用尽力量去传播，不能因为一般人暂时的不懂而便弃却。所以对于采用西洋文法的语体文我是赞成的。"③ 显然，沈雁冰认为欧化文法是优于旧有文法的，翻译是为了创新，因而倾向于原文而不是读者的阅读习惯和理解能力。在新旧转型的时代，翻译文学不是简单的引入，而是强加于旧有的文学系统，成为创新的主要力量，处于文学系统的中心位置。

---

① 廖七一编著《当代西方翻译理论探索》，译林出版社，2000，第65页。
② 陈子展：《中国近代文学之变迁·最近三十年中国文学史》，上海古籍出版社，2000，第95页。
③ 沈雁冰：《语体文欧化之我观（一）》，《小说月报》第十二卷第六号（1921年）。

语言是思维的工具，文学语言的欧化最终有利于现代人思想和感情的表达。"中国的旧文体太陈旧而且成滥调了。有许多很好的思想与情绪都为旧文体的成式所拘，不能尽量的精微的达出。不惟文言文如此，就是语体文也是如此。所以为求文学艺术的精进起见，我极赞成语体的欧化。在各国文学史的变动期中，这种例是极多的。"① 郑振铎是就现代人表情达意的需要赞成"欧化"，新文学要传递的是人道主义精神和启蒙思想，当这个内核以欧化的载体出现，确实给人一种耳目一新的感觉。新文学译介域外文学，对欧化文法的重视和对西方现代思想的引进其实是一个问题的两面，两者相辅相成。对于处在"弱小"状态的新文学来说，翻译文学不仅担负着输入新思想，还担负着输入新形式的重任，这就使翻译方法趋向于"忠实"原文的形式和文本联系。

不仅是翻译方法提倡"异化"，西洋的文学技巧是新文学建设者关注的重点。沈雁冰认为翻译的意义不在于简单地模仿，而是"转益多师是吾师"，通过借鉴别人的技术来创造自己的文学："西洋人研究文学技术所得的成绩，我相信，我们很可以，或者一定要采用。采用别人的方法——技巧——和徒事仿效不同。我们用了别人的方法，加上自己的思想情绪……结果可得自己的好的创作。在这意义上看来，翻译就像是'手段'，由这手段可以达到我们的目的——自己的新文学。所谓文学描写的技术实是创作家天才的结晶，离了创作品便没有文学的技术可见，这自是不错；所以，如果说凡创作家一定也就是创出一些新的从未有过的文学上的技术的，这话自然也不错；但如因此而谓别人所成就的文学技术于自己创作时完全无影响无助力，这就似乎未能必是了。反对以西洋的文学技术做我们的方法的，在这点上就失却依据了。把西洋文学进化的路径介绍过来，把西洋的含有文学技术的创作品介绍过来，这件重要的工作大概须得翻译者去做了。"② 除文学语言之外，新文学要在"文学技术"上也实现一定程度的欧化。以诗文为正统的古典文学规范讲究的是"词有词法，句有句法，章有章法"，评价诗歌主要依据的是具体的韵律和抽象的意境，而对于小说和戏剧来说，虽然在小说界革命之后它们从边缘走向中心，但是对其艺术的评价标准却依旧参照诗文的"笔法"。今天我们所说的小说"情节、

① 郑振铎：《语体文欧化之我观（二）》，《小说月报》第十二卷第六号（1921年）。
② 记者：《一年来的感想》，《小说月报》第十二卷第十二号（1921年）。

人物、环境"三要素多来自西方的小说理论。

翻译文学带来了艺术技巧的新质,相应地也带来了文学批评的新质。自《小说月报》革新以来,沈雁冰就与《新青年》等新文学期刊互相呼应,介绍各时期西方文艺思潮,并着力介绍写实主义和自然主义以救正"记账式"叙述法和游戏消遣的文学观。第十三卷第二号沈雁冰发表文章提倡自然主义,由此引发了关于自然主义的讨论,很多读者来信,发表自己对自然主义的看法。在第十三卷第五号中的"通信"一栏专发"自然主义的论战",由沈雁冰、谢六逸等人专门回答读者的来信来稿。虽然这场讨论最终没有解决什么理论问题,对后来的文学发展影响也不太大,但是说明了西方文艺理论已经树立起典范位置,从创作方法、理论、批评各个角度全方位地介入新文学。梁实秋曾以嘲讽的语调批评新文学的翻译"呈一种浪漫的状态"。"新文学运动里还有一个名词,叫做'文学介绍'。这在外国文学里,我没有听说过;在我们中国文学里,我也没有听说过。考所谓'文学介绍'者,即将某某作者的传略抄录一遍,再将其作品版本开列详单,再将主要作品的内容辗转的注释,如是而已。"[1] 但事实上正是这种"文学介绍",使中国人第一次对世界文学史尤其是近现代文学史有了基本的了解,从而为把握中国文学自身提供了一个有效的尺度,从华夏中心的封闭系统走向世界大多元系统的边缘。不仅如此,"文学介绍"的译介方式还影响到文学批评,标志着批评现代化的沈雁冰首创的作家作品论、文坛创作总体评述在方法上受注重社会文化批评的泰纳影响很深,但从其宏观把握、通观全局的思路特点上可以看到一些"文学介绍"的痕迹。

从文体格局的变化来看,中国古代诗文歌赋、词曲铭诔等文体形式被来自西方的文体格局所取代。《小说月报》的"改革宣言"中提出"译西洋名家著作,不限于一国,不限于一派;说部,剧本,诗,三者并包"[2]。这与前期《小说月报》中小说、诗文、弹词、传奇、序跋等栏目中反映的文体意识已经大为不同,小说、戏剧与新诗的划分奠定了现代文体的格局。郑振铎曾说:"现在中国的文学家有两重的重大的责任:一是整理中国的文学;二是介绍世界的文学。中国的旧文学最为混乱。

---

① 梁实秋:《现代中国文学之浪漫的趋势》,《晨报副刊》1926 年 3 月 25 日。
② 《改革宣言》,《小说月报》第十二卷第一号(1921 年)。

《四库全书总目》别集部所列，多不足为凭；其分类亦未恰当；且尤多遗漏；伟大的国民文学，如《水浒》，《三国演义》，《西游记》等皆一概不录——《四库总目》内本就不列小说一门——非以现代的文学的原理，来下一番整理的功夫不可。且中国更多'非人的文学'，也极须整理而屏斥之。"① 所谓"现代的文学的原理"，指的就是西方的文体观念，这是从西方文体观念反观古代经史子集的编纂体例，对中国文学做出的判断。尤其值得一提的是，郑振铎以西方的文学观念考量中国的旧文学取得了重大的收获。他将新文化运动之前根本不入"文学"之流的弹词、宝卷、鼓书等提高到"东方的史诗"的地位，也为自己的文学研究开辟了一块新的领域——俗文学。应该说，五四之前，并没有雅文学/俗文学的说法，是因为五四确立了"俗文学"的概念，才使文学系统中经典化的古典文学明确了"雅文学"的所指。周作人、郑振铎等新文化先驱十分重视童话、寓言等儿童文学的翻译，这是在西方文学参照下对古代正统文学观念的一个突破。

这里需要补充的是，虽然翻译文学从语言、思想、艺术、批评、文体观念诸方面在近现代转型的文学多元系统中占据中心地位，但是并不能由此得出中国文化系统崩溃的结论。从系统的层面来说，这种转型并不是不稳定，只要系统有自我调节的能力，从中国文学转型的内在需求出发有选择地采纳翻译文学提供的新质，就是稳定的系统。古典文学的中心地位受到威胁，但并没有危及系统本身。

多元系统论"把符号系统视为一个异质的，开放的结构。因此，它通常并非单一的系统，而必然是多元系统，也就是由若干个不同的系统组成的系统；这些系统互相交叉，部分重叠，在同一时间内各有不同的项目可供选择，却又相互依存，并作为一个有组织的整体而运作"②。"所谓'动态'就是引入时间因素，考虑历时的演变与发展；而文学的'异质'则'体现在一个社会拥有两个（或者更多）的文学系统'。"③ 多元系统论不仅将文学内部的翻译文学/原创文学、儿童文学/成人文学、官方文学/大众文学等一视同仁地看作系统的有机组成部分，将各种社会符号现象（文化、语言、文学、社会等）视为较大的多元系统，还将来自不同社

---

① 郑振铎：《文艺丛谈》，《小说月报》第十二卷第一号（1921年）。
② 〔以色列〕伊塔马·埃文－佐哈尔：《多元系统论》，张南峰译，《中国翻译》2002年第4期，第20页。
③ 廖七一：《多元系统》，《外国文学》2004年第4期，第49页。

群的文学和文化视为世界文化的"大多元系统",在历时的框架内考察他们动态的演变。这些异质的系统元素之间相互依存但又相互冲突,某些元素从中心被驱逐到边缘(离心运动),某些又从边缘向中心移动(向心运动),两者之间的斗争,构成了系统的历时演变。多元系统反映的是现代化转型的过程而不是结果,即经典化形式库从古典文学向五四文学转化的过程。经典化与非经典化的文学之间的张力是普遍现象,共同维持了文学系统的平衡,但在意识形态掌握文学话语权的体制下,非经典化文学失去了言说的空间,来自民间的文学形式只能以一种"亚文学"的姿态存在于文学系统中,而翻译文学、儿童文学要么被当作"非文学"弃之不顾,要么被归化为"经典"所需要的模样。但是,当经典化形式库以绝对优势压制非经典形式库,导致的却是多元系统的僵化。五四时期的启蒙思潮为打破这个系统提供了历史的契机,翻译文学从边缘走向中心,取代了古典文学的中心地位,使文坛呈现出旺盛的生机与活力。

三

《小说月报》是中国文学从清末民初向现代化转型的生动个案,它的变革始终与当时的民族危机、思想危机、文学危机相伴随,同时也是现代社会中文学生产和消费机制渐趋成熟的表现,它反映了市场化和商业化的需求,也受到文学意识形态、出版者、文学社团、文学批评等文学环境的制约。如果将文学与语言、社会、政治、经济、意识形态等多元符号系统都看作"文化"这个较大的多元系统的组成部分,那么这些符号系统就从属于文化,在本质上与文化同构,并且在文化的整体上才能发挥功能。另外,文学又与其他符号系统一样,是一个有自己独立运作规律的半独立的社会文化系统。

商务印书馆一直在新文化运动中持保守立场,这既源于商务当局保守温和的文化立场,更是民营出版企业"在商言商"的经营理念所致。但是作为中国最大的出版机构,商务印书馆的保守自然成了新文化运动攻击的对象。自罗家伦 1919 年以激烈的言辞历数商务印书馆的《东方杂志》《教育杂志》《学生杂志》《妇女杂志》的"杂乱""市侩""守旧"之后[1],

---

[1] 罗家伦:《今日中国之杂志界》,《新潮》第一卷第四号(1919 年)。

商务印书馆的生意大受影响。不久，商务印书馆的元老、《东方杂志》的主编杜亚泉被调离，其他杂志也开始改版。《小说月报》虽然是在罗家伦笔下唯一幸免的刊物，但商务印书馆也决定派新派人物沈雁冰协助王蕴章主编1920年的《小说月报》。不过，新旧杂糅的编辑风格既不讨好新文学读者，又得罪了鸳鸯蝴蝶派等在文坛上影响颇大的文学流派。再加上风起云涌的文学革命的影响，商务印书馆的生意并未有起色，反而日渐萧条。1920年10月，为了挽救颓势，经理张元济和编译所的所长高梦旦到新文化运动的中心——北京求贤访才。经蒋百里介绍，他们认识了当时正在筹办文学研究会的郑振铎。郑希望商务印书馆代他们出版一个文学刊物，而张、高二位先生希望将《小说月报》改组，于是双方没有达成协议。[1] 11月初，高梦旦选定沈雁冰自1921年起改组《小说月报》，一口允诺沈提出的三个条件——封存全部旧稿（包括数十万字之多的林译小说）、改用5号字和编辑方针不受干涉。对商务印书馆而言这一举措是要付出高昂代价的，因为此前王蕴章已经买下而未刊出的稿子足够一年之用。商务印书馆这次对改革下了如此大的决心，一方面固然说明商务印书馆顺应时代潮流的开明文化心态，另一方面也说明了对于商务印书馆而言，期刊虽然有陶冶精神的文化属性，但实质上依然是市场消费机制中的物质产品。董丽敏认为20世纪中国"现代""文学""期刊"三者之间存在着"对峙与断裂"，《小说月报》的革新虽然"实现了纯粹文学意义上的'断裂'，但是，搁置在商务的背景之下，从整个运行机制与商业追求来看，其实《小说月报》革新前后，并没有实现本质的变化"[2]。从系统的观点来看，文学系统与社会系统同构，文学系统的等级关系与社会系统的等级关系之间存在着交叉，文学意识形态、出版者、文学批评、文学社团等共同组成的文学建制是文学系统的要素，也是半独立的社会文化系统，从《小说月报》个体上体现的"断裂"，却是保持作为整体的系统在矛盾冲突中演进的动力。

　　《小说月报》最终还是成了文学研究会的文学阵地，不禁让我们感慨历史进程必然中的偶然。沈雁冰在组稿时因上海没有熟人从事新文学创

---

[1]　郑尔康：《郑振铎在商务印书馆的十年》，《商务印书馆九十年》，商务印书馆，1987，第266页。

[2]　董丽敏：《想象现代性——革新时期的〈小说月报〉研究》，广西师范大学出版社，2006，第40页。

作，遂向曾在《小说月报》第十一卷第十号上发表"风格新颖"的《湖中的夜月》的"素不相识"的北京作者剑三（即王统照）求救。几日之后，沈雁冰收到了郑振铎的回信，郑说明文学研究会愿意供给稿子，并邀请沈加入。郑振铎起初拒绝张、高二人，可能是因为改造一个被新文学视为"无思想"①的杂志，在读者定位和期刊衔接等方面都比新办杂志要麻烦。但理想归理想，操作起来有太多现实因素的制约。改组《小说月报》的有利之处在于：一则有了商务印书馆的支持和改良决心，在资金上有保障；二则有了高素质的编辑具体操作，节省人力；三则可以利用商务印书馆遍及全国的发行网，扩大新文学的影响。

值得注意的是，沈雁冰是文学研究会 12 名发起人中唯一的上海会员。江浙一带商业发达，经济繁荣，现代新闻出版和发行业都得风气之先。继《新小说》在日本创刊之后，《绣像小说》《新新小说》《月月小说》《小说林》《小说时报》《中华小说界》等近代主要文艺期刊都是在上海创刊。上海是晚清小说的重镇，上海的文艺期刊则是晚清小说繁荣的象征。以上海为中心的东南沿海地带不仅拥有发行网络，还有通俗小说的成熟的作者群和稳定的市民读者群。五四新文学在北京诞生之后，上海无形中就成了旧文学的根据地，不论是伤春悲秋的鸳蝴派小说，或是恽铁樵倡导的雅化的"大说"，都是新文学讨伐的对象。虽然上海也有支持新文学的《时事新报》副刊《学灯》，但《小说月报》革新的直接动力和资源，主要是来自北京而不是上海。事实上，《小说月报》改版之后在上海常常处于孤立无援的境地②，不得不向北京寻求支持。

受商务印书馆出版方针的制约，《小说月报》不像《新青年》那么激进。但是不可否认它与《新青年》有着血缘关系。最早启发沈雁冰输入西方文学的是鼓吹现代思想的先锋《新青年》，而《新青年》对俄国文学的重视也直接影响到沈雁冰早期的译介活动。沈雁冰 1916 年入商务印书馆编译所，1917 年协助朱元善编《学生杂志》。朱元善"虽不学无术，但善观风色，而且勇于趋时"，他向沈雁冰约稿打算改革《学生杂志》，沈雁冰写了最初的社论文章：《学生与社会》和《一九一八年之学生》，沈雁冰自言"促使我写出这两篇文章的，还是《新青年》"。1919 年起，在《新青年》

① 志希（罗家伦）：《今日中国之小说界》，《新潮》第一卷第一号（1919 年 1 月）。
② 沈雁冰：《致周作人信》（1921 年 9 月 21 日），《鲁迅研究动态》1981 年第 3 期。

的影响下，沈雁冰开始注意俄国文学，并且开始译介以俄国文学为主的外国文学作品投稿给上海拥护新文化运动的报刊《时事新报·学灯》。[1] 1919年，沈雁冰在《学生杂志》上发表《托尔斯泰与今日之俄罗斯》，从文学对社会思潮的影响入手将文学归结为俄国革命的"动力"和"远因"，依稀还能见到"欲新一国之民，必先新一国之小说"的倒因为果的论调。而到了1920年，随着沈雁冰对文学理论和外国文学理解的深入，从他在《学生杂志》上发表的《文学上的古典主义浪漫主义和写实主义》，在《小说月报》上发表的《小说新潮栏宣言》和《新旧文学平议之评议》《我们现在可以提倡表象主义的文学么？》中，已经能看出比较明确的新文学艺术观了。

1918年至1921年初，郑振铎一直在北京读书，《小说月报》第十二卷第一号《文学研究会宣言》中列出的12位发起人中，耿济之、瞿世英、王统照、许地山都是郑振铎志同道合的好朋友，是《新青年》热心的读者和作者，《新青年》第七卷和第八卷中对俄国文学的译介有他们不可磨灭的功劳。更何况，文学研究会的首位发起人周作人和热心支持者鲁迅[2]都是《新青年》的元老，文学研究会的宣言是周作人起草并请鲁迅看过的。沈雁冰和郑振铎在办刊期间一直与周氏兄弟保持密切的书信联系，在翻译文本选择和翻译策略等问题上受周氏兄弟影响甚深。根据鲁迅日记的记录，1921年4月到12月，鲁迅寄给沈雁冰26封信，收到沈雁冰来信23封，这样的通信频率即使在今天看来也是相当高的。[3] 周氏兄弟对域外小说"学术新宗"地位的强调，对弱小民族文学的重视，对直译方法的倡导，都对沈、郑二位主编的翻译策略都产生了直接的影响。

用佐哈尔的理论来观照《小说月报》在创刊之初与《新青年》的联系，以及后来与鸳蝴派、学衡派、创造社之间的争论，简而言之，就是围绕多元系统中心的控制权展开的斗争。在"王纲解纽"的时代，总是存在着文学发展的多种可能性，这些可能性在历时的演变中可能走向中心，也可能退居边缘，却很难静止不动。晚清新小说家援引西方典范，从启蒙教

---

[1] 茅盾：《商务印书馆编译所和革新〈小说月报〉的前后》，《商务印书馆九十年》，商务印书馆，1987，第164～170页。

[2] 鲁迅当时任北洋政府的教育部佥事，北洋政府不准文官加入社团，因此文学研究会的名单里没有鲁迅。鲁迅一直关心《小说月报》，对其有针对性地提出意见，并亲自撰译稿件支持《小说月报》。

[3] 鲁迅：《鲁迅全集》第十五卷，人民文学出版社，2005，第429～451页。

化功能和审美艺术价值两方面将小说提高到"雅"的范畴，但译介进来的却大多是西方的通俗小说。这种矛盾在后来的文学翻译中体现得更加明显，就像一条河逐渐分成了两个支流，鸳蝴派和新文学分道扬镳，各自强调了其中的一个方面。革新之前的《小说月报》中有很多翻译作品，许啸天、周瘦鹃、包天笑、王蕴章、许指严、张舍我等鸳蝴派文人是译者群中的主干。他们最大的问题在于，即使是"雅"的作品，他们也当"俗"的作品来翻译。《新青年》中发表《娜拉》和《易卜生主义》的第二年，周瘦鹃也曾翻译易卜生的《社会柱石》，但他在小引中介绍的易卜生却是："因为他每一剧中，都有一种主义，一个问题，都有他一把悲天悯人的辛酸眼泪，随处挥洒。"① 让人不知从何谈起。新文学强调的则是"雅"的内容与艺术，不过他们内部也有矛盾，如果说《小说月报》所代表的文学研究会是从救国救民的现实需要出发着重翻译启蒙意义的作品以"刺激将死的人心"，那么创造社则从艺术本身的审美特性出发追求"形式和精神的美"，"一切的美的情愫"②。有意思的是，同是和创造社一样有留学体验的学衡派，却在白璧德新人文主义的影响下主张理性与节制，倾心于对某些古典文学传统的回归。

20 世纪 20 年代初，文学研究会和创造社的观点逐渐成为新文学多元系统的两个相对的中心，而鸳蝴派和学衡派则逐渐退居边缘。出现这一现象，主要是因为对"现代性"的追求是贯穿中国现代文学乃至社会发展的主线，它使中国现代文学从诞生那一天起就与社会思想的变革有着天然的联系，现代文学也因其启蒙立场和干预现实的入世精神展现出远远超出文学的强大的社会功能。鸳蝴派毋庸置疑的商业化立场和消闲游戏的小市民趣味势必遭到这种"宏大叙事"的否定，从沈、郑二位对鸳蝴派的攻击中，我们不难看出是新文学在"现代性"的语境下堵死了通俗文学向新文学转化的努力。同时，时间也成了现代性的主要标志，汪晖先生说："现代性概念首先是一种时间意识，或者说是一种直线向前、不可重复的历史时间意识，一种与循环的、轮回的或者神话式的时间认识框架完全相反的历史观。"③ 不管学衡派"昌明国粹，融化新知"的初衷客观上对五四的激

---

① 瘦鹃：《社会柱石·小引》，《小说月报》第十一卷第三号（1920 年）。
② 郁达夫：《艺术与国家》，《创造周报》第一卷第八期（1923 年）。
③ 汪晖：《韦伯与中国的现代性问题》，《汪晖自选集》，广西师范大学出版社，1997，第 2 页。

进有怎样的制衡作用，它都必然会因时间意义上的"反现代性"而遭到摒弃。而当1925年五卅惨案发生后，在新的民族危机国家危机面前，创造社转向了革命，文学研究会作为一个社团也渐渐丧失了集体的意义，绝大多数的作家投身现实，从文学革命走向革命文学。

文学翻译不仅是展现异域风情和思想的手段，也不仅是引进异域文学的一个途径，而是从种种角度折射出意识形态、政治、经济等因素对翻译的操控。对于中国现代文学来说，不发达国家对现代性的追求和思考始终是文学发展历程中或隐或显的主线，多元系统的中心在于现代性，因而最终获得多元系统中心控制权的因素就是那些凸显现代性的因素。

与革新前的《小说月报》相比，沈、郑等任主编的《小说月报》最明显的新变是与传统文学相对的西方典范的明确确立。与此相伴随的是，翻译文学成为文学形式库的主要来源，在新文学系统中占据中心地位。翻译策略从意译转向直译；翻译内容从表现普通人的凡俗生活向民族、国家的启蒙话语转变，以至于弱小民族文学的译介在民族话语的语境中被刻意凸显。翻译文学的猎奇成分越来越少，取而代之的是形成建设新文学的严肃的启蒙与审美的思考，将文学引入参与民族文化事业建设的宏大语境的同时，也加深了对文学的审美功能的重视。在启蒙的明流下，蕴藏着审美、学术等的潜流，共同构成了新文学追求现代性途中的复杂图景。

| 第三章 |

《小说月报》翻译文学与现代文学
语言的建构

　　对文学翻译的研究，首先是基于语言的研究。

　　就文学而言，语言是文学最突出的特点，文学使语言变得与众不同。"人们常说的'文学性'首先存在于语言之中。这种语言结构使文学有别于用于其他目的的语言。文学是一种把语言本身置于'突出地位'的语言。""文学是把文本中各种要素和成分都组合在一种错综复杂的关系中的语言。"① 就翻译而言，唐朝贾公彦在《义疏》中说："译即易，谓换易言语使相解也。"通过不同语言之间的转换传递意义是翻译最本质的特征。在日常活动中，语言是承载信息的工具，翻译的目的仅是传递信息，便于语言不通的人们沟通交流，因而对语言的要求只是字面转换的准确恰当。但是对于文学翻译来说，翻译就不仅是字面转换，更主要的是思想和情感的传递，语言所承载的也不仅是形而下的具体信息，而是形而上的思想和情感。翻译不仅输入了思想，也为汉语带来新质，而汉语的变革不只是工具的变革，与其说它反映了思想变革，毋宁说它本身就是思想变革的基础和动力。一方面，文学翻译为文学语言注入了更有思想含量的也"更丰富、更富表现力"的欧化词汇和语法，在根本上决定了文学变革和文学观念的转型。另一方面，翻译促进了现代白话文的发展。欧化词汇和语法不容易影响稳定的趋于僵化的文言，却很容易为新鲜的富于变化的白话所接受，白话极富弹性的生长空间最大限度地接受了"欧化"多方面的渗透，最终取代了文言的核心地位。语言是文学和翻译最基本的问题，在文学转

---

　　① 〔美〕乔纳森·卡勒：《文学理论》，李平译，辽宁教育出版社，1998，第29，31页。

型的关键时期，文学翻译直接关系到文学语言的转型。

第一节 《小说月报》（1910～1920）的文学语言

清末民初是文学语言演变最驳杂的时期。古文、骈文、八股文展现了文言的最后辉煌，浅近文言与口语特点相结合的"报章体""演说体"蔚然成风。白话因其利俗功能在晚清白话文运动中受到重视，其时通俗小说中的白话以及弹词、宝卷等俗文学形式中接近口语的白话都有所发展。新名词、新句法随翻译输入中国，而将欧化句式引入白话的"翻译体"创作则更是引人注目。各种各样的语言实践在这一时期交会，为现代文学语言的萌芽提供了多种可能性，种种变革都体现着中国文学现代化追求的内在诉求。

古代汉语的口语系统因时而变，由文言和白话构成的古代汉语书面语系统则比较稳定。文言是以先秦时代口语为基础形成的书面语，注重简洁、优雅、规范，一直沿用到五四时期。古白话是唐宋时期产生的、以北方话为基础、与口语接近的多用于通俗文学的书面语。文言是"雅言"，居于文学语言的核心地位，白话虽接近口语，有新鲜活泼的民间品格，却始终位居边缘。从语言的发展历史看，与人们生活同步的口语发展快、变化大，作为书写规范的书面语稳定而少变化，久而久之必然形成书面语与口语的分离。事实上，言文分离是历史悠久的国家语言在发展过程中必然要面对的问题。在我国，到清末民初，言文分离情况愈发严重。文言优雅、凝练、含蓄、语调铿锵，有丰厚的文化底蕴，但是日趋僵化的模式使其很难容纳新的语言元素。白话浅俗、直白，在审美意蕴和文化内涵上都不如文言深厚，但是却接近西方语言的特点，有很大的发展空间。强调叙事的小说，尤为突出地体现出文言与白话的差异。在古代正统观念中，小说因"俗"而不入"文学"之流。宋以前以志怪和传奇为主的文言小说占据主流，在文体上与笔记合流。宋元以后大部分小说都采用白话，以虚构叙事为主，接近今天的小说概念。清末民初，随着"小说是文学"的观念的深入人心，小说得到前所未有的重视。这样，持正统文学观念的文人喜欢用文言翻译创作小说，一方面是自己所长，另一方面也表明自己严肃认真的态度。同时，也有文人钟情于宋元白话小说的通俗叙事，反映凡俗人生，语体色彩浓重。民初传媒出版业日渐发达，市民阶层逐渐形成，商品经济日趋繁荣等因素也促成了白话小说的勃兴。

前期《小说月报》的翻译文学可以粗略地分为文言、白话两类。一类是以林纾、李薇香、恽铁樵等人的译作为代表的文言译文。他们的译作用浅近文言和古文章法翻译，虽然也有音译词汇和少量欧化句式，但大体上遵循古文的词法、句法、章法，颇能体现恽铁樵的"雅洁"追求。另一类是以包天笑、张毅汉、周瘦鹃、张舍我、竞夫、延陵等人的译作为代表的白话译文。他们的译文既吸纳了民间口语的活泼随意，又在遣词造句上受域外文学的一些影响，为古白话增加了新元素。不过，与五四时期的白话相比，他们的白话译文虽然流畅纯熟，却少深刻的思想内涵和情感体验。文白译文的区分不是绝对的，像廖旭人、甘作霖、鸬雏、半侬、王蕴章等在前期《小说月报》上比较活跃的译者有时用白话翻译，有时则采用浅近文言或者文白杂糅的语言翻译小说。

表面上看，前期《小说月报》的择稿标准是文白兼收相安无事。恽铁樵主编期间的择稿标准是："文字不拘浓淡，体例不拘章回笔记，文言白话惟以隽永漂亮为归。"① 王蕴章接编《小说月报》后，甚至更倾向于白话，第九卷第一号刊登《紧要通告》："小说有转移风化之功，本社有鉴于此，拟广征各种短篇小说。不论选择以其事足资观感，并能引起读者之兴趣为主（白话尤佳）。"② 但实际上，文言的表现力往往胜过白话。对于像林纾、恽铁樵这样的译者来说，文言是其所长，也是其偏爱，这是由他们这代人的知识结构决定的。他们越重视小说的教化功能，越追求小说的艺术价值，越严肃地对待翻译和创作，越是偏重文言。恽铁樵用浅近文言翻译的《冰洋双鲤》《情魔小影》《出山泉水》等小说受到读者由衷的赞美，香港读者冯玉森甚至特地给恽铁樵寄去一本在英国买的莫泊桑短篇小说集，希望能看到恽铁樵的"绮丽清新"的优美译文③。但是，文言译文的

---

① 《本社启事》，《小说月报》第七卷第三号、第九号（1916年）；第八卷第二号（1917年）。

② 《紧要通告》，《小说月报》第九卷第一号（1918年）。

③ 冯玉森在给恽铁樵的信中说："尊译《冰洋双鲤》一篇，绮丽清新，则诚佳构也。先数月，仆托友人在英购得西籍数种，欲以一书迻赠，嗣以事梗，今始寄至，以故，久未报书，歉何可言。兹寄上孟巴桑小说一册，孟为法人，著述甚富，此虽寥寥十数篇，然选择颇精，亦有可观也。"见《小说月报》第五卷第五号（1914年）。1915年，恽铁樵在其翻译的莫泊桑小说的后记中说："冯君玉森赏读拙译《情魔小影》、《出山泉水》诸篇，善之。远道自香港邮赠莫派桑所著短篇，曰：'吾每以海滨杂志与足下所译者对照观之，辄觉译文为优，盖译名家小说？当各有可观。'冯君嗜痂，增吾惭怩，重违其意，画此依样葫芦。"铁樵：《〈情量〉后记》，《小说月报》第六卷第三号（1915年）。

问题在于它总是不由自主地"归化"域外小说,文言成熟稳定的规范使它接受异域文化的弹性空间非常狭小。很多域外小说一经译成文言,语法就立即"本土化"了,异域情调和原文的语气也大为减弱。

恽铁樵得"阳湖派"古文真传,反对"情言绮语",崇尚"言下有物"。他赞扬《红楼梦》《儒林外史》《七侠五义》《聊斋》《水浒传》等小说皆为"无上上品",因为作者"言下有物"。他打破白话小说/文言小说、长篇小说/短篇小说、文人小说/通俗小说的界限,将"上品"的标准定为"言下有物",是很有见地的。但他从小说"补助政教"的功能出发认为《西厢记》"文字甚佳"而"命意甚恶",又说明他所重视的"物"仍是"文以载道"的传统之道,与胡适在《文学改良刍议》中提倡的"思想"和"情感"的"言之有物"还有一定距离。从"言下有物"的角度考虑,他力主翻译欧西小说,因为"西国小说之言历史、科学、侦探,无不参有爱情,亦无不以爱情为宾笔;至其专言爱情之作,无有不以家庭、社会、德性、宗教为标准","足以祛《西厢》派之蛊毒者"[1]。

恽铁樵还提出"言情小说撰不如译",推崇翻译小说。不过,从他列举的国内无政教信仰可循、国人妄言是非善恶之理、国内无男女交际可言、使中人以下之人知社会大事、国内小说之情言绮语毒害童子为文这五方面理由来看,前四点理由注重的仍然是"言下有物"的惩劝功能,唯有最后一点略略涉及翻译小说的审美价值。在对最后一点的解释中,恽铁樵说:"今之撰小说者,类于文学上略有经验;译小说者多青年,下笔苦不腴润。大多数如此,实为阅者不欢迎译本之最大原因。虽然,谓大多数之撰本不如译本不可也,就辞句言之,有腴润不腴润之辨;就结构意趣言之,则译本出于彼邦文士之手,未必吾国撰者能驾而上之。"[2] 如果说译本的"结构意趣"还有其可取之处,那么译本的"辞句"却每每不及撰本"腴润",青年译者没有经验固然是原因之一,但更重要的原因在于恽铁樵心中的"腴润""辞句"是经"国文"归化后的辞句,欧化的辞句势必是不"腴润"的。恽铁樵最后说:"教育之目的,非期尽人为文士;即欲为文士,亦绘事后素,下笔不腴润,奚足病哉?"[3] 可见,恽氏为"教育之目

---

① 树珏:《再答某君书》,《小说月报》第七卷第三号(1916年)。
② 铁樵:《论言情小说撰不如译》,《小说月报》第六卷第七号(1915年)。
③ 铁樵:《论言情小说撰不如译》,《小说月报》第六卷第七号(1915年)。

的"迁就"下笔不腴润"的翻译语言，也就是说，就文学语言的审美价值而言，翻译语言没有太大的欣赏和借鉴价值。面对读者陈光辉提出的"文字不以高古与否而异其值"的观点，恽铁樵曾做出"俗语必不可入文字"的回应。恽铁樵认为没有任何语言堪与国文媲美：

> 吾国文之为物至奇，字之构造为最有条理，若句之构造，则无一定成法。有之，上焉者为摹仿《诗》、《书》六艺，下焉者为依据社会通用语言。语言因地而异，故白话难期尽人皆喻。正当之文字，以摹仿《诗》、《书》古籍为必要。古籍之字，有现时不常用者，用之将无从索解，则去之，是之为浅；有现时所有古籍中不能求相当之字以写之者，参用新造名词，是之为新；若学力未至摹仿古籍，不足达意，以通用语言当之，是之为俗。浅为最佳之国文，以解者众也；新须必不得已时用之，要不失其为国文；若俗，则不足当国文之称矣。外国言文一致则可，吾国独不可。或曰：此拘墟之见，何妨沟通？然而失其国文性质，且此事在千百年以后则或可，今日骤强言文一致，必不可。盖凡事蝉蜕，循自然之趋势。藉曰可以免强，则是《诗》、《书》可燔也。故曰国文之为物甚奇也。①

恽铁樵所持的是古代文学"雅正"的语言观，认为文言，即"国文"，是"正当"的文学语言。文言作为统一书面语可以避免方言的隔膜，"通用语言"白话是"俗"语，不可相提并论。他设计的语言改造方案是："国文"当以古籍为基础，去掉不常用的字，不得已时参用新名词。至于白话俗语，"必不可入文字"。言文分途方能保证国文之"奇"，这种观点在视文学为严肃事业的士大夫阶层是相当具有代表性的，严复、林纾走的都是这条归化的路。林纾等人在前期《小说月报》上发表的大量译作采用的都是文言或浅近文言。

需要指出的是，恽铁樵还不是抱残守缺的顽固派，他认可小说是文学，认可白话为小说之正宗，这与"小说界革命"的主张是一致的。只是他所说的白话是古白话，而且是来源于文言的古白话，是得益于文言文法的古白话：

---

① 树珏：《答读者陈光辉信》，《小说月报》第七卷第一号（1916 年）。

　　小说之正格为白话，此言固颠扑不破，然必如《水浒》《红楼》之白话，乃可为白话。换言之，必能为真正之文言，然后可为白话；必能读得《庄子》《史记》，然后可为白话。若仅仅读《水浒》《红楼》，不能为白话也。阅者疑吾言乎？夫有取乎白话者，为其感人之普。无古书为之基础，则文法不具；文法不具，不知所谓提挈顿挫，烹炼垫泄，不明语气之扬抑抗坠，轻重疾徐，则其能感人者几何矣！①

　　这种认识上的局限性是由恽铁樵这代人的知识结构决定的，他们一旦认可小说为文学，就自然会以"大说"的标准要求小说，将小说当成文章做。在内容上，注重社会教化功能；在语言上，力主用文言、浅近文言或以文言为基础产生的白话；他们表现出对传统道德和文言的十足的自信，强调东西语言的异质性。只是在"结构意趣"上，才表现出对翻译文学的尊重。

　　可以与恽铁樵的坚守相参照的是，翻译西方通俗小说的译者琢磨出白话的韵味。1906 年，有译者提出："侦探小说，不拿白话去刻画他，那骨头缝里的原液，吸不出来，我的文理，敿不上那么达。"②强调白话的审美价值和表现力，是对文言正统观念的挑战。值得注意的是，后来被称作"鸳鸯蝴蝶派"的小说家是民初时期用白话翻译的主要力量。他们的译文和创作受翻译影响很深，是糅合了古白话、民初口语和欧化白话的白话文，是从古白话向现代白话文过渡的白话文。民初的白话译文追求的不是教化作用或艺术价值，而是注重情节的趣味性。白话译文接近口语，新鲜活泼，浅显易懂，虽然不为知识分子所重，却受到当时刚刚兴起的小市民阶层读者的青睐。翻译为白话书面语输入一些欧化词汇和欧化语法，译文里减少了方言土语的使用，白话文渐趋统一，逐渐与古白话拉开距离。与文言相比，居于边缘的白话此时作为文学语言的表现力仍显欠缺，但问题的另一面是，任何事物都要在反复实践中逐渐成熟，白话首先要作为文学语言被使用，才能得到提高和完善。从白话的特点来看，正因为白话的不成熟，才具有比文言更广阔的发展空间；正因为白话的不稳

---

① 铁樵：《〈小说家言〉编辑后记》，《小说月报》第六卷第六号（1915 年）。

② 《〈母夜叉〉闲评八则》，陈平原、夏晓虹编《二十世纪中国小说理论资料》，北京大学出版社，1997，第 174 页。

定，才更容易吸收西方语言的异质因素进行变革。从语言角度来看，白话的优势在于它与西方语言在"言文一致"这一点上十分相近。从文学本身来看，西方小说中多细致的景物描写、情节铺叙和人物对话，用白话翻译很占优势。

施蛰存在谈及清末民初的翻译时曾分析道："传统的章回小说虽然多数是用白话文写的，但并不一致。《三国演义》是夹杂不少文言的白话，《水浒传》用的是宋元白话，《儒林外史》用的是酸秀才的白话。这些白话文体，一向为作家所沿用，各从所好，各取所需，实质上还是一种书本白话，而不是口头日用的白话。外国文学的白话文译本，愈出愈多，译手也日渐在扩大，据以译述的原本有各种不同的语文，在潜移默化之间，产生了一种新的白话文。它没有译者的方言乡音影响，语法结构和辞气有一些外国语迹象。译手虽然各有自己的语文风格，但从总体来看，它已不是传统所使用的白话文。它有时代性，有统一性，有普遍性。当时的文艺创作家，即我们新文学史上所轻蔑的'鸳鸯蝴蝶派'，他们所使用的，就是这一种白话文。特别是几位既是翻译家，又是创作家，如包天笑、周桂笙、陈冷血等人，他们的译文和他们的创作，文体是一致的。这一种白话文体的转变，是悄悄的进行的。"① 文学翻译实际上起到了对古白话加工和规范的作用，这种加工有两种指向，一是对口语的规范化，二是对方言的规范化。古代话本小说和章回小说中的白话带有明显的说书人口吻，口语色彩浓厚。白话接近口语，因此很多白话小说都极富方言气息，无论是《红楼梦》《儿女英雄传》中的北京方言，《金瓶梅》《水浒传》中的山东方言，或是《海上花列传》中的吴方言，炉火纯青的方言是小说文学魅力的有机组成部分。但是从民族共同语所要求的"书同文""语同音"来看，这是不符合要求的。古白话向"有时代性，有统一性，有普遍性"的现代白话发展，这里面有文学翻译不可磨灭的功劳。

一时代产生一时代的文学，一时代的文学使用一时代的语言。白话是随时代发展而发展的，《三国演义》接近三国时的白话，《水浒传》接近宋元白话，《儒林外史》接近明代白话，《红楼梦》接近清代白话。这些白话在写作时与当时的口语接近，但是随着白话的发展，渐渐成为与时代口语略有脱节的书面白话。"鸳鸯蝴蝶派"之所以受到市民读者的欢迎，很重

---

① 施蛰存：《中国近代文学大系·翻译文学集一·导言》，上海书店，1990，第24~25页。

要的一个原因是它的白话贴近当时的市民口语。恽铁樵主张"不得已"时才采用欧化的新名词和新句式，在鸳蝴派的译文和创作里多有体现。一方面，这是小市民逐新猎奇、追求时尚的心理使然；另一方面，白话在语法上更接近西方语言，白话的灵活使其对语言中新质的接受比文言更具弹性。民初小说家的白话翻译小说，每每因为其金钱主义和游戏消遣的文学观念遭人诟病，但就其对现代白话的成熟所做出的贡献，它的功绩是不可抹杀的。

五四文学革命为突出自己彻底革新的性质，一方面坚决反对"桐城派"、骈体文、"西江派"的文学①，另一方面批判清末民初白话文学的趣味主义和金钱主义，竭力与其划清界限。这样一来，在五四的光辉起点上，清末民初的白话文学只是古代文学的尾声或者现代文学的前奏，失去了独立存在的意义，被五四的光环所淹没。其实，清末民初大量的文学翻译尤其是白话文学翻译为中国"超稳定"的书面语系统带来新质，尤其是深刻地影响了民初白话，虽然还不足以形成变革，但已经最大限度地挑战了古代汉语的弹性空间。民初白话与现代白话的主要差距在思想性上，五四新文化运动的思想启蒙为其提供了历史性的契机，促成了文学语言旧范式的崩溃和新范式的建立。如果没有清末民初文学语言内部发生的种种小的变化，五四白话文运动不可能如此迅速地取得成功。

恽铁樵曾根据自己的翻译实践总结道："欧美（指华盛顿·欧文、司各特、霍桑等人的小说，笔者注）所以妇孺欢迎者，盖以彼国社会程度较高，读书者多，又文言一致也。"② 恽铁樵的观点已经涉及言文一致的问题，只要他再前进一步，认识到言文一致可以促进"社会程度"的提高，就触动现代语言变革的核心问题了。遗憾的是，他在这一点上退了回去，认为"林琴南、诸贞长、孟心史诸先生之文，其高尚淡远，亦几几步 Irving（指欧文，笔者注）之后。不能全国欢迎者，实社会不如西方"。在恽铁樵止步的地方，白话小说译者有所突破。值得一提的是，早在1913年，

---

① 陈独秀在《文学革命论》中认为"今日吾国文学，悉承前代之敝，所谓'桐城派'者，八家与八股之混和体也；所谓骈体文者，思绮堂与随园之四六也；所谓'西江派'者，山谷之偶像也"。提出文学革命就是要推倒"藻饰依他"的"贵族文学"，"铺张堆砌"的"古典文学"，"深晦艰涩"的"山林文学"［《新青年》第二卷第六号（1917年）］。

② 树珏：《答读者陈光辉的来信》，《小说月报》第七卷第一号（1916年）。

与包天笑、周瘦鹃、严独鹤等人过从甚密的张毅汉（前期《小说月报》的主要著译者），就以著译者和中学国文老师的身份提倡语体文：

> 第一，有许多人读了十年八年书，写出来的东西，仍然不通，因为他们所学艰深的文言文，枉抛了心力，虽然也有能写得声调铿锵的文章，但那是百人中的三四，其余百分之九十以上是白读了。第二，看得懂语体文的人，无论如何总比看得懂文言文的多。文章写出来，是给人看的，当然看得懂的越多越起作用。第三，语体文接近国语，我国方言复杂，以致地方与地方之间发生隔膜，如果用了语体文，可以帮助口头语的逐渐统一。①

语体文易学、易懂，利于普及，这是从教学实践中总结出来的。最后一点值得重视：张毅汉能在 1913 年提出语体文接近国语、可以促进口头语的统一，这是难能可贵的。因为口语统一是"国语运动"的主要内容，也是"白话文运动""言文一致"的基础。张毅汉的主张说明民初文人采用语体文不仅是为了迎合读者，更有促进国语统一的自觉意识。

高天如说："国语运动和白话文运动是'五四'时期中国语文变革的两翼。"② 国语运动始于清末民初。1910 年，江谦在《质问学部分年筹办国语教育说帖》中，首次借用来自日本的名词"国语"取代"官话"的名称，并且明确"国语"的概念是"语音有标准、语法有规范、语词有辞典的统一国语"③。1913 年民国教育部召开读音统一会，会议"法定国音""核定所有音素""采定字母"，被认为是我国国语运动的开端。"国语运动"的目标是确立汉民族共同语的标准音，推行规范的标准语，消弭方言之间的隔阂，促进汉语言的统一。白话文运动的目标是变革现代书面用语，用接近口语的白话取代文言，实行"言文一致"。五四之后，国语运动借白话文运动的书面白话推行标准语，白话文运动借国语运动的语言统

---

① 郑逸梅：《张毅汉提倡语体文》，《清末民初文坛轶事》，中华书局，2005，第 292 页。据郑逸梅介绍："张毅汉，笔名毅汉，亦庵。前清末年由粤东到上海，就读于工部局西人所设的华童公学，为高才生，中英文考试，都名列前茅。在江南制造局做工，闲暇时间读了很多西方哲学政理方面的书籍。他和包天笑合译东西洋小说，出版了好多种单行本，天笑辑《小说大观》、《星期》都有毅汉的作品。"

② 高天如：《中国现代语言计划理论和实践》，复旦大学出版社，1993，第 81 页。

③ 凌远征：《新语文建设史话》，河南大学出版社，1995，第 8 页。

一推行"言文一致"，两者互相促进，相得益彰，推翻了文言在两千多年古代文学史上的统治地位。

前期《小说月报》的翻译文学语言众声喧哗，从不同角度为文言、白话输入新质，却始终未能达成有机的统一，未能实现五四白话文那样质的突破。深入考察，其原因是多方面的。其一，文言仍然在很大程度上被认为是中华民族的"国粹"所在和文化命脉所系。尤其是在知识分子阶层，古典的知识结构和传统的士大夫观念根深蒂固，文言是他们传道授业的工具，晚清文学翻译和白话文运动的旦夕之功不能改变这种强烈的认同感。其二，白话虽为通俗小说译者所重，但是他们对文学语言并没有自觉的追求。他们选择白话从事翻译活动时并未意识到白话与现代思想的同构性，因而无法达到五四一代从建设国语的角度去有意识改造白话的高度。从一定程度上说，他们选择白话受某种商业利益的驱动。白话明白如话，浅显生动，深受当时刚刚兴起的市民阶层的喜爱，使译者和出版者都能有可观的收入。对娱乐性质和消闲性质的看重使他们不可能冒着读者流失的风险增加语言的思想含量和"拗口"词句。其三，无论文言还是白话，民初译者有一个共同特点，就是"化欧"的倾向，偏爱文言的译者"化欧"倾向更为严重。面对读者冯玉森对译文的赞美，恽铁樵的谦词是："夫文之佳者，必其中有我。今处处为原本所缚，不佳可知。"[1] 言外之意是说译文之佳主要在于译者的文笔之佳，而不在于原著之佳，因为受到原著的"束缚"，译文反而"不佳"。陈蝶仙在为周瘦鹃的《欧美短篇小说丛刻》作的"序"里说："欧美文字，绝不同于中国，即其言语举动，亦都扞格不入。若使直译其文，以供社会，势必如释家经咒一般，读者几莫名其妙……是故同一原本，而译笔不同；同一事实，而趣味不同。是盖全在译者之能参以己意，尽其能事，与名伶之演旧剧，同一苦心孤诣，而非知音识曲者不能知也……人但知翻译之小说，为欧美名家所著，而不知其全书之中，除事实外，尽为中国小说家之文学也。"[2] 也在申述同一个意思：若论故事情节，自然有翻译的必要；但若论文笔，则还是中国自己的好。欧美文字的"趣味"全赖中国译者"参以己意"，文学翻译就像旧戏新唱，译文的高质量不是取决于对原著语言和精神的再现，

---

① 铁樵：《〈情量〉后记》，《小说月报》第六卷第六号（1915 年）。
② 天虚我生：《序》，周瘦鹃译，《欧美名家短篇小说丛刻》，岳麓书社，1987，第 4～5 页。

而取决于译者加工的本事。文学翻译是大致情节的转换，外国语言只是承载意义的工具，本身不具有审美价值。这样的翻译观念导致意译、译述风行，不少译者甚至直接将译文当作自己的创作，不署原著篇名和译者，不注明是译作。

直译或意译的翻译策略不仅具有方法论意义，更反映了特定时代中译者的文化心态，暗示了文学的发展趋向。意译是译者用源语对域外文学做出的归化理解，往往有意无意地回避了源语与目的语在语言层面上的差异，重在表现源语文学的情节内容。沈雁冰后来批评民初"译本中所能存留的，只是原本中的'情节'"，"仿佛是看活动影戏——只能看见各人的行动，不能听见各人的口吻"[①]，就是针对此而言的。而直译力图将源语中的陌生化句法和陌生化词汇输入目的语，用陌生化的形式传达域外文学的新鲜"精神"，同时为建设目的语国家的语言增加新质。从民初到五四，意译的风尚逐渐为直译的风尚所取代，其实是一个西方典范从模糊存在到清晰确立的过程。

第二节　西学东渐：文学翻译与语言重构

1921 年《小说月报》到 1931 年《小说月报》上的译文反映了现代白话文发展成熟的过程。革新后最初三四卷中的译文，多是欧化文，从词到句到文体风格，欧化色彩非常浓。越到后来，现代白话中的口语、古白话、文言因素与西方语言系统中的词汇和语法磨合得越好，逐渐形成了独立的既有别于古代汉语又有别于西方语言的语言系统。可以说，现代汉语的形成是一个"欧化"与"化欧"两相融合的过程。

五四文学革命与晚清"小说界革命"最大的分歧在于前者的本质是思想革命和道德革命，其切入点是语言文字和文体解放，关注的问题超出工具层面，直指思想层面和审美层面；而后者是将白话作为政治宣传的工具，在思想层面和审美层面仍然认可文言的"雅驯"。民初的白话渊源于古白话和民间口语，五四的白话则直接将西方语言作为榜样。这里的"西方语言"不单是作为工具的语言，而且是格外强调体现"原作神采和笔力"的语言。沈雁冰解释"欧化"的原因是："中国文法的构造很少用

---

① 沈雁冰：《译文学书方法的讨论》，《小说月报》第十二卷第四号（1921 年）。

‘子句’，形容词与助动词有时不能区别……确是不便，而且不完密”；“欧化”的方法并非全盘欧化，而是“参用点西洋文法”①。所谓欧化，首先就是语言的欧化，要挖掘语言丰富的情感内涵和思想底蕴，为汉语输入新词或者在原有基础上创造新词提供思路。欧化词汇、口语、古白话、文言都是现代汉语的来源。现代白话引进了大量古代汉语中不曾有的西方词汇，这些词汇传达的现代思想和情感，是与五四思想启蒙运动和文学革命一致的。

五四时期译者一再批判清末民初的意译、豪杰译，提倡尊重原作的直译，与这种欧化的思想有密切关系。郑振铎推崇泰特勒（A. F. Tytler）的翻译三原则：“Ⅰ. 译文必须能完全传达出原作的意思。Ⅱ. 著作的风格与态度必须与原作的性质是一样。Ⅲ. 译文必须含有原文中所有的流利。”②沈雁冰认为翻译文学书要注意两个要件：“单字的翻译正确”和“句调精神的相仿”。他详细规定了单字翻译的七个方法：“（一）每一个单字不可直抄普通字典上所译的意义，应得审量该字在文中的身分与轻重，另译一个；（二）应就原文著作时的时代决定所用的字的意义；（三）应就原著者用字的癖性决定各单字的意义；（四）尽能译的范围内去翻译原作中的形容发音不正确的俗体字；（五）尽能译的范围内去翻译粗人口里的粗字；（六）因时因地而异义异音的字；（七）照原作的样，避去滥调的熟见的字面去用生冷新鲜的字。”对于句子，不求组织排列得与原文一样，而求句调的精神转移到译文中，不能把“灰色的文章译成赤色，阴郁晦暗的文章译成光明俊伟”。此外，还要求“一个角色前后的口吻务要一致”③。新文学者主张直译，关注的不是一字一词的输入，单字的正确看重的是著作的“风格”、“流利”和“精神”，最终目的是要建设新文学，即从语言到思想情感全新的文学。

1912 年，《小说月报》的第一代译者孙毓修认为译事之难在于汉字数量的贫乏：

> 夫名物制度，与风俗习尚，各随民族进化为转移，而文字由此而蕃乳。今二十世纪之英国字典，乃有十万言矣。我国字典，滥觞于杨

---

① 记者：《通信·语体文欧化的讨论》，《小说月报》第十二卷第十二号（1921 年）。
② 郑振铎：《译文学书的三个问题》，《小说月报》第十三卷第三号（1921 年）。
③ 沈雁冰：《译文学书方法的讨论》，《小说月报》第十二卷第四号（1921 年）。

雄之《训纂》，不足万言也。至《康熙字典》而集大成，亦不过四万言，以我之贫，敌彼之富，译事之所以难也。①

孙毓修的局限在于没有认识到从数量上比较汉英词汇是错误的，因为英文单词与汉字在构词法上完全不同，英文词汇是单独成词，而单音表意的汉字则既可以单独成词又可以多个组合成词。但他的观点亦很有价值，因为他从翻译实践中意识到了汉字与承载着现代思想的"名物制度""风俗习尚"的英文词汇之间的距离。事实上，从汉字数量来看，现代汉语的字数是减少了而不是增加了，清代张玉书、陈廷敬编纂的《康熙字典》收字 47043 个，而 1979 年版的《辞海》收字仅 11834 个（除去繁体字和异体字），不足前者的四分之一。②"译事之难"的关键不在于汉字数量，而在于词汇数量。现代汉语的词汇数量较古代汉语大为增加，这增加的部分中最重要的是"思想性词汇"③。"译事之难"的关键在于古代汉语的词汇系统与西方发达国家的词汇系统不对应，词汇的深层是思想，词汇系统的不对应反映的是古代以"三纲五常""三从四德"为核心的封建伦理道德与西方以民主与科学为核心的"现代性"思想之间的差距。

文学翻译增加了词汇的思想含量。现代思想的"关键词"以从国外"进口"和"旧词新用"的方式输入，它们的输入数量是有限的，但是所放射出的能量却是巨大的。例如，"人"字在中国使用了几千年，但从未像在"人的文学"中这样焕发出如此的光芒，经翻译而来的西方思想激活了"人"的意义，赋予"人"巨大的思想能量。再比如，"科学"一词于1895 年前后从日本传入中国，在晚清到五四以后相当长的时期里，"科学"除了指对自然、社会、思维等普遍真理或基本规律的追求以及建立的知识体系外，还有新的、现代的、西方的、进步的等包含价值判断的积极含义。"科学"一词在近现代中国人眼里无疑是西方文明最吸引人的部分，以"科学"为标志的西方文明被视为历史进化链条中更为高级的文明。

① 绿天翁：《绿天清话》，《小说月报》第三卷第十二号（1912 年）。
② 周有光：《中国语文的时代演进》，清华大学出版社，1997，第 64 页。
③ 如高玉认为："古代汉语与现代汉语的根本区别在于其体系的不同，在于其思想性词汇而不是物质性词汇的不同。语音、语法以及修辞对于思想不具有根本意义。修辞与语法一样，也与思想有一定的关系，即本身具有思想性，但修辞主要是语言在运用中的风格问题，修辞大致和物质名词一样，各种不同的语言具有共通性。"高玉：《现代汉语与中国现代文学》，中国社会科学出版社，2003，第 81 页。

"思想性词汇"的意义在于输入了一种接近西方的现代思考方式和话语系统，它们的意义不在于直接使用了多少这样的词汇来翻译和创作，而在于这些词汇进入了作者或译者的思想，使他们能用这样的"思想性词汇"来思考，来观察生活和表现生活，从而使作品具有古代文学作品不曾有的思想含量。

文学翻译提升词汇的修辞效果。从少到多，从粗疏到细密，从以单音节词为主向以多音节词（主要是双音节词）为主演变，是汉语词汇发展的基本趋势。翻译一方面输入意译的和音译的外来词，另一方面也有利于单音节词向多音节词转换，大大扩充了词汇数量。对于文学语言来说，词汇的思想内涵和修辞效果同样重要，文学翻译使汉语的形容词和副词迅速扩充，使文学表达更精密更传神，使现代人的"思想和情绪"能够"精微地达出"。在十三卷六号《小说月报》刊载了读者吕芾南的来信，要求沈雁冰"参用点西洋文法"举例说明，沈雁冰在回信中说明了"形容词和助动词"的语法作用和修辞效果：

> "一个胖绅士嵌在紧接厢房的路上，野兽似的发了稀薄裂帛似的怪声呻吟着"一句内的"野兽似的发了稀薄裂帛似的怪声"就是欧化的文法，中国旧有文法不能造出这样的一句好句；又如"海浪自由自在地，而且有规则地，滚成他们山峰状的弯形……"一句内的"自由自在地有规则地"都是助动词，形容"滚成"的，是参用西洋文法组织的，若用中国旧有文法，恐怕不能造出这样神气的句子来。[1]

文言以凝练含蓄为美，古白话以浅近直白为美，两者都不惯于用大量的形容词和副词修饰句子的主语、谓语和宾语，古汉语中常见的形容词一般都有固定的应用范围，很难收到"生冷新鲜"的效果，翻译"激活"了汉语的原有词汇，双音节形容词和副词的出现使现代汉语的表达比文言更绵密更细致更微妙。

文学翻译为汉语句法的转型提供了西方典范，开拓了汉语写作的空间。在翻译实践中，新文学建设者对汉语和西方语言都有了新的认识，定语和状语的频繁使用使汉语表达更富于变化，尤其是英语的倒装语序、"子句"的应用产生了与文言简短凝练的句式和古白话口语化的简单句式

---

[1]　雁冰：《通信·自然主义的怀疑与解答》，《小说月报》第十三卷第六号（1922年）。

截然不同的审美效果。读者汤在新在给沈雁冰的信中说：

> 欧化语体文，就最浅近的说，中国旧体文主要句子与附属句子，形容字与副字等不能明白地分析出来。这是我看过欧化句子之后再看旧体文而得的一个不便的地方！至于新式标点，我以为有补助句子，使句子明白地显出是什么句来底好处。①

读者的来信比欧化的宣言更有说服力，一方面，这样的讨论最终受益的是翻译与创作，也就是说"欧化"是有针对性的，是针对汉语发展现状的欧化。另一方面，编者和读者在分析中达成共识，说明欧化已经不再曲高和寡，读者的审美趣味和分析能力在逐渐提高，而这是新文学立足发展的首要条件。

更为重要的是，文学翻译促进了现代白话文词汇和语法的改革，最终指向的是思想内涵与文体风格的变异，新异的语言输入的是新异情感和新异思想，展现的是新异世界，给读者以现代的思想熏陶和陌生化的审美体验。

美国短篇小说家欧·亨利的名篇《麦琪的礼物》②，在第九卷第二号的《小说月报》中被译为《难夫难妇》，由张舍我翻译、王蕴章"润辞"。在第十三卷第五号的《小说月报》中被译为《东方圣人的礼物》，由郑振铎翻译。两篇译文同是白话，却有相当大的差距，下面我们将部分段落加以对比，考察民初译文与五四译文的区别。其中的一段是：

> 这时偶然回首，瞧见挂在壁上的照身镜里，现着个亭亭玉立的美人，定睛一看，才知道是自己的小影。镜内的黛兰秋波含恨，蛾黛呈愁。二十分钟以前称桃似的两颊，这时变作花褪残红，要像莲花白了。樱桃似的小口，这时变作绿暗红稀，好像紫血色了。黛兰夫人心里着急道："及姆瞧见我这样，可不是又要分外温存怜惜么？"一刹那

---

① 汤在新：《通信·语体文欧化的讨论》，《小说月报》第十三卷第七号（1922 年）。
② 欧·亨利的名篇 The gift of the Magi 今天大多误译为《麦琪的礼物》，但按照原著，应译为《圣人的礼物》或《博士的礼物》。因为 Magi 并不是作品中女主人公的名字，而是圣经故事里赠送礼物的博士、哲士。《马太福音》第二章中说，博士（Magi）在耶稣诞生后，"在东方看见他的星，特来拜他"，"看见小孩子和他母亲马利亚，就俯伏拜那孩子，揭开宝盒，拿黄金、乳香、没药为礼物献给他"。（《新约全书·马太福音》，中国基督教协会，1994，第 1~2 页）欧·亨利借《圣经》典故，赞扬男女两位主人公的圣人品格。因此，郑振铎翻译的篇名《东方圣人的礼物》是恰当的。

间，忙将头上的黄金发披散在香肩上，预备修饰起来。①

——张舍我、王蕴章 1918 年译

她忽然很快的由窗口转过来，站在镜子前面。她的眼睛照耀得很明朗，但她的脸色在二十秒钟内竟失色了。她迅速的把她的头发披下来，让他引伸到全部的长度。②

——郑振铎 1922 年译

（原文为：Suddenly she whirled from the window and stood before the glass. Her eyes were shining brilliantly, but her face had lost its color within twenty seconds. Rapidly she pulled down her hair and let it fall to its full length.

——O. Henry ）

小说讲女主人公因为没有钱给深爱的丈夫买圣诞礼物而难过，情急之中忽然看到镜中自己漂亮的长发，想到可以将长发换钱去买礼物，不由得眼睛一亮，又想到不得不忍痛割爱剪掉长发，所以脸色忽变。同样是白话译文，郑振铎的译文是严格的直译，虽然存在着将"shining brilliantly"译为"照耀得很明朗"的失误，但是完全传达出自强自爱的女主人公在镜中看到长发时的复杂情绪。而张、王的译文却是将主人公"本土化"成一位顾影自怜郁郁寡欢的古典美人，一段中几乎都是译者"参以己意"的文字。"亭亭玉立""秾桃似的两颊""樱桃似的小口"是形容美女的常见词语，"秋波含恨""蛾黛呈愁""花褪残红""绿暗红稀"是表达女子愁情的惯用表达，描写所有的美貌、所有的愁思几乎都可以套用这样的模式，这样的"参以己意"事实上是参用古代汉语中固定的模式，是以牺牲作品中人物的个性为代价的。语言的深处是思想，这样的归化之后是符合中国古典小说中对女性柔弱、娇羞、多愁善感的审美期待的，但是却没有反映出处于社会底层的女主人公自尊、勤劳、聪慧、深情的性格特征。张、王的译文在旧式文人的期待视野中重塑了中国化的女主人公形象，自然无法传达出欧·亨利以客观中蕴涵同情之笔调表达的对社会底层小人物尴尬处境的理解和尊重，无法传达出原作者对人间真情讴歌赞美的思想情感。

---

① 〔美〕O. Henry：《难夫难妇》，舍我、西神译，《小说月报》第九卷第二号（1918 年）。
② 〔美〕O. Henry：《东方圣人的礼物》，郑振铎译，《小说月报》第十三卷第五号（1922 年）。

文学语言贵在创新，贵在能创造出独特的文学形象及意境。而在古代书面语系统里，许多曾经的创新已经固化为袭用的典故，几乎无处不能用典，无处不能"上法三代"。意象的使用与所要表达的思想情感有很稳定的模式，语言的能指与所指牢固地结合在一起，限制了自身的发展与更新。从这个角度看，"欧化"在于以"陌生化"的语言为封闭自足的古代汉语系统劈开一道裂痕，伴随陌生化的语言一同输入的是陌生化的世界、陌生化的思想与情感。

在古代汉语的文言、白话两大书面语系统中，文言以简洁含蓄为美，古白话虽接近口语，但更擅长白描，不擅长进行大段的繁复的心理描写，表现复杂的情感体验。在翻译这样的文章时，古代汉语远不如欧化文的表现力深刻，古白话中的词汇不够丰富，句式过于简单，都是力不胜任之处，更何况，现代域外文学中的思想和情绪已经与古典情感相去甚远。

以安特列夫的《红笑》①的译介为例，这部中篇小说用第一人称讲述一位普通战士身边的人与事，象征和写实手法兼而有之。"我"用主观色彩极浓的口吻讲述自己的感觉与幻觉，折射出战争对人的精神与肉体的摧残与戕害。我们将 1917 年周瘦鹃翻译的《红笑》和 1929 年梅川的《红笑》对照来读，会产生大为不同的阅读体验。小说的开头描述的是一队疲惫焦灼的战士在酷热的天气里行军时的感觉。周瘦鹃的译文是：

> 这一天天气非常之热。一百二十度呢？一百四十度呢？或者还不止这几度呢？吾都不知道。单知道这热气熏蒸，没有退的时候，宛象和这漫天战云结了伴似的。那一轮红日，也似乎比平日大了千倍，瞧去殷红如血，煞是可怕。仿佛要把它万道无情的光儿，烧掉这大千世界的一般。我们的眼儿，也被它逼得张不开来，一个个都变做盲人了。②

> ——周瘦鹃 1917 年译

---

① 1917 年，周瘦鹃出版了《欧美名家短篇小说丛刻》，被周氏兄弟赞为"用心颇为恳挚，不仅志在娱悦俗人之耳目，足为近来译事之光"（《教育公报》第四卷第十五期，1917年）。书中首次翻译了《红笑》的上半部。1924 年，《小说月报》第十五卷第七号登载了郑振铎翻译的上半部的前三部分。安特列夫是鲁迅偏爱的作家，鲁迅曾亲自翻译过《红笑》，但没有完成。1929 年，梅川在鲁迅的支持下翻译了《红笑》，全文刊登在第二十卷第一号的《小说月报》上。

② 〔俄〕盎崛利夫：《红笑》，周瘦鹃译，《旧译丛刊·欧美名家短篇小说》，岳麓书社，1987，第 453 页。

全段译文没有晦涩难解的词句，读起来很顺畅，对"热气""红日"和"光儿"的比喻通俗易懂，毫无滞涩之处。开头的一连串设问，"光儿""眼儿"儿化词语的运用，"单知道""煞是""瞧去"等口语词的运用使译文的口语化倾向十分明显。可以说，译者对白话的运用相当纯熟。若是用"话怎么说便怎么写"的标准衡量，民初白话比五四白话还要贴近口语，还要接近大众，似乎更符合"言文一致"的要求。那么，民初白话和五四白话的分歧与差距究竟在哪里呢？下面我们将梅川的译文来作比照：

> 天气很热，我不知道有多少度——一百二十度，一百四十度，或者还要多——我只知道热气是接续的，无情的普遍，无微不至。太阳是如此的暴戾，如此的凶猛与可怕，似乎地球已经移近了牠，不久就要被牠的不怜恤的光所燃烧。我们的眼睛已不能看东西。小的聚拢的瞳人，小得像一粒罂粟子，在紧闭的眼皮之下还找不到荫庇，太阳射透薄的眼皮，血红的光刺进乏极的脑里来。[①]
>
> ——梅川 1929 年译

与新文学译者的译文相比，周瘦鹃的译文只是一种场景的概述，而少了一种深刻绝望的情绪和极度疲倦痛苦的感情体验。在词语的选用上，用"接续的""无情的""无微不至"来修饰"热气"比"热气熏蒸"的分量要重得多；用"暴戾""凶猛""可怕""不怜恤"来形容阳光也比"殷红如血"的"红日"更触目惊心。"小的聚拢的瞳人"一句把烈日下行军的战士的疲乏、沮丧与绝望的心情淋漓尽致地展现出来，而周瘦鹃的译文把这精彩的一句删掉，用"一个个都变做盲人了"一笔带过，减色不少。梅川的译文是直译的，原文的句式和多个表示程度的形容词与副词都翻译过来了，原文中的修辞也基本传达出来，对热气、阳光和人眼感觉的描述给我们留下了深刻印象。修辞与思想的表达有直接关系，如果没有这些绵密的精细的修辞，恐怕不会给读者带来如此强烈的情感体验和心灵震撼。在深刻表现现代人的思想和情感这一点上，民初白话与五四白话拉开了距离。

如果说用民初白话翻译写实的小说还看不出太大的纰漏，那么用民初白话来翻译具有现代主义色彩小说时，就显得捉襟见肘了。一则因为民初

---

① 〔俄〕安特列夫：《红的笑》，梅川译，《小说月报》第二十卷第一号（1929 年）。

白话的表现力有限，更重要的是译者无法理解原作丰富深刻的思想和具有象征神秘倾向的创作手法，无法理解自然难以表达。来看一则《红笑》的经典段落，周瘦鹃的译文是：

> 我又柔声问道："你可是害怕么？"他把嘴唇牵了一牵，似乎要回答出话来，不道这当儿那面庞斗的一变，瞧去已不象是个人的面庞，非常可怕。我一时也有些儿迷离恍惚，头脑不清。仿佛有一股热气吹在我右颊上，使我摇摇欲坠。张眼瞧时，不觉大吃一惊，原来刚才那个白白的面庞，已变做一件又短又红的东西，不住的喷出血来，好似那酒家招牌上所画的酒瓶，去着塞子，酒儿汨汨流出的样子。瞧这又短又红的东西上，还似乎带着笑容，似乎带着没牙齿的老婆子的笑容，这一笑便是红笑（红笑二字，颇不可解。原文如此，故仍之）。咦，这便是红笑。如今我才明白那些断手折足、洞胸碎颅的陈尸，不过是这红笑。那天空中，日光里，全世界上，也无非是这红笑。①

——周瘦鹃 1917 年译

周瘦鹃的译文可以说是"语体文"，"白白的""汨汨"叠词的运用增加了译文的语体色彩。但是这段译文读下来，却让人不免产生看杂耍般的滑稽感。一股热气吹在脸上，"白白的面庞"就"斗的一变"，变成"又短又红的东西"，而且还带着"没牙齿的老婆子的笑"，让人觉不出恐惧，反而觉得滑稽可笑。周瘦鹃是坦诚的，他说："红笑二字，颇不可解。"正因为用传统思想观念无法理解"红笑"到底是什么，再加上译者翻译时略微"参以己意"，所以我们感觉不到译文中有多么深刻的痛苦，原著中的"风格"和"精神"没有很好地传达出来。

再来看梅川的译文，我们会获得另外一种情感体验：

> "你怕么？"我和善地重说。他的嘴角抽动，想说出一句话，同时发生了不可思议的可怕的超自然的事。我觉得一股热气冲在我的右颊，使我摇摆——完了——那时在我眼前，代替白脸的，是一些短的钝的红的东西，血如从一只未塞的瓶中流出一样，从牠那里涌出，正

---

① 〔俄〕盎崛利夫：《红笑》，周瘦鹃译，《旧译丛刊·欧美名家短篇小说》，岳麓书社，1987，第457页。

如画在粗陋的行刑牌上一样。且那个短的红的在涌血的"东西"仍似乎在作一种微笑，一种无齿的笑——一种红的笑。我认识牠——那红的笑。我曾经寻牠，我得到牠了——那红的笑。现在我知道在那些残缺奇异的尸身中的是什么。这是红的笑。牠是在天上，牠是在太阳里，不久，牠将遍布于全个地球上了——那红的笑![1]

——梅川 1929 年译

现代主义作品的魅力在于它内涵的丰富，在于它提供的多种阐释的可能性，每一种解读都有合理性，都可以生发出不同的意义。这段对"红笑"的描述是颇具象征意义的，可以将它理解为濒于神经错乱的"我"的一种幻觉，也可以理解为"他"——我身边的军官牺牲了，血从头颈涌了出来，还可以理解为"他"已经死去一段时间了，"那短的红的钝的东西"是"他""残缺奇异的尸身"中涌出的血。我们无须把"红笑"理解得太实，重要的是"红笑"所象征的"恐怖与疯狂"使我们产生一种不寒而栗的体验与震撼："红笑"仿佛是死神唇边的笑，笑战士身不由己的悲惨处境，笑人类出于贪欲和野心发动战争，笑生命的脆弱与命运的无法把握，笑血腥与恐怖将笼罩地球。梅川的译本基本传达出了原著的风格。

欧化文的产生有两种渠道，一是翻译，二是创作，而翻译常常是创作的范本，欧化色彩要远远超出创作。五四时期的作家是外语水平相当高的一代作家，很多人有出国留学的经历，掌握两门以上外语的人也屡见不鲜。用我们今天的话说，很多作家是能够用双语思维的，他们的知识结构对欧化文的产生至关重要。不是他们刻意翻译和创作欧化文，而是域外文学按照西方语言的思维翻译过来就是如此，按照西方语言思维创作出来的作品就是如此。五四时期的主要翻译家几乎都是作家，当他们自觉输入域外文学以改良"习惯上沿用的文法"、改变"传统的文学观念"、"接触现代的思想"时，翻译文学就会由文学系统的边缘向中心移动，在文学语言、文学观念、文学思想诸多方面发挥核心作用。从某种意义上说，现代白话是在翻译实践中逐渐成熟的，大多数五四时期作家的创作都直接从翻译中受益。

刘纳指出："新文学发难者选择语言问题作为文学变革的突破口，其

---

① 〔俄〕安特列夫：《红的笑》，梅川译，《小说月报》第二十卷第一号（1929 年）。

思想逻辑是：语言决定着思维方式，既然文言使中国人的思想束缚在旧的感知模式中，那么，为了与现实世界建立起新的联系方式，就必须改变语言……在陈独秀的文学—思想—政治依次革命的逻辑下面，胡适规划了文学革命的顺序：语言—体裁—思想。"① 传统语言学认为，语言符号都是一种形式和一种意义的结合——即能指与所指的结合，思维先于语言存在，语言思维提供了符号系统和表达方法。而近代语言学提出了相反的观点：如德国的翻译理论家施莱尔马赫认为人类的思维取决于语言；美国的"萨丕尔—沃尔夫假说"认为语言的结构分类以及词汇分布会影响我们对周围世界的分类及看法，语言决定了思维的范围和深度。后一种观点为我们审视思想与语言的关系提供了新的思路。我们不能将语言/思想的关系简化为形式/内容的关系，认为思想比语言更重要。语言与思想是不可分割的统一体，语言是传递思想的工具，也是思想本身。欧化白话不仅是传递现代思想的工具，它本身也具有现代性。以现代思想和欧化白话为核心的话语系统规定了新文学的特质，正如以忠孝仁义、三纲五常等传统儒家道德和以文言为核心的话语系统规定了旧文学的本质。五四白话文运动超越晚清白话文运动的根本原因不在于五四白话文的语言运用如何纯熟、写作技巧如何完美，而在于它所使用的蕴涵现代思想和思维特征的语言。翻译就是引进"新思想"的主要途径。从语言上来看，白话因为长期处于语言系统的边缘，活跃性与不稳定性使其很容易接受西方语言的改造，再加上白话的言文一致与西方语言有共通之处，因此白话逐渐成为"新思想"的最佳载体。从这个意义上讲，五四文学革命之所以能够成功，首先在于语言的革命，在于"语言—体裁—思想"的顺序。

第三节　语体文欧化的讨论

1906 年，吴趼人在小说《预备立宪》前面的《弁言》中写道："恒见译本小说，以吾国文字，务吻合西国文字，其词句之触于眼目者，觉别具一种姿态，而翻译之痕迹，即于此等处见之。此译事之所以难也夫。虽

---

① 刘纳：《嬗变——辛亥革命时期至五四时期的中国文学》，中国社会科学出版社，1998，第 239 页。

然，此等词句，亦颇有令人可喜者。偶戏为此篇，欲令读者疑我为译本也。呵呵！"① 虽是戏仿，作者显然因能以假乱真而有自得之色，"别具一种姿态"的"翻译体"反映了"欧化"的西方典范的萌芽，虽然这并不代表对"欧化"的深度体认和自觉追求，但说明了"欧化"在晚清已经被接受和认可。

自觉的"欧化"主张是傅斯年在 1919 年初首次明确提出的。他认为"一国国语文学发展之始，本不能圆满无缺"，改革的办法是用西洋文改造白话文："直用西洋文的款式，文法，词法，句法，章法，词枝（Figure of Speech）……一切修词学上的方法，造成一种超于现在的国语，欧化的国语，因而成就一种欧化国语的文学"②。此后，直至 1922 年，"语体文欧化"的讨论先后在《新潮》《京报》《文学旬刊》《小说月报》上广泛展开，赞同者和质疑者相持不下。第十二卷第六号至第十三卷的《小说月报》在"通信"栏目中发表了一系列编者、读者之间的通信，深入推进了语体文欧化讨论，讨论的内容主要围绕着以下三个方面展开。

其一，语体文欧化是否有必要。语体文欧化之争与文白之争是不同的概念，"反对欧化语体文的先生们，是反对'欧化'，不是反对白话"，时至 1921 年，五四白话文运动成果斐然，沈雁冰有足够的理由和自信认为白话取代文言已经无可置疑，因此对于讨论文白利弊的来信颇有不屑与辩的清高姿态，只就白话文是否有必要"欧化"的问题与新文化同人和读者展开讨论。沈雁冰以相当激进的热情提倡欧化：

> 中国语之幼稚贫弱不完全，真是出人"意表之外"，"文"也如此。别国一句平常话，我们却说不清楚，或者非常含混，所以非"欧化"不可的。③

这与其说是对某先生的来信摘登，不如说是沈雁冰的夫子自道。读者何蔼人认为翻译实践证明"欧化""比较着不失原来的意思精神"④，颇得沈雁冰的认可。

郑振铎也"极赞成语体文的欧化"，原因是"为求文学艺术的精进起

---

① 偈（吴趼人）：《〈预备立宪〉弁言》，《月月小说》第一年第二号（1906 年）。
② 傅斯年：《怎样做白话文》，《新潮》第一卷第二号（1919 年）。
③ 记者：《通信·语体文欧化的讨论》，《小说月报》第十二卷第九号（1921 年）。
④ 何蔼人：《通信·语体文欧化的讨论》，《小说月报》第十二卷第十二号（1921 年）。

见"，并且从世界文学的角度论证"欧化"在文学转变时期的合理性：

> 中国的旧文体太陈旧而且成滥调了。有许多很好的思想与情绪都为旧文体的成式所拘，不能尽量的精微的达出。不惟文言文如此，就是语体文也是如此。所以为求文学艺术的精进起见，我极赞成语体的欧化。在各国文学史的变动期中，这种例是极多的。①

与沈、郑二人的积极态度相对照的是周作人的温和立场，周作人在信中说：

> 关于国语欧化的问题，我以为只要以实际上必要与否为断，一切理论都是空话。反对者自己应该先去试验一回，将欧化的国语所写的一节创作或译文，用不欧化的国语去改作，如改的更好了，便是可以反对的证据，否则可以不必空谈。但是即使他证明了欧化国语的缺点，倘若仍旧有人要用，也只能听之，因为天下万事没有统一的办法，在艺术的共和国里，尤应容许各人自由的发展。所以我以为这个讨论，只是各表意见，不能多数取决。②

周作人的论证逻辑体现出一种矛盾心理，他回避了对欧化国语的正面评价，而是劝告反对者去改作。改作的不好，自然证明欧化的好；改作的好了，也应该允许欧化国语自由发展。作为文学革命的主将，周作人主张输入欧西文思以对抗传统观念，在语言、思想、技巧等各个方面改造中国文学，自己也身体力行地做大量的译介和评论，从这个角度看他是提倡欧化国语的。但另一方面，自1920年发表《新文学的要求》起，周作人的思想中始终存在着新文学的领路人和自由的思想者之间的矛盾，他对宽容与自由的维护进一步体现在1923年以后"自己的园地"的文学观里。就周作人自己的创作而言，他将文言、口语和欧化词句熔于一炉的散文既老道纯熟，又别具"涩味"和"简单味"，体现了他的"美文"追求，只要能实现"美"，口语、文言或是欧化周作人是并不介意的。这种观点在当时很有代表性，代表了新文学阵营对语文改革的另一种态度。

---

① 郑振铎：《语体文欧化之我观》，《小说月报》第十二卷第六号（1921年）。
② 周作人：《通信·语体文欧化的讨论》，《小说月报》第十二卷第九号（1921年）。

持温和审慎态度的还有胡适，他在给顾颉刚的信中对欧化文矫枉过正的现象颇有微词：

> 我是向不反对白话文的欧化倾向的，但我认定"不得已而为之"为这个倾向的唯一限度。今之人乃有意学欧化的语调，读之满纸不自然，只见学韩学杜学山谷的奴隶根性，穿上西装，在字里行间流露出来！这是最可痛心的现象……文学研究会的朋友们似乎也应该明白：新文学家若不能使用寻常日用的自然语言，决不能打倒上海滩上的无聊文人。这班人不是漫骂能打倒的，不是"文丐""文倡"一类绰号能打倒的。新文学家能运用老百姓的话语时，他们自然不战而败了。[①]

沈、郑二人是从新文学建设的大局提倡欧化，胡适是针对欧化中的不良现象提出批评。沈、郑、周、胡同为新文学建设者，看法不同，是因为他们立场不同——沈、郑二人作为改革者，不矫枉过正、不态度决绝难见成效；周作人是创作者，他从"美文"的艺术立场看欧化的可能性与可行性；而胡适这位早年的文学革命旗手此刻则多了旁观者的冷静与审慎，意识到"大众化"才是欧化的真正难题。翻译域外文学是为了建设我们的新文学，不能赶时髦一般盲目崇"欧"，舍本逐末。五四之所以反对"上法三代"，是因为古典文学、文言从内容到形式的稳定性已经没有太大的创新空间，而如果"旁采泰西"也陷入有意模仿的"满纸不自然"的僵局，就失去了文学革命本来的意义。

其二，语体文"欧化"的具体方法如何。也就是说，改良语体文的文法应从引入欧西文法入手还是整理旧籍入手。在第十三卷第二号刊登的来信中，读者吕冕韶举出《水浒传》中的白话句子与英文语法相似的例子，探讨语体文欧化的途径：

> 你们所以主张语体文欧化，无非因为我国语法不完全，译文很感困难，这一层的确是大家承认的。但是我们研究语体文，也应该先把我国原有的关于语体文的书籍，仔细整理一下：那一种语法是可取的，那一种是不合用的，——有改革的必要的。我国通行的白

---

① 胡适：《通信·致顾颉刚》，《小说月报》第十四卷第四号（1923年）。

话小说里的语法也很有可取的；和外国语法相同的也很多；不过有的我们还没有注意到罢了……改造语法，的确是现在最要紧的一件事，不过我们总要从本国原有的白话书籍里入手整理，外国语法只可做参考。①

沈雁冰很赞成整理中国原有的白话书籍并参考外国语法，"所谓欧化，大意不过如此"。但是对于他主张的方法——先从整理本国原有的白话书籍入手，而用外国语法做参考——却"尚有不能赞同之处"。沈雁冰认为：

> 整理旧籍就只能就旧有的材料里理出几许条例，决不能无中生有，变出若干新花样来；中国语法既然本不完全，则整理旧者之后所得的，仍旧不算完全，仍旧有待于欧洲语法之引入，何如现在就来试着先做"引入"这一步工夫呢？所以我觉得现在创作家及翻译家极该大胆把欧化文法使用；至于这些欧化文法中孰者可留孰者不可留，那是将来编纂中国国语文法者的任务，不是现在创作家与翻译家的事。如果现在的创作家与翻译者顾虑畏缩，不敢拿来应用，恐怕将来编纂中国国语文法的先生们在既整理旧书之后，要寻外国文法来做补绽工夫时，反感到没有材料未经试验了。②

表面上看，吕冕韶的办法可以避免盲目的欧化，能有的放矢地改进中国原有的白话，是个好办法。但是这个办法的可操作性并不强，因为如果没有西方文法的对照，"整理"就无从下手。白话和文言一样，在历史长期的发展中已经形成了固定的规范和稳定的模式，很难超越自身的惯性而另辟蹊径有所突破。引入欧西文法的意义在于提供了一个反观自我的视角，欧西语汇、文法的完密细致对含蓄精炼的文言和简易俗白的白话都是很好的补充。有了完密细致的现代语言，才能承载完密细致的现代思想，这对以思想启蒙为核心的文学革命和新文化运动都是十分重要的。沈雁冰提出大胆引入的主张很有道理，但是他将"引入"与"鉴别"工作分成两步，将引入和使用的工作交给创作家和翻译家，将论定的工作交给未来语

---

① 吕冕韶：《通信·语体文欧化问题·致沈雁冰》，《小说月报》第十三卷第二号（1922年）。
② 雁冰：《通信·语体文欧化问题·答吕冕韶信》，《小说月报》第十三卷第二号（1922年）。

法的编纂者，未免欠周全。作家和翻译家是传统文化修养、写作能力和审美能力很高的一群人，他们从小受的教育已经将传统文化的因子注入血液渗透心灵，因此他们能在引入欧化文法时有最佳的鉴别能力，可以说，他们对现代汉语的改进和塑造责无旁贷。"分工"的说法很容易消解部分译者的责任感和使命感，在整体上降低译文的质量。读者梁绳祎就曾批评"今一部分倡欧化的人，他作翻译，也不检点；也不斟酌，一字一字的勉强写出。一句和一句，像连又不连；像断又不断，假是不念原文，看去也就似懂又不懂。这样翻译，似乎省事，但是如果欧化专为省事，我更不乐同他讨论"①。若想说服读者接受欧化，先要拿出过硬的译文，高质量的译文胜于千篇"欧化"的宣言，如果欧化不能真正转化为文学的美学力量，以实力获得读者的喜爱，就很容易遭到质疑。

1931～1932 年，鲁迅和瞿秋白在关于翻译的通信中再次谈到这个问题。针对鲁迅所说的"语法的不精密，就在证明思路的不精密……要医这病，我以为只好陆续吃一点苦，装进异样的句法去，古的，外省外府的，外国的，后来便可据为己有"②。瞿秋白做了重要的补充："不但要采取异样的句法等等，而且要注意到怎么样才能够'据为己有'。""使新的字眼新的句法，都得到真实的生命——要叫这些新的表现法能够容纳到活的言语里去。不应当预先存心等待那自然的淘汰。固然，这些新的字眼和句法之中，也许仍旧有许多要淘汰掉的；然而，假使个个翻译家都预先存心等待自然的淘汰，而不每一个人负起责任使他所写出来的新的字眼和句法尽可能的能够变成口头上的新的表现法，那么，这种翻译工作就不能够帮助中国现代文的发展。"③（着重号为原文所有）应该说，瞿秋白对翻译提出了相当高的标准，他本人的翻译实践也在朝着这方面努力。瞿秋白有深厚的外文功底和中文修养。他在翻译实践中一直严格要求自己，在引入"新的字眼，新的句法，丰富的词汇和细腻的精密的正确的表现"的同时"竭力使新的字眼新的句法，都得到真实的生命"④。他的两卷《海上述林》准

---

① 梁绳祎：《通信·语体文欧化问题·致沈雁冰》，《小说月报》第十三卷第一号（1922年）。
② 鲁迅：《鲁迅和瞿秋白关于翻译的通信》，罗新璋《翻译论集》，商务印书馆，1984，第276页。
③ 瞿秋白：《再谈翻译——答鲁迅》，罗新璋《翻译论集》，商务印书馆，1984，第283页。
④ 瞿秋白：《再谈翻译——答鲁迅》，罗新璋《翻译论集》，商务印书馆，1984，第283页。

确、浅显、生动，体现了他的翻译理想。这样的欧化文才是理想的欧化
文，虽然以其作为要求其他译者的标准有点苛刻，但是瞿秋白的翻译实践
至少证明了这个标准不是纸上谈兵。

其三，语体文"欧化"应该达到何种程度。争论的焦点集中在欧化
文在多大程度上能为民众所接受。读者梁绳祎的来信措辞犀利，直截了
当地质疑"西洋式的中国文"，认为欧化白话文与民众文学的主张相
背离：

> 我很佩服雁冰先生主张民众的文学，说文学不是私人贵阀的。但
> 是如果文学是民众的，他的效用是慰藉，是扩大人类喜悦和同情，对
> 于中等阶级的人——在黑暗悲愁中的人——应当如何的慰藉？如何的
> 表同情？但是他们看不懂欧化的语体文——我是常看新闻，并学过一
> 些英文的，看这种文字并不觉扞格，但是昔日的同学，便常来信说：
> 我们用看他种文字的方法，来看西洋式的中国文，全乎不可。他的文
> 法，任意颠倒，差不多一篇文字除非看——仔细看——三个过，不易
> 得个概括的观念。先生们！你笑他智识简单吗？差不多不读西文的
> 人，很多是（这）样。那么任何样的慰藉，他们不容易知道，我们十
> 分对他表同情，但是他并不受影响，难道他们便永远被怜惜吗？如果
> 文学的赏鉴，不限于水平线以上的人，这低能的赏鉴者，是要顾一顾
> 的！我也相信艺术的独立，不能受任何方面的牵制，但是要他离开社
> 会，只限在高能的人，恐怕爱文学的美风，不会出现在中国。[①]

脱离了民众的文学还算是民众文学吗？这样的批评是相当尖锐的。民
众文学的不完善并不能说明民众文学永远不能为民众所懂，欧化文暂时的
"扞格"也不能说明它永无被改进被接纳的可能，梁绳祎以此为理由反对
欧化文有失偏激。但是，他的批评从句法文法到思想内容到艺术的独立
性，相当敏感地触及了五四新文学存在的弊病，与前文胡适的担忧有共通
点。对此，沈雁冰的回复是：

> 如今的"新式白话文"的小说，气味和从前的小说大不相同，当

---

① 梁绳祎：《通信·语体文欧化问题·致沈雁冰》，《小说月报》第十三卷第一号（1922
年）。

然觉得"干燥无味"了。民众文学的意思，并不以民众能懂为唯一条件，如果说民众能懂的就是民众艺术，那么，讴歌帝王将相残民功德，鼓吹金钱神圣的小说，民众何尝看不懂呢？所以我觉得现在一般人看不懂"新文学"，不全然是不懂"新式白话文"，实在是不懂"新思想"。此外尚有一个原因，即民众对于艺术赏鉴的能力太低弱。因为民众的赏鉴力太低弱，而想把艺术降低一些，引他们上来，这好意我极钦佩，但恐效果不能如梁先生所预期。因为赏鉴力之高低和艺术本身，无大关系；和一般教育，却很有关系。赏鉴能力是要靠教育的力量来提高，不能使艺术本身降低了去适应。①

沈雁冰为维护欧化的"新文学"的合法性而做出的反驳显得有些强词夺理：五四文学高扬民主与科学大旗，有很强的启蒙主义色彩。但若被启蒙者读不懂启蒙者的话，启蒙话语变成了自说自话，这无论如何是启蒙者的悲哀。民众文学不应与民众隔膜。在新文学发生期，读者的文化素质较低、审美能力较差、视野不够开阔，都是客观情况；而翻译家和作家人手不够、经验不足、水平有限、时间仓促等，也都是客观存在的事实。毋庸讳言，双方都有待改进和提高，需要一个成长和完善的过程。但是，即使存在着审美价值观转换的问题，"干燥无味"绝不是搪塞"新式白话文"的青涩稚嫩的借口；新文学自身的不成熟，也绝不意味着民众文学"不以民众能懂"为条件是合理的。客观地看，欧化的"新思想"和"新式白话文"都是应该而且能够使人懂的。"一般人看不懂"并不是民众的过错，面对"一般人看不懂"的尴尬，逃避困难或者推诿责任都不是解决问题的办法，即使艰难，也应该勇于面对谋求改进。将提高民众审美趣味的重任单方面交给教育来完成，自顾自地提倡所谓"艺术"，是讲不通的。当年胡适嘲笑严复在其《群己权界论》《凡例》中的自白是"译书失败的铁证"——"海内读吾译者，往往以不可猝解，訾其艰深。不知原书之难且实过之。理本奥衍，与不佞文字固无涉也"。严复这种读者不懂、与我无关的清高姿态，被胡适视为是"僵死的文字""古文应用的努力完全失败"的表现："'理本奥衍，与不佞文字固无涉也'。在这十三个字里，我们听得了古文学的丧钟，听见了古文家自己宣告死刑。他们仿佛很生气的对多

---

① 沈雁冰：《通信·语体文欧化问题·答梁绳祎信》，《小说月报》第十三卷第一号（1922年）。

数人说：'我费劲气力做文章，说我的道理，你们不懂，是你们自己的罪过，与我的文字无干！'"① 而今，欧化语体文遭遇了同样的问题。正是因为这一点，当20世纪20年代末大众语、大众化运动兴起的时候，五四的欧化文首先就被视为"新文言"受到批判。

但另一方面，沈雁冰对"新式白话文"的捍卫亦有道理，其"舌战群儒"的信心也让人肃然起敬。沈雁冰捍卫欧化语体文的自信不只是来自文学，更来自思想革命的力量——以思想启蒙为核心的新文化运动和文学革命的力量。既然引入欧化文的新文学已经成为思想启蒙的先锋乃至社会文化事业的一部分，他就有足够的自信不与通俗作家争读者。只是他刻意强调欧化语体文的优越地位，强调读者看不懂的原因在读者而不在译者，这种曲高和寡的精英姿态难以服众。如果沈雁冰当时能从现代文学必然植根于现代思想和现代汉语的角度论证语体文欧化的必要性和必然性，可能就会好接受得多。

就语体、文体和文字层面而言，欧化语体文后来也遭到来自新文学内部不同阵营的质疑。1926年，梁实秋激烈抨击受"剧烈""外国文学"影响的"语体文之欧化"。他说："以白话为文，不过是在方法上借镜于外国，欧化文体则是更进一步，欲以欧式的白话代替中国式的白话。这个新颖的主张无异于声明不但中国文体不适于今日，即中国的语体亦不适于中国。至于以罗马字母代汉字的主张，则是更趋极端，意欲取消中国文字而后快，我只能看做是浪漫主义者的一出'噩梦'。"② 反对者所指称的脱离民众和激进偏激都是客观存在，但客观地看，与"取消汉字"的激进主张和"文言改良"的保守主张相比，欧化白话是建构和完善现代汉语最符合实际的也最具弹性的途径。因为文言和古白话即使不遭遇欧化，继续沿用，也很难持续发展下去。从某种意义上讲，如果没有这样坚决的否定式的欧化，就不会有今天的现代汉语。

首先，现代文明中出现了诸多新现象、新事物，非输入新名词无法准确达意。早在1905年，王国维就极力肯定"新学语之输入"的意义，在今天看来依然含义深刻："事物之无名者，实不便于吾人之思索，故我国学术而欲进步乎，则虽在闭关独立之时代犹不得不造新名，况西洋

---

① 胡适：《中国新文学大系·建设理论集·导言》，上海良友图书公司，1935，第3~5页。
② 梁实秋：《现代中国文学之浪漫的趋势》，《晨报副刊》1926年3月25日。

之学术骎骎而入中国，则言语之不足用固然之势也……夫普通之文字中，固无事于新奇之语也，至于讲一学，治一艺，则非增新学语不可。"① 如果说欧化对百姓的日常生活影响不大，那么学术进步、思想启蒙却有赖于欧化"学语"的输入。新思想需要新的语言工具来承载，同时新的语言本身也是新思想的直接体现。泰西文化与华夏文化性质殊异，译介域外文学，必然涉及输入外来词汇。如果本国语言中恰好有意义基本对应的词汇，可以"归化"为本国语言，但若是本国语言中从未有过的词汇，最便捷的办法就是保留"洋气"的输入。对于严复择古词译"新名词"的翻译实践，王国维认为并不可取——不如直接输入域外"已定之语"精密准确："若谓用日本已定之语，不如中国古语之易解，然如侯官严氏所译之《名学》，古则古矣，其如意义之不能了然，何以吾辈稍知外国语者观之，毋宁手穆勒《原书》之为快也。余虽不敢谓用日本已定之语必贤于创造，然其精密则固创造者之所不能逮。而创造之语之难解，其与日本已定之语相去又几何哉！"② 其实，"欧化词汇本质上是为翻译西方概念而造出来的，其不论是新创造的，还是借用古代白话词汇和文言文词汇。它虽然是汉语方式，但本质上却是西方的"③。输入新名词不仅有助于"精密"地表情达意，而且是现代中国思想和文化转型的基础。

其次，现代人的思想、情绪需要精确的富于个性的表达，文言和原有的白话难以胜任。文言在相沿袭用的历史中已经习惯于用某些固定的模式表达某种情感，文言中最具特色的用典使创作程式化，难于表现复杂、新锐的思想。如刘纳认为："如果我们将五四先驱的偏激主张置于'当时'的文学背景中，联系到当时中国古典文学的最后一次兴盛，我们便容易感受到胡适'死文字不能产生活文学'说法中合理的一面：文言确实已被使用得老旧熟烂，它的词语与所传达的情感精神之间的联系已经紧密得定型了。因此，虽然产生于过去时代的优秀作品并未失去甚至永远不会失去其审美价值，但是如果依旧使用那老旧烂熟的词语，依旧遵循着词

---

① 王国维：《论新学语之输入》，徐中玉主编《中国近代文学大系·文学理论集二》，上海书店，1995，第721页。

② 王国维：《论新学语之输入》，徐中玉主编《中国近代文学大系·文学理论集二》，上海书店，1995，第723页。

③ 高玉：《现代汉语与中国现代文学》，中国社会科学出版社，2003，第80页。

语与情感之间已成定型的微妙联系，则已经不可能再达到古典文学曾经达到的水平。"① 另一方面，源于口语和古白话的白话表现能力亦十分有限，在古典文学系统中，阐述思想、传道解惑的学术文章只用文言不用白话，从话本演变而来的小说常常带着说书人的口吻，虽用白话，但是对情节的偏爱重于对思想和情绪的传达。无论文、白都距离现代思想和情感甚远，欧化词汇、句法、结构提供了表达现代思想和情感的途径，它不仅在翻译域外文学中发挥作用，而且为中国人表达现代意识提供了必不可少的工具。

再次，欧化语体文的独立，源于文学翻译的需要。德国学者洪堡特说，民族语言就是民族精神，而民族精神就是民族语言。域外文学逼出了新体白话文，因为每个民族都有自己的语言习惯，而语言负载的是一个民族的思维习惯和文化传统，印欧语系、斯拉夫语系的语言与汉藏语系大为不同，其文学风格必然迥然有别。科技翻译注重的是表意的准确，但建设新文学所需要的译文不只是内容简介。文学作为一种语言艺术，文学翻译需要达意，也需要表情，更需要传达较为抽象的形式、风格和技巧。严家炎曾说："新体白话是由面对民众的文学翻译逼出来的……不但新体白话文是翻译文学逼出来的，而且连这种文体应当横排，应当采用新式标点符号，以及第三人称阴性代词'她'字的出现等等，也都是翻译文学逼出来的。"② 在"单是提倡新式标点，就会有一大群人'若丧考妣'，恨不得'食肉寝皮'"③ 的年代，文学语言的面貌在短时间内发生如此大的改变，文学翻译是欧化语体文出现的直接原因。

最后，文学的演进受内在动力和外来影响双方面的制约，大规模的转型需要一个契机，这个契机受到思想、政治、经济、意识形态等多方面因素的影响。五四就是这样一个难得的历史契机，它本质上是一场思想启蒙运动，接受现代教育的新式知识分子掌握了话语权力，掌握了传媒、出版、学校等现代知识机构，在世界的宏大背景下依靠历史进化论奠定了革新的合法性基础。无论"上法三代"还是"旁采泰西"，强调的都是文学

---

① 刘纳：《嬗变——辛亥革命时期至五四时期的中国文学》，中国社会科学出版社，1998，第244页。

② 严家炎：《"五四"新体白话的起源、特征及其评价》，《中国现代文学研究丛刊》2006年第1期，第62页。

③ 鲁迅：《忆刘半农君》，《青年界》第六卷第三号（1934年）。

革新要有一个目标作为参照，对于文学发展而言，五四的意义在于提供了新鲜的来自西方的文学和思想作为参照标准，借此"重新估定一切价值"，重新估定原有文化中的"精华"与"糟粕"，做出新的阐释。晚清白话文运动与五四欧化文讨论最大的不同之处在于前者是为了政治宣传的便利，并没有达到重估文、白地位的高度，更谈不上建设新的文学语言，而后者是要重构文学语言乃至民族语言，建设承载现代民族思想和情感的文学。

胡适提出文学革命的目的是建设"国语的文学"和"文学的国语"。今天我们以后见之明考察语言的发生学分类，欧美国家语言隶属于印欧语系，汉语隶属于汉藏语系，其在结构类型和文化思维等方面都有显著的不同，过于欧化的语言并不符合我们民族的语言习惯，不可能不加改造地成为中国"文学的国语"。但在当时，就建设"文学的国语"而言，欧化是一条切实可行的途径，通过翻译文学大量输入域外词汇、文法在新文学建设之初是完全必要且合理的。语体文欧化的讨论最终没有定论，讨论代表了不同的思考立场，也是普及/提高、保守/激进、传统/西化等矛盾的集中反映。从深层说，语体文欧化的讨论与实践的意义还在于，它深刻地反映了五四前后新文学建设者们适应变革谋求发展的求实态度和现代意识。

第四章

消解与重构：翻译文学与文体格局的转换

沈雁冰在接手编辑《小说月报》之后，对新文学文体格局的建设十分重视，在第十二卷第一号的《改革宣言》中明确提出了这样的翻译方针，"译西洋名家著作，不限于一国，不限于一派；说部、剧本、诗，三者并包"，传达出明确的文体意识。郑振铎在《中国新文学大系·文学论争集》中总结1917～1927年的文学发展时亦说，"在这短短的十年间，无论在诗，小说，戏曲以及散文方面都有了长足的进步"①，奠定了新文学四分法的基本格局。

在传统文学观念里，诗文在文体格局中高高在上，而小说、戏曲的地位远在诗文之下，不具备"雅"文学的资格。朱自清说："西方文化输入了新的文学意念，加上新文学的创作，小说、词曲、诗文评，才得升了格，跟诗歌和散文平等，都成了正统文学。"② 小说和戏曲地位的提升，一方面来源于社会变革的现实要求，因通俗性和教化功能而提高地位；另一方面，在具体操作上，受翻译文学的直接启迪，西洋典范为新文学者的改革主张提供了创作、理论和批评多方面的支持。

第一节　翻译小说与小说观的演变

20世纪是小说的世纪。小说在20世纪的文学格局中实现了前无古人可能也是后无来者的繁荣。中国现代意义上的"小说"和"文学"概念，

---

① 郑振铎：《中国新文学大系·文学论争集·导言》，上海良友图书公司，1935，第16页。
② 朱自清：《〈诗言志辨〉序》，《朱自清序跋书评集》，生活·读书·新知三联书店，1983，第27～28页。

是在 20 世纪中西文学的不断交流对话中逐步确立起来的。在晚清，"小说"事实上并未真正取得传统文学观念中"文学"成员的资格。前述恽铁樵等清末民初文人在将小说归入文学时流露出的犹豫，显示出西学东渐氛围里传统文学观念遭遇西方文学观念时做出的种种选择与考量。

一

中国古代文学史上存在两种"小说"概念。一种是目录学意义上的"残丛小语、尺寸短书"，为文言笔记体小说，本质是"见闻实录"；另一种是文学意义上的散体叙事文，兴起于宋元，多出自虚构，为白话话本和长篇章回体小说。

在古代文学系统中，这两种小说分属不同的雅俗体系。若按文言/白话标准分类，以笔记体为代表的文言小说为"雅"，以拟话本、章回体为代表的白话小说为"俗"。笔记体"小说"虽属"小道"，但由于"补正史之阙"① 的认知功能，"虽小道，必有可观者焉"②，被正统文学观念默许了在雅文学殿堂中的末流位置。而白话的通俗叙事小说使用的是非"雅言"的白话，叙述的是有娱乐消遣意味的"俗"事，难登大雅之堂。不过，通过叙事反映社会生活的后者，虽在传统格局中难属"雅"，却与现代西方"小说"概念有相通之处。

若按纪实/虚构标准分类，前者是官方认可的小说，《汉书》《隋书》《唐书》《四库全书》历代官修目录中收录的都是这类"实录"。六朝志怪小说和唐传奇虽具非现实色彩，但亦是实录之一种，"盖当时以为幽明虽殊途，而人鬼乃皆实有，故其叙述异事，与记载人间常事，自视固无诚妄之别矣"③。而后者起源于唐代想象瑰丽的佛经变文，演变为宋代市井间"以俚语著书，叙述故事"④ 的"平话"，即今天所谓"白话小说"。宋元话本和明清章回小说以虚构的手段反映现实生活，虽盛行于民间，但始终不被正史收录。鲁迅有言："史家成见，自汉迄今盖略同：目录亦史之支流，固难有超其分际者矣。"⑤ 大致道出了"白话小说"栖身民间的原因。

---

① 陈平原：《中国小说叙事模式的转变》，北京大学出版社，2003，第 215 页。
② 《论语·子张篇》，杨伯峻译注，《论语译注》，中华书局，1980，第 200 页。
③ 鲁迅：《中国小说史略》，上海古籍出版社，1998，第 24 页。
④ 鲁迅：《中国小说史略》，上海古籍出版社，1998，第 71 页。
⑤ 鲁迅：《中国小说史略》，上海古籍出版社，1998，第 5 页。

明清章回体小说与起源民间的"俗"话本有很深的渊源，而与以《四库全书》为代表的官修目录中的"雅"小说观念有隔膜。

正统文学观念中的"雅"在古代代表的不仅是以士大夫为创作主体的"文统"和价值标准，更是文人安身立命的人生追求和审美理想，所以明清小说家千方百计使其作品与"雅"取得联系，以争取通俗叙事小说在雅俗分明的文学系统中存在的合法性。拟话本的惩劝功能和说教色彩，白话小说中的诗词点缀，历史演义"补正史之阙"的自我定位，清代的"以小说见才学"，都是向"雅"靠拢的努力。不过，即使如此用心良苦，这类小说最终也没能被古代正统文学观念所接纳——官修《四库全书》根本就没有收录宋元话本、明代拟话本和明清章回小说。在清末民初文人眼里，狭义的"文学"并不包括今天所说的通俗小说、戏曲、弹词等"俗文学"形式。及至清末，梁启超的"小说界革命"将小说抬到"文学之最上乘"，其"革命"意义首先在于赋予了小说"文学"的身份，其次才是提高了小说的文学地位。小说升格为文学，只因其惩劝教化作用的"雅"，而并非在于其审美价值、娱乐功能和叙事艺术的贡献。也就是说，小说是因政治功能被升格为"文学"，而其他与"俗"有关的性质——诸如故事的通俗性和娱乐性、谋篇布局、叙事技巧等——并未因此而提高身价。

而反观西方"小说"概念，在文学翻译实践中，西方文学系统中最重要的叙事性文体 Fiction、Romance 和 Novel 因为具有与上述"以俚语著书"和"叙述故事"的白话小说相似的文体特征，所以近代以来一直被翻译为"小说"，也就是现在通用的小说概念。① 谢六逸在第十三卷第二号《小说月报》上的《西洋小说发达史》中说："小说一语在西洋的名称很有几种；大要是 Story，Fiction，Novel，就中以 Novel 为最普通些，

---

① 今天与中文"小说"概念对应的三个英文概念是：Fiction：the class of literature comprising works of imaginative narration，esp. in prose form（一种文学类型，由虚构的故事尤其是散文体虚构故事组成的作品）。Romance：a novel or other prose narrative depicting heroic or marvelous deeds，pageantry，romantic exploits，etc；usually in a historical or imaginary setting（一个描述英雄的或奇妙的事迹、历史性场景、传奇式的功绩等的长篇小说或者其他散体故事，通常发生在一个历史的或者虚构的环境里）。Novel：a fictitious prose narrative of considerable length and complexity，portraying characters and usually presenting a sequential organization of action and scenes（一个相当复杂的虚构的散体长篇故事，它刻画人物，通常描述连续的情节和场景）。*Webster's Encyclopedic Unabridged Dictionary of the English Language*，Random House Value Publishing. Inc. 1996. p. 713，p. 1327。

'罗曼司' Romance 也常为一般人呼用，所以文学中常把'小说的……'写为'罗曼的……Romantic'，成了一种习惯。"① 西方对"小说"概念的三种界定都指明小说本体意义上的虚构、散文体、叙事等特征，但词义又有区别：Fiction 偏重于虚构和想象的含义，Romance 偏重于富于幻想的浪漫故事，Novel 偏重于长篇复杂的叙事，反映广阔的现实生活。② 西方小说的源头是古代神话、史诗和英雄传奇等叙事作品，而中国小说的源头是文史合一的史传文化。两种小说概念分属中西不同的文学系统，不能通约。晚清以来，大量的西方小说被翻译进来，首先面对的问题就是如果将英文中的 "novel/romance/fiction" 都译成"小说"，那么该如何看待三者的不同，或者说，如何认识外来的小说概念，如何认识本土的小说概念呢？

1913 年，孙毓修在《小说月报》连载的《欧美小说丛谈》里，较早地以西方的小说理论来观照中国的小说：

> 英文 Story 一字，为纪事书之总称，不徒概说部也。其事则乌有，其文则甚长者，谓之 Novel，如《红楼梦》一类之书是矣。为此书者，皆古之伤心人，别有怀抱，乃虚造一古来所未有、人力所不能之境，以畅其志。江阴老儒作《野叟曝言》，奇则奇矣，而中无所托，故不见重于世。盖 Novel 者，出乎人之意外，又入乎人之意中者也。英国近世小说，以迭更司 Charles Dickens、司各脱 Sir Walter Scott 为至矣……奇情诡理，加以词条丰蔚，逸趣横生，英国沸克兴 Fiction 之极规也。沸克兴者，即近所译称奇情小说。③

将孙毓修所总结的特征与上述英文概念相对照，可见其已经基本概括出 Novel 虚构、长篇、叙事、擅长表现生活、"入乎人之意中"的情理真实等要素，以及 Fiction 的语言自由、想象丰富的特征。孙毓修将 Novel 与 Story 比较，在两者叙事性的共同点中指出前者的长篇虚构性特征更是切中肯綮。他将《红楼梦》《野叟曝言》与狄更斯、司各特的文学创作相联系，总结他们在小说创作上的成就，则是在文学上将白话章回小说放在与西方

---

① 谢六逸：《西洋小说发达史》，《小说月报》第十三卷第二号（1922 年）。
② 〔美〕韦勒克、沃伦：《文学理论》，刘象愚等译，江苏教育出版社，2005，第 248 页。
③ 孙毓修：《英国十七世纪间之小说家》，《小说月报》第四卷第二号（1913 年）。

小说平等的地位上探讨得失，试图用西方概念来解释中国小说，虽然这种比较有失简单，但已经论及与中国雅文学系统中的笔记体小说概念截然不同的散文体、虚构和叙事等西方小说概念的核心特征。

域外小说的输入首先带来了"小说"概念的变化——传统的实录笔记体概念逐渐向虚构的散体叙事文概念迁移，继而带来了小说观念的变化——白话散体叙事小说在古代"雅俗"文学系统中的边缘化地位使其在与西方范式接轨时更具弹性。栖身民间的"白话小说"虽因与统治阶级意识形态的疏离难获正统地位，却在使用语言、选择主题、表现生活的范围和运用艺术手段等方面获得了空前的自由。它在接受西方小说资源时有更大的可塑性，为传统小说向现代小说观念转型奠定了基础。晚清"小说界革命"的理论基础在很大程度上来源于西方典范，而西方范式的确立和西方小说的翻译热潮，又使西方小说观念与中国以通俗叙事为特征的小说传统形成奇妙的"对接"，取代了笔记体小说自古以来"唯我独尊"的地位。有了明清小说的阅读和创作经验的积累，借"小说界革命"之力，西方小说在短时间内长驱直入势如破竹，迅速而广泛地被译者、读者、作者接受认同，并且被纳入中国的文学体系，促进叙事艺术的革新和审美观念的转变。散文体叙事小说在古代文学系统中的边缘化处境，保留了其与西方小说概念相近的"散文体虚构故事"[①] 的特质，为西方文学观念刺激下现代小说观念的转型提供了来自传统文学的动力。面对清末民初的翻译小说，一方面，有的译者以本土的视角品评西方小说，如林纾称赞西方小说的"史汉笔法"，恽铁樵一再在翻译小说中发掘作品的教化功能，都是采取归化的策略将其"雅"化。另一方面，有的译者用领悟到的西方观念审视中国既有的小说，得出"小说以虚构者为贵"的见解[②]，并且在通俗叙事小说中寻找契合点，在叙事技巧和谋篇布局上借鉴西方，开始悄悄地进行改革与实验，在吴趼人、恽铁樵、周瘦鹃等人创作的小说中均有体现。

二

自创刊起，《小说月报》就有意识地将小说分归长篇/短篇，这种自觉

---

① *Webster's Encyclopedic Unabridged Dictionary of the English Language*，Random House Value Publishing. Inc. 1996，p. 1327.

② 清虚：《〈今生福〉后记》，《小说月报》第四卷第十号（1913年）。

的文体意识在同时代的杂志中比较先进，而且持久。最初，划分长篇/短篇的标准局限于字数多少和篇幅长短。随着译介数量的增加和对域外小说直觉体验和理性思考的深入，民初的译者和编者逐渐意识到了长篇/短篇的文体特征和创作手法的不同，在译介和创作中开始有意无意地对两者加以区别。

在长篇小说的翻译中，林译小说在革新前的《小说月报》中占将近二分之一。前几卷中的林译小说是颇入世的，林纾为他与力树萱合译的俄国虚无党革命题材的小说《罗刹雌风》作序，对比俄国和中国的国情，力赞辛亥革命，对共和制度充满期望。① 林纾深厚的文学修养使他不仅具有翻译域外文学的兴趣，还有品评域外文学的审美能力。一方面，林纾敏感地察觉到西方小说的异质情调，对狄更斯、司各特的小说风格的评价能抓住其独异之处；另一方面，林纾将西洋小说笔法与古文家义法比较，提出"中西文法，有不同而同者……勿遽贬西书，谓其文境不如中国也"② 及"西人文体，何乃甚类我史迁也"③ 等观点，在客观上促进了翻译小说地位的提高。林译小说不仅给民初小说家以启发，同时给当时的青年读者即后来的新文学作家以滋养，使他们对世界文学产生最初的了解和喜爱，周氏兄弟、钱钟书、郑振铎等人都不讳言林译小说给他们带来的深刻影响。但是愈到后来，林译小说的质量愈下降，一是为"治生"的利益驱使，追求数量，译笔粗糙草率；二是因为辛亥革命之后林纾的思想和文学观念发生很大变化，对新文学心灰意冷，流露出复古倾向，林纾本人也成为新文学嘲笑和攻击的对象。除了林译小说之外，甘作霖、李薇香、包天笑、张毅汉、刘延陵、刘幼新、周瘦鹃等人都是比较突出的长篇小说译者，他们有的采用文言翻译，有的采用白话翻译；有的采用意译、译述的方法对小说进行"归化"的翻译，只保留了原文的情节，有的比较尊重原文，对原著篡改不大。总体看来，他们译介的小说良莠不齐，很多是国外名不见经传的作家的作品，而且译文在内容和形式上都做了

---

① 林纾：《〈罗刹雌风〉序》，〔英〕希洛著，林纾、力树萱译，《小说月报》第四卷第一号（1913年）。

② 林纾：《〈黑奴吁天录〉例言》，陈平原、夏晓虹编《二十世纪中国小说理论资料·第一卷》，北京大学出版社，1997，第43页。

③ 林纾：《〈斐洲烟水愁城录〉序》，陈平原、夏晓虹编《二十世纪中国小说理论资料·第一卷》，北京大学出版社，1997，第158页。

一定程度的改写，如天笑和毅汉翻译的《断雁哀弦记》就将小说归化为中国传统的章回体。

相形之下，短篇小说比长篇小说受到了更多的关注，革新前的 11 卷《小说月报》，共刊登 432 篇翻译小说，其中短篇翻译小说 376 篇（见附录一、二）。陈平原曾分析，短篇小说在民初获得空前的繁荣，是由于"作家们的有意提倡""编辑们的无意需求"和"域外小说的启迪"①。谢晓霞亦认为原因在于：一是得益于晚清以来报刊业的发展和繁荣；二是外国短篇小说的大量译介；三是清末民初都市的迅速发展与市民生活节奏的加快。② 二人都强调了域外短篇小说的重要作用。与长篇小说相比，译者青睐短篇小说的翻译，一方面与上面提到的作家的提倡，杂志版面的需求，反映生活的实效性和多面性有密切关系；另一方面也更符合译者的需要，短篇的译介比长篇所需时间短，翻译的难度小，选择的余地大。

很多民初译者意识到了域外短篇小说与笔记、拟话本的迥异风格，撰写了专门探讨短篇小说特点的文章，除了第十卷中张毅汉结合 5 篇国外短篇小说范作对各要素的详细分析，还有第九卷第九号翻译英国劳万氏的《谈短篇小说》、第十一卷第九号张毅汉的译文《短篇小说是什么——两个元素》、张枕绿的《小说小说》等。这些文章虽然凌乱粗浅，远未定型为系统理论，但对于民初中国小说的发展来说具有极为重要的意义，它表明了一种从理论上自觉探索的积极姿态，预示着日后小说理论转型的某种态势。民初文人探索的意义还在于，他们即便没有像五四一代文人为中国小说理论的现代转型提供直接动力，但也至少减弱了此前转型过程中遭遇的强大阻力。

民初文人对短篇小说的认识并没有达成五四那样的统一，但他们各抒己见的论述，正体现了民初时期文学的多个生长点。就小说理论而言，中国传统的小说叙事与历史叙事的渊源很深，甚至可以说是在以写史的方法写小说。在第六卷第六号的《小说月报》上，被恽铁樵誉为"此文先得我心，意吾当奉为圭臬，凡治小说者当奉为圭臬"③ 的《小说家言》中，吴

---

① 陈平原：《中国现代小说的起点——清末民初小说研究》，北京大学出版社，2005，第 151，154 页。

② 谢晓霞：《〈小说月报〉1910～1920：商业、文化与未完成的现代性》，上海三联书店，2006，第 141 页。

③ 铁樵：《〈小说家言〉后记》，《小说月报》第六卷第六号（1915 年）。

曰法说："小说家之神品，大都得力于读《史记》者为多。"① 模糊了文学叙事与历史叙事的界限，将小说叙事视为历史叙事的发展和继承。吴曰法还具体指出不同小说类型的叙事范本："短篇之小说，取法于《史记》之列传；长篇之小说，取法于《通鉴》之编年。短篇之体，断章取义，则所谓笔记是也；长篇之体，探原竟委，则所谓演义是也。至于传奇一种，亦小说之家数，而异曲同工。"② 在吴曰法看来，小说取法于历史叙事是正统，短篇取法于纪传体，长篇取法于编年体，短篇小说的代表是笔记，长篇小说的代表是演义。中国传统文论并无长篇/短篇分类的说法，吴曰法这里是用传统的雅文学观念诠释西方的长篇小说/短篇小说概念。

与吴曰法的保守观点相比，张毅汉的看法前进了一大步，他从翻译实践中加深了对西方小说尤其是短篇小说的认识。张毅汉说："小说者，一种纪事体之文，而又别乎寻常纪事文者。其差别之点，则能动读者观感兴趣是也。"③ "寻常纪事文，但以事之次序为次序，此外无所谓结构，而小说则否。述事与述小说不同，述事但平铺直叙，意达而足。述小说则必勿背美术之旨，在在动人。"④ 拉开了文学叙事与街谈巷议、实用记事的距离，强调了文学叙事的审美效果，而对历史叙事要求的历时性、真实性则不作强调。

张毅汉认为"结构""主意""人物""设境"是"以实事演为小说所必不可少之四大要素"。所谓"结构"，"但取寻常日日所闻见，参以高人之理想，发为动人之妙解，完成一事之因果"。"小说者，人情世故之诠注也。常人目光所未及，小说家固已洞见，则举其所见者，转告于人其中。或参以我之论理我之见解，为他人之论理见解所不到者，而小说之能事尽矣。"⑤ "结构"实际上指的是我们所说的"情节"，这里张毅汉强调发挥作者的主观能动作用，见微知著，从寻常生活中提炼不寻常的意义，已经颇接近我们今天所说的现实主义创作原则，与《史记》"其文直，其事核，不虚美，不隐恶"的"信史"追求产生裂痕。所谓"主意"，"盖作者于人情事理，体验有得。乃举其一端为主意。以隽颖有味之事实，曲曲达

---

① 吴曰法：《小说家言》，《小说月报》第六卷第六号（1915 年）。
② 吴曰法：《小说家言》，《小说月报》第六卷第六号（1915 年）。
③ 张毅汉：《小说范作·〈化石〉》，《小说月报》第十卷第一号（1919 年）。
④ 张毅汉：《小说范作·〈化石〉》，《小说月报》第十卷第一号（1919 年）。
⑤ 张毅汉：《小说范作·〈化石〉》，《小说月报》第十卷第一号（1919 年）。

之。此其功不止生读者兴味，亦足以助知识见闻，于书卷中得睹人情世故而增其阅历也"。所谓人物，"发明此主意者，则全在书中人物。若人物不得当，主意亦因之而晦，或弗能深入读者心中。故人物者，亦篇中一主体也。事实之入乎情理与否，惟其人物是视。读者兴会深浅，亦以此为准则"①。后两者强调的是小说的社会功能，即意识形态性质。张毅汉所说的"人情事理"指的主要是封建时代以儒家思想为核心的伦理道德，还不具有现代社会民主、国家、个人等现代思想内涵。在他看来，"人物"的塑造是为"主意"服务的，还没有将以塑造人物性格作为小说叙事的中心，这说明他仍把小说的劝惩功能放在首位，没有冲破传统小说理论向现代小说理论转型的临界点。但是张毅汉在对西方小说范作的研究的过程中，提出"设境者，亦小说中不可缺之事"，这是很难得的。他还说："设境者，不徒为点染文章，使之生色，亦以使读者如身临其境，如亲见其人，增书中人物之生气，令读者易于辨识。至如人物之直接有关系者，更非设境无能为力。"② 对于环境的描写，尤其是为塑造具体、生动的人物形象而服务的环境描写，是西方现代小说理论的一个重点，"塑造典型环境中的典型人物"更是我们耳熟能详的现实主义创作方法，但这些却不为传统小说理论所重视。张毅汉提出将人物行为与环境描写有机结合，已经有现实主义因素的闪光。

　　张毅汉的论述已然涉及现代小说理论中"情节、人物、环境"三个要素，标志着民初小说理论逐渐脱离史学的母体，艰难地走向独立。沈雁冰后来总结道："从近代小说发达的过程看来，结构是最先发展完成的，人物的发展较慢，环境为作家所注意亦为比较的晚近的事。"③ 从史家笔法和文章笔法向西洋"情节、人物、环境"三要素转移是现代小说理论独立的标志。张毅汉的小说观表明民初小说家用传统的小说观念，消化西方现代小说理论所能达到的最大限度。在文学实践方面，民初小说家追求的是旧思想、旧叙事方法渐进式的变革，而不是直接援引西方理论或者创作技巧。在这种"以中化西"的思路里，翻译小说总是以传统的理解被本土化。译者对翻译小说主人公正义、忠诚、

① 张毅汉：《小说范作·〈怯〉》，《小说月报》第十卷第二号（1919年）。
② 张毅汉：《小说范作》，《小说月报》第十卷第五号（1919年）。
③ 沈雁冰：《人物的研究》，《小说月报》第十六卷第三号（1925年）。

勇敢、爱等美德的赞美，是因为这些美德不仅是域外的，也是中国的，是全人类的普遍美德。而第一人称、倒叙手法等叙事技巧被引进和运用，是因为在"三言二拍"《聊斋志异》《浮生六记》等中国小说中已出现类似的技法。

三

对于民初小说家"以中化西"的改良做法，新文学者认为是行不通的。胡适说："如果真要研究文学的方法，不可不赶紧翻译西洋的文学名著做我们的模范。"① 明确地表达了"以西化中"的思路。工具要用白话，方法要取自西洋，"工具用得自然纯熟了，方法也懂了，方才可以创造中国的新文学"。中国文学史上历次文学革新运动都是不同程度的"复古"，只不过是"古"的所指略有出入而已，"文源于五经"的思想在古代文人心中根深蒂固，而新文学运动前所未有地认西洋名著为典范，这是破天荒的，"新"的意义主要在于此。胡适的策略是，先研究西洋典范，借西洋的文学现实，以进化论说明它的普适性，再到中国文学里找历史渊源，作为论证的基础。提倡白话，就自《诗经》谈起；提倡短篇小说，就从先秦诸子的寓言谈起。胡适重塑历史，是出于新文学变革的内在需要，建立变革的合法性。这从逻辑上与恽铁樵、吴曰法、张毅汉等民初文人从《史记》《说海》中找历史渊源一样，只不过因为对时代的理解不同，知识分子的世界观和人生观不同，寻找到了不同的历史渊源。历史是客观的，但人们常常为了现实需要阐释历史。现实是历史发展的结果，但溯源历史却是为了应用于现实。

周作人在1918年批评清末民初的翻译弊病在于"以中化西"的态度和"中体西用"的思维："言宗著作，果然没有什么可模仿，也决没人去模仿他；因为译者本来也不是佩服他的长处；所以译他。所以译这本书者，便因为他有我的长处，因为他像我的缘故。所以司各得小说之可译可读者，就因为他像《史汉》的缘故；正与将赫胥黎《天演论》比周秦诸子，同一道理。大家都存着这样一个心思，所以凡事都改革不完成。不肯自己去学人，只愿别人来像我。即使勉强去学。也仍是打定老主意，以

---

① 胡适：《建设的文学革命论》，胡适编《中国新文学大系·建设理论集》，上海良友图书公司，1935，第140页。

'中学为体，西学为用'。学了一点，便古今中外，扯作一团，来作他传奇主义的《聊斋》；自然主义的《子不语》：这是不肯模仿不会模仿的必然的结果了。"周作人提出改革的方案是："我们要想救这弊病，须得摆脱历史的因袭思想。真心的先去模仿别人。随后自能从模仿中，蜕化出独创的文学来。"① 从胡适和周作人的论述中，可以看出新文学者建设新文学思路的关键是以"西"化"中"：先模仿西洋文学，再创造中国的新文学。在进化论的理论框架内论述世界文学的发展历程，西洋文学和中国文学可以遵循同样的发展规律，"革命"的目标不是纵向的向传统复古，而是横向的以西洋为参照。对照这个西洋典范，文学革命不是在中国的传统里寻找变革的根据，而是在西洋的启示下重新发掘中国文学中能证明普遍规律的因素，与世界接轨。可以说，西洋典范是新文学确立起来的"雅"的标准，话本、章回小说等"俗文学"因为与西洋小说有共通之处，借此摆脱了传统文学标准中"俗"的身份。而笔记体小说则在新文学的雅俗格局中黯然失色，被看作历史进化过程中被淘汰的文学样式。

张毅汉发表《小说范作》系列评论是在 1919 年，而胡、周二人发表上述论点是在 1918 年，两相对照，民初文人与新文学者对西方文学和传统文学的看法已经有天壤之别。如果说张毅汉在西方文学中挖掘与传统文学的契合点，用中国传统的观念去解释西方的文学，那么胡适则在传统文学中寻找与西方文学的契合点，用自己掌握的西方文学概念和理论打量并且重释传统文学。1918 年，胡适的《论短篇小说》很明显是用西方的短篇小说概念刷新古代的短篇小说概念。传奇、话本、笔记等古代短篇小说类型深受史家纪传体、纪事本末体叙事方式的影响，采用"纵剖面"的叙事结构，用陈平原的话说就是趋向于"盆景化"② ——短篇小说是缩小的长篇，随时可以拉长演作章回小说。西方"短篇小说"（Short story）的特质是"横截面"的叙事结构，"用最经济的文学手段，描写事实中最精彩的一段，或一方面，而能使人充分满意的文章"③。两者在小说观念和技巧上是

---

① 周作人：《日本近三十年小说的发达》，胡适编《中国新文学大系·建设理论集》，上海良友图书公司，1935，第 293 页。

② 陈平原：《中国现代小说的起点——清末民初小说研究》，北京大学出版社，2005，155页。

③ 胡适：《论短篇小说》，胡适编《中国新文学大系·建设理论集》，上海良友图书公司，1935，第 272 页。

截然不同的，但胡适没有重点比较两种对立，而是把论证的重心放在短篇小说的定义和兴盛原因的解释上。为了使舶来的概念被接受，胡适的策略还是从先秦寓言、叙事诗、传奇、笔记、明清小说中筛选出能体现"经济的手段"和"精彩的结构"的闪光点，构建中国古代文学"短篇小说"的历史，使短篇小说的变革显得顺理成章，历史在这样的叙述中再次成为现实变革的根据。

胡适在文学革命初期以"求同"的方式引西洋短篇小说概念进入中国，而沈雁冰则在1924年直接摆出"存异"的立场否定了中国古代的短篇小说概念。他明确提出中西短篇小说不兼容。"我觉得要在古文中寻找近代短篇小说的艺术，很有点像拆北京的太和殿来造新式洋房。古文里的记序，果然也有许多明叙暗叙，推波助澜的手法，在'薄物短篇'的古文中，这些原也是文章的艺术，但是搬到近代短篇小说的门下来，这些东西，就无用了。近代的短篇小说的艺术的主要点，不在表面的形式，而在内面的精神；这所谓精神就是一篇短篇小说所叙者虽祇大千世界的繁复生活中的一片，而其所表现的，却是这生活的全部，如果不能捉住这一点，那么，便只是一篇短篇的散文的叙述而已，不是近代的短篇小说。古文的记，说，纵然也有像一篇小说的，但至多不过是一篇散文的故事，不是我们所谓'短篇小说'。"① 沈雁冰将中西短篇小说的差距比作"北京太和殿"和"西式洋房"的差距，意在指出中西短篇小说相互转化的不可能。中国的短篇小说采用的是古文的手法，而西洋的短篇小说才是近代的艺术，凭借进化论简化然而有力的逻辑，西洋的短篇小说成为进化链条中更为高级的形式，迅速取得统治地位。

胡适和沈雁冰对于古代小说传统的阐释迥然不同，但都是站在进化论角度对古代小说传统做出的一种符合自己需要的解读。阐释学理论认为，对于所有历史的阐释都是现在与过去之间的"对话"。面对过去的文本，一方面我们"聆听"它们就我们现在关心的问题发问；另一方面，我们也从自身需要出发向文本提出问题。② 在文学革命之初，新文学者要争取到最广泛的同情和认可，就必须最大限度地利用传统的资源作为立论的依

① 沈雁冰：《杂感》，郑振铎编《中国新文学大系·文学论争集》，上海良友图书公司，1935，第171～172页。

② 马新国主编《西方文论史》，高等教育出版社，2002，第579页。

据。而到了 1925 年以后，新文学的面貌已经基本成型，成为当时社会文化事业的重要组成部分，对于传统的依赖已经减弱，传统的既有规范甚至已经成为某种意义上的束缚和羁绊。在这样的情势下，新文学者为凸显五四的开创性意义，掌握绝对的话语权，遂将古代小说传统视为自己的对立面，与之划清界限，势同水火。

不过，这对于新文学短篇小说的创作并不是好事，因为简单的线性进化掩盖了中西短篇小说源于不同文学传统的事实。传统短篇小说"纵剖面"的结构与文史合一的叙事传统有密切的关系，借鉴西洋小说"横截面"的结构固然更具有文学性，但是传统小说中的文学叙事技巧不应一概否定。袁国兴曾指出这是中西两种立场上的双重误读："一般人们只从小说技巧的不成熟角度上去揣摩这一'不足'，不大注意中国古代小说文类与现代西方小说文类其实并不完全相同这一事实，此'小说'非彼'小说'也，当人们把它们误认为同一个文类时，与现代小说意念不同的'旧小说'技巧也会同时被误读。这样的'小说'技术，站在另一个'小说'文类立场上去审视，自然免不了'幼稚'，它与'小说'技术层面的联系远没有与'小说'文类期待的联系更紧密。然而，借用了旧小说的能指，也使人们看到了中国古代也有虚构叙事类文体的存在，旧小说中的志怪、传奇、讲史、白话故事等，在笔法和语调上也有不少可被'新小说'利用的资源，这一点不是有意为之，却是初期现代小说创作借鉴西方小说模式时的可能条件。"[1]

革新后的 11 卷《小说月报》共刊登翻译小说 354 篇，其中中、短篇小说 341 篇，对短篇小说的提倡可谓不遗余力（见附录一、二）。从创作的实际情况来看，《小说月报》上刊载的短篇小说的数量也远远超过了长篇小说、诗歌、散文和戏剧。然而在革新初期，短篇小说创作的数量虽多，质量却不高。沈雁冰认为存在"人物与背景不调和""人物的呆板无个性""题材的无变化""布局的一例"等问题，郑振铎也认为创作的弊病在于"平凡和浅薄"，"第一是思想与题材太浅薄太单调了。第二是描写的艺术太差了。手段粗浅，用字布局陈陈相因"[2]。造成青年作者创作贫乏现状的原因，一是西洋舶来的小说理论不够成熟，二是其不屑于从传

---

① 袁国兴：《1898~1948 文学场态》，广东人民出版社，2005，第 90~91 页。
② 郎损：《新文学研究者的责任与努力》，《小说月报》第十二卷第二号（1921 年）。

统小说理论中汲取营养。文学翻译固然提供了小说阅读与创作的理论范式和模范文本，却在中西两种立场的双重误读中使新文学的小说一时失去了稳定的根基。五四时期的优秀小说家大多是古典文学修养深厚，又对西方文学有一定了解和认识的作家，对《小说月报》革新后几年里鲁迅、叶绍钧、许地山、王统照、冰心等人作品的分析，我们总能从中看出中西小说传统的融合。即如鲁迅，虽然在《我怎么做起小说来》中自述没有看过任何小说作法，写小说的准备是百来篇外国作品和一点医学知识①，但事实上我们总能在鲁迅小说中看到他对旧小说中白描、行为描写的出色运用。

第二节　翻译"新剧"与戏剧转型

《小说月报》出版于戏剧改良和新剧最早的发源地上海，这使《小说月报》译者具有"近水楼台先得月"的优势，无论在理论上还是在实践上都得戏剧变革风气之先。《小说月报》（1910～1920）的翻译新剧从一个侧面反映了民初文人对戏剧的多元认知与理解。在那个新旧过渡的时代里，各种文学改良与变革都在尝试，多种文学观念并行不悖，他们译介时的探索与抉择，并非一时一地的个体行为，而是彼时文化环境和社会心理的折射，真实地反映了清末民初戏剧转型的特点和所能达到的高度。及至1921年沈雁冰革新《小说月报》，五四新文学者以西方话剧为典范，从剧本和理论两方面赋予戏剧崇高的文学地位，使话剧这一舶来品在新文学系统中确立了合法性，并且从戏剧审美的文学品质入手译介、创作，超越了晚清为宣传教化而译介的外力提升，由内而外推动了戏剧改革。

一

戊戌变法失败后，梁启超等人吸取教训，寄救国希望于启迪民众，发起"小说界革命"和"戏曲改良运动"，使小说、戏曲等的"小道"在"启蒙新智"的视野内受到空前重视，凭借"导化群氓"的教化功能从边缘文类迅速移向中心。以救国、启蒙为动力提高了戏剧的地位，却弥补不

---

① 《鲁迅全集》第四卷，人民文学出版社，2005，第526页。

了此时戏剧内容与形式上的匮乏。清末戏曲此时面临的窘境是：题材上多改编自历史，缺乏对现实生活的表现力；写意化、程式化表演方式不擅长真实自然地反映生活；元杂剧等的现实主义光芒已在很大程度上被对唱腔和演员的迷恋所淹没。于是，参照西方典范、译介域外戏剧成为输入新质的重要来源。

有学者指出，中国近代戏剧由三个部分组成："一是以昆曲为代表的古典戏剧；二是以京剧为代表的民间地方戏剧；三是受外国戏剧影响而产生的'新剧'（早期话剧）。"① 在戏曲改良浪潮中，域外戏剧的内容和形式对中国戏剧转型有重要的参照意义和制约作用。就古典戏剧而言，晚清以降随昆曲衰落而式微的传奇、杂剧等在 1910～1912 年一度中兴，其题材之广泛、视野之开阔、与现实联系之密切，都是前所未有的。南社领袖柳亚子在我国第一个戏剧刊物《二十世纪大舞台》的发刊辞中清楚地表明了援引西事以救国强民的主张："今当捉碧眼紫髯儿，被以优孟衣冠，而谱其历史，则法兰西之革命，美利坚之独立，意大利、希腊恢复之光荣，印度、波兰灭亡之惨酷，尽印于国民之脑膜，必有欢然兴者。此皆戏剧改良所有事。"② 就地方戏曲而言，京剧、粤剧、评剧等也纷纷响应"戏曲改良"，或是编演反映现实的"新戏"，或是借鉴外国话剧的说白、服装、道具、灯光等艺术技巧。汪笑侬 1904 年创作的《瓜种兰因》是采用外国题材撰写的第一部京剧"洋装新戏"。

如果说域外话剧对传统戏曲的影响是模糊而零散的，那么被称作"新剧"的早期话剧则在域外话剧的直接影响下产生。在翻译新剧的示范下，西方写实主义传统的戏剧从内容到形式都对现代戏剧转型产生影响：不用唱腔而用念白和动作；不画脸谱而穿时装；用布景、灯光的舞台设计制造生活实感，都是"新剧"舞台实践的特点。19 世纪末，上海的徐汇公学、约翰书院等教会学校的学生演剧屡见不鲜，他们编演时事新剧，"体现了反清爱国的革命色彩，娱乐性、传奇性与政治性已紧密地集合起来"③。此时在沪的英美侨民也仿照伦敦在上海建起"兰心剧院"，模仿伦敦剧场的演剧体制，创办 ADC 剧团，"所演的也都是世界有

---

① 张庚、黄菊盛：《导言·中国近代文学大系·戏剧集一》，上海书店，1996，第 1 页。
② 柳亚子：《二十世纪大舞台发刊辞》（1904 年），徐中玉主编《中国近代文学大系·文学理论集二》，上海书店，1995，第 560 页。
③ 范伯群主编《中国近现代通俗文学史》，江苏教育出版社，2000，第 424 页。

名的剧本，当然也相当有成绩"①。职业剧团方面，自春柳社1907年在日本成立始，春阳社、进化团、新剧同志会等先后涌现，排演话剧。其中，《茶花女》（改编自法国小仲马小说）、《黑奴吁天录》（改编自美国斯陀夫人小说）、《不如归》（改编自日本德富芦花剧本）、《猛回头》和《社会钟》（改编自日本佐藤红绿剧本）、《热泪》（改编自法国萨尔都剧本），都是影响较大的翻译剧作。职业剧团繁荣的演剧实践奠定了我国现代戏剧的基础，然而，"许多剧目当时虽很著名，演出很盛，但在当时并无剧本刊行或发表，而早期话剧甚至只有幕表（简单提纲），因此有不少剧本是依靠演员据演出情况回忆而整理出来的"②。相对于繁荣的演剧实践而言，近代剧本完整存世者很少，翻译剧本的文学性在很长时间内都没有受到重视。

与此相对应，报纸杂志上登载的翻译剧本也不多，与当时声势浩大的翻译小说简直是天壤之别。在晚清，《新小说》《绣像小说》《月月小说》《小说林》"四大名刊"中，除了1907～1908年《月月小说》上连载的《义侠记》，便再没有翻译剧本。在民初，1914年创刊的《中华小说界》《小说丛报》，1915年创刊的《小说大观》等期刊上偶见徐卓呆、刘半农、周瘦鹃等人的翻译剧本，但篇目寥寥可数。即便在《二十世纪大舞台》和《新剧杂志》这样的专业戏剧杂志中，也难觅翻译剧本的踪影。域外剧本的文学意义一再被忽视，而文学性的缺失反过来也制约了话剧的成熟与传播。

在翻译剧本匮乏的时代里，《小说月报》（1910～1920）对话剧剧本的译介可谓一枝独秀，它大多采用意译的方式，将包括对白、布景、人物动作提示等话剧基本要素的翻译剧本收入"改良新剧""新剧"等栏目发表，并且大多标注文体。"改良新剧"已经具备现代话剧的雏形。从幕表制演出到对案头剧本的重视，反映出"舶来品"话剧的文学价值得到认可，客观上为话剧在中国的生根开花创造了条件。《小说月报》（1910～1920）共刊登"改良新剧"和编译的戏剧故事42部（篇），其中译作35部（篇），创作7部。译作情况详见表4-1。

① 徐半梅：《话剧创始期回忆录》，中国戏剧出版社，1957，第4页。
② 张庚、黄菊盛：《第二卷编选说明·中国近代文学大系·戏剧集二》，上海书店，1995，第1页。

表 4 - 1 《小说月报》（1910～1920）翻译戏剧表

卷别（年份）	译者	译作名称	国别	标注文体
一（1910）	卓呆（徐卓呆）	遗嘱	不详	改良新剧
二（1911）	啸天生（许啸天）	多情之英雄	波兰	改良新剧
	啸天生（许啸天）	残疾结婚	不详	悲剧
	啸天生（许啸天）	美人心	俄	奇情新剧
	泣红（周瘦鹃）	爱之花	法	情剧
三（1912）	啸天生（许啸天）	莺儿	不详	新剧/哀情小说
	欧云	秋扇影	英	新剧/哀情小说
	啸天生（许啸天）	无名氏	法	悲剧
五（1914）	东亚病夫（曾朴）	银瓶怨	法	新剧
	翛庐	聋人唇语学	美	新剧
六（1915）	乐水（洪深）	娇妻、感恩而死、西方美人、守财虏	欧美	欧美名剧
七（1916）	林纾、陈家麟	雷差得纪、亨利第四纪、凯彻遗事	英	
八（1917）	半侬（刘半农）	交谪	不详	戏剧
九（1918）	延陵（刘延陵）	断臂	不详	著名戏剧
十（1919）	林纾、陈家麟	梭盗、鹿缘、狱圆、梦魔、风婚、湖灯、刺蛊、酖儿、危婚、鬼弄、佣误、烹情、剧杀、星幻、情哄	英	泰西古剧
十一（1920）	周瘦鹃	社会柱石	挪威	小说新潮/剧本

从表 4 - 1 中可以看出，译作的具体情况差别很大。译者群中，既有徐卓呆、周瘦鹃、刘半农、许啸天、刘延陵这样的"鸳鸯蝴蝶派"，也有林纾这样的传统文人，还有与西方文学接触较多的青年学生——洪深和曾朴。从翻译语言来看，通俗白话有之，骈散相间有之，浅近文言亦有之。从翻译文体来看，以说白、布景为主的西式话剧有之，以情节为主线的剧情介绍有之，以叙述为主的小说亦有之。可以说，他们的译作展现出清末民初戏剧转型期翻译实践的丰富性，以及这个时代特有的包容性。是坚守传统"以中化西"，还是仿效西方"以西化中"，或是在两者之间做各种调适，是清末民初译者必须做出的选择。

一

　　清末民初译者译介时具有强烈的主体性，现实需要决定了他们对域外文学的选取及阐释，译者的翻译策略后面隐藏着时代、社会和文学内部的深层动因。

　　《小说月报》（1910～1920）翻译新剧有意识地选取现实题材，视野开阔，扩大了戏剧的表现范围。《小说月报》在辛亥革命前后的译剧《多情之英雄》《残疾结婚》《美人心》等反映了资产阶级革命的内容，开启民智、强国保种、民族自强的取材沿袭了自梁启超以来的核心主题。在《美人心》附言中，译者借波兰喻中国："此波兰故事也。国之将亡，必有其所以亡之原因。国民不爱国而逞私欲为之，大前提也。呜呼，灭六国者六国也。山河暗淡，狐鼠纵横，吾观是剧而有不能已于怀者。"① 在《多情之英雄》中，译者转引西方鉴己得失："女子之气质足以转移一国人民之趋向，法兰西人民之丽靡，德意志人民之勇武，我国人民之懦弱，皆视女子之志趋为转换，谁谓女子可无教育也。"②

　　辛亥革命失败后，《小说月报》译剧的焦点转向现实生活题材，关注伦理道德问题。上海是近代最早开放的通商口岸，殖民者在掠夺的同时客观上也促进了商品经济和市民社会的繁荣，教育和文化的开放使沪上文人比内地文人更有机会接触域外的文学和思想。然而，对在以农耕文明为本的乡土中国文化中浸润已久的民初文人来说，域外剧本中表现资本主义工业文明衍生的政治、经济、道德冲突已超出他们的知识结构范围，译者对域外剧作的阐释往往着眼于剧本中的伦理道德。例如，洪深译介易卜生《娇妻》（《玩偶之家》）后的点评是："（一）大凡女子，自有女子之意见行为，世人但当鉴其苦衷，而将护之，未可律以丈夫之道，求全责备。（二）夫妇之间，甚难处也。应委曲以求全。未可乖离而脱辊。"③ 周瘦鹃在译介易卜生《社会柱石》时看到的是："攻击伪君子，真是笔下有刀，十分刻毒，也十分痛快。"④ 尽管在翻译时存在着知识结构和文化环境导致的误读，民初译者所关注的伦理道德依然是"趋新"的，有别于封建伦理

---

① 《美人心》，啸天生译，《小说月报》第二卷第二号（1911年）。
② 《多情之英雄》，啸天生译，《小说月报》第二卷第一号（1911年）。
③ 《欧美名剧·娇妻》，乐水译，《小说月报》第六卷第六号（1915年）。
④ 〔挪威〕易卜生：《社会柱石》，周瘦鹃译，《小说月报》第十一卷第三号（1920年）。

道德。它对普通市民生活的关注，对理想爱情婚姻的追求，以及与市民生活相对应的白话写作形式，都带有明显的现代特征。回顾新文学的发生，"五四"一代文人为确立新文学的合法性而将徐卓呆、周瘦鹃、许啸天、恽铁樵等民初文人统统打入"民初旧派文学"，不能不说带有"道不同不相为谋"的偏见和某种情绪化的成分。

《小说月报》（1910～1920）的新剧译者有意识地借鉴了域外戏剧的艺术技巧，但仍能看出我国戏曲传统的内在影响，译作选择十分注重情节的曲折离奇。周瘦鹃的8幕话剧《爱之花》写法国将军战死前线，临终前嘱托仆人将心脏转交情人，不幸被因妒生恨的情人丈夫获得，将心脏烹成菜肴给妻子——将军的情人吃，最终情人怀着"葬此心脏于腹中"的满足自尽殉情。情节曲折，冲突尖锐，充满回肠荡气的悲剧气息。曾朴翻译的雨果名剧《银瓶怨》写女伶、音乐家、大公、大公夫人四人的生死情仇，情节起伏跌宕，扣人心弦。曾朴后来曾给该剧很高的评价："这是嚣俄戏剧中情节最紧张、情感最剧烈的剧本。剧中主角，一大公夫人，一音乐家，一女伶。音乐家爱大公夫人而女伶爱音乐家，最后因爱生妒而又因妒生爱，情节曲折迷离，铸成不可救药的大错，结局类似团圆而实在是最痛心的悲剧，在戏剧的艺术上可以说这是嚣俄伟大的成功。"[1]

此外，在"改良新剧"中，言语也受到前所未有的重视，情节主要靠人物的言语（台词）推进。在徐卓呆翻译的《遗嘱》中，不仅外甥、书童、仆人、主人、主人之子有各自的台词，还有神情、动作、布景等舞台提示，是完整的话剧剧本，徐卓呆1914年曾把它搬上舞台并自己饰演其中的角色。"改良新剧"的语言与传统戏曲产生巨大差异，显现出现代戏剧转型的萌芽——从以"唱念做打"为主要手段向台词转型，从舞、乐、歌为主的表现形式向言语转型。新剧译者对此已有自觉的认识："戏剧……以能注重科白神情者为上乘……愿读剧本者，于字里行间求其神情，不然者，且劣于旧有之剧本，而失其声价也。"[2] 译者认识到科白——也就是台词——是"东西洋剧本"中最重要的因素，也是新剧胜过有"声价"的旧剧的根本。

言语在"改良新剧"中的突出反过来又影响到译者和读者对新剧语言

---

① 《真美善书店广告》，《真美善》第一卷第二号（1931年）。

② 《多情之英雄》，啸天生译，《小说月报》第二卷第一号（1911年）。

的提炼和剧本文学性的重视。在中国传统文学系统中，传奇、弹词等戏曲的文学价值毋庸置疑，它们在韵律上有似诗词，在叙事上接近小说。而受戏曲改良运动的功利观念影响，时人认为译介域外剧本是为了启智新民，域外戏剧的审美价值不如传统戏曲曲本。在这样的时代氛围中，《小说月报》的剧本译介就显得难能可贵。它的翻译剧本从表演用的脚本向案头剧本转向，使剧本在语言、内容和形式上的文学性受到重视，有利于话剧剧本质量的提高。

更为重要的是，案头剧本的刊载使有的译者开始尝试探讨西方戏剧理论，用以指导阅读和创作。在 1914 年的《小说月报》里，远生在其"辑译"的《新剧杂论》中说，"夫文学者，实灵魂所造第二之自然，而戏剧乃复合艺术之圣品"，指出了戏剧同时具有文学与艺术的双重属性。远生还进一步总结：新剧乃"文学革新之一种，国命民魂所系"。剧本"第一必为剧场的，第二必为文学的"，前者要求"令观客为之娱悦"，后者要求在"情节离合、人物出入，分配得宜"之外还要能接触"人生真味"。剧本创作应秉承四个原则："剧的经济""剧中之性格描写方法""剧的危机中心之意志之争斗如何配置""会话总以接近于普通日用语言为佳。"① 远生的文章论及戏剧的教化、娱乐、审美功能，并提出矛盾集中、人物性格鲜明、情节曲折、用白话作台词等文学意义上的剧本创作法则，表明他意识到了新剧剧本的文学价值——与杂剧、传奇等戏曲曲本具有文学价值一样，以西洋话剧为范式的改良新剧剧本具有不依附于表演艺术的、独立的文学审美价值。这样的见解在当时殊为可贵。在政治外力的提升之后，只有重视剧本文学因素和舞台艺术的打磨，才能使"舶来品"话剧在中国生根壮大，这是提升戏剧在文学系统中地位的保证。

二

无论是译者对译作文体的自我认定（见表 4-1），还是剧作译介的语言和形式，《小说月报》（1910～1920）的翻译新剧都呈现出小说与戏剧形制同构的特点。在第六卷中，乐水对"欧美名剧"按标题、著者、情节、剧旨的顺序所做的译介，完全是情节线索的浓缩，没有人物的对白和动

---

① 《新剧杂论》，远生辑译，《小说月报》第五卷第一号、第二号（1914 年）。

作，也没有对布景、道具的交代，突出了戏剧的叙事功能。再如，林纾对莎士比亚戏剧《雷差得纪》（《理查二世》）、《亨利第四纪》（《亨利四世》）、《凯彻遗事》的译介都是以文言小说的形式翻译的，第十卷译介的"泰西古剧"系列亦是以小说的叙述手段介绍歌剧的情节。又如，第二、三卷中啸天生意译的《多情之英雄》《美人心》《莺儿》等剧本，利用叙述人的话语来叙述事件，起到了台词塑造形象、表现冲突的作用。下面是《多情之英雄》中的一段，描述的是女主人公儿依萨为哥修士孤殉情的一幕：

> 儿依萨命兰灵为之披衣裳，结袜履，扶兰灵肩，徐行坐案前椅中。以手支颐，俯首沉思。时室中电灯通明，儿依萨举首，见壁间哥修士孤像。疾趋近，取之下。归坐椅中。置像胸前，垂首注视，频频以巾揾其泪。儿："影里情郎！将成永诀！"儿依萨置像案上，掩面啜泣，娇啼悲嘶，愈哭愈烈。兰灵兀立椅后。儿依萨挥兰灵去，兰灵退出。儿依萨趋床头，探手枕下，拿出手枪，踉跄至案前。以手支案。垂首注视手枪，手执手枪而颤动，复仰首视案上哥修士孤像。儿依萨复藏手枪于怀，就椅坐，执笔展纸，作函入封。按铃。兰灵入。儿依萨以函交兰灵。儿："兰灵乎！汝得见哥修士孤者，以此函呈之。"兰灵接函入怀，即扶儿依萨行于床前。儿依萨坐床沿，挥手使兰灵去。兰灵闭门去。儿依萨和衣睡床上。人声寂然，儿依萨突跃身起，趋窗前，跪地上，默祷上帝。又举哥修士孤像三接吻，探怀出手枪，手按胸前，垂首默然。儿依萨突举枪一击，玉体倒地，展转舞动。[①]

整段情节中只有儿依萨两句台词，这是比较典型的小说与戏剧杂糅的文体，与小说相比，它以人物动作和语言为主，是戏剧的表现手法；而与戏剧相比，它对人物的动作描写过细，台词太少，又接近小说。

小说与戏剧形制同构的现象并非为《小说月报》所特有，而是清末民初较普遍的文学现象，文类区分的模糊体现了清末民初过渡性的时代特征。有学者指出："小说和戏曲在中国传统'文化'意识中属性相近，近代开始人们看重它们的目的相同，留给它们的生存空间相似，某种意义上

---

① 啸天生意译：《多情之英雄》，《小说月报》第二卷第一号（1911 年）。

可以说，现代文学发生期人们'不必'也不想把它们区别开来，即使有人想要把它们区别开来也有不少困难。"① 从价值取向来看，小说与戏曲在追求娱乐性、趣味性上天然地趋向一致，在古代都是被以诗文为核心的"雅"文学系统排斥的"小道"，而在清末民初又同是因为通俗而被视为启迪民众的工具受到重视。对翻译新剧而言，与翻译小说形制同构还有更深层的原因：中国戏曲文学以抒情写意为主，而小说则以叙述事实为主，两者有本质的区别。《小说月报》"改良新剧"翻译的是以叙事为主的西洋话剧，在追求文学话语的叙事功能这一点上与小说拉近了距离。根据西方诗歌、散文、小说、戏剧的文类四分法划分，小说和剧本在文体特征上的共同点较多。诗歌和散文都是比较主观化的文体，往往包蕴着作者的情感体验和生活感知，而小说和剧本是比较客观化的文体，在完整的情节演进中塑造人物形象。

《小说月报》（1910~1920）的新剧翻译还呈现著、译混淆的特点，这也是清末民初较常见的现象。即使注明原著的国别和作者，译者也常采用"意译""译述"的方式，增删、篡改原作的现象屡有发生。究其原因，有译者的外语水平和读者的接受心理的因素，有受重视情节的戏曲传统的影响，也有传统文学观念和实践的惯性。更重要的是，清末民初文人对本土戏曲传统依然抱有整体性的信心，面对域外戏剧时多少有些"技不如我"的清高，《小说月报》及同时期期刊上大量的传奇、弹词说明了这一点，译者翻译时的主观随意也证明了这一点。据周瘦鹃在20世纪60年代的回忆，《爱之花》是根据刊登于1903年《浙江潮》的笔记《情葬》改编创作的剧本②，但他却在1911年《小说月报》的《〈爱之花〉弁言》中声明"爱译是剧"③——也许在译者的心中，著、译都是自己的创作，区别不大。

《小说月报》（1910~1920）的新剧翻译，折射出清末民初中西文学观念和戏剧传统的撞击，反映了当时戏剧转型的特点和水平。尽管它与五四新文学的现代戏剧理论和实践有不可逾越的距离，但仍不能抹杀它对现代戏剧转型的先导意义。

---

① 袁国兴：《中国现代文学发生期小说戏曲形制的同构问题——从"小说"名称的界定谈起》，《贵州社会科学》2007年第1期。
② 范伯群：《周瘦鹃论》，《中山大学学报》（社会科学版）2010年第4期。
③ 周瘦鹃：《〈爱之花〉弁言》，《小说月报》第十一卷第三号（1911年）。

三

五四新文学者与清末民初文人最大的区别在于从文学创作和理论两方面，首次明确地在文学意义上赋予戏剧崇高的文学地位。1915 年，在民初文人做上述的戏剧改良努力的同时，陈独秀在《现代欧洲文艺史谭》中语出惊人："现代欧洲文坛第一推重者，厥唯剧本，诗与小说，退居第二流。以其实现于剧场，感触人生愈切也。至若散文，素不居文学重要地位。"①这是真正从文学角度将戏剧和小说凌驾于诗文之上，列入现代文体格局的核心。在文中，陈独秀列举了易卜生、安德雷甫（安特莱夫）、王尔德、白纳少（萧伯纳）、伽司韦尔（高尔斯华绥）、郝卜特曼（霍普特曼）、布吉（Brieud）、梅特尔林克（梅特林克）为现代欧洲戏剧的代表作家，说他们是"以剧称名于世界者也"。陈独秀列出的名单比较全面，几乎囊括了当时各种流派的剧作家——现实主义、象征主义、唯美主义、自然主义、神秘主义等都在其中，其选择标准主要是文学标准，而不是政治标准。到 1921 年《小说月报》革新时，戏剧已被理所当然地视为文学的重要一门，每期杂志都专辟"戏剧"一栏，与"小说""诗歌"等栏目并列，其概念所指是舶来的话剧，而非传统的戏曲。

五四新文学者提倡戏剧固然也是看重了戏剧巨大的宣传舆论功能，但他们超越梁启超们之处在于不止是做外力的提升，还从剧本审美的文学本质入手，由内而外推动戏剧改革。对此，在从事新文学之初，沈雁冰就有比较清醒的认识："文学是思想一面的东西，这话是不错的。然而文学的构成，却全靠艺术。""欲创造新文学，思想固然要紧，艺术更不容忽视。"② 他在《小说新潮栏宣言》中的第一部翻译计划中列出了 12 位作家的 30 部作品，其中戏剧 12 部，包括般生、斯特林堡、易卜生、契诃夫、Gosky. M 等人的作品，"写实派自然派"的艺术和"问题剧"的现实精神并重。革新后的《小说月报》翻译的戏剧，很明显地呈现两种趋势：一方面，在"表现人生、指导人生"的思想指导下，剧作的内容反映社会现实，表达对光明未来的憧憬和信仰，富有人道主义和民主主义精神。犹太作家宾斯奇的剧作《美尼》表现了一位修女美丽的外表和内心，讴歌了她

---

① 陈独秀：《现代欧洲文艺史谭》，《青年杂志》第一卷第三号（1915 年）。
② 记者：《小说新潮栏宣言》，《小说月报》第十一卷第十一号（1920 年）。

对信仰的虔诚和笃定。沈雁冰称赞宾斯奇的描写"已经不浮注于表面的生活痛苦，而要描写受痛苦者对于'生活改善'的憧憬，及此憧憬之心理的反动……'精神总是现代的'这一层，实是宾斯奇著作为不论何种人都喜欢而看了生感动的主要原因"①。冬芬坦承翻译荷兰作家斯宾霍夫的剧作《路意斯》的原因是："此出剧所写的人生，极可与现在国内青年男女所将趋的生活，互相比照，所以译了出来。"② 思还翻译的美国作家 Dana Burnet 的独幕剧《急变》讲述王、后分别与象征新生力量的青年女郎，青年男子私奔，寻找平民生活的快乐。宫廷里的臣仆在王、后逃走之后欢呼"可以做人类了"，"旧的世界已倒下去破灭了，新世界正从他当中升起来"。日本"白桦派"代表作家武者小路实笃在 20 世纪 20 年代极受五四新文学者的重视，革新后的 11 卷《小说月报》的 57 部翻译剧作中，武者小路实笃的剧作占了 5 部，这主要是由于他"新理想主义"的风格。《一日里的一休和尚》赞扬平民阶层的质朴、智慧与善良，《桃色女郎》以象征理想和光明的桃色女郎与象征消极颓废的灰色女郎作对比，讴歌光明理想，译者称武者小路实笃是"一个具有热烈的同情的社会改良家。所以我们读他的作品，无论小说剧本，都可以看出他那明显的非战主义，人道主义，赞美人生和歌颂美与爱的精神来"③。1929 年之后，英国作家巴蕾的剧作受到关注，短短 3 年里就有巴蕾的 8 部剧作被翻译过来。《可敬的克莱登》写伯爵家的仆人克莱登一度用自己的智慧掌握一岛的统治，讽刺了贵族的平庸无能。译者熊式一说："巴蕾很富于民权思想。他的根本观念，颇似出于卢梭天赋民权说。当这个君权没落的时候，他生长在贵族阶级统治的英国，自然是不满意于他——贵族阶级——用封建的权威，支配一切。但是处在专制淫威之下，没有自由发表意见的可能，所以他的思想，他理想中的社会，只有体现于戏剧中。"④ 巴蕾"理想中的社会"，其实也是新文学者心目中理想的社会。

另外，兴起于 20 世纪的西方现代派戏剧艺术对新文学者有着巨大的吸引力，唯美主义、象征主义、表现主义等艺术流派的表达手法常常给人以更动人更深刻的审美体验。陈独秀很推崇西方戏剧"美感的

---

① 沈雁冰：《〈美尼〉附记》，《小说月报》第十二卷第八号（1921 年）。
② 冬芬：《〈路意斯〉附记》，《小说月报》第十三卷第八号（1922 年）。
③ 樊仲云：《〈桃色女郎〉译后注》，《小说月报》第十五卷第六号（1924 年）。
④ 熊式一：《〈可敬的克莱登〉译者附言》，《小说月报》第二十卷第三号（1929 年）。

技术"："剧之为物，所以见重于欧洲者，以其为文学美术科学之结晶耳。"① 现代派戏剧的象征化手法、抽象化手法与古代戏曲的程式化、虚拟化表达方式在某些方面是兼容的，这也使新文学者在审美心理上易于接受。

冬芬翻译了匈牙利作家莫尔奈的《盛筵》，他说莫尔奈"是个写实派的作家，但是他又不完全拘泥于写实主义的范围内，他常常设想到虚无怪诞的神鬼世界"②。这里说莫尔奈混合事实与梦想并无贬义，而是赞扬他用抽象化、形式化的形象来表现世界。德国表现主义作家 C. Kaiser 的《从早晨到夜半》描述一位在银行工作的现金出纳员从清晨到午夜的经历，暗示的却是现代社会中人的命运，出纳员从暗恋美人到携款潜逃到吞枪自杀的情节背后，关涉着人对自我生存价值的追求。比利时法语作家梅特林克很受推崇，有 3 篇剧作被翻译。梅特林克后期的作品格调光明乐观，但是，《小说月报》翻译的《婀拉亭与巴罗米德》《马兰公主》《群盲》都是梅特林克早期悲观阴郁的作品，婀拉亭与巴罗米德这对恋人在外力阻挠下的死亡，马兰公主从环境的种种暗示中获得不祥的预感，但她至死也不知道皇后为什么要害死她。《群盲》里引路人的死象征着理性的死亡，而剩下的一群盲人挣扎在命运的苦难中找不到出路。这些剧作表现命运对人的控制，表现宿命的死亡，充满神秘、悲观的色彩，是不大符合沈雁冰"指导人生"的标准的。是梅特林克戏剧中象征、暗示、隐喻的手法，诗意的想象和深刻的哲理，才使译者青睐有加。

前文已提到的对新文学运动影响深远的"易卜生主义"，因其问题剧的写实主义而扬名，但《小说月报》1928 年后翻译的剧作《海得加勃勒》《我们死人再醒时》却都是易卜生晚年的作品，具有象征主义和神秘主义色彩。剧作对女主人公海得加勃勒的悲剧性格的塑造，通过卢贝克和爱吕尼的爱恨纠葛引出的对艺术和艺术家命运的思考，都暗示着更深的哲理和意义。革新前《小说月报》经常出现的剧情主旨介绍，在革新后的《小说月报》中已不多见，其中很大一个原因就是"情节"之外对"现代"艺术"情调"的重视，这样的审美体验只能在剧本的具体阅读过程中领悟和获得。1922 年，读者汤逸庐来信建议沈雁冰："若登载戏剧，最好于篇首

---

① 陈独秀：《通信·新文学及中国旧戏》，《新青年》第四卷第六号（1918 年）。
② 冬芬：《〈盛筵〉译者附记》，《小说月报》第十三卷第七号（1922 年）。

先加一段事实的说明，并介绍作者之寓意。"沈雁冰回复："我们介绍一篇东西，至少对于原作者的身世及作风，总有得讲到一点。至于节述全剧事实，我以为大可不必；因为文学作品的趣味不单在'情节。'"[①] 在沈雁冰看来，"趣味"不只是在于"写什么"，更在于"怎么写"。对戏剧美学趣味的强调使戏剧在新文学文体格局中的地位得到了由内而外的提升，促进了剧本从演出脚本向案头剧本的转移。

中国古典戏曲观念对戏曲舆论工具的特点和文学美学的追求的理解是比较含混的，在"小道"的戏曲身上没有过多的道义担当，所以戏曲的工具性和审美性没有发生那么尖锐的冲突。而在新文学谱系内，戏剧改良是文学革命的重头戏，从话剧舶来之日起就与"指导人生"的宏大使命绑在一起。但随着对西方话剧文学性认识的进一步深入，戏剧的工具性和审美追求之间越来越无法兼容，两者之间的矛盾从《小说月报》的剧本翻译中可见一斑。

此外，西方话剧剧本的翻译促进了现代文学语言的转型，它对"言文一致"的现代汉语改革的作用重大。众所周知，人物台词是话剧剧本的重要组成部分，剧中人物的说话方式和说话内容构成了话剧的戏剧冲突，这使话剧较小说、诗歌、散文等文体更接近口语。但由于话剧舶自西方，所以翻译剧本中的对话既不是当时中国平民日常生活中用的口语，也不是传统戏曲中音韵铿锵的说白，而是一种欧化的口语。我们在前一章中探讨过语体文欧化的问题，如果说《小说月报》语体文欧化讨论探讨的是"言文一致"的"文"，那么翻译剧本的台词则直接影响到"言文一致"的言。现代汉语的"言文一致"事实上意味着同时摆脱当时日常生活的口语和通俗小说的书面白话，在欧化范式下建立一种新的语言，翻译剧本中人物的口语就是这种与日常生活不同的"欧化"口语。

第三节　翻译诗歌与新诗发生

在中外诗歌发展史上，中国新诗的变革方式和变革尺度都是前所未有的。新诗的发生，绝不仅是文学意义上一种文体的剧变，而包含着深刻的时代因素、文学因素和创作主体自身因素。新文化运动主要在语言、思想

---

① 沈雁冰：《通信·答汤逸庐信》，《小说月报》第十三卷第十号（1922年）。

和文学三个层面上展开，文学革命的对象虽然是文学，但其动力来自语言和思想革命，新诗运动与五四白话文运动和思想革命关系密切。古代诗歌集中地体现了中国古典语言的含蓄、凝练、精巧、意象化等审美特质，但同时也在西方"德先生和赛先生"的现代思想标准衡量下显得不够准确精密，缺少个性。语言不只是思想的工具，也决定了思想的范围和深度，汪晖曾指出五四一代知识分子是"从中国古典语言与落后的民族文化心理、非科学的民族思维方式、民族的愚昧以及由此产生的社会文化等差的永久性等历史现象的关系着眼，把语言变革的重要性与彻底性视为中国社会文化改造的关键问题之一"①。新文学建设者对此有清晰的认识，康白情为新诗张帜的理由是："谨严的格律，简单的形式，不能装入我们深远的思想，那么只好另辟境界了。""中国人逐渐有了科学的脑筋，于是在诗里也不免要想得一些具体的观念；旧诗拘于形式，不能应我们底要求。"② 胡适认为新诗文字和文体的解放是要使"丰富的材料，精密的观察，高深的思想，复杂的感情""跑到诗里去"③。诗歌是语言的艺术，古代诗歌体现的是古代"雅文学"的语言规范，新诗运动以白话无韵的诗取代古代诗歌，其象征意义在于推翻了古代文学语言文/白的雅俗标准，重构了新文学以西方语言为典范的雅俗标准。从文学角度来看，诗自先秦以来一直是我们这个历史悠久的国家地位最高成就最大的文学样式，"诗教"是儒家最核心的文学观念，"诗"的所指常常不只限于诗歌，甚至包括整个文学。《论语·阳货》中对诗"兴观群怨"社会作用的强调，其所指就是整个文学。诗是古代文学的精华，是中华民族文化心理和审美底蕴最集中的反映，从创作到鉴赏都形成了成熟的规范与理论。在文学革命之前，诗和文共同构成了古代文学系统的核心，相对而言，诗更具有形而上的审美功能，文更具有形而下的实用价值。正因为古代诗歌在雅文学系统中的地位如此崇高，古代诗体的规范如此成熟，古代诗歌的审美观念如此深入人心，所以"诗体的大解放"才称得上是"文的形式"解放的先锋，"新诗运动"当之无愧地成为文学革命的突破口。在文学革命的宣言《文学改良刍议》中，胡适

---

① 汪晖：《反抗绝望——鲁迅及其文学世界》，河北教育出版社，2000，第 152 页。
② 康白情：《新诗底我见》，胡适编《中国新文学大系·建设理论集》，上海良友图书公司，1935，第 325～326 页。
③ 胡适：《谈新诗》，胡适编《中国新文学大系·建设理论集》，上海良友图书公司，1935，第 295 页。

提出的言之有物、模仿古人、讲求文法、无病呻吟、滥调套语、用典、对仗、避俗字俗语这"八事"几乎都是针对诗的文体特点而言的。

新诗文体的形成主要受三大诗体资源——外国诗歌、民间诗歌和古代诗歌的影响。民间诗歌与古代诗歌作为一种民族文化传统潜隐在每个中国人的心灵深处，规范着我们对诗的理解和认识。从民间诗歌和古代诗歌中汲取营养是历代诗歌变革的必经之路，却不是新诗史无前例的"革命"之路。"新诗运动"不同于历代任何一次诗歌革新，关键之处在于外国诗歌的影响，以及新文学者输入外国诗歌建设新诗的译介动机。翻译域外诗歌的意义从宏观上说是引进了一种新的视角和新的思维方式，正像柄谷行人所说的现代文学的起源在于"认识装置"的"颠倒"，这种"颠倒"使人们在对客观对象的观照中发现了新的"风景"①。在西方范式提供的视角中，那些从前入不了诗的题材取代了古典诗歌题材，那些不便入诗的情感体验堂而皇之地成为诗歌咏叹的重点，"不像诗"的因素成了"诗"的真正所指，诗歌的题材、思想、情感、意象、韵脚等发生了翻天覆地的变化，这些在我们今天看来司空见惯的事情，其实正是现代诗歌的开始。正是在这个意义上，梁实秋说："我一向以为新文学运动的最大的成因，便是外国文学的影响；新诗，实际就是中文写的外国诗。"②朱自清也在《中国新文学大系·诗集·导言》中说：新诗受到的"最大的影响是外国的影响"。

输入外国文学以革新诗歌并非自五四始，梁启超在1899年提出的"诗界革命"就体现了明确的西方典范意识："第一要新意境，第二要新语句，而又须以古人之风格入之，然后成其为诗。"他进而指出"新意境""新语句""不可不求之于欧洲。欧洲之意境、语句，甚繁富而玮异，得之可以陵轹千古，涵盖一切"③。"诗界革命"应近代民族危机的时运而生，新语句和新意境的引入显示出近代诗歌试图跟随时代发展脚步，关注社会现实所做出的最大努力，但是近代诗歌改良无力突破传统诗歌形式——格律、音韵等的束缚，所以最后还是"古风格"冲淡了"新语句"和"新意境"包含的新锐因素，没有形成诗歌观念实质性的突破。另外，"诗界

---

① 〔日〕柄谷行人：《中文版作者序·日本现代文学的起源》，赵京华译，生活·读书·新知三联书店，2003，第2页。

② 梁实秋：《新诗的格调及其他》，《诗刊》创刊号（1921年）。

③ 梁启超：《夏威夷游记》，《梁启超全集》，北京出版社，1999，第1219页。

革命"的理论并不是从诗到诗的，对西方现代思想的片面追求模糊了外国诗歌的文体特点，说其"新语句"和"新意境"来源于文亦未尝不可。

而五四新文学者的翻译，从形式到内容都有借鉴外国诗歌建设新诗的自觉。沈雁冰清楚地说明翻译外国诗的目的就是"感发本国诗的革新"。因为译本的传入常常是一国文学史上"一个新运动的导线"，他期待着"翻译诗的传入，至少在诗坛方面，要有这等的影响发生"①。朱自清对翻译诗歌作用的阐释更加具体："从翻译的立场看，诗大概可以分为两类。一类带有原来语言的特殊语感，如字音、词语的历史的风俗的涵义等，特别多，一类带的比较少。前者不可译，即使勉强译出来，也不能教人领会，也不值得译。实际上译出的诗，大概都是后者，这种译诗里保存的部分可以给读者一些新的东西，新的意境和语感；这样可以增富用来翻译的各种语言，特别是那种诗的语言，所以是值得的。也有用散文体来译诗的。那是恐怕用诗体去译，限制多，损失会更大。这原是一番苦心。只要译得忠实，增减处不过多，可以不失为自由诗。那还是可以增富那种语言的。"② 外国诗歌对中国新诗的影响在两个层面上同时进行：一是外国诗歌的原作的影响。五四时期的译者外语水平普遍较高，新诗的译者常常也是作者，他们能直接从原作中学习"取材的选择，全篇内容的结构，韵脚的排列"③ 等，创作新诗。二是来自译诗的影响。朱自清说："译诗对于原作是翻译，但对于译成的语言，它既然可以增富意境，就算得一种创作。况且不但意境，它还可以给我们新的语感，新的诗体，新的句式，新的隐喻。就具体的译诗本身而论，它确可以算是创作。"④ 诗歌由于音节、韵律、词的多义等特点被公认为最难翻译的文体，翻译诗歌虽然译自国外，但融合了译者的诗思，较之其他文体更具有再创作的特点，译诗本身在思想内容和美学内涵上参与了民族文学的建构，因此应看作民族文学的组成部分。

《小说月报》在革新之前登载了大量旧体诗词，但极少翻译域外诗歌，只是在 11 卷半革新时期在沈雁冰主持的"小说新潮"栏目中陆续翻译了 5 首。《小说月报》革新以后，外国诗歌的译介和新诗的创作受到同等的重

---

① 沈雁冰：《译诗的一些意见》，《文学旬刊》第 52 期（1922 年）。
② 朱自清：《译诗》，《新诗杂话》，生活·读书·新知三联书店，1984，第 68～69 页。
③ 梁实秋：《新诗的格调及其他》，《诗刊》创刊号（1921 年）。
④ 朱自清：《译诗》，《新诗杂话》，生活·读书·新知三联书店，1984，第 72 页。

视，成为当时新文学期刊中刊登诗歌最多的文学杂志之一。革新后的 11 卷
《小说月报》（1921~1931）是新诗成长的见证，反映出新诗译介和创作某
些普遍的特点。例如，新诗运动作为白话文运动的重要组成部分，草创时期
首先注重的是"白话"而不是"诗"，所以早期译诗注重的是情绪和内容，
却不重视格律，自由诗是最受欢迎的形态。而大概在 1923 年以后，新诗逐渐
从对旧诗的摧毁转移到新诗在"诗形"和"诗质"两方面的建设上来。

　　《小说月报》与《少年中国》《创造》《新月》等关注诗歌创作和翻译
的综合类文学期刊有所不同。后者大多体现了固定且持久的流派取向和审
美趣味，如《少年中国》对象征主义的关注，《创造》对浪漫主义的热衷，
《新月》对"商籁体"等外国格律诗的偏好。《小说月报》的译诗则同时
兼顾诗质与诗形，并呈现出与时俱进的阶段性特点，从时间上大致可以分
为三个阶段。第十二卷至第十四卷，《小说月报》重点翻译印度、瑞典、
俄国、葡萄牙、匈牙利、亚美尼亚以及其他弱小民族国家的诗歌，英、法
的译诗很少。译介重点主要放在打破旧诗形、容纳新诗质方面，这大体上
与当时新诗发生期的潮流相呼应。译诗追求白话散体的诗形，那些"被损
害而依旧向上的灵魂"以及他们"求正义求公道的呼声"[1] 尤其受到了译
者的关注。自第十四卷第十一号起，《小说月报》将译介重点转向英国诗
歌，尤其是拜伦、雪莱、丁尼生、莎士比亚等人的格律诗。诗歌的形式美
及韵律美受到了译者的关注。第二十卷以后，法国译诗居多，对法国象征
派诗歌的诗形与诗质的青睐体现出新诗发展达到了一种更符合我们民族传
统审美习惯的新的平衡。具体译介篇目数量参见表 4 - 2。

表 4 - 2　《小说月报》各阶段译诗数量

	印度	俄国	瑞典	葡萄牙	匈牙利	亚美尼亚	日本	英国	法国	其他
第十二卷~第十四卷第十号	19	5	19	3	4	4	0	3	2	11
第十四卷第十一号~第十九卷	1	1	0	0	0	1	3	35	1	11
第二十卷~第二十二卷	1	0	1	0	1	0	0	0	8	2

---

[1] 《被损害民族的文学·引言》，《小说月报》第十二卷第十号（1921 年）。

　　五四前后的新诗概念由于要标榜其对旧诗的"革命"，所以十分强调新诗"诗形"的解放，尤其强调新诗不受语言和形式束缚。对于翻译诗歌而言，即使原作是有格律的，经过白话文的转译，也很难再保持原有的音律，很容易给中国读者造成外国诗就是自由诗的错觉，而这正好符合五四时期对新诗的建构要求。情绪、内容成为新诗的译介重点，而音韵被排在了最后，一方面，绕开了诗歌翻译的最难点，使诗歌翻译成为可能并且易于操作。另一方面，也正好符合新文学者对新诗的想象，对外国诗歌做出符合自己需要的改造。

　　关于诗歌可译性的探讨，在《小说月报》革新后的一段时间内始终是受关注的热点。对这个问题的讨论，包含了新文学者对新诗发展的各种构想。面对诗歌可译性的质疑，郑振铎"诗歌可译论"的根据是"音韵之有无，决不是诗的重要的问题。自 Whitman 提倡散文诗以来，韵律为诗的根本的观念已是没有再存在的余地了"。他甚至说："诗的本质与音韵是分离的；人的内部的情绪是不必靠音韵以表现出来的。因此也可以说：诗的音韵，虽是不能移植的，而其本质却是与散文一样，也是能够充其量的转载于原文以外的某种文字上的——就是：诗也是能够翻译的。如果译者的艺术高，则不惟诗的本质能充分表现，就连诗的艺术的美——除了韵律以外——也是能够重新再现于译文中的。"① 沈泽民在文学书可译性上与郑振铎意见相左，他从作品风格、作家灵感、地域差别和文字差别的角度论证文学书不可译，但是在翻译诗歌的看法上却与郑振铎达成了一致："至于诗的可否转译，我以为与散文一般，相同处在于情绪的表现方面。音韵的转译和格式的转译当然是在其次，在这一方面，我和郑君所说同意。"② 沈雁冰更是提出译诗的具体译法："如果不失原诗的神韵，其余关于'韵''律'种种不妨。""凡是有格律的诗，固然也有他从格律所生出来的美，译外国有格律的诗，在理论上，自然是照样也译为有格律的诗，来得好些。但在实际，拘拘于格律，便要妨碍了译诗其他的必要条件。而且格律总不能尽依原诗，反正是部分的模仿，不如不管，而用散文体去翻译。"③ 这样的

---

①　郑振铎：《译文学书的三个问题》，《小说月报》第十二卷第三号（1921 年）。

②　沈泽民：《译文学书三问题的讨论》，《小说月报》第十二卷第五号（1921 年）。

③　沈雁冰：《译诗的一些意见》，《文学旬刊》第 52 期（1922 年）。

翻译态度与新文学者对新诗的构想是一致的，新诗要彻底摧毁旧诗的规范，就要在"诗形"和"诗质"上刻意显示与旧诗的不同。郑振铎认为"诗的要素，在于诗的情绪与诗的想象的有无，而决不在于韵的有无"。[①]韵文或者散文的形式不是决定诗的主要因素，当读者齐志仁建议新诗"要有格律""要有韵脚""句子不要过长""要读得上口"时，沈雁冰的回复是"不敢赞同"。"因为若如此便是白话写的旧体诗，不是我们所希望的新诗"，"诗是情绪的自然流露，若真能任其自然流露不加一些人工而写在纸上，自然会合于自然的节拍，能读而且不拘束。"[②]

应和着新诗运动提倡白话无韵的自由诗的潮流，第十二卷到第十四卷的《小说月报》中散文诗的译介呈一时之盛。1921～1923年，郑振铎等人在《小说月报》上陆续翻译了泰戈尔《园丁集》《飞鸟集》《采果集》《爱者之赠遗》《吉檀迦利》《歧路》等诗集中的135首散文诗。此外，刘复、沈雁冰、沈泽民、郑振铎、仲密（周作人）等新文学译者还翻译了其他作家的19首散文诗，其中包括王尔德的5首，屠格涅夫的3首，克鲁洛夫的3首，梭罗古勃的1首，波特莱耳的2首，阿美尼亚诗人西曼佗的2首和瑞典诗人赫滕斯顿的3首。从上述名单可以看到，新文学者译介的多为世界一流作家的作品，反映出译者较为开阔的视野和不俗的审美趣味。

有的散文诗运用有限的情景和细节传达丰富的情感和深刻的思想，使散文的文字具有诗的内涵而又突破诗的限制。如沈雁冰翻译的西曼佗的《少妇的梦》写少妇思念远行的丈夫："归来！我的期待终无已时，当黑夜来了而且展开他的尸衾，当枭鸟在庭中互相鸣呼，当我的哽咽已尽而我的眼泪变成了血。孤另另的，在我的失望新妇的梦中，像一个恶鬼，我用手开始筛我的坟墓的泥土在我头上，我的死日是愈拉愈近了呵。"[③] 这种新鲜的比喻、直露的抒情是古典诗歌中罕见的。再如波特莱耳的《窗》："从开着的窗看进去的人，决不比那合着的窗的人所见之多。世上再没有东西更深奥，更神秘，更丰饶，更幽暗，或更眩目，过于烛光所照的窗了。你在日光中所能见的，常不及在窗玻璃后所演了的更有趣。在那个黑暗或

---

① 西谛：《论散文诗》，《文学旬刊》第 4 期（1922 年）。

② 沈雁冰：《通信·答齐志仁信》，《小说月报》第十三卷第七号（1922 年）。

③ 〔阿美尼亚〕西曼佗：《少妇的梦》，沈雁冰译，《小说月报》第十三卷第一号（1922年）。

光明的孔中，人生活着，人生梦着，人生辛苦着。"① 赋予窗这一日常生活中常见的意象以深刻的象征意义，具有诗的凝练和深邃。散文诗的出现增加了新诗创作的艺术形式，诗歌不再以格律和音韵为外在标志，而是充分调动诗人的主体作用，日常生活的细节和情景经诗人的观照凝结为诗意的形象，使新诗不再流于肤浅的写实或直白的说理，在情理交融中体现诗味。

有的散文诗则在诗意的话语里寄寓着深刻的哲理，泰戈尔的散文诗因此而大受欢迎。在五四启蒙的时代语境中，追求自由和理性是时代精神。瞿世英说："诗若不包含一种哲学，便不能算好诗，因此若要创作好诗，必须要研究哲学，要'哲学的诗'才算好诗。太戈尔便是一个好例。"② 泰戈尔打破孟加拉语陈规的创新精神引起了新文学者的共鸣，郑振铎赞赏"泰戈尔对于彭加尔文字之所以有大功，即在于他之引用了许多新的优美的韵律与新的活泼的形式"。当现代诗人的"情思""歌声""情语""叙述的方法"已成老套的时候，"他特异的祈祷，他的创造的新声，他的甜蜜的恋歌，一切都如清晨的曙光，照耀于我们久居于黑暗的长夜之中的眼前"③。泰戈尔说自己早期诗集在艺术上不成熟，"文字与思想及韵律，都不能表白得确当"，但是"最好功绩乃在能表现我的自由的，不受拘束的思想。所以，虽然在批评家看来丝毫没有价值，而在我看来，那快乐的价值却是无限量的"④。早期新诗无论在思想内容还是艺术表达上都不够成熟，但是那种对于创新和自由的热爱是很动人的。

文学形式的一面受到压抑，就会引起另一面对称的张扬。域外诗歌的格律和音乐性被有意淡化，使域外诗歌在写实、表情、说理方面的西方典范意义得到凸显，也就是沈雁冰所说的"部分的模仿"。从文学革命的时代语境来看，新诗要关注时代生活，表现新生的现代思想和情感，就需要新的"诗质"。"为人生"的思想仍然是此时文学研究会译者的主导思想。沈雁冰称赞西曼佗的"全灵魂被他同种人身受的困苦所包围，几乎每行诗里都显露这心情"，"他是一个理想家"，"虽然生当极黑暗的时代，却永不

---

① 〔法〕波特莱耳：《窗》，伸密译，《小说月报》第十三卷第三号（1922年）。
② 瞿世英：《创作与哲学》，《小说月报》第十二卷第七号（1921年）。
③ 郑振铎：《太戈尔传》，《小说月报》第十四卷第九号（1923年）。
④ 郑振铎：《太戈尔传》，《小说月报》第十四卷第九号（1923年）。

绝望于将来"①。沈泽民介绍赫滕斯顿"是一个强毅的挚情的天才，从他的热烈的情感里流出他对于祖国的瑞典人民的爱，从他的不羁的创造力中流出他夭矫自由的诗思和诗格，从他的不屈的精神中产出他的乐观思想。古人不能羁他，当世不能羁他，一切艺术的已有的范型也不能羁束他，从所见所觉所经验的事物中，他抽出他的珍宝，然而同时，也是一个神游于旧日好世界的梦游者"②。对黑暗现实的抗议，对祖国和人民的热爱，对自由和解放的追求，对未来的憧憬与信仰，文学研究会的新文学者所认同的现代思想。

从 1923 年底开始，《小说月报》的译介重点转移到英国诗歌，罗赛谛（Christina Rossetti）、T. Hardy、拜伦、雪莱、济慈、白朗宁、丁尼生、郎德尔、夏士陂（莎士比亚）、勃莱克的诗歌被陆续译介，译者是梁实秋、徐志摩、赵景深、徐调孚、傅东华、朱湘等文学修养深厚的人。他们重视"诗形"，注重原作的节奏和格律（form），也注重译诗外观的整饬和音韵的和谐与节奏。在徐志摩 1926 年创办《晨报副刊·诗镌》之前，他和饶孟侃、梁实秋、朱湘等"新月"成员一直是《小说月报》比较活跃的诗歌译者与作者。徐志摩在《晨报副刊·诗镌》第一号上宣称"要把创格的新诗当一件认真事情做"③，而事实上他们在此之前在《小说月报》上早已开始了用"完美的形体"表现"完美的精神"的探索。朱湘在第十七卷第六号上翻译的莎士比亚的十四行诗《归来》，不仅在外形上模仿原诗的 4—4—4—2 的结构，还尽可能模仿十四行诗 abababcc 形式的韵脚。这种探索新诗的勇气、技巧和效果，确实有超人之处：

> 请不要埋怨我变过心肠，
>
> 　　别离虽似乎冷去点温情，
>
> 要知道我宁愿身躯灭亡，
>
> 　　也不愿抛开你，我的灵魂；
>
> 你是我的家，我虽曾远游，
>
> 　　不过如今我又回了家园，

---

① 沈雁冰：《〈少妇的梦〉译后记》，《小说月报》第十三卷第一号（1922 年）。

② 沈泽民：《瑞典现代大诗人赫滕斯顿》，《小说月报》第十三卷第三号（1922 年）。

③ 徐志摩：《诗刊弁言》，《晨报副刊·诗镌》第一号（1926 年 4 月 1 日）。

我未在他乡的花下淹留，
　　我带回了圣水，洗涤前怨；

我虽然无异于一班的人，
　　有时候受点外来的诱惑，
但我希望我们这次离分，
　　更能增加复会时的亲热。

我如今知道了，宇宙皆空，
　　除非有你的情充实其中。

　　新诗的诞生与白话文运动是一种共生关系，新诗早期追求"诗形"的绝对解放，往往给人以一种新诗就是自由诗的印象，这在新诗运动之初固然有革命的意义，但是长此以往会导致诗美的流失，在过度的放纵中走向另一种形式的僵化。在这样的情境中对英国格律诗的引入，很有助于"新形式和新音节的发现"①。表面上看是在输入外国诗体和格律规范，事实上却是在创造中国现代的新"诗形"，昭示着自由诗之外的新诗发展道路。

　　如果说《小说月报》对自由诗的翻译，旨在打破旧诗"诗形"，容纳新的"诗质"，那么用格律体翻译英诗的尝试就是在构建有现代"格律"的新诗"诗形"，而对法国象征派诗歌的译介又往远走了一步，崇尚比单纯抒情或写实更深刻的象征，也就是具有深邃哲思的"诗质"和有格律的"诗形"的结合。第二十卷第一号和第二十二卷第一号重复刊登了梁宗岱翻译的《水仙辞》，第二十卷的诗后还有梁宗岱亲自撰写的《保罗哇莱荔评传》，从"诗质"和"诗形"两方面热情礼赞了哇莱荔（瓦雷里）。梁宗岱说哇莱荔的诗所宣示的，"不是一些积极的或消极的肤浅哲学观念，而是引导我们达到这些观念的节奏；是充满了甘、芳、歌、舞的图画，不是徒具外表与粗形的照相"。他的诗形"遵守那最谨严最束缚的古典诗律"，"这些无理的格律，这些自作孽的桎梏，就是赐给那松散的文字一种抵抗性的"②。对哇莱荔的阐释其实包含着梁宗岱对于象征主义诗歌的理

---

① 徐志摩：《诗刊弁言》，《晨报副刊·诗镌》第一号（1926 年 4 月 1 日）。
② 梁宗岱：《保罗哇莱荔评传》，《小说月报》第二十卷第一号（1929 年）。

解，对哇莱荔作品的感悟日后也成为梁宗岱“纯诗”理论的直接资源。法国象征派诗歌对于意象和感应的强调与中国古典诗学传统极易产生共鸣，第二十卷之前的《小说月报》只刊登了 3 篇法国诗歌，但都是法国象征派大家的诗——第十三卷中周作人翻译的波特莱耳的散文诗《窗》和《游子》，在第十九卷中李金发翻译魏尔伦的《巴黎之夜景》。法国象征派诗歌的译介与中国诗学传统的融合，正是 20 世纪 30 年代象征主义诗歌繁荣的背景。

第五章

《小说月报》翻译文学与现代文学
理论的开创

革新后的《小说月报》在第一号上发表了代表文学研究会立场的《改革宣言》，其中第四条说：

> 西洋文艺之兴盖与文学上之批评主义（Criticism）相辅而进；批评主义在文艺上有极大之威权，能左右一时代之文艺思想。新近文家初发表其创作，老批评家持批评主义以相绳，初无丝毫之容情，一言之毁誉，舆论翕然从之；如是，故能互相激励而至于至善。我国素无所谓批评主义，月旦既无不易之标准，故好恶多成于一人之私见；"必先有批评家，然后有真文学家"，此亦为同人坚信之一端；同人不敏，将先介绍西洋之批评主义以为之导。然同人固皆极尊重自由的创造精神者也，虽力愿提倡批评主义，而不愿为主义之奴隶；并不愿国人皆奉西洋之批评主义为天经地义，而改杀自由创造之精神。①

对"主义"的自觉输入与提倡，是新文学自觉的一个表征，这种理论自觉使新文学一开始就比民初的黑幕小说、言情小说站在更高的起点上，置旧式小说于有口难辩之地，凭借理论优势迅速跻身于文学系统的中心。但问题并不如此简单，在同样拥有话语优势的新文学阵营内部，对"主义"的提倡遭到质疑："以死板的主义规范活体的人心……这太蔑视作家的个性"②，"毋必学仿别家的主义，只须表现我们自己的个性"③，沈雁冰

---

① 《改革宣言》，《小说月报》第十二卷第一号（1921 年）。
② 郭沫若：《海外归鸿》，《创造》第一卷第一号（1922 年）。
③ 徐种冲：《通信·致沈雁冰》，《小说月报》第十三卷第四号（1922 年）。

对此据理力争：

> 文学上各主义的本身价值是一件事，而各主义在某时代的价值又是一事；文学之所以有现在的情形，不是漫无源流的，各主义之递兴，也不是凭空跳出来的……这些主义之所以不得不生，一则因为"时代精神"变换了，一则因文艺本身盛极而衰故有反动。中国现在是否需要西洋的文艺思想与技术？若以西洋"识别"文学的主义来评定中国文学，则中国文学现居何等？中国现在触目即是的小说——上海各报大登的章回体旧小说与新式的短篇小说——究竟是算什么东西？这些小说里有没有作者的个性？这些实际的问题，实在很重要，不从这里去研究去下断案，徒然空论各主义的好歹，空提倡"文学是重于表现个性"等等好听而不受用的话，我以为不如不说……某文家的作风是可以模仿的，而一种主义却不能"模仿"，人受了某主义的影响，并非便是模仿，并非从此便汨没了个性。①

事实上，质疑"主义"呼声最高的创造社并不是反对"主义"，而是反对"自然主义"的一统天下，质疑文学研究会借"主义"建立起的优势话语权，这从反面证明了"主义"的力量。五四时期从西洋舶来的各种"主义"是一种方法，是用来指导创作、批评和研究的方法，它为新文学的建设提供了一套专业化、学术化的批评话语系统，为新文学的发展提供了一个基本的话语平台。"推翻传统的恶习，也力拯青年们于流俗的陷溺与沉迷之中，而使之走上纯正的文学大道"，靠的正是这套"严正的理论"的力量。② 用"西洋'识别'文学的主义来评定中国文学"，简单地比附套用或许有失妥当，但不容忽视的事实是，借着五四时期大量输入西方文化的契机，中国文学理论实现了自身的调整和蜕变。

第一节　《小说月报》与自然主义

无论从对文学理论的自觉思考来看，还是从对当时及以后的影响来

---

① 雁冰：《通信·答徐种冲信》，《小说月报》第十三卷第四号（1922年）。
② 郑振铎：《导言·中国新文学大系·文学论争集》，上海文艺出版社，2003，第8页，14页。

看，沈雁冰都是新文学建设者中重要的一位。他把新文学建设视为有利于社会和人生的事业来做，是新文学的设计师和建设者，为新文学的建设统筹规划出的全面的蓝图，他认识到文学批评与文学理论对于文学发展的重要性，自觉地吸取西方文学理论加以改造，应用于对新文学的批评和引导。

一

沈雁冰译介自然主义，从自然主义理论中汲取营养，构成新文学的文艺思想，主要是在《小说月报》上完成的。《小说月报》记录了他认识深入的全过程。

1920 年，在王蕴章主编的《小说月报》初创"小说新潮"栏目时，沈雁冰就说：

> 欲创造新文学，思想固然要紧，艺术更不容忽视……为欲人人能领会打算，为欲将来自己创造先做系统的研究打算，都该尽量把写实派自然派的文艺先行介绍。①

1921 年，沈雁冰在革新《小说月报》后又说：

> 文学上自然主义经过的时间虽然很短，然而在文学技术上的影响却非常之重大……中国国内创作到近来，比起前两年来，愈加"理想些"了，若不乘此把自然主义狠狠的提倡一番，怕"新文学"又要回原路呢！②

稍后，《小说月报》重点推出日本批评家岛村抱月的《文艺上的自然主义》，沈雁冰进一步说明译介自然主义的原因：

> 以文学为游戏为消遣，这是国人历来对于文学的观念；但凭想当然，不求实地观察，这是国人历来相传的描写方法；这两者实是中国文学不能进步的主要原因。而要校正这两个毛病，自然主义文学的输进似乎是对症药。这不但对于读者方面可以改变他们的见解

---

① 记者：《小说新潮栏宣言》，《小说月报》第十一卷第一号（1920 年）。
② 《最后一页》，《小说月报》第十二卷第八号（1921 年）。

他们的口味，便是作者方面，得了自然主义的洗练，也有多少的助益。不论自然主义的文学有多少缺点，单就校正国人的两大病而言，实是利多害少。①

1922 年，沈雁冰重申，"消遣的文学观，不忠实的描写方法，是文学进化路上的二大梗"，"中国文学若要上前，则自然主义这一期是跨不过的"②。从上述论述可以看出，沈雁冰重视译介自然主义的原因有非常明确的现实目的：为使新文学建设者能"系统的研究"，以开阔视野使中国文学尽快与世界文学接轨；为使读者能"领会"，改变"见解"和"口味"；为使作者能改变"文学的观念"，学习"描写方法"，更好地"表现人生指导人生"，反映国病民瘝。

沈雁冰的热情倡导引发了"自然主义的论战"，第十三卷第二号的《文学作品有主义与无主义的讨论》，第十三卷第四号的《语体文欧化问题和文学主义问题的讨论》，第十三卷第五号的《自然主义的论战》，第十三卷第六号的《自然主义的怀疑与解答》连续讨论了自然主义的问题。论战主要涉及几个方面的问题。其一，"该不该描写丑恶"。其二，是否应该"仅仅揭露人生丑恶而不开希望之门"。其三，自然主义文学是不是"艺术品"③。其四，"自然派文学大都描写个人被环境压迫无力抵抗而至于悲惨结果"，"常能生出许多不良的影响"，"于他（读者）底奋斗志愿"是否"有所挫抑"④。讨论促使沈雁冰对自然主义做了深入的思考。对于第一点，沈雁冰认为世上既然存在着丑恶，"'掩恶'等于'长过'"，揭露丑恶的目的是为了改过，不应该因为"怯恶"和"怕痛"而"不愿暴露自己的弱点"⑤。对于"不开希望之门"的指责，沈雁冰回应：

生当"世纪末"的已觉悟的青年，一双眼睛本是明亮的，人间的

① 记者：《一年来的感想》，《小说月报》第十二卷第十二号（1921 年）。
② 雁冰：《通信·文学作品有主义与无主义的讨论·答周赞襄的信》，《小说月报》第十三卷第五号（1922 年）。
③ 雁冰：《通信·自然主义的论战·答周赞襄的信》，《小说月报》第十三卷第五号（1922 年）。
④ 沈雁冰、周志伊：《通信·自然主义的怀疑与解答》，《小说月报》第十三卷第六号（1922 年）。
⑤ 雁冰：《通信·自然主义的论战·答周赞襄的信》，《小说月报》第十三卷第五号（1922 年）。

丑恶，他自己总会看见，就没有自然主义文学，难道他真能不知人间有丑恶么……须知最使人心痛苦的，不是丑恶的可怕，而是理想的失败……人看过丑恶而不失望而不颓丧的，方是大勇者，方是真能奋斗的人。①

第四点质疑促使沈雁冰做了更深的思考，因为文学研究会一直以"为人生"为旗帜，"表现人生指导人生"是沈雁冰文学主张的核心，自然主义文学可能带来沮丧悲观的社会影响，这与"为人生"的主张相背离。沈雁冰的办法是将自然主义剥离为人生观和技术两方面，扬弃前者而突出后者：

> 从自然派文学所含的人生观而言，诚或不宜于中国青年人，但我们现在所注意的，并不是人生观的自然主义，而是文学的自然主义。我们要采取的，是自然派技术上的长处。②

在第十三卷第七号中，沈雁冰发表了《自然主义与中国现代小说》，反映出当时文学界对自然主义的理解所能达到的理论深度。文章总结旧派小说在技术上的错误是不知道描写而以"记账式"的叙述法做小说，"不知道客观的观察，只知主观的向壁虚造"，思想上的错误是"游戏的消遣的金钱主义的文学观念"。"要排去这三层错误观念"，"须得提倡文学上的自然主义"。"不论新派旧派小说，就描写方法而言，他们缺了客观的态度，就采取题材而言，他们缺了目的。"自然主义"客观描写与实地观察"的"两件法宝""恰巧可以补救这两个弱点"③。这场论战扩大了自然主义在中国文坛的影响，在一定程度上也转变了文坛的风气。

新文学诞生伊始，为了突出自己全面革新的性质，它有意与清末民初文学划清界限，将鸳蝴派小说作为自己的对立面加以批判。这是确立自身的合法性的一种策略。鸳蝴派小说在当时拥有广泛的读者群。新文学者意

---

① 雁冰：《通信·自然主义的论战·答周赞襄的信》，《小说月报》第十三卷第五号（1922年）。

② 雁冰：《通信·自然主义的怀疑与解答·答周志伊信》，《小说月报》第十三卷第六号（1922年）。

③ 沈雁冰：《自然主义与中国现代小说》，《小说月报》第十三卷第七号（1922年）。

识到，最大限度地改变读者的审美趣味对新文学的发展至关重要。晚清以来，伴随着大量西方小说的译介，政治小说、科学小说、遣责小说、侦探小说等小说创作异彩纷呈，到了民初，政治、经济环境和时代情绪的变迁又促使黑幕小说和鸳蝴派言情小说风行一时。"为人生"的文学观在很大程度上就是针对"游戏的消遣的金钱主义的文学观念"而提出的，"客观描写与实地观察"也是将矛头指向当时风行的鸳鸯蝴蝶派小说的。对于新文学的创作，沈雁冰认为青年作者虽抱有表现人生的严正观念，但是描写在技术上也存在"不能客观描写"的弊病，在题材上存在"内容单薄和用意浅显"的问题。补救的方法就是学习自然主义"严格的'真'，必须事事实地观察"，"把科学上发见的原理应用到小说里，并该研究社会问题，男女问题，进化论种种学说"①。

可见，沈雁冰力主译介自然主义，是为"表现人生指导人生"的文学观念服务的，是一种"六经注我"式的译介。他从庞杂的自然主义文学理论中拈出"真实"和"社会问题"两个关键词，为"为人生"的文学提供理论基础。在"真实"地描写社会生活、反映现实这一点上，自然主义与现实主义是相同的。一方面，伴随近代科学发展而产生的自然主义将自然科学引入文学创作，符合五四崇尚"民主与科学"和追求理性的时代精神。另一方面，在西方，自然主义在本质上并非对现实主义的背叛，而是19世纪现实主义的变异与发展，而现实主义强烈的社会批判性和深切的人道主义关怀对五四一代知识分子有极强的吸引力。后人每每诟病沈雁冰、谢六逸等新文学者对西方文艺思潮的理解不够，将自然主义与现实主义混为一谈②。事实上沈、谢等人是从"真实"的角度将"自然主义"与"写实主义"视为一物，因为自然主义对"真实""不掩恶"的强调更甚于现实主义，所以沈雁冰选择将自然主义作为救正当时文坛弊病的良药，其着

---

① 沈雁冰：《自然主义与中国现代小说》，《小说月报》第十三卷第七号（1922年）。
② 如谢六逸说："有几个文艺史家，在罗曼主义与自然主义之间，另画出一部分的作家，称为写实主义时代（Realism），作为到自然主义时代的过桥。也有将写实主义并在自然主义内讲的。其实自然主义与写实主义，在实质上并没有什么区别。所谓写实主义，不过是理想主义对待的名称，起初用于美学上，后来才用于文艺，其范围比较自然主义窄狭些，我以为在自然主义里面，已足包括写实主义。"沈雁冰说："文学上的自然主义与写实主义实为一物，自来批评家中也有说写实主义与自然主义之区别即在描写法上客观化的多少，他们以为客观化较少的是写实主义，较多的是自然主义。"谢六逸：《西洋小说发达史》，《小说月报》第十三卷第五号（1922年）；沈雁冰：《通信·自然主义的怀疑与解答·答吕芾南信》，《小说月报》第十三卷第六号（1922年）。

眼点落在新文学发展自身的需求上。

值得注意的是，《小说月报》理论提倡与翻译作品的不平衡。按照常理推断，理论的提倡与作品的译介应该是同步的。但是，与大张旗鼓地倡导自然主义相反，《小说月报》革新之初译介的自然主义作品很少，沈雁冰甚至表示译介作品"可以从缓"①。左拉的作品，《小说月报》在1920年还翻译过《磨坊之役》和《奈他士传》，但在革新之后却迟迟没有译介，直到1931年才刊登唯一一篇由李青崖翻译的短篇小说《安琪玲》。而龚古尔兄弟的作品，则根本没有译介。《小说月报》的情况并非例外，在新文学翻译史上，左拉作品的翻译从1927年开始才有了起色，左拉的代表作《娜娜》、《屠槌》（即《小酒店》）和爱德蒙·龚古尔的《女郎爱里萨》迟至1934年才与读者见面。② 对《小说月报》编者来说，一方面担心自然主义小说对青年的人生观有负面影响，另一方面担心读者不能接受因追求详尽而流于冗杂烦琐的原作。此外，翻译左拉等人的理论，也颇"不经济"，原文既多且长，其观点也不完全符合"为人生"的主张。《小说月报》重点翻译日本介绍自然主义的文章，是因为翻译原作不如直接介绍理论收效迅速，而且，介绍有更多的阐释余地。新文学者十分看重阐释，因为通过阐释能使"自然主义"更好地"为我所用"。

二

文学史上的自然主义，最初兴起于19世纪60年代的法国，在19世纪70～80年代法国自然主义达到鼎盛，一般认为代表作家是左拉、龚古尔兄弟和福楼拜与莫泊桑。③ 19世纪80年代后自然主义陆续传到国外，先后在德国、意大利、日本等国家和地区产生较大影响。20世纪最初十年是日本自然主义的兴盛时期，以国木田独步、岛崎藤村、田山花袋、正宗白鸟、

---

① 读者吴溥的来信写道："先生在大著上重新将'自然主义'郑重的提出来，认为是补救中国现代小说界必需的良药。先生既有此志愿，深望此后将自然派诸巨子的重要作品，多介绍进来，庶乎名副其实。"沈雁冰的答复是："自然派重要著作，我们当然想一一介绍，可是现在时间与人力两缺，只得从缓了。"吴溥、沈雁冰：《通信》，《小说月报》第十三卷第九号（1922年）。

② 谢天振、查明建主编《中国现代翻译文学史》，上海外语教育出版社，2004，第388页，417页。

③ 〔日〕相马御风：《法国的自然主义文艺》，汪馥泉译，《小说月报》第十五卷号外《法国文学研究》。

德田秋声、岩野泡鸣等作家为代表。《小说月报》在 20 世纪 20 年代提倡自然主义时，上述国家已经有成熟的自然主义作品和理论，而《小说月报》翻译的自然主义理论几乎全部来自日本。第十二卷第十二号岛村抱月的《文艺上的自然主义》，第十五卷号外相马御风的《法国的自然主义文艺》，以及谢六逸主要参考日本学界观点撰写的《西洋小说发达史》①，较为系统地介绍了法国自然主义理论。同时，第十二卷第四号宫岛新三的《日本文坛之现状》，第十二卷第十一号晓风撰写的《日本文坛最近状况》，谢六逸参考日本学者著述撰写的第十四卷第十一、十二号的《近代日本文学》②，第二十卷第七号的《二十年来的日本文学》将日本自然主义作为近代日本文学的重镇来介绍。

自然主义文学的"求真"有力地推动了文学向反映现实、表现现实方向发展，但因为各国国情和文化传统不同，自然主义文学在不同的国家发生变异。来源于法国自然主义的日本自然主义，就在引进过程中出现了变异，强化了其中的主观、浪漫主义的因素。谢六逸在《小说月报》第十五卷号外《法国文学研究》中的《法兰西近代文学》中写道：

> 自然主义作风可分为二：一为本来自然主义，是纯客观的、纯写实的，摒弃一切主观，将映于镜中的事象写出，佛罗贝尔属于此系，左拉的描写态度，也归于此系。一为印象派的自然主义，这派用本来自然主义派所摒斥的主观，将作家的主观，入于或种方式，换言之，即作家注重自己所受的印象。印象者，指外界的事象印于自己心里的象，这种事象，随着自己心里的色调，情调（即其时的气分）而变动，但外界的事象却没有变动之理。本来主义所描写的，就是这不能变动的外界事象，反之，印象派的自然主义，则写出随着气氛而变的印象，怎样变便怎样写。为这派先驱的，有龚古尔兄弟……他们俩有

---

① 谢六逸在《西洋小说发达史》中自述："以学校中中村教授所用讲义为蓝本，以思潮为经，各国作家为纬，辑为此文……本文关于思潮方面材料，多采自 Lolieé，Brandes，Beers，Symons，Dunlop，Page，诸家之作，其余则采日人坪内逍遥，生田长江，森田草平等之著书。"《小说月报》第十三卷第十一号（1922 年）。

② 谢六逸在结尾写道："本文材料，泰半取自高须梅溪氏的《近代文艺史论》《明治文学十一讲》二书，并参证宫岛新三郎的《明治文学》《文艺年鉴》等等，至于大正时代的文学，因为没有经过时间的锻炼，日本许多批评家都不曾有过系统的记述，无足供考证之书，只得就我向来所留心的，略为说及罢了。"《近代日本文学》，《小说月报》第十四卷第十一号、十二号（1923 年）。

非常锐敏、病的神经与微妙的感觉，这点便是他们的自然主义倾向印象派的理由。①

这篇文章译自《日本近代文艺十二讲》，从中可见日本对法国自然主义的认识。20世纪初的日本自然主义风格与后者"印象派的自然主义"联系更大，这与社会时代背景有关。19世纪下半叶欧洲资本主义迅速发展，法国在经济腾飞的同时自然科学进步飞快，但是殖民政策和资本主义原始积累导致了民族矛盾和阶级矛盾的激化，在"一个充满了疯狂与耻辱的时代"②，社会的黑暗、腐化与罪恶逐渐暴露出来，以左拉为代表的法国自然主义者主张冷静地观察人生，如实地描写现实，反对浪漫主义的主观和想象。而日本自然主义的鼎盛期在处于资本主义上升期的明治末年，"新兴资产阶级并没有因为维新而从王统国家制度和家族制度的羁绊中完全解放出来，获得真正意义的资产阶级民主主义。相反，在政治上逐步建立和维持天皇制极权主义；在思想上极权主义思想限制个人主义精神的发扬，家族主义束缚自我意识的发展。总之，无论从政治制度还是从理念、思想、感情上，都保留其浓厚的封建性"③。日本自然主义是在知识分子冲破封建束缚、实现个性解放的理想与这种理想难以实现的幻灭与苦闷中兴起的。再加上日俄战争和甲午战争中日本的获胜助长了日本的军国主义思想，个人主义随之风行，文学上呼唤个性与自由的浪漫主义余波未平。如果说法国自然主义是在继承批判现实主义的基础上发展的，那么日本自然主义则是在重视主观的浪漫主义基础上发展的。正如市古贞次所说："藤村、花袋、独步共有的一种抒情性，是与日本自然主义之主流相关的基本性格。"④

同样是描写人的自然属性，左拉认为自然主义"只是运用实验方法来研究自然和人"，"掌握人体现象的机理；依照生理学将给我们说明的那样，展示在遗传和周围环境影响下，人的精神行为和肉体行为的关系；然

---

① 〔日〕《法兰西近代文学》，谢六逸译，《小说月报》第十五卷号外《法国文学研究》。

② 〔法〕左拉：《〈卢贡·马加尔家族〉序》，柳鸣九译，柳鸣九主编《自然主义》，中国社会科学出版社，1988，第518页。

③ 叶渭渠：《日本自然主义文学思潮述评》，柳鸣九主编《自然主义》，中国社会科学出版社，1988，第270页。

④ 〔日〕市古贞次：《日本文学史概说》，倪玉、缪伟群、刘春英译，东北师范大学出版社，1987，第238页。

后表现生活在他创造的社会环境中的人，他每天都在改变这种环境，他自身在其中也不断发生变化"①。与左拉所持的科学理性态度相反，日本自然主义者以肉欲的描写，暴露自己的丑恶，然后大胆地"自我告白""自我忏悔"，袒露真正的自我，以此来强调人的"自然性"和"本能冲动"。岛村抱月甚至宣称："人要表现自己的本能冲动，这就是艺术的动机。"②这种"内面的写实"具有较强的主观色彩，与左拉强调用实验方法的客观态度南辕北辙，形成日本自然主义的特色。相马御风分析龚古尔兄弟等"印象派"的自然主义作家"在可能范围内运用那锐敏的官能以描写未发见的现代生活底真相……只努力于描写那刹那刹那深深地刺激自己底官能的印象。断片地列记印象底烧点，用以描写那感动自己全体的气分的世界"，"用微妙的官能描写把他俩所见的现代生活底种种相，'绘画的''印象的'地描写出来的，但这些作品底里面，常觉得那病的作者底主观的情调在流动着"③，其实也与日本自然主义作家的创作有相似之处。

同样是把"真实"奉为圭臬，排斥虚构，执着于凝视真实人生的观照态度，但对"真实"的理解却有差异。左拉强调"真实感就是如实地感受自然，如实地表现自然"，用作家的眼睛观察自然，科学化地"精确地再现"外部世界的"场景"④。日本自然主义者则追求主体对客观事物不作价值判断的再现，包含着主观感情的"真"，是主观化的客观真实。当时的批评家宫岛新三曾说："在自然主义的当时，一切问题都从自身出发的。所表现出来的作品，都是自身苦闷的声音。"⑤这种强调主观感情的"真"与上述追求个性解放的精神相结合，使"私小说"⑥成为日本自然主义文

① 〔法〕左拉：《实验小说论》，吕永真译，柳鸣九主编《自然主义》，中国社会科学出版社，1988，第492页，第477页。
② 叶渭渠：《日本自然主义文学思潮述评》，柳鸣九主编《自然主义》，中国社会科学出版社，1988，第281页。
③ 〔日〕相马御风：《法国的自然主义文艺》，汪馥泉译，《小说月报》第十五卷号外《法国文学研究》。
④ 〔法〕左拉：《论小说》，柳鸣九译，柳鸣九主编《自然主义》，中国社会科学出版社，1988，第501页。
⑤ 宫岛新三：《日本文坛之现状》，李达译，《小说月报》第十二卷第四号（1921年）。
⑥ 日文"私（わたし）小說"译成中文即"自我小说"，作者遵循自然主义原则，不注重描写社会和时代背景，而主张露骨地暴露自我心理，尤其是内心丑恶猥琐的一面，如情欲的支配力量。

学的独特样态。相马御风将日本自然主义作家西鹤与莫泊桑做比较，得出两者"类似"的结论：

> 脱去一切因袭的方式，赤裸裸地观察当时的人间生活底"真"，描写这"真"这一点，又不以描写性欲为目的而以描写人间为目的而也描写性欲的这一点：这可以说西鹤和莫泊三是一样的。所描写的人生底部面底极平常这事；具体的却又官能的这事；描写这些的方式底直截简劲而无修饰无结构的这事；在这些部分的特色上，两者也明明有相通的地方的，两者对于人生都没道义的判断这事；打破了既成的方式但终究归于无解决这事；极力追蹑生底欲望，但碰到了死这大事实而感到底里不可知的悲哀的这事。这些都是我们最当注意的两者底共有点。①

相马御风批评信奉"科学描写"的左拉是"求'真'而反为科学所束缚、探求露骨的人性而终为一种观念所束缚的人。他到底是不能无私念观察人生的"。而赞赏莫泊桑"由自己底眼睛所见、心头所想的力和努力不休的观察底总额、所得的自己特有的方式"，"依了这方式以考察世事人情"，"作者在作品中再现了而传给读者的，全不外于自己特有的人生观。像自己底眼睛所看见的人生底实相一般，使在读者底眼前也生动，这是作家当把细密的精确供给于读者底眼前的"②。对左拉和莫泊桑的一贬一褒中可见日本学者对法国自然主义"真"的接受与选择。

在1922年第十三卷《小说月报》中，沈雁冰明确表示新文学在写法上应学习左拉的"纯客观的态度"：

> 曹拉等人主张把所观察的照实描写出来，龚古尔兄弟等人主张把经过主观再反射出的印象描写出来；前者是纯客观的态度，后者是加入些主观的。我们现在说自然主义是指前者。曹拉这种描写法，最大的好处是真实与细致。一个动作，可以分析的描写出来，细腻严密，没有丝毫不合情理之处。这恰巧和上面说过的中国现代小说的描写法

---

① 〔日〕相马御风：《法国的自然主义文艺》，汪馥泉译，《小说月报》第十五卷号外《法国文学研究》。
② 〔日〕相马御风：《法国的自然主义文艺》，汪馥泉译，《小说月报》第十五卷号外《法国文学研究》。

正相反对。①

但在实际译介中，《小说月报》对左拉作品的译介几近于零，而对日本自然主义作家却青睐有加。这表明沈雁冰看重的只是左拉的方法，而在内容与风格上更加倾向于日本自然主义。《小说月报》偏重于日本自然主义事出有因：明治时代的日本处于封建主义向资本主义的转型期，冲破封建束缚、追求个性解放是时代精神。近代中国所处的历史情况与日本的情况大体一致，五四时期呼唤"人"的觉醒的时代精神与其颇有相似之处，所以从感情上更接近日本自然主义的主张。第十三卷第二号上，美子翻译的国木田独步的《汤原通信》，写男青年小山到汤原疗养时暗暗喜欢温泉宿舍的使女绢姑，次年带着礼物重返汤原找绢姑，却被告知绢姑已经回家准备嫁人了。小说以书信体叙述，用清丽真挚的笔触书写青春的惆怅与悲伤。小山君深情的独白显然很能打动追求婚恋自由、个性解放的五四青年的心："恋爱是力，是人所不能抵抗的力。不认识这力，以为可以压抑这力的人，总是不曾触着这力的人。这是证据：曾经为恋爱而苦闷的人，过了许久，到成了普通的人的时候，也要自己疑惑'为什么那时候自己为了恋爱而那样苦闷'。因为那时他已不触着恋爱之力的缘故，同是一个人尚且这样，何况并不曾触着恋爱之力的人，怎能懂得别人底恋爱的消息，恋爱底快乐和恋爱底苦闷呀？"另一位自然主义作家正宗白鸟的中篇小说《向何处去》由方光焘翻译，刊登在第二十一卷第十号至第十二号的《小说月报》上。小说描写一名杂志社的青年记者，对人生一切都感到绝望，他身为家中长子，想冲破家族制度的束缚，但又找不到出路，因而孤独绝望。小说所表现的个人主义和反封建道德的立场很能引起五四青年的共鸣。日本自然主义在"事真"之外强调主体"情真"的特点，与五四文学特有的青春气息很能产生共鸣。从下段冰心对"真"的理解，我们可以看出这种共鸣：

> "能表现自己"的文学，是创造的，个性的，自然的，是未经人道的，是充满了特别的感情和趣味的，是心灵里的笑语和泪珠。这其中有作者他自己的遗传和环境，自己的地位和经验，自己对于事物的感情和态度，丝毫不可挪移，不容假借的，总而言之，这其中只是一

① 沈雁冰：《自然主义与中国现代小说》，《小说月报》第十三卷第七号（1922 年）。

个字"真"。所以能表现自己的文学,就是"真"的文学……文学家!你要创造"真"的文学吗?请努力的发挥个性表现自己。[1]

而法国当时正处于法兰西第二帝国和法兰西第三共和国交替的时代,时局与社会风气如左拉所说:

> 第二帝国激起了人们的贪欲和野心。贪欲和野心的大放纵。渴望享乐,而且享乐使得精神与肉体都疲惫不堪。对于肉体来说,是商业的大繁荣,投机倒把的狂热,对于精神来说,是思想的高度紧张与近乎疯狂的行为。疲劳过度,然后是坠毁。[2]

资本主义的发达带来了一系列国家、民族、阶级之间的矛盾,无论是法国批判现实主义文学、自然主义文学,还是德国的自然主义文学,都无一例外地反映资本主义金钱、贪欲等带来的罪恶。这对刚刚步入现代化征程的中国来说无疑是非常陌生的。五四时期的中国正以西方现代文明为榜样大步前进,因此很难深刻理解自然主义暴露的现代社会中的堕落与腐败。再加上中国"怨而不怒,哀而不伤"的古典审美观,赤裸裸的"审丑"一时难以被接受。在沈雁冰看来,揭露丑恶是为了"改过",不含褒贬态度的客观"求真"是不正确的"人生观"。周作人认为"专在人间看出兽性来的自然派,中国人看了,容易受病",就是对此而言的。沈雁冰也认为不带褒贬色彩地"求真"是自然主义的弊病,是"机械论者与宿命论者底人生观"[3]。

三

《小说月报》重日本自然主义轻法国自然主义的译介选择不是个别的,它反映出五四时期译介自然主义的普遍倾向——理论提倡与作品译介的不平衡。按常理,法国自然主义理论应该与创作的输入同步,但事实上不仅左拉的小说被新文学者悬置,被尊为法国小说之父的巴尔扎克的小说也遭到冷遇。巴尔扎克受冷遇的原因和左拉大致相同,也是因为:

---

[1] 冰心:《文艺丛谈》,《小说月报》第十二卷第四号(1921年)。

[2] 〔法〕左拉:《关于作品总体构思的札记》,柳鸣九译,柳鸣九主编《自然主义》,中国社会科学出版社,1988,第516页。

[3] 雁冰:《通信·自然主义的怀疑与解答·答周志伊信》,《小说月报》第十三卷第六号(1922年)。

他是一个半兽主义者而自己并不知道。他所擅长的是人性中下等的情感，淫欲和利势奸诈；写到这些东西的时候，他才得劲了，魑魅魍魉，原形毕现。他底喜剧虽是一首史诗，却是一个一切都只从生理方面去解释而除开物质底洪醉以外没有灵思的自然主义者的史诗。所以，假如我们把人性中最粗恶最下品的东西叫做"实在"，巴尔札克才真配称做一个写实主义者。①

革新后的《小说月报》除了在"法国文学专号"上翻译了巴尔扎克的短篇小说《刽子手》之外，再无译作。不仅如此，从文坛整体来看，"'五四'以后至30年代，我国译介巴尔扎克的作品，从总体数量来说，也还是不丰富"②。这与巴尔扎克19世纪法国最杰出现实主义作家的身份十分不符。作为现实主义的奠基人，巴尔扎克"严格遵循真实地再现现实的原则，暴露社会的丑恶和黑暗面多于理想的阐发，他的作品绝大部分以悲剧结尾"③。这也属于"不宜于中国青年人"的人生观。"为人生"的文学观是"表现人生指导人生"的文学，单是"表现"，没有"指导"，在沈雁冰看来是不值得提倡的。"小说家选取一段人生来描写，其目的不在此段人生本身，而在另一内在的根本问题。"④从这个角度看，沈雁冰看重的只是自然派、写实派"表现人生"的技术。

对"客观描写与实地观察"的自然主义方法的纯熟运用，使莫泊桑备受器重。在《小说月报》译介的西方自然派、写实派作家的名单中，莫泊桑是最受重视的一位。革新后的11卷《小说月报》中，莫泊桑有11篇短篇小说被译成中文。相马御风在论文中反复强调莫泊桑"没什么先入的知识、没判断、没私情，而真以赤裸裸的我以努力观察活动的人生底真相"，所求的是"真的人生"。不仅如此，在《小说月报》译自日本的诸多论文中，莫泊桑都被视为自然主义的集大成者——"思想上和技巧上都说是近于完全的自然主义小说底完成者"⑤。

不只是五四，莫泊桑在民初也是备受关注的外国作家。在1910～1920

---

① 佩蔺：《巴尔札克底作风》，《小说月报》第十五卷号外《法国文学研究》（1924年）。
② 谢天振、查明建主编《中国现代翻译文学史》，上海外语教育出版社，2004，第400页。
③ 郑克鲁主编《外国文学史·上》，高等教育出版社，1999，第220页。
④ 沈雁冰：《自然主义与中国现代小说》，《小说月报》第十三卷第七号（1922年）。
⑤ 〔日〕相马御风：《法国的自然主义文艺》，汪馥泉译，《小说月报》第十五卷号外《法国文学研究》。

的《小说月报》里，莫泊桑先后有 18 篇短篇小说被翻译。与五四译者的译介动机有别，革新前的《小说月报》译介莫泊桑主要是因故事情节曲折、叙事技巧高妙。第六卷第三号《情量》写补椅子的老妇人对贪婪虚伪的药剂师的不求回报的爱，译者恽铁樵感叹："彼老妪宁人负我，一往深情，余毕生实仅见之。""如彼老妇，洵能尽爱情之量者哉。"① 第五卷第一号的《悲欢人影》中，铁樵感叹莫泊桑的叙事技巧"淋漓尽致"，"一结尤冷隽不可思议"，"直是一篇心理学讲义小说"②。

而五四新文学者对莫泊桑的译介则是在自然主义、现实主义的理论视野中进行的。新文学者普遍认为，莫泊桑与左拉同样主张写"真实"，但他并不赞同"全然真实"，而认为应该从充满了琐事的人生中提炼出主题，表现作家面对这一主题时"各人所生的幻觉"，比较接近现实主义美学规范。莫泊桑的美学追求获得了新文学者的认同。谢位鼎如是评价莫泊桑的小说：

> 《不尔·多·斯夫》（《羊脂球》——引者注）实是这样的一个作品，真是把现实如实的表现了。人间之浅弱的事，实在由真底现出着。但只这一点么？那可怜的不尔·多·斯夫最后的流泪，到底是从谁心中生出来呢？那流泪中没带有莫泊三的理想主义的心情么？我们不能说理想主义者，是只描写人间善性之胜利的作家。理想主义者中，也有表现被践踏了的善性的悲哀苦闷的作家……他虽带有理想主义风，然而他决没有使他的观察现实的眼黑暗。③

又如，谢六逸对莫泊桑的评价是：

> 在近代自然派小说界中，莫氏算是名实相称的，他不囿于哲学、科学或其他的知识，只以自己之严肃的主观观察人生的实相；以自己的眼观察人生的姿态；以自己的耳听人生之声，以自己的触觉触人之体。他除却描写自然的人生以外，并不加添什么。他是描写性欲最厉害的一人，他是为性欲而描写性欲，并不迎合时好，他观察性欲也和观察水火草木等物一般，不加私念，必出以诚。读者看他所写的性

---

① 铁樵：《〈情量〉后记》，《小说月报》第六卷第三号（1915 年）。
② 铁樵：《〈悲欢人影〉后记》，《小说月报》第五卷第一号（1914 年）。
③ 谢位鼎：《莫泊三研究》，《小说月报》第十五卷第二号（1924 年）。

欲，只观其事实之存在即止，并不会引起旁的恶劣之感，反由此可以看出由性欲而出的人生波澜，而深自反省，决不是黑幕派的小说家所能借口的呵！①

莫泊桑受欢迎的原因很多，客观冷静的观察、简洁准确的表达、平易晓畅的语言、娴熟多变的叙事技巧都位列其中，但于写实中深藏的"理想主义"尤为新文学者所赞赏。莫泊桑忠实地反映现实生活中"被践踏了的善性"，但又在其中隐晦地寄寓"理想主义的心情"，表现令人"深自反省"的"人生波澜"，这在某种程度上讲就是"人生观"与"技术"的完美结合，无怪乎受到主张"写人生"的文学研究会的欢迎。

《小说月报》译介日本自然主义作家作品较多，但并非照单全收，也有变异。日本自然主义所强调的"情真"与五四时期的个性解放相吻合，但是其"无解决""无理想"的"破理显实"的主张却与"表现人生指导人生"的观念相背离。新文学的功利性是与生俱来的，文学研究会"为人生的艺术"自不待说，即使在注重个人情感自我表达的郁达夫那里，中国式的"零余者"也不是仅沉浸在自我的情绪里，而是在描写"情真"的同时夹杂着对祖国民族命运与前途的思考，将个人的前途与民族国家的兴亡结合起来。日本的"私小说"是自我小说，排斥社会时代背景，绝对地袒露自我，而郁达夫的小说总是在"私"以外有祖国存在。《沉沦》的主人公蹈海自尽前的沉痛申诉："祖国啊祖国！我的死是你害的，你快强大起来！强起来吧！你还有许多儿女在那里受苦呢！"将个人人生的悲剧与祖国的富强昌盛联系起来。个人追求自我"情真"的抒写在民族国家的思维框架内，将个性解放与民族国家觉醒联系起来，显示出新文学"为人生"的另一层内涵。

随着时代危机、民族危机的加深，"救亡"压倒"启蒙"成为时代的主题，这种功利性愈发突出，"国家兴亡匹夫有责"的使命感和道义感，使五四初期个人主义的"小我"转向人道主义的"大我"。自然主义的"写真实"与文学研究会的"为人生"结合，新文学就必然十分重视文学作品的题材和表现内容。《小说月报》对自然主义理论的译介，主要是为了引导作家将创作引向现实民生，而对域外自然主义作品的选择标准，也

---

① 谢六逸：《西洋小说发达史》，《小说月报》第十三卷第七号（1922 年）。

始终具有较强的现实关怀和功利目的。

第二节 《小说月报》与新浪漫主义

沈雁冰的新文学建设构想最初在 1920 年主持的"小说新潮"栏目发表，对《小说月报》进行半革新。从那时起，新浪漫主义就一直是沈雁冰、谢六逸等人比较关注的文学流派，《小说月报》是他们展开讨论的主要阵地。在革新最初的几年里，沈雁冰一直认为新浪漫主义是中国文学发展的方向，这与五四时期文坛的普遍观点是相呼应的。1920 年，他在《为新文学研究者进一解》中明确地说：

> 能帮助新思潮的文学该是新浪漫派的文学，能引我们到真确人生观的文学该是新浪漫派的文学，不是自然主义的文学，所以今后的新文学运动该是新浪漫主义的运动。①

同年，谢六逸在《小说月报》上按进化理论推断：

> 我们应该知道西洋的文学思潮的变迁——由古典主义到浪漫主义；到自然主义表象主义（新浪漫派）——只是进化而非退化。
> 中国的文艺……若还不曾经过实写主义；没有经过实写主义特色——科学的制作法，描写兽性，描写人生、周围、个性、印象，作短篇小说及戏剧等——的滋味，不由这些阶级通过。便要一蹴而学表现主义的文艺，那就未免不自量，仍然要跌到旧浪漫主义（传奇派）去。②

1921 年 2 月，沈雁冰在革新后的《小说月报》上重申推崇新浪漫派的观点：

> 世间万象，人类生活，莫不有善的一面与恶的一面；徒尚分析的表现法，不是偏在善的一面，一定偏在恶的一面。旧浪漫派文学

---

① 沈雁冰：《为新文学研究者进一解》，《改造》第三卷第一号（1920 年）。
② 谢六逸：《文学上的表象主义是什么?》，《小说月报》第十一卷第六号（1920 年）。谢六逸自述是以 A. Symons 的 *The Symbolist Movement in Literature*，Moulton 的 *Modern Literature* 以及日本厨川辰夫的《近代文学》为参考。

与自然派文学就是各走一端的。丑恶的描写诚然有艺术的价值，但只表现人生的一边，到底算不得完满无缺，忠实表现。西洋写实派后新浪漫派的作品便都是能兼观察与想象，而综合地表现人生的。①

1921 年 7 月，胡适应商务印书馆之邀到访，曾与沈雁冰、郑振铎探讨《小说月报》的编辑方针，他"劝雁冰不可滥唱'新浪漫主义'，现代西洋的新浪漫主义的文学所以能立脚，全靠经过一番写实主义的洗礼"②。以胡适在新文学界举足轻重的位置，他的意见自然受到重视。在八月号的《小说月报》上，沈雁冰很快做出回应，将重心由提倡新浪漫主义转向自然主义：

> 现在固然大家都觉得自然主义文学多少有点缺点，而且文坛上自然主义的旗帜也已竖不起来，但现代的大文学家——无论是新浪漫派，神秘派，象征派——那个能不受自然主义的洗礼过。中国国内创作到近来，比起前两年来，愈加"理想些"了，若不乘此把自然主义狠狠的提倡一番，怕"新文学"又要回原路呢!③

1921 年底，结合一年来编辑《小说月报》的体会，在严肃思考当时文学创作的弊病和新文学的任务之后，沈雁冰开始坚决地提倡自然主义，译介自然主义理论，并于次年在编读之间展开广泛的讨论。但是值得注意的是，沈雁冰同时又解释：

> 我们的实际问题是怎样补救我们的弱点，自然主义能应这要求，就可以提倡自然主义。参茸虽是大补之品，却不是和每个病人都相宜的。新浪漫主义在理论上或许是现在最圆满的，但是给未经自然主义洗礼，也叨不到浪漫主义余光的中国现代文坛，简直是等于向瞽者夸采色之美。采色虽然甚美，瞽者却一毫受用不得。④

可见，沈雁冰认为自然主义只是补救时弊的权宜之计，自然主义切合

---

① 郎损：《新文学研究者的责任和努力》，《小说月报》第十二卷第二号（1921 年）。
② 胡适：见 1921 年 7 月 22 日的日记，《胡适的日记》，中华书局，1985，第 156 页。
③ 《最后一页》，《小说月报》第十二卷第八号（1921 年）。
④ 沈雁冰：《自然主义与中国现代小说》，《小说月报》十三卷第七号（1922 年）。

文学研究会"为人生"的立场，但新浪漫主义仍然是沈雁冰心目中接近"最圆满的"理论，只是当时提倡它的时机不对而已。

"新浪漫主义"是一个含义丰富但缺乏准确界定的概念，有人将它看作与象征主义接近的现代主义流派之一种，有人则认为它是现实主义和浪漫主义的完美结合。1920年，沈雁冰在《为新文学研究者进一解》中说新浪漫主义是源于法国的反抗自然主义的运动，主要包括追求"灵肉的感觉一致"的"心理派的小说家"和"象征派的诗家"。同年，田汉提出新浪漫主义是"受现实之洗礼"，"陶冶于科学的精神而后发生的文学"，是"以罗曼主义为母，自然主义为父所生的宁馨儿"。"对于现实，不徒在举示它的外状，而以直觉、暗示、象征的妙用，探出潜在于现实背后的Something（可以谓之真生命，或根本义）而表现之"[1]。昔尘认为新浪漫主义是"根于现实底理想境；要从这已经用自然科学底力量开发的世界，一步步踏进直观的悟入底心境；向未知底神秘境地，去探求意义"[2]。1922年，谢六逸阐释了"新浪漫主义"概念，将其与自然主义和浪漫主义做了比较，最后将其归为神秘主义和象征主义：

> 新罗曼主义（Neo – Romanticism）这一派是主情意的文艺，不以研究客观的事实为满足，将以强烈的主观之力，直觉科学之研究所不能及的神秘境界，以求事实的根本意义。
>
> ……新罗曼派的作品，虽然有许多是凭借梦幻，然其中仍寓现实的事象，题材虽非现实，但却不能说这种是非现实的，为什么呢？因为他们的目的，并不在将现实的事物，现实的描写出来，仅仅是显示出那潜于现实奥底之根本的意义……是能把事象的真生命，根本的意义探讨出来的文学。新罗曼主义既为探讨事象的真生命，根本的意义（此二者可谓之为神秘），所以他们把直觉看得比经验重。至于传达的手段，则为暗示，暗示的手段，即用象征，所以新罗曼主义的一面，就是神秘主义（Mysticism），就是象征主义（Symbolism）。[3]

联系田汉和谢六逸在日本留学的经历，谢六逸之文多采自日人讲义的

---

① 田汉：《新罗曼主义及其他》，《少年中国》第一卷第十二号（1920年）。
② 昔尘：《现代文学上底新浪漫主义》，《东方杂志》第十七卷第十二号（1920年）。
③ 谢六逸：《西洋小说发达史》，《小说月报》第十三卷第十一号（1922年）。

声明，可见同自然主义进入中国的情况一样，日本也是新浪漫主义进入中国的中转站。此后，汤鹤逸和沈起予分别在 1924 年和 1935 年再次介绍新浪漫主义，基本观点和谢六逸的阐述一致。[①]

随着五四新文化运动的兴起，唯美主义、象征主义、未来主义、表现主义、精神分析学说等各种现代文学理论在中国都不乏译介者和传播者，除了沈雁冰和谢六逸以外，田汉、郭沫若、朱光潜等持不同文学主张的新文学建设者也纷纷撰文，认为新文学发展的方向是"新浪漫主义"。何以新浪漫主义如此引人向往呢？

从外部环境来看，首先，在"进化"的视野中，文学是按照古典主义—浪漫主义—自然主义（写实主义）—新浪漫主义的规律发展的。沈雁冰们从西方文学发展历程总结出"规律"，然后将这一规律应用于新文学的发展。从对"规律"的热衷既能看出在崇尚科学的时代氛围里对于理性的笃信与追求，也能看出新文学建设者在与世界接轨的渴望中隐含的"前现代"国家的焦虑与不自信。其次，顺应世界文学发展的潮流。20 世纪初，十月革命和世界大战对全球产生巨大影响，社会的动荡使人们的精神世界发生变化，各种思想流派和文化思潮如雨后春笋般出现，西方文学的发展呈现多元化、复杂化趋势，其中以重直觉、非理性为核心的现代主义的勃兴为最突出的特点。现代主义思潮在日本、俄国以及其他的一些亚非国家也产生影响，形成现代主义流派。五四新文学运动的目标是破旧立新，西方文学的发展潮流因其当下性的"新"而受重视。

从中国文学自身的发展来看，新浪漫主义应和着文学发展的内部要求。新文学在对文学功能的认识和对现实人生的态度上与古代文学泾渭分明，但未尝不受到古代审美传统和美学趣味的影响。刘勰在《文心雕龙·神思篇》中强调的"神用象通，情变所孕。物以貌求，心以理应"，与以"通感"（correspondences）为奥义的象征主义理论以及意象主义理论是相通的。法国象征主义"强调诗歌创作的真谛是寻找思想的'客观对应物'，建立'情绪的相等值'，为主观世界和客观世界之间，架起了具象化的桥梁"；意象主义强调意象是"一刹那间思想和情感的复合体"，"它主张客观性，但不是回到纯客观的描写，而是强调依靠直觉去捕捉生活中的意

---

① 汤鹤逸：《新浪漫主义文学之勃兴》，《晨报六周年增刊》（1924 年）；沈起予：《什么是新浪漫主义》，傅东华主编《文学百题》，上海书店，1935。

象，抒写人们对具体事物的声、色、味、形等各种特质的直接感触"①，中西理论的相通不是巧合，而且美国的意象派代表诗人庞德就曾明确提及他的诗歌理论受到中国古典诗歌的启发。

在古代文论中，钟嵘《诗品》的"直寻"说，王夫之"景中情""情中景"的"即景会心"论，王国维的"不隔"说，都是强调用直接可感的形象来描绘诗人有感于外界事物所激起的感情。② 这种对形象直觉性和物我合一的理想境界的强调，几千年来已经如盐溶于水般"化"在中国人的民族审美心理和思维模式中。新文学借五四思想启蒙运动而张帜，它固然在思想道德上与旧文学"势不两立"，但是一旦回到文学的艺术特征上来，传统文学的精粹之处和民族审美心理就会不自觉地出现在文人的心里。新浪漫主义是"主情意"的，不满足于对客观事实的再现，以强烈的主观之力（直觉）研究科学所不能及的神秘境界，探寻事实的根本意义。这样的文学主张对中国的新文学建设者来说，在心理和情感上是熟稔而亲切的，不仅没有接受上的障碍，反而有十分强烈的认同感，以及对民族文学的自豪感。

和世界上其他弱小民族国家一样，五四新文学建设者面临着如何处理民族性与世界性的问题，这个问题在第二章第一节中曾经论及。一方面，西方文学是文学现代化的典范和努力方向，译介现代西方文学不只是介绍一部作品，翻译文学本身参与了民族文学的建构，有意识地引导着民族文学的发展。另一方面，新文学建设者又警惕陷入民族虚无主义的陷阱，以发扬光大民族文学为己任。在他们的意识深处，在世界文学范围内追求独立与平等表达了对民族主义和爱国主义的理解，但是，这种独立与平等意识和对西方文学的认同又构成了一种内在的精神压力。正如汪晖对鲁迅一代人的内心世界进行分析："对于中国近现代知识分子来说，历史与价值的这种内在统一性被无情地撕裂：由于看到其他国度的价值，在理智上疏远了本国的文化传统；由于受历史制约，在感情上仍然与本国传统相联系。历史与价值的悖论关系最深刻地体现为：他们对西方思想和价值的追求以深厚的民族主义与爱国主义为基础，而后者则主要起源于对西方入侵

---

① 黄晋凯、张秉真、杨恒达主编《象征主义·意象派·序》，中国人民大学出版社，1989，第9页。

② 张少康、刘三富：《中国文学理论批评发展史》，北京大学出版社，1995，第268页。

与掠夺的憎恨。"① 出于这样的矛盾心理，译介新浪漫主义反而实现了某种意义上的平衡。一方面，新浪漫主义是 20 世纪西方文学的新潮，译介它们象征着与世界文学保持同步；另一方面，新浪漫主义尤其是其中的象征主义，与古典文学和古代诗文评的观点有诸多相通之处，其表现手法为我所长，从中能够确立民族文学的自信，使古老的中华文化与现代思潮接轨，焕发新的光彩。

新文学引进新浪漫主义的一个重要的中转站是日本，日本文学界对新浪漫主义的评论直接地影响到中国新文学。大正时代（1912～1926）日本文坛上自然主义渐渐衰落，"在这时期的当中发生出来的享乐主义、理想主义、人道主义、浪漫主义、象征主义以及种种主义，大概都是自然主义的延长，是自然主义的对抗，这些主义辐辏而来，成了一个大海洋"②。从宫岛新三的评介中我们可以看出，他把作为创作方法的自然主义、浪漫主义、象征主义、唯美主义等与指向作家人生观的理想主义、人道主义、享乐主义混为一谈，汇成自然主义之后的多元化场景。这种描述方式对中国新文学者的影响在于，后来对新浪漫主义的译介从创作方法转向作家的人生观和作品的思想内容，从对抽象的人生真谛的探寻转向对现实人生意义的关怀，以唯美、神秘和象征为核心的"新浪漫主义"与以新理想主义和人道主义为核心的"新浪漫主义"双峰并峙。这样的格局，事实上与自然主义写作技巧的提倡一样，逐渐奠定了新文学现实主义的基调。在民族救亡的严峻形势下，1925 年以后，进一步确立了社会主义现实主义的方向。

1929 年，谢六逸在回顾日本二十年来的文学时，提出"自然主义是理智的文学，是客观的文学，新浪漫主义的文学，则是憧憬于现实以上的文学，小川未明与铃木三重吉是这派的双璧"，以描写变态心理著名的谷崎润一郎为代表的"享乐派与恶魔派，是新浪漫主义的一支脉"③。在《小说月报》译介的文学作品中，第十五卷、第十六卷共翻译了小川未明创作的6 篇儿童文学作品，其中包括《蜘蛛与草花》《种种的花》《懒惰老人的来世》《教育与儿童》《小的红花》《鱼与天鹅》。谢六逸认为小川未明初期的作品流露出浪漫主义的感伤情绪，而后期由于吸收了"现实"的要素，

① 汪晖：《反抗绝望：鲁迅及其文学世界》，河北教育出版社，2000，第 69 页。
② 〔日〕宫岛新三：《日本文坛之现状》，李达译，《小说月报》第十二卷第四号（1921 年）。
③ 谢六逸：《二十年来的日本文学》，《小说月报》第二十卷第七号（1929 年）。

蜕变为新浪漫主义。小川"常以神经的笔调",描写现实生活中"痛切的苦闷与不安"。随着日本文学思潮的变迁,小川的思想也由人道主义转变为社会主义,"只是本质是浪漫主义之点,却始终如一"①,因而是新浪漫主义作家的典范。

有意思的是,谢六逸亦赞赏谷崎润一郎的作品"兼备新浪漫派以后的一切特色",认为谷崎的特色是不在现实中"求真",而在科学或变态里"求真","破裂了传统的躯壳,脱离了常识性的桎梏"。第十九卷第三号刊登了沈端先翻译的谷崎的小说《富美子的脚》,小说用大量的篇幅描写一位患受虐狂的六十老翁对艺妓富美子的脚的迷恋与崇拜,只有遭到富美子的脚的践踏老翁才能满足。"食欲已完全没有了,但当富美子用棉花一般的东西浸了牛乳或肉汁,用她的脚趾夹了送到他嘴里去时,却还能像贪食一般的舔着。"甚至到临终的日子,老翁还在说:"富美子!啊!富美子!到我死为止,把你的脚放在上面,我要被你的脚踏着了死!"②若从左翼的观点看谷崎的作品,很明显陷于唯美主义和享乐主义的流弊,以追求个人肉体和官能上的快活来消极地反抗黑暗社会,带有浓厚的颓废色彩,与"指导人生"相背离。但谢六逸却从谷崎"变态"的"求真"里看出了"新浪漫派"的品格。

谢六逸的评价与《小说月报》的译介选择说明了新文学对新浪漫主义的复杂态度,也反映了新浪漫主义自身的矛盾。新浪漫主义既被视为文学在"自然主义之后"的世界性潮流,渴望与世界接轨的新文学自然也将自己纳入这一世界性的潮流。但是,问题是,20世纪世界文学以多元并存为典型特征,再没有一种"主义"能够涵盖西方文学的主流。同时,同是置身于寻求民族解放独立斗争的不发达国家,俄国、东欧、拉美、亚洲等"叫喊和反抗"的弱小民族文学自然会受到想借文学之力"改良社会"的新文学者的青睐。③新浪漫主义是重视主观能动性的文学,如果说唯美主义和享乐主义为表征的"个人主义"倾向于消极出世,那么弱小民族的

① 谢六逸:《二十年来的日本文学》,《小说月报》第二十卷第七号(1929年)。
② 〔日〕谷崎润一郎:《富美子的脚》,沈端先译,《小说月报》第十九卷第三号(1928年)。
③ 如鲁迅说:"我也并没有要将小说抬进'文苑'里的意思,不过想利用他的力量,来改良社会。""因为所求的作品是叫喊和反抗,势必至于倾向了东欧,因此所看的俄国,波兰以及巴尔干诸小国作家的东西就特别多。"鲁迅:《我怎么做起小说来》,《鲁迅全集·第四卷》,人民文学出版社,2005,第525页。

"个人主义"则是积极入世的文学。在反映苦难现实的同时加上一点希望的亮色，将这种"憧憬于现实以上"的文学视为新浪漫主义，增加了理想主义和人道主义的内蕴。

沈雁冰在《小说月报》革新之初曾就译介王尔德作品的问题说：

> 英国唯美派王尔德的"人生装饰观"的著作，也不是篇篇可以介绍的。王尔德的"艺术是最高的实体，人生不过是装饰"的思想，不能不说他是和现代精神相反；诸如此类的著作，我们若漫不分别地介绍过来，委实是太不经济的事——于成就新文学运动的目的是不经济的。①

在这样的主导思想下，俄国白银时代的象征主义作家受到中国新文学者的欢迎也就不足为奇了。俄国象征主义的特殊之处在于，它"与俄国批判现实主义文学、浪漫主义文学一样，深深地透射着'为人生'的激情。不同的只是：通过什么样的途径，选择什么样的方式，即以哪些诗学手段来宣示、折射、宣泄这种激情；不同的只是：采取什么样的姿态立场，对人生作何种理解，对人的生存状态、人在宇宙中的位置如何去透视"②。他们"表面看来似乎如此颓废、悲观、消极的感叹中，深藏着的恰恰是它的反面，是对人生、生命、命运、生活的强烈的欲求和留恋"③。这种"为人生"的激情和悲天悯人的精神是与西方象征主义最大的区别。

被鲁迅誉为"含着严肃的现实性"，"使象征印象主义相调和"的安特列夫自不必说，自第十三卷起，《小说月报》陆续译介了他的《海洋》《红笑》等6篇小说，鲁迅称赞他"消融了内面世界与外面表现之差，而现出灵肉一致的境地"④。此外，梭罗古勃、勃洛克、伊凡诺夫等作家的作品也频频出现于《小说月报》上。梭罗古勃的《你是谁》描写一个厨娘的儿子受尽现实中的冷眼和折磨，他的快乐与幸福在幻想中得到满足。他幻想自己是迷失的王子，曾经住在高贵的宫殿。正当他沉浸于美妙的幻想时，他给主人买的点心不幸被迎面走来的路人撞掉，结果他又挨了训斥和

---

① 郎损：《新文学研究者的责任和努力》，《小说月报》第十二卷第二号（1921年）。
② 周启超：《白银时代俄罗斯文学研究》，北京大学出版社，2003，第41页。
③ 李泽厚：《美的历程》，中国社会科学出版社，1983，第85页。
④ 鲁迅：《〈黯澹的烟霭里〉译者附后记》，《鲁迅全集》第十卷，人民文学出版社，2005，第201页。

耳光。小说描写的是底层人民的艰辛与痛苦，但又以幻想世界的美来反衬现实世界的丑，沉郁的色调里有象征主义的闪光。勃洛克的长诗《十二个》融现实主义与象征主义于一炉，描写在暴风雪中跋涉的十二个红军战士，长诗用独特的语言、节奏和声调，用夜、风、雪、红军战士、恶狗、文人、教士、老妪、耶稣等形象，构成了一幅奇崛的象征主义画卷，表达了对祖国未来的期望。鲁迅曾称赞"象征派诗人中，收获最多的，就只有勃洛克"，"当革命时，将最强烈的刺戟给与俄国诗坛的，是《十二个》"。[1] 沈雁冰则从题材的角度赞扬它"是最有力的革命的诗。这诗喊出憎恨旧世界，憎恨懒惰的有产阶级，憎恨处女般的民族。那十二个赤卫军，即使是愚笨而野蛮，也当记得并且明白一件事：为革命而服务。这精神是宗教信仰的精神"[2]。只有象征主义所具有的个人主义话语与民族、国家的现实相联系，才能凸显新文学者所期待的价值内涵，俄国象征主义受到偏爱的原因也在于此。

法国象征主义的含蓄、幻美、寓意丰富的艺术特质与古典审美理想中的某些意趣呼应，以"美"的魅力吸引着新文学者。一个典型的例子就是对比利时法语作家梅特林克象征主义戏剧的热衷。[3] 在革新后《小说月报》59 个翻译剧本中，梅特林克的剧本有 3 个。《小说月报》革新后，1921 年分两期连载了梅特林克的《婀拉亭与巴罗米德》，1922 年分五期连载了《马兰公主》，1924 年第一号译介了《群盲》。上述三部都是梅特林克的早期作品，而梅特林克早期作品多以死亡与宿命为主题，具有浓郁的神秘气息和象征色彩，按理说并不切合"为人生"的主张。况且，沈雁冰自 1922 年起就明确地从新浪漫主义转向对自然主义的提倡，译介梅特林克似乎不在情理之中。新文学者青睐象征主义，但是却不从强调象征主义的审美特征入手，而是从"进化"的角度强调译介梅特林克的重要性。例如易家铖

---

[1] 鲁迅：《〈十二个〉后记》，《鲁迅全集·第七卷》，人民文学出版社，2005，第 310~311 页。

[2] 沈雁冰：《最近俄国文坛的各方面》，《小说月报》第十三卷第一号（1922 年）。

[3] 早在 1915 年，陈独秀就在《现代欧洲文艺史谭》中将梅特林克列入"近代四大代表作家"之一。1919 年，沈雁冰翻译了他的象征主义戏剧《丁泰琪之死》。1920 年，赵承易在《新潮》杂志上翻译了他的《白黎悠与梅特桑》。1923 年，商务印书馆出版的文学研究会丛书收录了汤澄波翻译的《梅脱灵戏曲集》，以及傅东华用英文重译的《青鸟》。有论者统计："整个 20 年代，这位大师的作品几乎全部面世。"谢天振、查明建主编《中国现代翻译文学史》，上海外语教育出版社，2004，第 391 页。

认为："自然派所写底戏剧，人生怎么样，他就怎么样写；梅德林则不然，他要写底，是人物底性格和事件，完全是暗示不实现于外界的超越的神秘世界，破坏从前戏剧底形式，别开一新的独创的方面，他在变更古剧底technio一点，其功当在易卜生以上"，"易卜生描写底姿态，是一种照像器的写实主义，梅德林则为一种千里眼的写实主义"。① 从"进化"的角度来看，梅特林克的戏剧被视为自然派发展的"更高"阶段，与自然派的写实主义一脉相承，自然派是"照像器"的记录，而象征主义则是"千里眼"的深入。象征主义不仅不与新文学倡导的写实主义创作原则相背离，而且对写实主义发扬光大，象征主义的合法性由此建立，这是在"写人生"主题下译介象征主义的策略。

新文学初期的知识分子，一面怀着现实的苦闷，另一面怀着对理想的憧憬，常常面临着人格分裂的痛苦：他们热情讴歌西方理论和思想，沉痛剖析民族文化"劣根性"；同时，他们又不曾真正失掉自信，从一次次"与世界接轨"的焦灼表述中可以看出他们不甘人后，希望通过自己的努力"迅速"地走完现代化之路。一方面，他们试图有所作为，以救国救民为己任，另一方面，他们又深感自身力量的渺小，文人的敏感与脆弱不时浮现于心。在这样的心态下，否定一切传统的同时又受益于传统的滋养，对现实社会无法释怀的同时又不由自主地应和心声为自我歌唱。神秘主义和象征主义将笔触从外部物质世界伸向人的内在精神世界，把文学内容从呈现自然世界的真实转向对超验世界至美的探寻，变文学的再现手法为暗示象征，创造出他们理想中不求尽"善"，但求尽"美"的文学。在"为人生"的主潮下，刻意追寻美的声音显得弱小，但是正因为他们的存在，昭示着新文学发展的多元指向和多种可能性，以及新文学本身的复杂性。

第三节　"真""善""美"的权衡
——《小说月报》的译介策略

如果说《小说月报》对自然主义的译介是求"真"，对象征主义的译介是尚"美"，那么在"真"与"美"的背后，还有新文学者尤为看重的

---

① 易家钺：《诗人梅德林》，《少年中国》第一卷第十号（1920年）。

一点——"善"。《小说月报》对域外文学理论和文学流派的译介以"真"和"美"为表征，但具有伦理道德导向的"善"是潜藏的择取译介对象的重要标准。表面上看，《小说月报》的编者、译者内部的择稿标准在"为人生"的旗帜下众口一词，但从细部考察，他们对待"真""善""美"的态度趋向分裂和变异，这种矛盾不仅在编译者之间存在，而且在同一位编译者身上也存在。"真""善""美"是对文学认识功能、教育功能、审美功能的具体化，所以对它们的考量涉及对新文学功能的体认，对域外文学的选择受到时代文化语境、文学观念、出版方、编者、读者等诸种力量的制衡。

1922 年，读者陈静观在给沈雁冰的信中认为"美"对于文学而言至关重要：

> 文学的结晶，不外"真""善""美"；在我的愚见，第一要注意"美"字，因为"美"是诱起读者兴味的前提，如果不美，无论你"真""善"到什么田地，都是白费；《小说月报》刊载的著作——创作同译丛——似乎要在"美"字上加意。[1]

沈雁冰的答复很含蓄："我觉得要兼顾方好。""兼顾方好"的意见是针对陈静观将"美"置于"真""善"之前的观点而言的，沈雁冰虽不反对"美"，但是很显然，他认为"真""善"更重要。作为"人生派"批评家的代表，沈雁冰的核心原则是"表现人生，指导人生"。也就是说，首先要"真"。"'美''好'是真实，真实的价值不因时代而改变。"[2] 旧文学也有"善"和"美"，但是没有"真"，所以"真"是新文学的标志："文学是人生的反映，需要忠实的描写人生，乃有价值。即如个人抒情写怀，亦必啼笑皆真，不为无病之呻，然后其作品乃有生命。"[3] 同时要"善"，要有教育功能，引导读者树立正确的理想。"应该把光明的路，指导给烦闷者，使新信仰与新理想重复在他们心中震荡起来。"[4] 推翻旧道德，建立新道德，是新文化运动的宗旨之一，反对"文以载道"是破旧，指出"光明的路"是立新。

---

① 陈静观：《通信·致沈雁冰》，《小说月报》第十三卷第一号（1922 年）。
② 沈雁冰：《新旧文学平议之评议》，《小说月报》第十一卷第一号（1920 年）。
③ 沈雁冰：《中国文学不能健全发展之原因》，《文学周报》第四卷第一号。
④ 沈雁冰：《创作的前途》，《小说月报》第十二卷第七号（1921 年）。

沈雁冰不是轻视"美"，而是更看重"真"与"善"。自晚清起，中国新文学从萌芽到发展，一个显著的特点就是它始终与现代思想的变革、政治经济的变革密切相关。这使新文学从一开始就被赋予表达"历史总体性"趋势的重任，处在一种"表意的焦虑"之中。① 什么是新文学的使命和责任？什么是它想达到的目标？什么是它在社会文化结构中的地位？新文学建设者对新文学的定位处于不断的调整变化中，他们的看法还有互相矛盾或是前后矛盾的地方，这些都是时代社会剧变所导致的焦虑的表现。这些问题直接影响他们对译本的选择。在启蒙的时代氛围里，文学的外部因素——诸如文学与时代、社会、民众等的关系，比文学的内部要素——诸如技巧的精湛、形式的美感等受到更多的关注，文学要在"文学性"之外承担着时代总体精神意愿的表达，时代文化语境要求文学在思想上和形式上做出种种反应，文学研究会"为人生"的现实主义主张就体现了这种反应。习惯上，我们往往将早期创造社的"自我表现"看作天才的唯我的浪漫主义，其实创造社的"自我表现"也同样有社会功利性，他们未尝不是在寻求一种表意方式，急切地表达自己对这个时代的理解，焦灼地袒露时代在自己身上烙下的印痕。

严家炎先生分析道："沈雁冰的'新浪漫主义'实际上指梅特林克、罗曼·罗兰那种理想主义。"② 事实上，沈雁冰并非从提倡之日起就将"新浪漫主义"和"新理想主义"混为一谈，他是从社会功利性的角度出发，从提倡"新浪漫主义"转向提倡"新理想主义"的。如果说新浪漫主义包孕着对纯文学意义上的现代性的憧憬，因而与西方现代主义密切相连，那

---

① 陈晓明就此论述："这个'意'，主要是指总体性的历史意愿，它类似于意识形态的总体表象。它当然散落于各个独立的文本之中，但却是可以感觉到的一个时期的精神意愿。""中国的文化大国心态，使它从没有把自己看成现代世界体系形成的局外人，看成是被迫拖进这个游戏的看客。中国始终梦想成为现代性世界体系的一个积极主动的主角，它总是怀着强大的历史渴望，不惜以各种激进的方式赶超西方……中国几乎是强行把自身嵌入现代世界体系，它与传统社会的决裂，它对西方的强行超越，这些都使中国对自身的理解，对自己的目标设定发生歧义，到底什么是它的真实的历史愿望？什么是它要达到的目标？它可以完成什么样的使命？总之，在现代以来的历史进程中，中国思想史的主导思想趋向确实经常陷入巨大的焦虑。因而，文学艺术承载着过重的历史意义，它要表达超量的意义，它在表达的速度（变革）、范围和内涵方面，都超出了它力所能及的界限。这就是表意焦虑的宏观原因。"陈晓明：《表意的焦虑——历史祛魅与当代文学变革·序言》，中央编译出版社，2002，第1页，第15页。
② 严家炎：《前言》，严家炎编《二十世纪中国小说理论资料·第二卷》，北京大学出版社，1997，第10页。

么新理想主义则隐含着文学社会学意义上的现代化渴望，文学的启蒙叙事是与民族国家的现代化进程保持一致的。这种想法在《小说月报》革新之初已经初露端倪：

> 不可不读中，还是少取讽刺体的及主观浓的作品，多取全面表现的，普通呼吁的作品。我目下很不大相信文学作品要分什么主义不主义，但是有些文学作品，能叫读者起一种相反的（与作家本意相反）感动，那是确有几分可信，不是无稽的事。似乎讽刺体及主观极浓的作品，都有向这个弊害的倾向。[①]

沈雁冰是将文学作为改造社会和人生的工具，所谓"主义"不过是提供了一个有效的话语平台。1928 年，新文学进入第二个十年之后，五四激情、自由的文学空气随着社会变革和革命形势的发展开始变得政治化，"为人生"的现实主义精神也逐渐转向革命现实主义文学模式，注重功用的"善"和追求艺术的"美"之间的矛盾日益显露。沈雁冰十分重视文学的舆论和教育功能，"善"在他心中更胜"美"一筹，他是这十年中极具代表性的作家和理论家。1930 年，他在《西洋文学通论》中批评"新浪漫主义"思想上的"颓废"：

> 在文艺的新"主义"上，象征主义和神秘主义是颓废派的孪生子。两者都是排斥客观的丑恶的描写，而回到主观的梦幻，因此有人称之为"新浪漫主义"。然而他们之不是"新"浪漫主义，却又是很显然的。除了反对客观描写而外，浪漫主义所有的鲜明的主张，坚强的意志，毫不含糊的意识，活泼泼地勇往直前的气概，在神秘主义和象征主义的文艺中，都是没有的。我们所见于象征主义和神秘主义的，只有逃避现实的苦闷惶惑的脸相！[②]

此时的茅盾（沈雁冰于 1927 年开始使用"茅盾"的笔名）仍然认为象征主义和神秘主义是"新浪漫主义"，只是不再褒奖它的深刻，而是从

[①] 沈雁冰：《通讯·翻译文学书的讨论·答周作人信》，《小说月报》第十二卷第二号（1921 年）。

[②] 茅盾：《西洋文学通论》，书目文献出版社，1985，第 134~135 页（此版本系重印本。原本署名方璧，1930 年由上海世界书局出版）。

作品的思想价值和社会功用出发，指责"新浪漫主义"既不描写黑暗的现实，又不张扬光明的理想和反抗的精神。沈雁冰一直面对着文学的艺术追求和现实功用不能两全的矛盾。他曾经心仪"象征"和"暗示"的手法，并认为通过新浪漫主义的"观察与想象"能更深入地表现"真确人生观"。但是，源自西方的"新浪漫主义"的产生有特殊的时代背景，更多地表现为对现代文明的反思与批判，这是刚踏上现代化之旅的新文学者不能深刻领悟的，也不愿去深入理解的。对于沈雁冰这样讲求文学之"用"的译者，具有理想主义精神的现实主义所能发挥的改造社会的功能是新浪漫主义望尘莫及的。从新浪漫主义向新理想主义过渡，从个性解放的个人主义向拥抱人类的人道主义转变，道德上的"善"——文学作品的思想导向的重要性进一步凸显，甚至超过了"真"和"美"。

作为一个文艺批评家，沈雁冰以"善"的标准去衡量作家；作为《小说月报》的主编，他也用这种标准去选择和译介域外文学作家作品。沈雁冰大力译介弱小民族文学的一个重要原因就是"善"。在第十二卷第七号，沈雁冰翻译了犹太人潘莱士的《禁食节》，小说讲述深夜里在一个贫穷的五口之家中发生的故事。妈妈在昏暗的油灯下一边缝补破旧的衣服一边哄着饿肚子的孩子睡觉，大家都盼望着外出谋生的爸爸能带点吃的回来。爸爸深夜归来，一无所获，面对嗷嗷待哺的孩子，谎称第二天是禁食节，不吃饭是为了上帝——他们的信仰，因而是崇高而值得自豪的。于是饥饿的孩子怀着纯洁的信仰毫无怨言地禁食，妈妈却心酸地流下眼泪。沈雁冰在译者附言中说：

> 犹太和波兰是被侮辱的民族，受人践踏的民族，他们放出来的艺术之花艳丽是艳丽了，但却是看了叫人哭的。他们在"水深火热"底下，不颓丧自弃，不失望，反使他们磨炼得意志愈坚，魄力愈猛；对于新理想的信仰，不断地反映在文学中，这不是可以惊佩的么？[①]

这样的文章是"真"的，对被侮辱、被损害民族悲惨生活的写实使同样置身于"水深火热"中的中国读者产生强烈的情感共鸣。因受外来压迫与欺凌而发出的"叫喊与反抗"从道义上来讲是正义的，是"善"的。而能保持"威武不能屈"，能在残酷现实中心存理想，心存对未来光明的渴

---

① 〔犹太〕潘莱士：《禁食节》，沈雁冰译，《小说月报》第十二卷第七号（1921年）。

望，沈雁冰认为这种人生态度有利于青年树立正确的人生观，也是"善"的。在沈雁冰看来，文学作为改造社会人生的工具，这样的"善"是文学作品必要的因素，甚至是首要的因素。高尚的理想是沈雁冰选择译稿的重要标准。

以《小说月报》对日本文学的译介为例，持理想主义立场的"白桦派"和"新思潮派"赢得了编译者明显的好感。"白桦派"是以 1910 年创刊的《白桦》为中心形成的作家群，不满自然主义文学对丑恶和私欲的暴露，主张以理想眼光观察人生，认为新理想主义是文艺思想的主流，包括志贺直哉、武者小路实笃、有岛武郎等作家。《小说月报》曾译介日本评论家宫岛新三的观点："有岛、武者小路两人，自始就用理想的眼光观察人生。他们描写那理想的著作，在有岛氏则有丰丽的文章和缠绵的情感，在武者小路则有贯通铁石的热心，感动邪恶的率直。他们两人共通的地方就是歌唱人生的光明。"① "新思潮派"继"白桦派"之后兴起，他们不满自然主义描写私生活脱离社会的倾向，也不赞成白桦派乌托邦式的理想主义，而主张对运用多种技巧对现实生活进行多侧面描写，包括加藤武雄、菊池宽、芥川龙之介等人。宫岛新三还称赞"菊池宽氏对于人生具有光明的理想。他是文坛上数一数二的道学家。正义之念，率直之感，常在心中往来，这些地方不亚于志贺氏。他明明是艺术家又要做道德家。艺术家同时又是人生的教师，又是社会的预言者，这种风姿，惹起我们的好感"②。事实上，"白桦派"和"新思潮派"的理想主义"风姿"在中国也同样引起了新文学译者的"好感"。《小说月报》重点译介宫岛新三的观点，正是因为它对宫岛新三观点的倾心认同。此后，对"新思潮派"和"白桦派"作品的译介在《小说月报》翻译的日本文学中占绝对优势。革新后的 11 卷《小说月报》，一共翻译了 8 部日本话剧，其中 5 部为武者小路实笃所著，1 部为菊池宽所著，2 部为现实主义戏剧家秋田雨雀所著。一共翻译了日本作家创作的中短篇小说 33 篇，其中 3 篇为白桦派作家所著，16 篇为新思潮派作家所著。与此形成鲜明对比的是，向来被公认为日本现代文坛双璧的夏目漱石和森鸥外的作品，在《小说月报》上仅分别译介了 2 篇

---

① 〔日〕宫岛新三：《日本文坛之现状》，李达译，《小说月报》第十二卷第四号（1921年）。

② 〔日〕宫岛新三：《日本文坛之现状》，李达译，《小说月报》第十二卷第四号（1921年）。

和 1 篇。

再以法国文学的译介为例。有点出人意料的是，一直致力于倡导自然主义和现实主义的《小说月报》，却对左拉、龚古尔兄弟等享有盛名的自然主义作家，对司汤达、巴尔扎克、福楼拜等杰出的 19 世纪现实主义作家的作品译介不多。左拉、龚古尔兄弟、巴尔扎克受冷落的情况在第一节中曾经提及，福楼拜的小说只翻译了 1 篇，而司汤达的则根本没有译介。《小说月报》最重视的法国作家是具有理想主义倾向的现实主义作家法朗士、罗曼·罗兰和巴比塞。革新后的《小说月报》一共译介了 60 篇法国小说，其中有法朗士的 5 篇，巴比塞的 9 篇，罗曼·罗兰的 2 篇。自 1920 年起，法朗士在中国的译介形成热潮，王统照赞扬法朗士的贡献不仅在于著作，更在于"他对人类全体的勇敢的热情的使人间生活向上去的主张"，说出了法朗士受重视的原因。正如钱林森所说："个中除过文学原因以外，法朗士作为一个激进的人道主义者，一个进步的同情社会主义、被压迫民族的作家代表恐怕仍是很重要的原因。"① 早在 1920 年，沈雁冰就在《东方杂志》上介绍巴比塞的小说："体裁算得上写实派，但思想决不是写实派。可以说是新理想派，这是和罗兰不同的地方。"② 1931 年，鲁迅赞扬巴比塞的作品是"无产者文学"，译介他的作品做"对比参考之用"，不但对"读者的见解"有益，而且是新文学作者"正确的师范"③。沈雁冰对"善"的重视，使他以"文如其人"的标准衡量作家，以作家的经历、主张和人生观来判定作品是否"积极进步"，这也是他选择域外作家的标准。

关于译介阿支拔绥夫著作的问题，沈雁冰明确表示："阿支拔绥夫的著作，自然是绝好的文章；但我很恭维他的革命短篇小说和 The Working-man Thevyrev（即《工人绥惠略夫》）和 The Millionairs 等短篇。"④《小说月报》第十二卷第七号至九、十一、十二号刊登了鲁迅翻译的《工人绥惠略夫》，沈雁冰赞扬"阿尔支拔绥夫的作品从肉的享乐里喊出现代人烦闷的呼声和对于新理想之坚信"⑤，关注点是文学的思想导向和教化功能。沈雁

① 钱林森：《法国作家与中国》，福建教育出版社，1995，第 508 页。
② 〔法〕巴比塞：《为母的》，沈雁冰译，《东方杂志》第十七卷第十二号（1920 年）。
③ 鲁迅：《鲁迅与瞿秋白关于翻译的通信》，罗新璋编《翻译论集》，商务印书馆，1984，第 279 页。
④ 沈雁冰：《通讯·翻译文学书的讨论·答周作人信》，《小说月报》第十二卷第二号（1921 年）。
⑤《最后一页》，《小说月报》第十二卷第六号（1921 年）。

冰在次年全文刊发读者陈哲君的来信，可以说，陈的来信正是沈雁冰渴盼已久的社会反响：

> 人类走到这将来，是应该经过多少鲜血的洪流呢？这是绥惠略夫的信仰！中国青年呀！你们曾经对于社会问题，人类将来问题，下过严密的思虑么？你们曾经睁开眼来看过现实的世界么？你们思想不冲突吗？请问你们看了《工人绥惠略夫》有了什么感触？中国的青年呀！如果你们曾经对于社会改造问题，对于现实生活，对于当代各种思想都曾有过相当的接触，尔你们的血管里还是有热血的，你们的脑筋还是能起感觉的，那么，你能不能看了《工人绥惠略夫》而不跳起来？能不能漠然把书放下就撂开了呢？不能不能，这部书里讲到的问题，逼着你对于人生取一种态度呢！①

但是对于阿支拔绥夫的《沙宁》，沈雁冰就"不以为然"，因为《沙宁》内肉的唯我主义唱得那么高，恐在从来不知有社会有人类的中国社会中，要发生极大的不意的反动②。而对《沙宁》的微词同样是出自社会功用的考虑——担心沙宁的极端的个人主义和虚无主义思想会"荼毒"青年的思想："我们中国社会现状如竟欲发生这种的思想，我们诚然无力阻制，但在这观念未明瞭的时候，我们似乎不该说他出来，反使人明瞭。"③"善"是选择译介对象的首要标准。在沈雁冰的文学观念中，文学可以帮助人们建立统一的价值观念体系和行为参照系，从而引导人们尤其是青年向"善"。

相对而言，郑振铎在个性气质上属于学者型的文人，他一直强调文学作品是创作主体真实的"思想和情绪"的流露，注重文学"美"的特性。他也看重文学的功利性，提倡"血与泪"的文学，但是他更主张"文艺是热情的产品。必有真挚的热情，才能产生美丽而感人的文艺。所以我们不能以文艺为消遣的东西，同时，也难能以文艺为宣传某种主张的工具"④。

---

① 陈哲君：《通信·致沈雁冰信》，《小说月报》第十三卷第十二号（1922年）。

② 沈雁冰：《通讯·翻译文学书的讨论·答周作人信》，《小说月报》第十二卷第二号（1921年）。

③ 沈雁冰：《通讯·翻译文学书的讨论·答周作人信》，《小说月报》第十二卷第二号（1921年）。

④ 西谛：《卷首语·小说月报》第十六卷第三号（1925年）。

同样是求"真"，郑振铎不仅要求客观描写，还重视创作主体的作用——情绪的"真"，让情绪的"真"融入理想的"善"中。他说："写实主义的文学，虽然是忠实的写社会或人生的断片的，而其裁取此断片时，至少必融化有作者的最高理想在中间。"① 这在某种程度上解决了沈雁冰欲求"表现人生"易流于肤浅的客观再现，欲求"指导人生"又易流于空洞的理论说教的困境。郑振铎以宽容的态度试图消弭"真""善""美"对立而产生的裂痕。在对译本的选择上，他表面上以"真""善"为号召，内心还是很偏袒"美"的。这使他的译介策略与沈雁冰有微妙的不同。

郑振铎看重《沙宁》"真"和"美"的价值，他回避了对《沙宁》中存在的虚无主义和个人主义思想的价值判断，而从表现真情和描写真实的角度找到它的现实主义特征，为《沙宁》辩护。在他接手《小说月报》主编工作之后，特意声明第十四卷"拟登《沙宁》"，"这部书的价值，想读者都已知道"，是"最好的与最适宜于我们的"翻译作品。② 1924年，第十五卷第六号的《小说月报》刊登了郑振铎署名"西谛"翻译的《沙宁》第一、二章。1928年第二十卷的《小说月报》刊登了《沙宁》的剩余篇章。郑振铎认为《沙宁》的重要在于："它是表白出人间的永久不熄的，且将永久继续的一种情欲的，是代表了永久而且永将占据于人类的心里的强烈的个人思想的。""《沙宁》的艺术，是很可赞美的，它可以代表阿志巴绥夫的艺术的成绩。在他平平淡淡率直的写出的文字中，我们读到却感到一种婉曲的秀美的动人的描写；它是无所讳忌的描写人间的兽的方面的丑恶，却一点也不使读者起一种无理之感，读来极为自然……其全部的叙写，更带着极深刻的写实精神。"③《沙宁》表现了革命失败后俄国青年真实的个人思想和行动，体现了"新俄国的各个新的，勇的，强的代表者"的精神，因而是"不朽之作"。事实上，《沙宁》中对兽性的人类原欲的写实有明显的现代派颓废气息，已经不是自然主义主张的纯客观的写实，不是沈雁冰所欣赏的具有理想主义的写实，但郑振铎依然赞为"深刻"，可见他所持的不是道德上的善恶标准，而是以"真"、"美"为核心的"情绪、思想、艺术"的标准。

---

① 郑振铎：《文艺丛谈》，《小说月报》第十二卷第三号（1921年）。
② 郑振铎：《明年的〈小说月报〉》，《晨报副刊》1923年12月24日。
③ 西谛：《阿志巴绥夫与〈沙宁〉》，《小说月报》第十五卷第五号（1924年）。

可与沈、郑二人观点相对照的是，日后冯雪峰在 1928 年第十九卷第十号上译介了《巴札洛夫与沙宁》，文中对沙宁做出了马克思主义理论视野中的"反动的，现代虚无主义的代表者"的判断：

> 沙宁底特质的总计是表示平民底知识阶级的经渡半世纪的那传统的否认，在社会生活上，最先是否认给被压迫阶级的服务，在个人生活上——是否认义务命令。这样的知识阶级之中的大部分，是一直从前以来感到"原理"与感觉之间的错误，被传统底社会底并个人底道德所牵引着的。在仅少的瞬间，这等的矛盾是仿佛在社会底抬头的影响之下被拭去了，但是单单这一回，重新要更激烈地爆发着，这回是分明地，在不得收支以前——不能不行最后的清算了。一边与自己的过去断绝着，一边就实质底地并形式底地从十年之间结合着的劳动大众最后底地离开了。在资本主义社会里——俄国的社会是早已造成如此的，同时并一日一日地在继续造成如此——是对于劳动大众的离反，就不可避地导起对于支配阶级资产阶级的拥抱。即使沙宁型的人们并不以为他们自己的见解是这样基础底的东西，他们无论怎样地以无政府主义的外衣装饰着也吧，无论如何地在"榨取他人的血液而生活着"的这通信处的周围投了紧张的言语也吧，他们的出现结局总不过表示向资产阶级方面去的平民底知识阶级的新的足步而已。① （着重号为原文所加）

在这篇译得不甚流畅的论文的"译者附记"中，雪峰还特意指出该文作者伏洛夫司基是"俄国革命家"，"正统的马克思主义者，也是布尔塞维党的始创者的一人"，强调该文解读沙宁形象的权威性。1925 年"五卅"之后，救亡逐渐取代启蒙成为时代主题，无产阶级革命文学定于一尊。正如同期《小说月报》中沈雁冰所表达的："文坛上也起了'革命文艺'的呼声，革命文艺当然是一个广泛的名词，于是有更进一步直捷说出明日的新的文艺应该是无产阶级文艺。"② 此时新文学已经呈现出比较清晰的面貌,对域外文学的译介策略不再是单纯的"为人生"的"真"和"为艺

---

① 〔俄〕伏洛夫司基：《巴札洛夫与沙宁》，雪峰译，《小说月报》第十九卷第十号（1928年）。
② 茅盾：《从牯岭到东京》，《小说月报》第十九卷第十号（1928 年）。

术"的"美"之争，而是有了更加系统的马克思主义理论标准。

1922 年下半年，《小说月报》隆重推出俄国小说家路卜洵的《灰色马》，不仅有译者郑振铎写的序言，还有瞿秋白特地撰写的《灰色马与俄国社会运动》）。这是一部比较特殊的作品。译者郑振铎介绍路卜洵"与阿支拔绥夫同为极端的个人主义者"。"他的生活是暗杀的生活。他是社会革命党的一个重要党员，著名的恐怖党。""他虽为社会党的暗杀执行者，而他对于社会主义却已根本怀疑。"① 从作家的生平来看，似乎不符合沈雁冰"文如其人"的选择标准。从小说题材来看，《灰色马》以日记体叙述了俄国社会革命党人的暗杀行动与心理状态。郑振铎介绍它是"赤裸裸的表现出所谓恐怖党的一部分的'心的变化'的一本最好的作品"，"完全是生的厌倦与生的怀疑的归宿"② 。俄国社会革命党运动素以"恐怖主义"的暗杀劫掠著称，主人公佐治是该党党员，是个英勇机智的暗杀"英雄"。他最初是为了反抗"黑暗沉溺"的生活而暗杀敌人，也曾有"非常诚挚浑朴热烈"的心灵，但是最终失去了信仰和真情，陷入虚无与绝望，决定自杀。这样的有个人主义与虚无主义之嫌的作品显然也不符合沈雁冰提倡的"人生观"。沈雁冰在思想上是将《灰色马》作为反面教材的："我以为《灰色马》如果能在这时候引起现代青年的注意，则希望他们牢记一句话：'社会革命必须有方案，有策略，以有组织的民众为武器，暗杀主义不是社会革命的正当方法。'"③

沈雁冰推出《灰色马》更深层的原因是，他认为《灰色马》是"俄国大变动'前夜'的青年思想的写真"，会对同样处于社会剧变中的中国青年的思想有触动，唤起青年们与黑暗现实斗争的正义感与使命感。借处于"虚无主义，马克思主义，无抵抗主义等思潮的交流"中的俄国青年思想上"爱与憎的纷纠"，引发中国青年的思考，为他们指引前进的道路。前一年的《工人绥惠略夫》中"爱与憎的纷纠"的问题并没有引起"中国青年莫大的讨论"，很多青年还在"月光""玫瑰""酒"上打圈子，让沈雁冰深感失望。所以他特意强调《灰色马》，"希望读者不会滑滑的看过"！④

---

① 郑振铎：《俄国文学史略（五）》，《小说月报》第十四卷第九号（1923 年）。
② 郑振铎：《〈灰色马〉译者引言》，《小说月报》第十三卷第七号（1922 年）。
③ 沈雁冰：《郑译〈灰色马〉序》，《文学周报》第 95 期（1923 年）。
④ 《最后一页》，《小说月报》第十三卷第七号（1922 年）。

相对而言，郑振铎翻译《灰色马》的社会功利色彩要淡薄许多，他看好的是《灰色马》作为文学作品的"美"和"真"。他说："第一是我自己读这书时，极受他大胆直率的思想与美丽真切的艺术所感动，便起了要把他介绍过来的心。第二是我觉察得佐治式的青年，在现在过渡时代的中国渐渐地多了起来。虽然他们不是实际的反动者，革命者，然而在思想方面，他们确是带有极浓厚的佐治的虚无思想的——怀疑，不安而且漠视一切。这部书的介绍，也许对于这一类人与许多要了解他们的人，至少有可以参考的地方。"① 如果说沈雁冰赋予文学翻译以意识形态的内涵和"铁肩担道义"的重任，那么郑振铎则试图以还原文学最本质的"美"与"真"的方式，暗暗地为文学"减负"，以弥合过于重视文学社会功利性所导致的文学性的丧失，恢复文学的生机与活力。

在《〈灰色马〉与俄国社会运动》的长文里，瞿秋白借《灰色马》对文学的"真""善""美"做了意味深长的阐释："文学是民族精神及其社会生活之映彩；而那所谓'艺术的真实'却正是俄国文学的特长，正足以尽此文学所当负的重任。文学家的心灵，若是真能融洽于社会生活或其所处环境，若是真能陶铸锻炼此生活里的'美'，而真实的诚意的无所偏袒的尽量描画出来——他必能代表'时代精神'，客观的就已经尽他警省或促进社会的责任，因为他既能如此忠实，必定已经沉浸于当代的'社会情绪'——至少亦有一部分。"② 在瞿秋白看来，优秀的文学作品是真善美的统一体，所谓"艺术的真实"就是"真"与"美"的结合，而如果能真实地陶铸生活的"美"，描画"真"的情意，客观上就起到了"善"的作用。

从清末民初到五四，中国文学的格局在域外文学的推动下重组和裂变，从文学语言到文学观念到中西文化交流的着眼点，都在潜移默化地改变。这种改变以共时或者跳跃的方式进行，从旧文学范式细部开始调整，在五四思想启蒙运动中与新思想契合，以现代的审美方式建构新文学。梁启超一代人以文学为政治宣传的工具，提高了小说和话剧的地位，促成了"译籍东流"的繁荣局面，但他以文学为启蒙利器的文学观念是粗糙的，以启蒙的"雅"观念译介国外的"俗"小说，离现代意义上的文学真、

---

① 郑振铎：《〈灰色马〉译者引言》，《小说月报》第十三卷第七号（1922年）。
② 瞿秋白：《〈灰色马〉与俄国社会运动》，《小说月报》第十四卷第十一号（1923年）。

善、美的统一尚有距离。恽铁樵把"小说"做成"大说"的理想，实质上就是通过小说"立善""劝善"，发挥小说的社会功用，也由此切实提高小说的文学地位。但是恽铁樵提倡的"善"是"忠孝礼义信"的传统美德，是以儒家学说为底蕴针对个人修养提出的，与现代民族国家的语境中的"善"已经有相当的距离。民初的"鸳鸯蝴蝶派"文学具有一定的趣味性和可读性，也比较重视形式上的美感，但是对商业利益的追求使它终于沦为娱乐、消闲的道具，很难具有一定的思想深度。而新文学与上述三者最大的不同，就在于它与新文化语境相契合，构成社会文化的有机组成部分，并以空前开放的眼光将自己融入世界文学之中。《小说月报》所提倡的"善"以促进全人类的了解与沟通为己任，以袒露人类的灵魂与精神为己任，这种胸怀全球的责任感和使命感在中国文学史上是空前的。

伴随着新文学崛起的还有现代知识分子在社会文化建构中地位的改变。在封建君主体制中，古代的知识分子或是"居庙堂之高"或是"处江湖之远"，最终都无法逃离君主的影响，没有可以自由言论的公共话语空间。而现代知识分子掌控了现代社会文化的中心机构——大学、报刊、杂志、出版机构等，拥有了相对独立自由的中心话语权。不仅如此，现代印刷出版事业的勃兴，新式学堂的开放，市民社会的出现，都为这一中心话语权的确立和传播提供了必要条件。文学和知识分子在社会文化体系中地位的提高，伴随着对文学功能的认识的转变。当社会历史的总体性意愿从启蒙向救亡转变，文学也从个人主义向人道主义转变，赋予现代的"真""善""美"文学观念更丰富的内涵。

结　语

　　以上五章大致勾勒了《小说月报》翻译文学的总体样态，并以《小说月报》为切入点描述和阐释了新文学发生期语言建构、文体生成和理论构建过程中中西文学的碰撞与融合。在论述过程中，本书试图将微观层面的个案分析与宏观层面的整体考察相结合。从新文学发生的角度看，两者并不是分离的，《小说月报》"现代文学第一刊"地位的确立与现代文学对自身形象的想象和建构是同时进行的。本书的写作目的是在广泛意义上的既有文学范式的崩溃与新文学范式的确立的问题框架里，以《小说月报》为个案从细部各个方面考察转型的过程，描述和讨论新文学发生过程中的某些具有代表性的现象，尽可能回到历史现场，总结20世纪初中西文化交流的特点。

　　钱理群、陈平原、黄子平三位先生在《论"20世纪中国文学"》中总结20世纪中国文学的典型特征："所谓'20世纪中国文学'，就是由19世纪末20世纪初开始的、至今仍在继续的一个文学进程，一个由古代中国文学向现代中国文学转变、过渡并最终完成的进程，一个中国文学走向并汇入'世界文学'总体格局的进程，一个在东西方文化的大撞击、大交流中从文学方面（与政治、道德等诸多方面一道）形成现代民族意识（包括审美意识）的进程，一个通过语言的艺术来折射并表现古老的中华民族及其灵魂在新旧嬗替的大时代中获得新生并崛起的过程。"① 这段话传达的四层意思是：其一，从时间上看，"现代"中国文学自19世纪末20世纪初开始转变，在20世纪逐渐成熟。其二，从空间上看，现代"中国"文学是在世界文学的总体格局内逐渐确立自身的位置的，即对"中国文学"的想

---

　　① 黄子平、陈平原、钱理群：《论"二十世纪中国文学"》，《二十世纪中国文学三人谈·漫说文化》，北京大学出版社，2004，第11页。

象和对"世界文学"的理解是同步进行的相辅相成的两个方面。其三，就"新"文学本质而言，现代中国文学是表现古老民族新生、体现现代民族意识的语言艺术。古代文学向现代文学的转型是文学内容、观念和艺术等各个方面的转型，但首先是文学的载体——语言的转型。其四，现代中国文学是在中西文化的撞击和交流中形成与发展的，大量的域外文学在此期间被选择、译介、阐释，并且对现代中国文学产生了至关重要的影响。最后一点尤为重要，前面的三点都与其有直接或者间接的联系，可以说，"中国新文学"形象是在域外文学的刺激下渐次清晰的。域外文学应和着中国新文学发展的内在需求，在现代文学转型过程中起到了催化剂的作用，在语言、文体、创作、理论、批评等各个方面参与了"中国新文学"的建构。

简言之，中国新文学发生的双重动力一是源于当时的文化规范和社会环境，以及中国文学历史发展的内在诉求。二是来自翻译文学的刺激和影响，翻译文学在文学革命的浪潮中是创新的主要来源。翻译文学与民族文学长时间的互动，共同造就了与中国古代文学有别的"新文学"。

晚清以来，一方面，中国人面临着甲午战败之后巨大的心理危机——苦心经营数十载的洋务运动换来的是中日甲午战争的惨败，如果说清政府此前只是认为中国在"器物"上不如西洋，在文化上一直有着天朝大国的优越感；那么被这个千百年来深受汉文化滋养，"脱亚入欧"后迅速崛起的东洋近邻所打败的事实，则彻底动摇了士大夫阶层对本国传统制度、知识系统和文化规范的信心。此后，从"器物层"到"制度层"到"文化层"全面地向西方学习成为时代的主题，而译书则是中外文化交流中最重要的手段之一。这样的思想背景和历史氛围呼唤着文学观念的变革，域外文学因之得以乘风破浪长驱直入，以前所未有的规模大量地被译成中文。另一方面，中国同时面临着从传统的农耕社会向现代工业社会的转型。伴随着晚清皇权的解体、通商口岸的开放、近代工业的兴起以及经济发达地区市民社会的初步形成，文学的生存环境发生巨大改变，意识形态和政府体制对文学的制约逐渐减少，文学现代生产和消费体制的形成更加拉大了与古典文学的距离，使翻译文学的大规模生产和接受成为可能。

就翻译主体而言，在我国进入近代社会以前，翻译活动主要是出于宗教信仰和官方行为，翻译者多是僧侣或者官员，翻译动机也多是出于传播宗教或知识的需要。清末民初以降，千百年来信奉"学而优则仕"的读书人随着皇权的解体失去了崇高的社会地位，以往统一的价值观和行为参照系在市民社会中逐渐分崩离析，但同时这种艰难处境也使他们获得了翻译和著述的自由。正是这些读书人成为近代社会中的翻译主体。自由身份使他们"第一次不是以'末技'和'小道'，而是以社会批评家的姿态出现在社会大众的阅读视野，他们不仅参与到创建现代民族国家，同时也参与到公众的大到道德反省，小到日常叙事的过程当中"①。就文学的生产和消费机制而言，印刷出版业的兴起使以图书、报刊为代表的大众媒介迅速发展成为可能。稿酬制的出现使译者有了独立谋生的经济来源，使文学翻译成为一种"职业"，其中如林纾这样的佼佼者完全可以靠翻译过上丰裕的物质生活。这些因素无疑都影响到文学观念、翻译观念和近现代文学（包括翻译文学）的品格。就文学自身的发展而言，晚清以来的文学创作在题材选择、语言运用、情节模式、艺术技巧等方面都出现了若干新质，是 20 世纪世界文学体系的一个单元。以 1892 年开始连载的韩邦庆的《海上花列传》为例，范伯群先生对其中的"现代性"因素进行分析，提出"中国文学的现代化是中国社会推进与文学发展的自身的内在要求，是中国文学运行的必然趋势"②。陈思和先生则指出"20 世纪中国文学的世界性因素"，认为 20 世纪中国文学"在其自身的运动（其中也包含了世界的影响）中形成某些特有的审美意识，不管与外来文化的影响是否有直接关系，都是以自身的独特面貌加入世界文学行列，并丰富了世界文学的内容"③。陈先生的观点质疑了"中国现代文学是在外国文学的影响下发展起来的"论断，颠覆了世界/中国、影响/接受的二元对立结构。翻译文学与新文学的发生不是简单的接受—影响的线性关系，域外文学对现代文学转型的进程起到了"催化剂"的作用，但中国文学自身发展的内在诉求决定了我们对域外文学的选择、理解与接受的范围和程度。

如果说近代文学的上述变化为颠覆古代文学的既有模式积累了能量，那么五四则为这场惊天动地的"颠覆"提供了一个绝佳的历史契机，使文

① 程光炜主编《大众媒介与中国现当代文学》，人民文学出版社，2005，第 3 页。
② 范伯群：《论中国现代文学史起点的"向前移"问题》，《江苏大学学报》2006 年第 5 期。
③ 陈思和：《20 世纪中外文学关系研究中的"世界性因素"的几点思考》，《中国比较文学》2001 年第 1 期。

学携带着远远超过纯文学层面的巨大思想能量和社会能量，参与了日后现代社会文化事业甚至革命事业的建构。五四一代的翻译主体主要由现代知识分子组成，他们大多拥有良好的外语水平或是留学海外的经历，对中西不同文化系统的特点有精辟深刻的理解。更重要的是，他们是大学、媒体、出版机构、文学社团等文化组织的骨干和负责人，控制着文学生产机制的主要环节，掌握着文学意义乃至社会文化意义上的主流话语权，执掌着想象和建设新文学的大权，从而为借鉴域外文学以构建现代文学打下合法性基础。作为一个文学时代，五四是"文学求新求变的巨大契机，是文学重大的转变时刻"[①]，而翻译文学就是创新力量的重要组成部分，翻译文学常常与"有震撼力的文学现象和文学事件"联系在一起，为新文学变革带来爆发力与旺盛的生命力。五四时期，从事文学翻译工作的往往是那些最知名的最有影响力的作家、学者，他们怀着思想启蒙和审美启蒙的译介动机，自觉地输入域外文学，从语言、文体、理论、思想等各个方面促进了新文学模式的完善。

新文学发生的另一重动力来自翻译文学的刺激和影响。笼统地说，清末民初，翻译文学首先在文学语言和审美形式上从文学内部给传统文学以冲击，时代背景和社会条件导致了文学观念的改变，使小说、戏剧在文学系统中的位置由边缘向中心移动。外来的影响和自我的需要，使西方文学的典范地位在清末民初文人的视野中逐渐提升，实现了中西文学局部某些方面的沟通交流。五四从域外请来了"德先生"和"赛先生"，借着这个文学革命与思想革命同构的历史契机，新文学者大力输入域外文学，树立起"真""善""美"的域外文学典范。在西方范式、文学传统、民族意识的共同作用下，新文学参照西方典范，在语言、文体、理论、翻译、创作、批评等方面进行整合。新文学对域外文学的阐释与对自我形象的追寻是同时进行的。在翻译文学的激发下，新文学与当时的意识形态契合，赢得了广泛的读者群，培养了新文学的译者与作者，使文学摆脱了清末民初时期粗糙的启蒙工具和娱乐工具的地位，成为社会文化事业的有机组成部分。

本文在中国现代文学转型的宏观视野中对《小说月报》进行个案分

[①] 吴福辉：《寻找多个起点，何妨返回转折点——现代文学史质疑之一》，《文艺争鸣》2007年第7期。

析，期待能以小见大，从具体的编译者、文本和理论的研究，窥探翻译文学在新文学共时与历时演进过程中发挥的重要影响和作用，新文学自身的"世界性因素"，以及中外文学交流过程中"新质"的生成等现代文学研究领域的基本问题。本书的写作至此接近尾声，但并不意味着思考的终止。对翻译文学与文学转型关系的考察，对现代文学期刊与新文学的互动共生情况的探索，对中外文学交流中中国文学的"世界性因素"的挖掘等问题，都有待于进一步深入考察和研究，使我们以当代立场更深刻地理解和阐释现代文学的重构与转型。

附录一

（一）《小说月报》第一卷至第十一卷（1910～1920）著译数量统计表

文类 卷别	中长篇小说		短篇小说		戏剧		新诗	
	著	译	著	译	著	译	著	译
第 一 卷	2	2	10	3	1	1	0	0
第 二 卷	6	2	27	13	1	4	0	0
第 三 卷	5	5	23	13	0	3	0	0
第 四 卷	4	4	30	24	0	0	0	0
第 五 卷	2	4	47	18	0	2	0	0
第 六 卷	2	4	78	44	2	4	0	0
第 七 卷	0	8	55	48	0	0	0	0
第 八 卷	3	4	49	44	0	1	0	0
第 九 卷	3	6	56	49	3	1	0	0
第 十 卷	7	5	24	56	0	15	0	0
第十一卷	2	12	24	64	0	1	12	6
合 计	36	56	423	376	7	32	12	6
占百分比（％）	39.1	60.9	52.9	47.1	17.9	82.1	66.7	33.3

（二）《小说月报》第一卷至第十一卷（1910～1920）译介文学作品数量统计表

文国类别	第一卷～第二卷				第三卷～第八卷				第九卷～第十一卷					合计
	长篇	短篇	戏剧	小计	长篇	短篇	戏剧	小计	长篇	短篇	戏剧	新诗	小计	
英	4	3	0	7	12	45	3	60	3	27	15	0	45	112
美	1	2	0	3	5	14	1	20	4	11	0	0	15	38
法	0	3	1	4	4	19	3	26	4	25	0	0	29	59
俄	0	0	1	1	1	4	0	5	1	13	0	1	15	21
波兰	0	0	1	1	0	0	0	0	0	0	0	0	0	1
日	0	0	0	0	2	2	0	4	0	1	0	0	1	5
德	0	0	0	0	0	1	0	1	0	1	0	2	3	4
挪威	0	0	0	0	0	0	1	1	0	0	1	0	1	2
瑞典	0	0	0	0	0	0	0	0	0	1	0	0	1	1
印度	0	0	0	0	0	0	0	0	0	2	0	1	3	3
比利时	0	0	0	0	0	0	0	0	0	1	0	0	1	1
总计	5	8	3	16	24	85	8	117	12	82	16	4	114	247

注：表中仅统计《小说月报》中明确标注原作者国别的篇目（附录二"国别"栏中宋体部分）。

（三）《小说月报》第十二卷至第二十二卷（1921～1931）译介文学作品数量统计表

国别＼文类	第十二卷～第十三卷						第十四卷～第十八卷第六号						合计
	诗歌	戏剧	小说	散文	童话寓言	小计	诗歌	戏剧	小说	散文	童话寓言	小计	
英	2	2	2	0	0	6	34	3	9	1	6	53	59
日	0	1	4	0	0	5	3	8	4	0	9	24	29
俄	4	1	46	0	4	55	1	0	44	1	5	51	106
苏	1	0	0	0	0	1	0	0	2	0	0	2	3
印	6	2	1	0	0	9	15	2	5	6	4	32	41
美	0	1	3	0	0	4	1	1	5	0	0	7	11
希	0	0	3	0	0	3	0	0	1	0	0	1	4
法	2	2	9	0	0	13	1	2	41	1	18	63	76
丹	0	0	0	0	0	0	0	0	4	1	25	30	30
德	0	0	1	0	0	1	1	2	2	1	0	6	7
匈	4	1	3	1	0	9	0	0	4	0	0	4	13
挪	0	1	2	0	0	3	0	0	0	0	0	0	3
保	0	0	1	0	0	1	0	0	1	0	0	1	2
爱	0	0	1	0	0	1	0	0	0	0	0	0	1
瑞	19	0	2	0	0	21	0	0	0	0	0	0	21
葡	3	0	0	0	0	3	0	0	0	0	0	0	3
罗	2	0	0	0	0	2	0	0	0	0	0	0	2
亚	4	0	1	0	0	5	1	0	0	0	0	1	6
西	0	1	0	0	0	1	0	2	0	0	0	2	3
乔	1	0	0	0	0	1	0	0	0	0	0	0	1
比	0	2	0	0	0	2	0	1	0	0	0	1	3
意	1	0	0	0	0	1	0	0	0	0	2	2	3
犹	0	3	4	0	0	7	0	0	2	0	0	2	9
乌	2	0	1	0	0	3	0	0	0	0	0	0	3
荷	0	1	0	0	0	2	0	0	1	0	0	1	3
塞	1	0	1	0	0	2	0	0	0	0	0	0	2
智	0	1	0	0	0	1	0	0	0	0	0	0	1

续表

国别\类别	第十二卷~第十三卷						第十四卷~第十八卷第六号						合计
	诗歌	戏剧	小说	散文	童话寓言	小计	诗歌	戏剧	小说	散文	童话寓言	小计	
波	2	0	10	0	0	12	0	0	4	0	0	4	16
克	0	0	1	0	0	1	0	0	0	0	0	0	1
尼	0	0	1	0	0	1	0	0	0	0	0	0	1
捷	2	0	3	0	0	5	0	0	1	0	0	1	6
芬	0	0	3	0	0	3	0	0	0	0	0	0	3
巴	0	0	0	0	0	0	0	0	1	0	0	1	1
冰	0	0	0	0	0	0	0	0	0	0	0	0	0
米	0	0	0	0	0	0	0	0	1	0	0	1	1
古希腊	0	0	0	0	0	0	1	0	0	0	0	1	1
古罗马	0	0	0	0	0	0	0	0	0	0	0	0	0
其他	0	0	1	0	0	1	5	0	4	1	6	16	17
总 计	56	19	105	1	4	185	63	21	136	12	75	307	492

国别\类别	第十八卷第七号~第二十卷第六号						第二十卷第七号~第二十二卷						合计
	诗歌	戏剧	小说	散文	童话寓言	小计	诗歌	戏剧	小说	散文	童话寓言	小计	
英	2	2	3	0	0	7	0	7	6	0	0	13	20
日	0	1	16	8	0	25	0	1	12	0	9	22	47
俄	0	0	7	0	0	7	0	0	16	1	0	17	24
苏	0	0	0	0	0	0	0	0	4	0	0	4	4
印	0	0	0	0	0	0	1	0	0	0	0	1	1
美	0	0	1	0	0	1	0	2	3	0	0	5	6
希	0	0	0	0	0	0	0	0	0	0	0	0	0
法	1	0	4	0	0	5	7	1	5	0	0	13	18
丹	0	0	0	0	0	0	0	0	0	0	0	0	0
德	0	0	1	0	0	1	0	0	9	0	0	9	10
匈	0	0	0	0	0	0	1	0	1	0	0	2	2
挪	0	1	0	0	0	1	0	2	1	0	0	3	4
保	0	0	0	0	0	0	0	0	3	0	0	3	3
爱	0	0	0	0	0	0	0	0	0	0	0	0	0

续表

文 类 国 别	第十八卷第七号～第二十卷第六号						第二十卷第七号～第二十二卷						合计
	诗歌	戏剧	小说	散文	童话寓言	小计	诗歌	戏剧	小说	散文	童话寓言	小计	
瑞	0	0	0	0	0	0	1	0	1	0	0	2	2
葡	0	0	0	0	0	0	0	0	0	0	0	0	0
罗	0	0	0	0	0	0	0	0	1	0	0	1	1
亚	0	0	0	0	0	0	0	0	0	0	0	0	0
西	0	0	2	0	0	2	0	0	2	0	0	2	4
乔	0	0	0	0	0	0	0	0	0	0	0	0	0
比	0	0	0	0	0	0	0	0	0	0	0	0	0
意	0	0	2	0	0	2	0	2	0	1	0	3	5
犹	0	0	0	0	0	0	0	0	1	0	0	1	1
乌	0	0	0	0	0	0	0	0	0	0	0	0	0
荷	0	0	0	0	0	0	0	0	0	0	0	0	0
塞	0	0	0	0	0	0	0	0	0	0	0	0	0
智	0	0	0	0	0	0	0	0	0	0	0	0	0
波	0	0	0	0	0	0	0	0	1	0	0	1	1
克	0	0	0	0	0	0	0	0	0	0	0	0	0
尼	0	0	0	0	0	0	0	0	0	0	0	0	0
捷	0	0	0	0	0	0	0	0	1	1	0	2	2
芬	0	0	0	0	0	0	0	0	0	0	0	0	0
巴	0	0	0	0	0	0	0	0	0	0	0	0	0
冰	0	0	0	0	0	0	0	0	0	0	0	0	0
米	0	0	0	0	0	0	0	0	0	0	0	0	0
古希腊	0	0	0	0	0	0	1	0	0	0	0	1	1
古罗马	0	0	0	0	0	0	2	0	1	0	0	3	3
其他	2	1	9	4	0	16	0	0	0	0	0	0	16
总 计	5	5	45	12	0	67	13	15	68	3	9	108	175

注："国别"一栏中，所列出的国家或地区全称依次为英国、日本、俄国、苏联、印度、美国、希腊、法国、丹麦、德国、匈牙利、挪威、保加利亚、爱尔兰、瑞典、葡萄牙、罗马尼亚、亚美尼亚、西班牙、乔具亚、比利时、意大利、犹太、乌克兰、荷兰、塞尔维亚、智利、波兰、克罗西亚、尼加拉瓜、捷克、芬兰、巴西、冰岛、波希米亚以及没有标出具体国名的其他国家。"诗歌"一栏中同一译者翻译的一组诗歌按一篇计（如《王尔德的散文诗五首》）。

附录二

（一）《小说月报》第一卷至第十一卷（1910～1920）翻译文学目录表

卷/号/年	篇 名	备 注	作 者	国 别	译者/翻译方式
1/1～5/1910	双雄较剑录		哈葛得	英	林纾 笔述 陈家麟 口译
1/1～5/1910	合欢草		韦烈	英	卫听涛 译述 朱炳勋 润词
1/1～2/1910	遗嘱	改良新剧	迈依林①		卓呆
1/5/1910	桃李鸳鸯记	奇情小说	华盛顿欧文	美	觉民
1/5/1910	海外珠铃（杂纂 美演说家）				
1/6/1910	不如醉		华盛顿欧文	美	潘树声 叶诚 同译
1/6/1910	卖花声（露西亚暗杀之先声）			俄?	啸天生 意译
2/1～12/1911	薄幸郎	哀情小说	锁司倭司女士	英（美）②	林纾 笔述 陈家麟 口译
2/1/1911	多情之英雄	改良新剧		波兰	啸天生 意译

---

① 徐卓呆不仅翻译、创作"改良新剧"，还亲自参加演出。徐卓呆翻译的《遗嘱》1914 年曾搬上舞台，演员由徐自己担任，他创作的《故乡》也是民初经常上演的新剧。上官蓉：《文明戏与话剧》，梁淑安编《中国近代文学论文集·戏剧卷》，中国社会科学出版社，1988，第 348 页。对于迈依林的国籍，杨世骥认为是英国，亦有人认为是日本。杨世骥：《戏曲的更新》，梁淑安编《中国近代文学论文集·戏剧卷》，中国社会科学出版社，1988,，第 82 页。

② 锁司倭司，即 Emma D. E. N. Southworth（1819～1899），美国人，林纾误认作英国人。《薄幸郎》即 *The Changed Brides*（1869）。

续表

卷/号/年	篇　名	备　注	作　者	国　别	译者/翻译方式
2/2～9/1911	劫花小影	奇情小说	勃雷登	英	心石 译意 况呆 润辞
2/2～3/1911	美人心	奇情新剧		俄	啸天生
2/3/1911	百合魔（麦玛韩辞职记）	政治小说		法	泣红
2/5/1911	碧血花	政治小说		俄	非吾
2/5～8/1911	残疾结婚	悲剧		？	啸天生 意译
2/6/1911	三人冢	哀情小说		英？	负剑生 意译
2/6（增刊）/1911①	侦探女	侦探小说	邓米司	法	惨绿
2/6（增刊）/1911	孤星怨	哀情小说	爱德门	英	泣红
2/6（增刊）/1911	一百五十三岁之长病大仙	历史小说	迭更司	英	朱树人
2/7/1911	不疯人院	政治小说		法？	东侠 啸侯 同译
2/8/1911	风流犬子	讽世小说	孟第来氏	法	朱树人
2/9/1911	土窟余生	历史小说		英	朱树人
2/9～12/1911	爱之花	情剧		法	泣红
2/10/1911	病后之观念	卫生小说	博克雷氏	法	朱树人
2/10/1911	意大利及土耳其战事纪略	世界风云		意？	月心
2/11/1911	呜呼	政党小说		俄	双影
2/12/1911	欧蓼乳瓶	社会小说		法？	铁樵
2/12/1911	福尔摩斯侦探案	侦探小说	斯屈兰脱杂志	英	甘作霖
3/1/1912	加波拿里党	历史小说		意？	石禅 徐远 译述
3/1～8/1912	卢宫秘史	历史小说	恩苏霍伯	英	甘永龙（作霖） 朱炳勋（文彬）
3/1～5/1912	莺儿	"新剧"栏 哀情小说		？	啸天生 意译

---

① 《小说月报》（1911）按旧历出版。1911年（即宣统三年）闰六月。故1911年7月20日（宣统三年六月二十五日）出版第六号，1911年8月19日（宣统三年闰六月二十五日）出版第六号增刊。

卷/号/年	篇 名	备 注	作 者	国 别	译者/翻译方式
3/2/1912	秋扇影	戏剧 家庭小说	爱塞宾奈尔	英	欧云
3/2/1912	鬼语		迭更司	英	潜夫 选译
3/2～6/1912	鹭莲债券		基鹭舒荣	美	沈敏（明孙）
3/5/1912	虚无党复仇记	短篇小说	葛威廉	英	心一
3/7/1912	糖果中之炸弹	记事小说	?		步云译
3/7/1912	出山泉水	哀情小说	海滨杂志	英	铁樵
3/7～11/1912	残蝉曳声录		测次希洛	英	陈家麟 口译 林纾 笔述
3/7～11/1912	无名氏	悲剧	迦尔威尼	法	啸天生 译
3/8/1912	动物院叟	冒险小说		北美?	铁樵
3/9/1912	空未能空	《威克斐牧师传》中 The eHermit 篇		?	铁樵
3/9/1912	磨坊主人	历史小说		?	周瘦鹃
3/10/1912	冰洋双鲤	冒险小说		?	焦木
3/10～11/1912	侠女郎	章回体	押川春浪	日	吴梼（亶中）
3/11/1912	大仲马之大著作		亨利哈特	美	瘦鹃
3/12/1912	露西旅客	世界杂志 廿七卷百 六十二号	亨利彭耐	?	铁樵
3/12/1912	科西嘉童子	译 大陆报		?	瘦鹃
3/12/1912	侦探谈片 情天蠹	笔记	史克挨	英	通声
3/12/1912	大复讐	长篇	押川春浪	日	吴梼（亶中）
4/1/1913	烹鹰			意?	铁樵
4/1/1913	贪魔小影			?	铁译
4/1/1913	再生术			德?	公短
4/1/1913	落茵记杂剧（奢摩他室第三种曲）			?	曜庵
4/1～4/1913	罗刹雌风		希洛	英	林纾 力树蕻
4/2/1913	拿破仑之鬼	译 大陆报		?	星如

卷/号/年	篇 名	备 注	作 者	国 别	译者/翻译方式
4/2/1913	情魔小影	译自海滨杂志		？	铁樵
4/3/1913	俪景	名家言情短篇	华盛顿欧文	美	赵开
4/3/1913	拊髀记	历史小说	押川春浪	日	吴梼
4/3/1913	温斯冬	译自红皮杂志		？	焦木
4/4/1913	帐下美人			？	崆峒 译意 弹华 润辞
4/5/1913	五十年			？	焦木
4/5～6/1913	义黑		德罗尼	法	林纾 廖琇昆
4/5～8/1913	洪荒鸟兽记		Conan Doyle	英	李薇香
4/6/1913	局骗	警世短篇		英？	半侬
4/8/1913	印度婚嫁志异		Saint Nihal Singh	？	铁樵
4/8/1913	爱筏		George Soulie	？	铁樵
4/9/1913	惨景	名家小说	华盛顿欧文	美	霁园 铁樵
4/9/1913	幸而免			法？	洪深 铁樵
4/9～12/1913	孤士影		玛林克罗福	英	诗庐
4/10/1913	今生福	德皇公主事		？	清虚
4/10/1913	蚤妒		孟巴桑	法	廖旭人 陈任先
4/11/1913	思儿泪			法？	廖旭人
4/11/1913	虚无党密议		柯南达利	英	孟曙 胡昕同
4/11/1913	解铃人			？	爱权译述
4/11/1913	疑狱	法国实事 M. B. Lowdens 麦克劳杂志		英	海澄
4/12/1913	催眠术	译自海滨杂志		？	铁樵
4/12/1913	密狱	译自 Grand Magazine		？	苏秋
5/1/1914	悲欢人影		莫巴桑	法	王述勤 廖旭人
5/1/1914	心电站			？	天笑 毅汉
5/1～4/1914	黑楼情孽		马尺芒忒	英	林纾 陈家麟
5/1～5/1914	西班牙宫闱琐语	译自海滨杂志	欧里亚公主	西班牙	2 澍生 铁樵 3 铁樵 尊农 4 虚舟 5 谥箫

续表

卷/号/年	篇　名	备　注	作　者	国　别	译者/翻译方式
5/1～4/1914	银瓶怨	新剧	嚣俄	法	东亚病夫
5/1/1914	高丽近状		H. J. Shypstone		铁樵
5/1/1914	黎贝嫩古林记		H. S. Joslyn	美	铁樵
5/1～2/1914	新剧杂论			?	远生 辑译
5/1～12/1914	围棋胜著		三段都谷森逸郎述 乐石胡桃正见编	?	叔子
5/2/1914	弱女救兄记			?	空如君原译铁樵重撰
5/2/1914	村伟人		莫泊桑	法	廖旭人
5/2/1914	六尺地		讬尔斯泰	俄	天笑生
5/2/1914	台湾游记		Frank otto Koch	?	澍生原译 铁樵重译
5/3/1914	面包趣谈		欧亨利	美	幼新 铁樵
5/3/1914	弗罗列大横海铁道记		Stephen J. Hunter	?	铁樵
5/4/1914	显微镜			英?	天笑生
5/4～6/1914	匈牙利游记			?	澍生原译　铁樵重译
5/5/1914	妙莲艳谛		Guy De Manpassant	法	西神残客
5/6/1914	说梦	译自海滨杂志	威廉亭洛	?	铁樵
5/7～10/1914	哀吹录（短篇四篇）		巴鲁萨	法	陈家麟意译林纾笔述
5/7/1914	巴黎女子		孟普桑	法	随波 珠儿
5/7～9/1914 6/9～12/1915	断雁哀弦记	章回体		?	天笑 毅汉
5/8/1914	聋人唇语学	新剧	喀拉喀尼琪	美	脩庐
5/9/1914	歌谶		却而司佳维	英	竞夫
5/9/1914	鹃哀			?	诗庐
5/10/1914	机师复仇记			?	天笑 毅汉
5/10/1914	奇观			?	诗庐?
5/11/1914	蛮荒情种记		Gerald Bell	?	随波

续表

卷/号/年	篇　名	备　注	作　者	国　别	译者/翻译方式
5/11/1914	傀儡美人			?	竞夫
5/12/1914	帐下卒		Gay de Maupassant	法	西神
5/12/1914	金虫述异	长篇	埃底加阿郎保（爱伦坡）	美	徐大
6/1/1915	俄帝恶谑		译大陆报	?	作霖
6/1/1915	鹅膝宝石		孔那多咽①	〔法〕应为英	雪生
6/1～8/1915	西学东渐记	长篇	容纯甫	美	凤石译述 铁樵校订
6/1～2/1915	潜艇制胜记		柯南达利	英	作霖
6/2/1915	情天膝影		Mary Heaton Vorse	?	坚瓠
6/2/1915	不如归		克能乔治	美	松雨
6/2/1915	药悔			印度?	
6/2/1915	失意人		卜蔼查	俄	泣歧
6/2/1915	电灯			美	
6/3/1915	情量		Manpassant	法	铁樵
6/3/1915	新牛女会		Alphonse Daute	法	廖旭人
6/3/1915	奖励金		Manpassant	法	廖旭人
6/3、4、6～9、11、12/1915	英伦燃犀录		柯葛史	英	裘剑岑
6/3/1915	蒲草磐石			英?	竞夫 宇澄
6/3～4/1915	银碗夺艳		Hoffmant	法	廖旭人
6/4/1915	红袖黄衫			英?	竞夫
6/4/1915	旅馆奇闻		马肯西康顿	美?	幼新
6/4/1915	金窟				孟宪承
6/5/1915	心碎		华盛顿欧文	美	浮海
6/5/1915	政治家之妻		Marie Manning	?	雨苍
6/5/1915	木石前缘			?	竞夫
6/5/1915	李代桃僵			?	铁樵

---

① 孔那多咽即英国侦探小说家柯南·道尔，其余篇目的柯南达利、科南达利、Conon Doyle 都是该作家。

卷/号/年	篇　名	备　注	作　者	国　别	译者/翻译方式
6/5/1915	俄宫还钻记			俄？	吴荣昌
6/5～9/1915	云破月来缘		鹄刚伟	英	林纾笔述胡朝梁口译
6/6/1915	披萝带荔		H. D. Hawtry Dorothea Canyers	？	铁樵
6/6/1915	娇妻 感恩而死 西方美人 守财虏	欧美名剧	爱伯生 赫乌德 赫乌德 莫勒	那威 英 英 法	乐水
6/7/1915	量气表			？	竞夫
6/8/1915	下流不易		Henry	美	铭三 恽恽
6/8/1915	圣乔治别传			？	鹓雏
6/8/1915	请君入瓮			英？	竞夫
6/8/1915	雪海惊鸿			俄？	吴荣昌
6/9/1915	良心			？	人铎
6/10/1915	玛志尼佚史			？	鹓雏
6/10/1915	谎		多得	法	建生 旭人
6/10/1915	钓丝姻缘			？	黄静英女士
6/11/1915	覆水			？	黄静英女士
6/11/1915	悍		多得	法	建生 廖旭人
6/11/1915	妒		多得	法	建生 廖旭人
6/11/1915	巴里门之女郎		吉尔巴脱达尔	英	叶醒民 王善余
6/12/1915	侠遇			英？	诗庐
6/12/1915	敌国缘		华盛顿欧文		朗山
6/12/1915	大拇指		孔那多咽	（法）应为英	雪生
7/1/1916	秋灯谭屑 织锦拒婚		包鲁乌因	美	林纾 陈家麟
7/1/1916	沙场归梦		Nemirovich – Danchenks 著 Alder Anderson 译	俄 英	铁樵 重译
7/1/1916	爱国真诠		Nemirovich – Danchenks 著 Alder Anderson 译	俄 英	铁樵 重译

卷/号/年	篇 名	备 注	作 者	国 别	译者/翻译方式
7/1/1916	独臂少尉			？	黄静英 女士
7/1/1916	噩谶			？	诗庐
7/1/1916	雷差得纪		莎士比	英	林纾 陈家麟
7/1～5/1916	海峡鸢劫		阿塞里甫	美	幼新（刘幼新）
7/1～12/1916	清季轶闻原名清末秘史	大阪日日新闻	独石马	日	漱露 思陶
7/2/1916	木马灵蛇		包鲁乌因	美	林纾 陈家麟
7/2/1916	吾血沸矣			？	泠风 铁樵
7/2/1916	与子同仇		I. I. Rell	？	铁樵
7/2/1916	海底危险之新防御物		Oleveland Meoff-ett	？	铭三
7/2～4/1916	亨利第四纪		莎士比	英	林纾 陈家麟
7/3/1916	林肯救国		希登希路	英	林纾 陈家麟
7/3/1916	误国			？	林伯远
7/3/1916	献身君国			英？	铁樵
7/3/1916	战事真相			英？	铁樵
7/3/1916	著书术			？	青史
7/4～9/1916	红篋记		希登希路	英	林纾 陈家麟
7/4/1916	少尉夏雷尺石忒		希登希路	英	林纾 陈家麟
7/5/1916	无线电报		希登希路	英	林纾 陈家麟
7/5/1916	看护妇			？	王无为
7/5/1916	悍妇			？	高真常
7/5/1916	剑光蝶影			？	汝鼎 无为
7/5/1916	斐列巷之窃案			？	魏孙
7/5～7/1916	凯彻遗事		莎士比	英	林纾 陈家麟
7/6/1916	法国鱼雷艇受擒		希登希路	英	林纾 陈家麟
7/6/1916	金钱与爱情		E. R. Punshon	？	舍我 铁樵
7/6/1916	铁血宰相日记被窃案			法？	幼新

卷/号/年	篇 名	备 注	作 者	国 别	译者/翻译方式
7/6/1916	爪哇命案			?	天南浪子
7/6/1916	盗约记			俄?	玄甫
7/6/1916	婴娜加尼		Conan Doyle	英	小蝶 无为 铁樵
7/6～10/1916	双机录		卫里	美	竞夫
7/7/1916	马格梯气球		希登希路	英	林纾 陈家麟
7/7/1916	外交暗潮			?	玄甫
7/7/1916	美人爱国			英?	王无为
7/7/1916	博场中之俄帝		葛威廉	英?	吴雄倡
7/7～9/1916	鞑蛮哥小传		梅利曼	法	远生 复译
7/8/1916	三十九号鱼雷艇		希登希路	英	林纾 陈家麟
7/8/1916	系铃解铃			?	孟宪承 君复
7/8/1916	异晶记			?	史九成
7/8～12/1916	血华鸳鸯枕	书信体	小仲马	法	林纾 王庆通
7/9/1916	挖地道		希登希路	英	林纾 陈家麟
7/9/1916	英雌镜			?	鲜民 澍生同译 冷风评
7/9/1916	女王			美?	生可
7/10/1916	煤矿罢工		希登希路	英	林纾 陈家麟
7/11/1916	女侠 堕落		Mrs. Henry Wood	英?	铁樵 本篇与下篇相衔接,原本分上下篇今仍之。译文悉对照原书。附志于此,以备查考
7/11/1916	复仇与爱国			英?	舍我 颐琐
7/11～12/1916	毒带		柯南达利	英	袁若庸
7/12/1916	鸡谈		Charles Cow－den Clarke	英	林纾 陈家麟
7/12/1916	三少年遇死神		Charles Cow－den Clarke	英	林纾 陈家麟

卷/号/年	篇 名	备 注	作 者	国 别	译者/翻译方式
7/12/1916	德意志之花			？	汪剑虹
7/12/1916	康蒂斯小传			法？	汪剑虹
7/12/1916	珊瑚美人			英？	世弼
7/12/1916	鹧鸪			？	毅汉
8/1/1917	探海灯		希登希路	英	林纾 陈家麟
8/1/1917	心狱			？	鹓雏
8/1/1917	北梦		Herry Wood 女士	英	铁樵
8/1～6/1917	柔乡述险		利华奴	英	林纾 陈家麟
8/2/1917	牧师		Mrs. Herry Wood	？	铁樵
8/2/1917	交谪	戏剧 Book of Comic Speeches 之一则		？	半侬
8/2/1917	喀色姆之木屐			土耳其？	古月
8/2/1917	格雷西达		曹西尔	英	林纾 陈家麟
8/3/1917	林妖		曹西尔	英	林纾 陈家麟
8/3/1917	万国肢箧会		维廉勒苟	英	半侬
8/3/1917	钱虏之言		式亭三马 作 Autolycus 英译	日 英	半侬
8/3/1917	窃镭案			法？	竞夫
8/4/1917	悔过			英？	林纾 陈家麟
8/4/1917	黄金之祸			？	小蝶
8/4/1917	混珠案			？	玄甫 予广
8/4/1917	美国新剧名家瓦斐儿自传	节译自绿书杂志		美	陈大悲
8/4/1917	新闻电稿			？	半侬
8/4/1917	街头博士	译自海滨杂志		？	若庸
8/5/1917	路西恩			？	林纾 陈家麟
8/5/1917	有声有色	本篇从日本出版学英文补习本中译出			铁樵

卷/号/年	篇 名	备 注	作 者	国 别	译者/翻译方式
8/5/1917	慈善复仇			法？	春蚕 君复
8/6/1917	美人腿		巴忒噶里	法	廖旭人 王述勤
8/6/1917	寒山疏影			？	鹓雏
8/6/1917	波斯毯	侦探小说		？	景灏
8/6/1917	碧珠记		弼斯东	英	小青
8/6/1917	公主遇难		曹西尔	英	林纾 陈家麟
8/6/1917	死口能歌		曹西尔	英	林纾 陈家麟
8/7/1917	魂灵附体		曹西尔	英	林纾 陈家麟
8/7/1917	冤海碣		德莫瑟	法	旭人 韵生
8/7～9/1917	波谲云诡录		弼斯东	英	小青 君复
8/7～10/1917	人鬼关头		讬尔司泰	俄	林纾 陈家麟
8/8/1917	蔓陀罗克			？	陆秋心
8/8/1917	偷儿发覆			？	小青
8/9/1917	梦博士		奥瑟黎敷	美	观奕 亶生
8/9/1917	小家庭		多得	法	旭人
8/9/1917	笔孽			？	竞夫
8/9/1917	十点钟秘密案			？	奠邑
8/10/1917	劳苦先生		霍桑	美	观奕
8/10/1917	红发女			英？	作霖
8/10/1917	灌绿山庄			？	陆秋心
8/10/1917	决斗得妻		曹西尔	英	林纾 陈家麟 同译
8/11/1917	戚戚		Charlotte Niese	德	胡国济
8/11/1917	猎鹰记	译 Adventure Book 中之一则 1872 年事		？	东山
8/11/1917	青年镜		威廉胡尔失	英	张舍我 刘泽沛
8/11/1917	航空异闻		科南达利	英	小蝶 常觉
8/11、12/1917	白夫人感旧录		海斯班		林纾 王庆通
8/12/1917	猫之圣诞		Ella Higginson	英	半侬

续表

卷/号/年	篇 名	备 注	作 者	国 别	译者/翻译方式
8/12/1917	盗媒			英？	刘泽沛
8/12/1917	新弹兵家			英？	王汝鼎
8/12/1917	情仇			美？	小青
9/1/1918	愿人赫陶			？	毅汉
9/1/1918	秋		史屈恩白	瑞典	瘦鹃
9/1/1918	音毒			？	楚伧
9/1～11/1918	恨缕情丝		讬尔司泰	俄	林 纾 陈 家 麟 同译
9/1、2/1918	红鸳艳牒		J. U. Gieiy	？	陈大悲译 西神 润辞
9/2/1918	难夫难妇		O. Henry	美	张舍我译 西神 润辞
9/2/1918	还珠			英美？	毅汉
9/2/1918	白墨水			英美？	汉章
9/2/1918	神龙片影		阿克西男爵夫人	英	瘦鹃
9/2/1918	伯爵夫人			？	卓呆
9/3/1918	迷宫 山窗碎墨之二		柯南达利	英	延陵
9/3/1918	情场凯旋		M. E. Sangster, Jr	英	张舍我译 西神 润辞
9/3/1918	断弦		孟巴桑	法	拜兰
9/3/1918	哲学家言山窗碎墨之一		柯南达利	英	延陵
9/3/1918	无形之生物		奥白莲	美？	旋华
9/3/1918	噬脐			？	张舍我 闻野鹤 合译
9/4/1918	蔷薇花		费朗克嚣	英	天风 天我 同译
9/4/1918	春兴			法	念兹
9/4/1918	信用之城			美？	延陵

卷/号/年	篇 名	备 注	作 者	国 别	译者/翻译方式
9/5/1918	珍珠串			?	春蚕
9/5/1918	绯兰	欧战中之名著,康儿巴黎学士院文艺杂志364期		法	延陵
9/6/1918	第十三			?	毅汉
9/6/1918	红崖倩影		Theodore Dreiser	美	蜷庐
9/6/1918	爱之仇			?	啸云
9/6/1918	断臂	著名戏剧		?	延陵
9/6/1918	香樱小劫		柯南道尔	英	瘦鹃
9/7/1918	室隅老人谈	侦探小说	阿克司男爵夫人	法	魏孙
9/7/1918	此恨绵绵			?	延陵
9/7/1918	母			法	瘦鹃
9/7/1918	予得予失			?	毅汉
9/7～9/1918	骇浪惊涛录		汤姆亨利	英	笃志 译述
9/7～8/1918	缧绁盟心		Victor Hugo	法	雪生
9/8/1918	时钟			?	毅汉
9/8/1918	为祖国故			?	瘦鹃
9/8/1918	僵蛇呓毒记		司都特格林	美	蜷庐
9/8/1918	海中宝箱山窗碎墨之三		柯南达利	英	延陵
9/9/1918	樱海花魂	扶桑三岛亲所闻见		日	雄倡原译 西神重译
9/9/1918	情话软福音软		?	?	延陵
9/9/1918	面包		毛柏霜	法	瘦鹃
9/9/1918	门中秘		葛威廉	英	雄倡 宛雏 同译
9/9/1918	宵人一夕			?	毅汉
9/9～12/1918	秘密徽章	Cassells Magazine		?	陆松荫
9/9/1918	小说琐谈			?	记者
9/10/1918	古墅女郎		Welliam T. Cork	?	谢麓逸原译 瞻庐重译
9/10/1918	山茶花			意?	九祝君

续表

卷/号/年	篇　名	备　注	作　者	国　别	译者/翻译方式
9/10/1918	碧波村			英？	延陵
9/10/1918	廿五万镑			英？	雄倡　原译　西神
9/10/1918	易衣				毅汉
9/10/1918	恋爱论		倍根	英	朗山
9/11/1918	秋娘奇遇			法？	延陵
9/11/1918	返老还童		霍桑	英	旋华
9/11/1918	自由真谛			俄？	尤祝君
9/11/1918	电耳	科学侦探		？	碧梧　瘦鹃　合译
9/12/1918	奇士马波			？	延陵
9/12/1918	偷曲记		Philip Beanfoy	英	雄倡
9/12/1918	名画			？	毅汉
9/12/1918	虎口余生	译自海滨杂志		？	君珊
9/12/1918	画眉鸟之屋			？	延陵
10/1～12/1919	梣盗 鹿缘 狱圆 梦魔 风婚 湖灯 刺蛊 酖儿 危婚 鬼弄 佣误 烹情 剧杀 星幻 情哄	泰西古剧	达威生①	英	林纾　陈家麟 同译
10/1/1919	春			？	延陵
10/1/1919	化石	名家短篇小说范作	鲍梅墩	？	毅汉
10/1/1919	足迹之研究			？	程谷青
10/1/1919	十月寒霜记	Cassel's Magazine		？	刘麟生
10/1～10/1919	焦头烂额		尼可拉司	美	林纾　陈家麟 同译
10/1～12/1919	隔屋	下接11卷	滑忒	英	瞿宣颖
10/2/1919	时钟小劫			？	延陵

① 原著本事为五十四篇，寒光怀疑作者达威生为 H. C. Dawidson，朱羲胄、曾锦萍则认为
H. C. Dawidson 和 Gladys Davidson 是同一人。1920 年 5 月商务印书馆出版的单行本上共收
歌剧本事三十一篇，《小说月报》上共刊登 15 篇。

卷/号/年	篇 名	备 注	作 者	国 别	译者/翻译方式
10/2/1919	小说范作 怯		Guy De Maupassant	法	张毅汉
10/2/1919	天外飞鸿记		玛黎瑟勒勃朗	法	屏周 瘦鹃 合译
10/2～3/1919	红豆怨史		长卿氏	美	浦薛凤 译意
10/3～12/1919	妄言妄听（一～十五）		美森	英	林纾 陈家麟 同译
10/3/1919	密札			？	玄父 拾尘 同译
10/3/1919	清洁之钱			？	延陵
10/3～4/1919	不堪回首			？	祝君
10/4/1919	珠宫艳影			？	延陵
10/4/1919	果园之仙			？	延陵
10/4/1919	蓝腊匣			？	梅梦 伯南
10/5/1919	势利		孟巴桑	法	瘦鹃
10/6/1919	胜与死			？	天笑生
10/6/1919	珠缘			？	双成
10/6/1919	借血还魂			？	梅梦 伯南
10/7/1919	一页之日记			？	延陵
10/7/1919	沙场上之圣诞节（战争与圣诞）			？	双成
10/7/1919	私儿		毛柏霜	法	瘦鹃
10/7/1919	信			英？	陈大悲
10/7/1919	税潮			？	碧梧
10/8/1919	鸳鸯雪艳记			？	延陵
10/8/1919	不速之客			？	双成
10/8/1919	毁楼			？	天卧生
10/8/1919	鬼仇			？	小青
10/8/1919	婚后			？	庆霖
10/8～9/1919	莓泉浸梦记		Henry Van Dyke	？	蜷庐 苏翘

卷/号/年	篇　名	备　注	作　者	国　别	译者/翻译方式
10/9/1919	天之所佑			?	延陵
10/9/1919	好人			?	毅汉
10/9/1919	无心……有意			?	双成
10/9/1919	爱国之母			?	拜兰
10/10/1919	废邸埋奸	小说范作		?	张毅汉
10/10/1919	殉家		柯贝氏	法	瘦鹃
10/10/1919	信托之产		太谷儿	印	凤生
10/10～12/1919	奥国最近宫闱秘史			?	译辑者 延陵
10/11/1919	自由酒店		Baroness Orczy	?	延陵
10/11/1919	请君入瓮				梅瘦
10/11/1919	橡屋			?	延陵
10/11/1919	三百磅			?	伯南 梅梦
10/11～12/1919	豪士述猎		哈葛得	英	林纾 陈家麟 同译
10/12/1919	还家之征人			?	延陵
10/12/1919	愚夫愚妇	小说范作	安奈斯梅雅	美	张毅汉
10/12/1919	车裂奇冤			?	蜎庐 苏翘
11/1～2/1920	伊罗埋心记		小仲马	法	林纾 王庆通
11/1/1920	素郎		大仲马	法	张毅汉
11/1/1920	鞋缘			?	延陵
11/1～2/1920	危机			?	碧梧
11/1/1920	隅屋	上接十卷		?	瞿宣颖
11/1/1920	空前之大飞行自欧至美－横渡大西洋－三千五百里－一百〇八时未尝下降	瀛谈		?	谢九香
11/1/1920	畸人	小说新潮	亚伯利尔伏兰	?	瘦鹃
11/2～4/1920	石像记			英?	延陵

卷/号/年	篇　名	备　注	作　者	国　别	译者/翻译方式
11/2/1920	再生术	科学小说	屈兰因	美	慧子
11/2/1920	归		Eharles Louis Phi-lippe	?	张毅汉
11/2/1920	两个小的兵	小说新潮	毛柏桑	法	泽民
11/2/1920	报复	小说新潮	Anton Chekhov	俄	羽
11/2/1920	黄叶	小说新潮	盎利梅尔伊	法	瘦鹃
11/3/1920	球房纪事		LevNecolaevich Tolstay	?	林纾 陈家麟
11/3/1920	一顾之恩			?	西神
11/3/1920	古银币			?	慧子
11/3~4/1920	鸳鸯佳运			?	寒蕾
11/3 ～ 8、10、12/1920	社会柱石	"小说新潮"剧本	易卜生	瑙威	瘦鹃
11/3/1920	追忆有感	小说新潮	Oscar Wilde	英	刘凤生
11/3/1920	伊是谁	小说新潮	乞哈甫	俄	云舫
11/4/1920	乐师雅路白试遗事		托尔斯泰	俄	林纾 陈家麟
11/4/1920	寂寞		Francis Buzzell	?	张毅汉
11/4/1920	餐樱佳话		Violet M. Meth-ley	?	西神
11/4/1920	我的侄儿约瑟	小说新潮	Helevy	法	种因
11/4/1920	戏言	小说新潮	柴霍甫	俄	济之
11/4/1920	欧梅夫人	小说新潮	毛柏霜	法	瘦鹃
11/5/1920	高加索之囚		托尔斯泰	俄	林纾 陈家麟
11/5~7/1920	一星期的救国热			?	蜷庐 苏翘
11/5/1920	上海的押店主人			?	逸岑
11/5/1920	不憾			?	西巫时用

续表

卷/号/年	篇 名	备 注	作 者	国 别	译者/翻译方式
11/5/1920	马牛	红皮杂志	司丹楠	美	慧子
11/5/1920	理性与爱情	小说新潮	毛脱雷	美	种因
11/5/1920	放假日子到了	小说新潮	太莪尔	印度	西神
11/5/1920	父	小说新潮	勃乔森	瑙威	冰严
11/5/1920	蜚语	小说新潮	柴霍甫	俄	云舫
11/5/1920	沉闷的一晚	新体诗	Lenau	德	麟生
11/5/1920	悲哀		Lenau	德	麟生
11/5/1920	赋别	新体诗	太谷儿	印度	凤生
11/6～7/1920	磨坊之役		佐拉	法	延陵
11/6/1920	翠恨		William le Queux	?	麟生
11/6～7/1920	异国栖流记			?	徐慧子
11/6/1920	白宫秘史	节译 Everybody's Magazine The Boy Scouts' Magazine		?	西神
11/6/1920	黑奴解放之动机	译 America's Shadow Man 原文见 My Magazine		?	西神
11/6/1920	一见	小说新潮	Jeaw Rameaw	法	瘦鹃
11/6/1920	父亲的手	小说新潮	George Humphrey	美	西神
11/6/1920	神经过敏	小说新潮	柴霍甫	俄	凤生
11/7/1920	战地云烟路		威廉喜伯罕	美	西神
11/7/1920	犯罪	小说新潮	柴霍甫	俄	济之
11/7/1920	法文课	小说新潮	柴霍甫	俄	凤生
11/7/1920	纽约的扒手	小说新潮		?	西巫时用
11/7/1920	小星	新诗		?	洪年

卷/号/年	篇 名	备 注	作 者	国 别	译者/翻译方式
11/8/1920	亡妻之墓		莫柏霜	法	容斋
11/8/1920	盲听			？	西神
11/8/1920	侠骨柔情			英	双成
11/8/1920	金车			？	碧梧
11/8~9/1920	百龄女郎			？	玄甫　伯南
11/8~11/1920	猎狐	侦探小说	麦克兰	？	慧子
11/8/1920	命令	小说新潮	Ninosvili Kartvela	？	李妃白
11/8/1920	命与信	小说新潮	N. Shulgonsky	俄	毅夫
11/8/1920	决斗	小说新潮	莫泊三	法	今且
11/9/1920	赌胜		柴霍甫	俄	济之
11/9/1920	金刚菩萨		Alfred de Vigny	法	张毅汉
11/9/1920	最后之一吻			？	张枕绿
11/9/1920	死后的爱情		Rudolph De Cordova	？	万良濬
11/9/1920	玛利琼西自述	Hearst's 杂志		美	龚钺
11/9~12/1920	想夫怜		克雷 女士	美	林纾　陈家麟
11/9/1920	报复	小说新潮	毛柏霜	法	瘦鹃
11/9/1920	他的外褂	小说新潮	Violer Hunr	英	西巫瘦铁
11/9/1920	荣耀	小说新潮	毛柏桑	法	风云女士
11/9/1920	短篇小说是什么——两个元素	爱伦坡"单纯的效力" 莫泊桑"戏剧化的效力"		美 法	张毅汉
11/10/1920	补椅人		莫泊三	法	伯卫
11/10/1920	俄国的宫城	新体诗	Igor Y. Chanuris – Anopolsky	俄	张枕绿 沈松泉

续表

卷/号/年	篇　名	备　注	作　者	国　别	译者/翻译方式
11/10/1920	快乐的家庭	诗界潮音	J，H Puyne		陈继日
11/10/1920	二十年				西巫时用
11/10/1920	母校的事		李维司		徐慧子 译述
11/10/1920	真伪自有天知	小说新潮	托尔斯泰	俄	国译
11/10/1920	顽童		柴霍甫	俄	梁治华
11/10～12/1920	咖啡魔		Charles Caldwell Doble	美	蜷庐 苏翘
11/11/1920	一元纸币	小说新潮	Ben Anries Williams	美	毅夫
11/11/1920	一段故事	小说新潮	Newbold Noyes		延陵
11/11/1920	一片	小说新潮	Mrs. Ntisy	英	西巫瘦铁
11/11/1920	一个初学的罪人	小说新潮	J. F. Demerit	美	徐时用
11/11/1920	一转念间	小说新潮			枕绿
11/11/1920	一桶白兰地酒	小说新潮	Elin Pelin 真名 Dimitr Ivanov	比利时	胡天月
11/11/1920	一笑	小说新潮	落迦苟兰		徐慧子
11/11、12/1920	奈他士传	小说新潮	左拉	法	瘦鹃
11/12/1920	在柏林	小说新潮			延陵
11/12/1920	执旗的兵	小说新潮	宝德	法	梁实秋
11/12/1920	快乐的过新年	小说新潮	亚那多而	法	六珈

　　注："卷/号/年"为《小说月报》第 X 卷第 X 号，XX 年。"备注"为编者或译者自注栏目、文体或其他文字。"国别"中宋体字为译作中标明的原作国别；楷体字及"?"为标明译作但没标明原作国别的，或为未标明译作，但作品中人名、地名、内容、风格十分近似译作的。"译者/翻译方式"为编者或译者自注。空格为原作中未标明作者和国别的。

（二）《小说月报》第十二卷至第二十二卷（1921～1931）

1. 评论翻译

卷/号/年	篇　名	国　别	著　者	译　者
12/6/1921	雾飙运动	日	黑田礼二	海镜
12/11/1921	民众艺术底理论和实际	日	平林初之辅	海晶
12/12/1921	文艺上的自然主义	日	岛村抱月	晓风
13/9/1922	甚么是作文学家必须的条件	俄	万雷萨夫	耿济之
13/10/1922	圣经之文学的研究	英	W. H. Hudson	汤澄波 叶启芳
14/1～3、5～6/1923	研究文学的方法	英	W. H. Hudson	邓演存
14/10/1923	西方的国家主义	印度	泰戈尔	陈健民
14/11/1923	论翻译的文学书	美	Royal Case Nemian	希和
15/1/1924	诗的原理	英	阿兰坡	林子子
15/10/1924	宣传与创作	日	厨川白村	任白涛
16/1～2/1925	诗学	希腊	亚里斯多德	傅东华
16/3/1925	读《诗学》旁札		辑译多人论述	傅东华
16/4/1925	小说之评论	法	莫泊桑	金满城
16/5/1925	病的性欲与文学	日	厨川白村	仲云
16/6～7/10～11/1925	社会的文学批评论	美	蒲克	傅东华
16/7/1925	文艺与性欲	日	厨川白村	仲云
16/8/1925	我作童话的来源和经过	丹麦	安徒生	赵景深
16/9/1925	安徒生童话的来源和系统	丹麦	安徒生	张友松
17/1、3、5、8/1926	文学之近代研究	美	莫尔顿 R. G. Moulton	傅东华
17/5/1926	五言诗发生时期之疑问	日	铃木虎雄	陈延杰
178/1926	神话与民间故事	英	哈特兰德	赵景深
18/2、4、6、8/1927	文学进化论	美	莫尔顿	傅东华
18/9/1927	小说作法十则	日	芥川龙之介	沏生
18/12/1927	纯粹的诗		詹姆生 R. D. Jameson	佩弦

续表

卷/号/年	篇　名	国　别	著　者	译　者
18/12/1927	戴丽黛		肯那特 Joseph Spencer Kennard	赵景深
19/1/1928	卢勃克和伊里纳的后来	日	有岛武郎	鲁迅
19/2/1928	文学及艺术之技术的革命	日	平林初之辅	陈望道
19/7/1928	浪漫派的红手臂		戈恬	虚白
19/10/1928	巴扎洛夫与沙宁	俄	伏洛夫司基	雪峰
20/1/1929	苏俄革命在戏剧上的反应	俄	白克许	刘穆
20/4/1929	诗的唯物解释	俄	波格达诺夫	刘穆
20/6/1929	京本通俗小说与清平山堂	日	长泽规矩也	东生
20/12/1929	小说与唯物史观	法	伊可微支	戴望舒
21/1/1930	政治底价值与艺术底价值	日	平林初之辅	胡秋原
21/1～2/1930	苏俄文艺概论	苏	凡伊斯白罗特	洛生
21/2/1930	文学及艺术的意义	苏	蒲力汉诺夫	雪峰
21/3/1930	现代文学中的性的解放	美	开尔浮登	刘穆
21/5/1930	水浒传诸本	日	神山润次	张梓生
21/6/1930	文学研究法	日	高桥祯二	张我军
21/7/1930	古代艺术之社会的意义	美	开尔浮登	傅东华
21/8/1930	什么是亚浦洛摩夫式的生活	俄	杜布柔留薄夫	程鹤西
21/10/1930	艺术底起源	德	格劳赛	武思茂
22/5/1931	敦煌取经记	匈	斯坦因	贺昌群
22/7/1931	刘易士的小说	英	何尔特	赵景深
22/8/1931	诗歌及音乐的起源		布赫尔	武思茂
22/9/1931	宋乐与朝鲜乐之关系	日	内藤虎次郎	林大椿

2. 文学史翻译

卷/号/年	篇　名	国　别	著　者	译　者
12/4/1921	日本文坛之现状	日	宫岛新三	李达
12/6/1921	现代的斯干底那维亚文学	日	生田春月	李达
12/8/1921	近代德国文学的主潮	日	山岸光宣	海镜

卷/号/年	篇　名	国　别	著　者	译　者
12/8/1921	最年青的德意志的艺术活动	日	金子筑水	厂晶
12/8/1921	大战与德国国民性及其文化文艺	日	片山孤村	李达
12/8/1921	德国表现主义的戏曲	日	山岸光宣	裕青
12/10/1921	近代波兰文学概观	波	诃勒温斯奇	周作人
12/10/1921	近代捷克文学概观	捷克	凯拉绥克	唐俟
12/10/1921	塞尔维亚文学概观	塞尔维亚	Chedo Mijatovich	沈泽民
12/10/1921	芬兰的文学		Hermione Ramsden	沈雁冰
12/10/1921	小俄罗斯文学略说	德	凯尔沛来斯	唐俟
12/10/1921	新兴小国文学述略	芬兰	《世界语文学月刊》	胡天月
12/11/1921	新希腊文学的近状	法	Astériotis	汉俊
12/12/1921	意过文学家邓南遮	日	村松正俊	海镜
12/号外/1921	十九世纪俄国文学的背景	俄	沙洛维甫	耿济之
12/号外/1921	近代俄罗斯文学的主潮	日	升曙梦	陈望道
12/号外/1921	菲陀尔·梭罗古勃	英	约翰科尔诺斯	周建人
12/号外/1921	俄国底批评文学	俄	克鲁泡特金	沈泽民
12/号外/1921	俄国的农民歌	英	拉哀脱	沈泽民
12/号外/1921	俄国底诗坛	日	白鸟省吾	夏丏尊
12/号外/1921	俄国底童话文学	日	西川勉	夏丏尊
12/号外/1921	俄罗斯文学里托尔斯泰底地位	日	升曙梦	灵光
12/号外/1921	阿蒲罗摩夫主义	俄	克鲁泡特金	夏丏尊
12/号外/1921	帕拉什卡人	俄	伯得洛柏夫洛斯基	鹤徵
13/1/1922	西洋小说发达史	日	中村教授讲义	谢六逸
13/7/1922	波兰文学的特性	日	千叶龟雄	海镜
13/8/1922	新德国文学	俄	A. Filippov	希真
13/8/1922	新俄艺术的趋势	法	Jacques Mesnil	泽民
13/9/1922	智利的诗		Willis K. Jones	万良濬 节译

续表

卷/号/年	篇　名	国　别	著　者	译　者
13/9/1922	法兰西文学之新趋势	美	Georges Lechartier	济澄
13/9/1922	不规则的诗派	日	川路柳虹	馥泉
13/11/1922	欧战给与匈牙利文学的影响		Béla Zolnai	元枚
13/11/1922	挪威现代文学	瑞威	Johan Bojer	佩韦
13/11/1922	赤俄的诗坛	俄	D. S. Mirski	玄瑛
13/12/1922	新德国文学的新倾向		Gerhart Hauptrnann	元枚
13/12/1922	巴西文坛最近的新趋势	美	Issac Goldberg	佩韦
13/12/1922	保加利亚诗里的乡村生活	保	N. Dontcheff	方易
14/5/1923	现代的希伯莱诗		Joseph T. Shipley	赤城
14/6/1923	葡萄牙的近代文学		A. Bell	玄珠
14/7/1923	俄国诗坛的昨日今日和明日	俄	布利乌沙夫	耿济之
14/8/1923	近代的丹麦文学		亨利·哥达·侣赤	沈泽民
14/12/1923	现代德奥两国的文学	日	生田春月	无明
15/号外/1924	中产阶级胜利时代的法国文学		佛利柴	济之
15/号外/1924	法兰西近代文学	日	《近代文艺十二讲》	谢六逸
15/号外/1924	法国的浪漫运动		G. L. Strachey	希孟
15/号外/1924	法国的自然主义文艺	日	相马御风	汪馥泉
15/号外/1924	近代法国写实派戏剧		L. Lewislon	胡愈之
16/1/1925	西班牙剧坛的将星	日	厨川白村	鲁迅
16/12/1925	犹太文学与考白林		L. Blumenfeld	海镜
17/9/1926	小泉八云的文学讲义	日	田部隆次	滕固
20/3、5、6、8、9/1929	苏俄十年间的文学论研究	日	冈泽秀虎	陈雪帆
20/7/1929	新俄的文学	俄	A. lesjnev	蒙生
20/7/1929	现代欧洲文学的革命与反动	英	Calverton	刘穆
21/8/1930	苏俄十年间的文学论研究	日	冈泽秀虎	陈雪帆
22/3/1931	一九三〇年的法国文坛	法	第波德	颜歆

3. 作家研究翻译

卷/号/年	篇 名	国 别	著 者	译 者
12/7/1921	犹太文学与宾斯奇	日	千叶龟雄	厂晶
12/8/1921	罗曼罗兰评传		Anna Nussbaum	孔常
12/12/1921	意国文学家邓南遮	日	村松正俊	海镜
13/4/1922	包以尔传	挪威	卡特	沈泽民
13/4/1922	包以尔著作中的人物	挪威	卡特	沈泽民
13/6/1922	霍普德曼与尼采哲学		Anton Helimann	希真
14/9/1923	太戈尔和托尔斯泰	日	宫岛新三郎	仲云
14/9/1923	太戈尔的戏剧和舞台	日	武田丰四郎	仲云
14/9/1923	太戈尔与音乐教育	日	吉田弦二郎	仲云
14/9/1923	夏芝的太戈尔观	爱尔兰	夏芝	高滋
14/9/1923	诗人的宗教	印度	太戈尔	胡愈之
15/4/1924	勃兰兑斯的拜伦论	丹麦	勃兰兑斯	张闻天译述
15/4/1924	拜伦在诗坛上的位置		R. H. Bowles	顾彭年
15/4/1924	评拜伦	日	小泉八云	陈镈
15/4/1924	拜伦的个性		R. H. Bowles	顾彭年
15/4/1924	拜伦的快乐主义	日	木村鹰太郎	仲云
15/4/1924	拜伦评传		Long	赵景深
15/号外/1924	波特来耳研究		史笃姆	闻天
16/8/1925	安徒生评传		博益生	张友松
16/9/1925	安徒生及其生产地奥顿瑟	丹麦	C. M. R. Petersen	后觉
16/9/1925	安徒生的童年	丹麦	安徒生	焦菊隐
16/9/1925	安徒生童话的艺术	丹麦	勃兰特	赵景深
16/9/1925	安徒生童话的来源和系统	丹麦	安徒生	张友松
17/10/1926	克鲁泡特金的柴霍甫论	俄	克鲁泡特金	陈著
17/10/1926	柴霍甫	俄	蒲宁	赵景深
18/5/1927	怀柴霍甫		科布林	赵景深
19/4/1928	批评家泰纳	法	布轮退耳	陈鸿
19/8/1928	最近之高尔基	日	升曙梦	李可
19/12/1928	托尔斯泰论	英	R. EllisRoberts	赵景深
20/8/1929	海外文学者会见记			画室

续表

卷/号/年	篇　名	国　别	著　者	译　者
20/12/1929	柴霍甫的革命性	俄	乾尔孟	洛生
20/12/1929	对镜（自传）	德	托马斯·曼	江思
21/11/1930	魏琪尔与伊泥易德	美	加德尔	叶启芳
21/11/1930	富有近代精神的诗人魏琪尔	美	欧斯根	傅东华
21/12/1930	玛耶阔夫司基评传	美	特拉克	赵景深
21/12/1930	玛耶阔夫司基	美	曼吉尔	余能
22/4/1931	杜思退益夫斯基	俄	罗迦乞夫斯基	建南
22/4/1931	杜思退益夫斯基的五十年纪念	俄	普时纳	许德佑
22/6/1931	格列姆兄弟传	德	倭尔加斯特	魏以新
22/9/1931	葛劳德逝世	英	海登	赵景深

4. 诗歌翻译

卷/号/年	篇　名	国　别	著　者	译　者
12/1、4/1921	杂译太戈尔诗	印度	太戈尔	郑振铎
12/6、7/1921	译太戈尔诗	印度	太戈尔	郑振铎
12/7/1921	阿富汗的恋爱歌	印度	太戈尔	冯虚
12/7/1921	屠格涅夫散文诗（2首）	俄	屠格涅夫	海峰
12/9/1921	神曲一脔	意	檀德	钱稻孙
12/10/1921	杂译小民族诗 与死有关的 无题 春 亡命者之歌 狱中感想 最大的喜悦 梦 坑中的工人 今王 无限	 阿美尼亚 阿美尼亚 乔具亚 乌克兰 乌克兰 塞尔维亚 捷克 捷克 波兰 波兰	 土尔苟阑支 伊萨诃康 夏芙夏伐支 洛顿维奇 西夫支钦科 斯坦芳诺维支 散尔复维支 白鲁支 科诺普尼斯卡 阿斯尼克	沈雁冰
12/11/1921	王尔德的散文诗五首	英	王尔德	刘复
12/号外/1921	赤色的诗歌	苏		C. Z　C. T

卷/号/年	篇　名	国　别	著　者	译　者
13/1/1922	祈祷者	阿美尼亚	西曼佗	沈雁冰
13/1/1922	少妇的梦	阿美尼亚	西曼佗	沈雁冰
13/1/1922	永久	瑞典	泰伊纳	希真
13/1/1922	季候鸟	瑞典	泰伊纳	希真
13/1/1922	辞别我的七弦竖琴	瑞典	泰伊纳	希真
13/1/1922	杂译太戈尔诗	印度	太戈尔	郑振铎
13/1/1922	假如我是个诗人	瑞典	巴士	冯虚
13/2/1922	平等	俄	梭罗古勃	郑振铎
13/2/1922	东方的梦	葡萄牙	特·琨台尔	希真
13/2/1922	什么东西的眼泪	葡萄牙	特·琨台尔	希真
13/2/1922	在上帝的手里	葡萄牙	特·琨台尔	希真
13/2/1922	浴的孩子	瑞典	廖特倍格	希真
13/2/1922	你的忧悒是你自己的	瑞典	廖特倍格	希真
13/3/1922	记事二则	瑞典	赫滕斯顿	沈泽民
13/3/1922	窗	法	波特莱耳	仲密
13/3/1922	无名与不朽	瑞典	赫滕斯顿	沈泽民
13/3/1922	孤寂时的思想	瑞典	赫滕斯顿	沈泽民
13/3/1922	一个男子的临终语	瑞典	赫滕斯顿	沈泽民
13/3/1922	睡着的姊姊	瑞典	赫滕斯顿	沈泽民
13/3/1922	最难行的路	瑞典	赫滕斯顿	沈泽民
13/3/1922	孤独地在湖边	瑞典	赫滕斯顿	沈泽民
13/3/1922	月光	瑞典	赫滕斯顿	沈泽民
13/3/1922	我的生命	瑞典	赫滕斯顿	沈泽民
13/3/1922	翻船遇难的人	瑞典	赫滕斯顿	沈泽民
13/3/1922	在火的围绕中祷告	瑞典	赫滕斯顿	沈泽民
13/3/1922	珍宝	瑞典	赫滕斯顿	沈泽民
13/4/1922	没有恒心的人	瑞典	赫滕斯顿	沈泽民
13/4/1922	十二个	英	史罗康伯	饶了一
13/4/1922	十二个	俄	布洛克	饶了一
13/4/1922	唯一的年头	匈	裴都菲	沈泽民
13/5/1922	门槛	俄	屠格涅甫	沈性仁

卷/号/年	篇　名	国　别	著　者	译　者
13/5/1922	英雄包尔	匈	亚拉奈	冬芬
13/5/1922	鸟与雏	匈	桐伯	沈泽民
13/5/1922	我那亲爱的将军	匈	苟莱	沈泽民
13/6/1922	游子	法	波特来耳	仲密
13/10、12/1922	路玛尼亚民歌	罗马尼亚	伐佳列司珂	朱湘
14/7/1923	奥文满垒狄斯的诗	英	奥文满垒狄斯	徐志摩
14/7/1923	杂译太戈尔诗	印度	太戈尔	郑振铎
14/8/1923	《园丁集》选译	印度	太戈尔	陈竹影
14/8/1923	著作家	印度	太戈尔	郑振铎
14/9/1923	《新月集》选译	印度	太戈尔	郑振铎
14/9/1923	《爱者之赠遗》选译	印度	太戈尔	郑振铎
14/9/1923	《吉檀迦利》选译	印度	太戈尔	郑振铎
14/9/1923	《歧路》选译	印度	太戈尔	郑振铎　沈雁冰
14/9/1923	微思	印度	太戈尔	郑振铎
14/9/1923	《园丁集》选译	印度	太戈尔	徐培德
14/10/1923	《采果集》选译	印度	太戈尔	赵景深
14/10/1923	世纪末日	印度	太戈尔	郑振铎
14/10/1923	《爱者之贻》选译	印度	太戈尔	郑振铎
14/10、11/1923	《园丁集》选译	印度	太戈尔	郑振铎
14/11/1923	约翰我对不起你	英	Christina Rossetti	实秋
14/11/1923	你说你爱	英	Christina Rossetti	CHL
14/12/1923	伤痕	英	T. Hardy	徐志摩
14/12/1923	分离	英	T. Hardy	徐志摩
14/12/1923	伤逝		龙沙	侯佩尹
14/12/1923	恋歌		宓遂	侯佩尹
15/1/1924	燕儿曲	德	史托姆	伴君
15/1/1924	亚美尼亚诗选	亚美尼亚	菩兰葛微儿	陈铸　重译
15/3/1924	我自己的歌	美	惠得曼	徐志摩
15/4/1924	Song from Corsair	英	拜伦	徐志摩
15/4/1924	烦忧	英	拜伦	黄正铭
15/4/1924	我见你哭泣	英	拜伦	顾彭年

卷/号/年	篇　名	国　别	著　者	译　者
15/4/1924	致某妇	英	拜伦	傅东华
15/4/1924	唉！当为他们流涕	英	拜伦	顾彭年
15/4/1924	别雅典女郎	英	拜伦	赵景深
15/4/1924	没有一个美神的女儿	英	拜伦	赵景深
15/4/1924	赠渥盖斯泰	英	拜伦	赵景深
15/4/1924	一切为爱	英	拜伦	徐调孚
15/5/1924	《伤感之春》选译（12首）	日	生田春月	谢位鼎
15/7/1924	战争		C. Joseph	调孚
15/7/1924	给九吋口径的一尊炮		P. F. McCarthy	调孚
15/8/1924	非战文学碎锦			傅东华
15/8/1924	兵士底梦	英	T. Campbell	汪延高
15/9/1924	杂诗	英	雪莱	顾彭年
15/10/1924	夏夜	英	谈尼孙	朱湘
15/10/1924	异域思乡	英	白朗宁	朱湘
15/10/1924	云	英	雪莱	顾彭年
16/1/1925	小鸟儿说些什么	英	丁尼生	调孚
16/1/1925	石川啄木底歌（10首）	日	石川啄木	汪馥泉
16/1/1925	无情的女郎	英	济慈	朱湘
16/1/1925	往日之歌	英	费尔基洛	朱湘
16/3/1925	园丁集选译	印	太戈尔	西谛
16/11/1925	阿龙索与伊木真	英	M. G. Lewis	傅东华
16/11/1925	与夜莺	英	密尔顿	傅东华
16/12/1925	秋曲	英	济慈	朱湘
16/12/1925	多拉	英	丁尼生	傅东华
17/1/1926	赌牌	英	黎理	朱湘
17/1/1925	恳求	英	薛悝	朱湘
17/1/1926	岩石	俄	烈尔蒙托甫	陆秋人
17/1、2、5、12/1926	奥德赛	古希腊	荷马	傅东华
17/2/1926	行乐	欧洲		朱湘
17/2/1926	巴黎之夜景	法	Paul Verlaine	李金发

卷/号/年	篇　名	国　别	著　者	译　者
17/6/1926	多西	英	郎德尔	朱湘
17/6/1926	终	英	郎德尔	朱湘
17/6/1926	归来	英	夏士陂	朱湘
17/6/1926	海挽歌	英	夏士陂	朱湘
17/6/1926	爱	英	雪莱	朱湘
18/3/1927	以诺阿登	英	丁尼生	傅东华
18/4/1927	贫穷问答歌	日	《万叶集》	谢六逸
18/8/1927	我的美丽蔷薇	英	勃莱克	赵景深
19/7/1928	海伦葛瑞	英	罗赛谛	鹤西
19/7/1928	在林中		奥立佛	戴望舒
19/10/1928	与少女们		Robbert Herrick	鹤西
20/1/1929	水仙辞	法	哇莱荔	梁宗岱
21/11/1930	第四牧歌	古罗马	魏琪尔	傅东华
21/11/1930	伊泥易德	古罗马	魏琪尔	傅东华
22/1/1931	主人，把我的琵琶拿去罢！	印度	太戈尔	落华生
22/1/1931	嫉妒	法	Géraldy	式微
22/1/1931	供认	法	Géraldy	式微
22/1/1931	二元论	法	Géraldy	式微
22/1/1931	水仙辞	法	梵乐希	梁宗岱
22/2/1931	神经	法	Géraldy	式微
22/2/1931	疑问	法	Géraldy	式微
22/2/1931	试验	法	Géraldy	式微
22/9/1931	裴多菲诗七篇 一．九月末日 二．这夜我做着奇怪的梦 三．风 四．园里有朵朵的花儿 五．狗之歌 六．狼之歌 七．保罗先生	匈牙利	裴多菲	孙用
22/12/1931	Sommertanz	瑞典	卡尔弗尔特	梅川

5. 戏剧翻译

卷/号/年	篇　名	国　别	著　者	译　者
12/1/1921	邻人之爱	俄	安得列夫	沈泽民
12/1、3/1921	新结婚的一对	瑙威	般生	冬芬
12/2/1921	妇人镇	西班牙	阿尔伐昆戴罗斯兄弟	沈泽民
12/3、4/1921	婀拉亭与巴罗米德	比利时	梅德林	伧叟
12/4/1921	印度短剧	印度	Mcricchakatikā	许光迪
12/5、6、8、12/1921	一个不重要的妇人	英	王尔德	耿式之
12/5/1921	齐德拉	印度	太戈尔	瞿世英
12/6、7、9、11/1921	悭吝人	法	毛里哀	真常
12/8/1921	美尼	犹太	宾斯奇	冬芬
12/9/1921	冬	犹太	阿胥	沈雁冰
13/1～5/1922	马兰公主	比利时	梅德林	徐炳昶 乔曾劬
13/4/1922	一日里的一休和尚	日	武者小路实笃	周作人
13/7/1922	盛筵	匈牙利	莫尔奈	冬芬
13/8/1922	路意斯	荷兰	斯宾霍夫	冬芬
13/9/1922	波兰——一九一九年	犹太	宾斯奇	希真
13/10/1922	常恋	英	汉更	沈性仁
13/11/1922	爸爸和妈妈	智利	巴僚斯	冬芬
13/12/1922	斜阳人语	法	鲁意士	李劼人
13/12/1922	上帝的手指	美	淮尔特	沈性仁
14/1/1923	从早晨到夜半	德	C. Kaiser	陈小航
14/2/1923	太子的旅行	西班牙	倍那文德	冬芬
14/6/1923	Asparagus	日	秋田雨雀	杨敬慈
14/7、8、12/1923	热情之花	西班牙	倍那文德	张闻天
14/9/1923	马丽妮	印度	太戈尔	高滋
14/10/1923	牺牲	印度	太戈尔	高滋
15/1/1924	群盲	比利时	梅脱灵	六迦

续表

卷/号/年	篇　名	国　别	著　者	译　者
15/4/1924	曼弗雷特	英	拜伦	傅东华
15/51924	急变	美	Dana Burnet	思还
15/6/1924	桃色女郎	日	武者小路实笃	樊仲云
15/7/1924	某画家与村长	日	武者小路实笃	陈暇
15/8/1924	某日的事	日	武者小路实笃	仲云
15/11/1924	牧神与羊群	日	秋田雨雀	张晓天
15/号外/1924	永世	法	拉夫丹	雷晋笙
15/号外/1924	哑妻	法	法朗士	英国 Curtis Hidden Page 原译，沈性仁重译
16/4～7、12/1925	日出之前	德	赫卜特曼	耿济之
16/10/1925	参情梦	英	陶孙	傅东华
16/10/1925	循环争斗	日	益田甫	苏仪贞
18/1/1927	小坟屋	英	George Caldron	沈性仁
18/5/1927	鬼的女儿（狂言）	日		谢六逸
18/5/1927	自杀（狂言）	日		谢六逸
19/2/1928	我也不知道	日	武者小路实笃	谢六逸
19/3～5/1928	海得加勃勒（第一至四幕）	挪威	易卜生	潘家洵
19/10/1928	住居二楼的人		辛克莱	顾钧正
20/1/1929	英雄与美人	英	萧伯纳	中暇
20/3～6/1929	可敬的克莱登	英	巴蕾	熊适逸
20/10/1929	地狱的佟玄	日	菊池宽	罗江
20/10～12/1929	我们死人再醒时	挪威	易卜生	潘家洵
20/12/1929	嘴上生着花的人	意	皮蓝得娄	徐霞村
21/1/1930	过客之花	意	亚米契斯	巴金
21/10/1930	半个钟头	英	巴蕾	熊式一
21/10/1930	七位女客	英	巴蕾	熊式一
22/1/1931	我们上太太们那儿去吗？	英	巴蕾	熊式一
22/2/1931	给那五位先生	英	巴蕾	熊式一

续表

卷/号/年	篇　名	国　别	著　者	译　者
22/2～6/1931	潘彼得 第一幕：育儿房 第二幕：乌有乡 第三幕：鲛人的珊瑚湖 第四幕：地底下的家庭 第五幕：海盗的船	英	巴蕾	熊式一
22/3/1931	钱	美	高尔特	同起应
22/6/1931	雪的皇冠	美	莱斯	顾仲彝
22/7/1931	亚尔维的秘密	法	倍尔纳	黎烈文
22/9～12/1931	博客门（第一至四幕）	挪威	易卜生	潘家洵
22/11/1931	十二镑的尊容	英	巴蕾	熊式一
22/12/1931	遗嘱	英	巴蕾	熊式一

6. 小说翻译

卷/号/年	篇　名	国　别	著　者	译　者
12/1/1921	疯人日记	俄	郭克里	耿济之
12/1/1921	乡愁	日	加藤武雄	周作人
21/1/1921	熊猎	俄	托尔斯泰	孙伏园
12/1/1921	农夫	波	高米里克基	王剑三
12/1/1921	忍心	爱尔兰	夏芝	王剑三
12/2/1921	侯爵夫人	俄	柴霍甫	济之
12/2/1921	木伐之上	俄	高尔基	郑振铎
12/2/1921	审判	波	莱芒	仲持
12/2/1921	名节保全了	法	考贝	真常
12/3～5、7、8/1921	猎人日记	俄	屠格涅甫	耿济之
12/3/1921	一个英雄的死	匈	拉兹古	沈雁冰
12/4/1921	到网走去	日	志贺直哉	周作人
12/4/1921	代替者	法	考贝	子缨
12/4/1921	祈祷	俄	托尔斯泰	邓演存

卷/号/年	篇　名	国　别	著　者	译　者
12/4/1921	人间世历史之一片	瑞典	史特林褒格	沈雁冰
12/4/1921	在加尔各答途中	印度	泰戈尔	许地山
12/5/1921	微笑	俄	梭罗古勃	周建人
12/5/1921	泞泥	俄	柴霍甫	耿式之
12/5/1921	豢豹人的一个故事	美	贾克伦敦	理白
12/5/1921	只要一句话	德	L. E. Meier	胡天月
12/5/1921	一诺	法	Frederic Boutet	一樵
12/6/1921	一个冬天的晚上	法	美而暴	六迦
12/6/1921	淑拉克和波拉尼	新犹太	范尔道乎	沈泽民
12/6/1921	我们二十六个和一个女的	俄	高尔基	孙伏园
12/7/1921	禁食节	犹太	潘莱士	沈雁冰
12/7/1921	印第安墨水画	瑞典	苏特尔褒格	沈雁冰
12/7/1921	鹫巢	挪威	般生	蒋百里
12/7/1921	生钦死钦	美	马托温	一樵
12/7 ～ 9、11、12/1921	工人绥惠略夫	俄	阿尔志跋绥夫	鲁迅
12/8/1921	红蛋	法	法郎士	六迦
12/8/1921	燕子与蝴蝶	波	戈木列支奇	周作人
12/8/1921	影	波	普路斯	周作人
12/8/1921	愚笨的裴纳	捷	南罗达	沈雁冰
12/9/1921	二草原	波	显克微支	周作人
12/9/1921	犹太人	波	式曼斯奇	周建人
12/9/1921	旅行到别一世界	匈	弥克柴斯	沈雁冰
12/9/1921	安琪立加	希腊	蔼夫达利阿谛思	孔常
12/10/1921	我的姑母	波	科诺布涅支加	周作人
12/10/1921	伊伯拉亨	希腊	蔼夫达利阿谛思	周作人
12/10/1921	在希腊诸岛（附）	英	劳斯	周作人
12/10/1921	父亲拿洋灯回来的时候	芬兰	哀禾	周作人
12/10/1921	疯姑娘	芬兰	明那·亢德	鲁迅
12/10/1921	战争中的威尔珂	保加利亚	跋佐夫	鲁迅
12/10/1921	贝诺思亥尔思来的人	新犹太	拉比诺维奇	沈雁冰
12/10/1921	茄具客	克罗西亚	森陀卡尔斯基	沈雁冰

卷/号/年	篇 名	国 别	著 者	译 者
12/10/1921	旅程	捷克	具克	冬芬
12/10/1921	强盗	塞尔维亚	Lazarevic	沈泽民
12/10/1921	巴比伦的俘虏	乌克兰	Lesza vkrainka	沈雁冰
12/11/1921	女王玛勃的面网	尼加拉瓜	达利哇	冯虚
12/11/1921	美术家的神秘		须林娜	张镜轩
12/11/1921	娱他的妻	英	哈提	理白
12/12/1921	归来	法	莫泊三	沈泽民
12/12/1921	女难	日	国木田独步	丏尊
12/号外/1921	帕拉什卡人	俄	伯得洛柏夫洛斯基	鹤微
12/号外/1921	外套	俄	郭克里	毕庶敏
12/号外/1921	旷野的秋夜	俄	列维托甫	叶毅
12/号外/1921	活骸	俄	杜介涅夫	王统照
12/号外/1921	高原夜话	俄	高尔基	沈泽民
12/号外/1921	异邦	俄	柴霍甫	王统照
12/号外/1921	一夕谈	俄	柴霍甫	邓演存
12/号外/1921	鹫	俄	高尔基	胡根天
12/号外/1921	一桩事件	俄	安得列夫	耿济之
12/号外/1921	痴子	俄	兹腊托夫拉斯基	瞿秋白
12/号外/1921	可怕的字	俄	阿里鲍甫	瞿秋白
12/号外/1921	尺素书	俄	屠格涅夫	耿济之
12/号外/1921	贼	俄	杜思退益夫斯基	陈大悲
12/号外/1921	医生	俄	阿尔志跋绥夫	鲁迅
12/号外/1921	白母亲	俄	梭罗古勃	周建人
12/号外/1921	旧金山来的绅士	俄	蒲英	沈泽民
12/号外/1921	林语	俄	克洛林科	郑振铎
12/号外/1921	压碎的花	俄	安得列夫	叔衡
12/号外/1921	失去的良心	俄	薛特林	冬芬
12/号外/1921	看新娘	俄	乌斯潘斯基	冬芬
12/号外/1921	蠢人	俄	列斯考夫	冬芬
12/号外/1921	杀人者	俄	库普林	冬芬
12/号外/1921	莫萨特与沙莱里	俄	普斯金	郑振铎

卷/号/年	篇　名	国　别	著　者	译　者
12/号外/1921	伏尔加与村人的儿子米苦拉	俄		冬芬
12/号外/1921	孟罗的农民英雄以利亚和英雄思维亚多哥尔	俄		冬芬
12/号外/1921	盖屋的人 四人的故事 死的救星	俄		振亚 振亚 小柳
13/1/1922	拉比阿契巴的诱惑	犹太	宾斯奇	希真
13/1 ~ 3/1922	简单的心	法	佛罗贝尔	沈泽民
13/1、2、4、5/1922	海洋	俄	安特列夫	耿式之
13/1、2、4、8、9/1922	猎人日记	俄	屠格涅甫	耿济之
13/2/1922	汤原通信	日	国木田独步	美子
13/2/1922	树林中的圣诞夜	波	善辛齐尔	耿式之
13/3/1922	你是谁	俄	梭罗古勃	郑振铎
13/3/1922	幸福	俄	契诃夫	耿勉之
13/3/1922	古埃及的传说	波	普洛士	耿式之
13/4/1922	争自由的波浪	俄	高尔基	董秋芳
13/4/1922	卡利奥森在天上	挪威	包以尔	冬芬
13/5/1922	莫斯科处女街的风俗	俄	列维托夫	济之
13/5/1922	东方圣人的礼物	美	欧亨利	郑振铎
13/6/1922	一阵狂病	俄	柴霍甫	耿式之
13/7/1922	横笛	捷克	符耳赫列支奇	周建人
13/7、8/10 ~ 12/1922	灰色马	俄	路卜洵	郑振铎
13/8/1922	甘死	法	考贝	李劼人
13/8/1922	秋天	波	希洛什夫斯基	李开先
13/9/1922	穿白衣的人	法	法郎士	匀锐
13/9/1922	邰绮	亚美尼亚	阿哈洛垠	沈雁冰
13/10/1922	偷煤贼	匈牙利	莫尔纳	沈泽民
13/11/1922	冥土旅行	希腊	路吉亚诺思	周作人
13/11/1922	茜佳	荷兰	谟尔泰都里	沈泽民

续表

卷/号/年	篇　名	国　别	著　者	译　者
13/12/1922	我的旅伴	芬兰	批太理 配伐林泰	泽民
14/1/1923	失去的晚间			胡愈之
14/1/1923	政变的一幕	法	莫泊桑	李青崖
14/1/1923	经理处	俄	屠格涅甫	耿济之
14/1/1923	一个医生的出诊	俄	柴霍甫	耿勉之
14/2/1923	两田生	俄	屠格涅甫	耿济之
14/2/1923	床边的协定	法	莫泊桑	李青崖
14/2/1923	教父		G. Drosines	潘家洵
14/2/1923	绿林好汉包旭		Eftimim	沈泽民
14/3/1923	莱北强	俄	屠格涅甫	耿济之
14/3/1923	不吉的小月亮	法	巴比塞	刘延陵
14/3/1923	雪人	匈牙利	莫尔纳	沈泽民
14/3/1923	爱字的疮	俄	爱罗先珂	鲁迅
14/4/1923	交易	波希米亚	捷克	沈泽民
14/4/1923	初恋	法	巴比塞	C F
14/4/1923	达姬娜与其侄	俄	屠格涅甫	耿济之
14/5/1923	一个理想的家庭	英	曼殊斐儿	徐志摩
14/5/1923	最后一掷	巴西	阿赛凡度	沈雁冰
14/5/1923	死	俄	屠格涅甫	耿济之
14/5/1923	缝针	丹麦	安徒生	高君箴
14/6/1923	歌者	俄	屠格涅甫	耿济之
14/6/1923	十字勋章	法	巴比塞	刘延陵
14/6/1923	一个失业的人	法	莫泊桑	李青崖
14/7/1923	红的花	俄	爱罗先珂	鲁迅
14/7/1923	卡拉泰也夫	俄	屠格涅甫	耿济之
14/7/1923	太好的一个梦	法	巴比塞	刘延陵
14/8/1923	会晤	俄	屠格涅甫	耿济之
14/8/1923	拇指林那	丹麦	安徒生	C. F
14/8/1923	门茄洛斯	希腊	才那卜洛司	潘家洵
14/9/1923	齐格洛夫县的汉姆烈	俄	屠格涅夫	耿济之
14/9/1923	幻想	印度	太戈尔	褚保时

续表

卷/号/年	篇 名	国 别	著 者	译 者
14/9/1923	隐谜	印度	太戈尔	邓演存
14/9/1923	卖果人	印度	太戈尔	朱枕薪
14/9/1923	我的美邻	印度	太戈尔	白序之
14/9/1923	拉加和拉妮	印度	太戈尔	如音
14/10/1923	太阳与月亮	英	曼殊斐儿	西滢
14/10/1923	柴而道布哈诺夫和涅道蒲司金	俄	屠格涅甫	耿济之
14/11/1923	某夫妇	日	武者小路实笃	周作人
14/11/1923	兄弟	法	巴比塞	刘延陵
14/11/1923	蝴蝶	丹麦	安徒生	徐名骥 顾钧正
14/12/1923	套中人	俄	柴霍甫	赵熙章
15/1/1924	好人	俄	柴霍甫	瞿秋白
15/1/1924	圣诞节的礼物	美	克洛甫顿	胡哲谋
15/1/1924	柴尔道布哈诺夫的末途	俄	屠格涅夫	耿济之
15/1~3/1924	朝影	俄	阿志巴绥夫	沈泽民
15/2/1924	母亲	法	莫泊桑	高真常
15/2/1924	决斗	法	莫泊桑	陈瑕
15/2/1924	离婚	法	莫泊桑	李青崖
15/2/1924	一个不知名的战士	美	波孚	胡哲谋
15/3/1924	桃源过客	美	奥亨利	傅东华
15/3/1924	暴风雨里	犹太	宾斯奇	陈瑕
15/4~6/1924	主妇——马兰孟德	美	法里曼	胡哲谋
15/5/1924	火灾	法	Tōpffer	徽州人
15/6/1924	沙宁（1~2）	俄	阿尔志巴绥夫	西谛
15/7/1924	红笑	俄	安特列夫	郑振铎
15/7/1924	胆怯的人	俄	迦尔间	耿济之
15/7/1924	战栗	法	莫泊桑	李青崖
15/7/1924	被抚恤者	英	William Caine	胡哲谋
15/8/1924	廊门	法	巴比塞	李青崖
15/8/1924	得胜了	法	朵尔惹雷司	李青崖
15/9/1924	葬曲	法	巴比塞	刘延陵

卷/号/年	篇 名	国 别	著 者	译 者
15/9/1924	牺牲	俄	柴霍甫	陈嘏
15/9/1924	活骸	俄	屠格涅夫	耿济之
15/10/1924	卫推克君的退股	英	怀特	朱湘
15/11/1924	泉边	波	显克微支	鲁彦
15/12/1924	马克汉	英	史蒂文生	朱湘
15/号外/1924	四个人的故事	法	巴比塞	C. F
15/号外/1924	比勃里斯	法	鲁意	周建人
15/号外/1924	马丹埃士果里野的非常奇遇	法	鲁意	李劼人
15/号外/1924	斯摩伦的日记	法	蒲勒浮斯特	李劼人
15/号外/1924	信箱里的鸟	法	伯盛	鲍志惠
15/号外/1924	三个播种者	法	孟代	C. F
15/号外/1924	生命是为别人的	法	包尔都	徐蔚南
15/号外/1924	归来	法	菲利普	仲持
15/号外/1924	旅行	法	莫泊三	润余
15/号外/1924	刽子手	法	巴尔扎克	仲持
15/号外/1924	侯爵夫人	法	乔治桑	泽民
15/号外/1924	柯华西斯	法	缪塞	展和
15/号外/1924	穿面包鞋的小孩子	法	哥底	裴成
16/1/1925	伯奶特保母	法	巴赞	金满成
16/1/1925	李俐特的女儿	法	法郎士	敬隐渔
16/1/1925	虫	法	马尔格利特	李劼人
16/1/1925	小孩们	俄	柴霍甫	陈嘏
16/2/1925	一个饿人的故事	犹太	宾斯奇	陈嘏
16/2/1925	播种人	波	莱芒	顾德隆
16/2/1925	梦	日	夏目漱石	陈箸
16/3/1925	宁娜	俄	阿志巴绥夫	沈泽民
16/3/1925	夜深时	英	曼殊斐儿	徐志摩
16/4/1925	我的旅伴	俄	高尔基	耿式之
16/4/1925	哑的神判	英	加涅忒	朱湘
16/4/1925	和平之国	德	卡门 栖尔法	余祥森
16/4/1925	在别一世界里	保加利亚	Elin Pelin	胡愈之

续表

卷/号/年	篇　名	国　别	著　者	译　者
16/4/1925	邮局长的信	匈牙利	Julio krudy	胡愈之
16/4/1925	宙斯的裁判	波	显克微支	鲁彦
16/4/1925	海的坟墓	荷兰	H. Blokhuizen	胡愈之
16/4/1925	黯淡	捷克	Vikova Kuneticka	胡伯恳
16/5/1925	离婚之后	法	马尔格利特	李劼人
16/6/1925	爱恋信仰与愿望	俄	安特列夫	耿济之
16/6/1925	马额的羽饰	匈牙利	莫尔奈	沈雁冰
16/7/1925	炮战	法	巴比塞	李青崖 罗黑芷
17/1～3/1926	若望克利司朵夫	法	罗曼罗兰	敬隐渔
17/1/1926	罪恶	俄	柴霍甫	赵景深
17/1～3/1926	嘉尔曼	法	梅礼美	樊仲云
17/1/1926	列宁与俄皇的故事	苏	赛甫里娜	胡愈之
17/1/1926	浮士德	俄	契力加夫	郁之
17/2/1926	好心肠	英	高斯华绥	顾德隆
17/3/1926	首领的威信	俄	伐尔音克兰	沈雁冰
17/4/1926	悒郁	俄	柴霍甫	赵景深
17/4/1926	赫三怎样落下了裤子	俄	Vlas Doroševič	胡愈之
17/6/1926	复仇者	俄	柴霍甫	赵景深
17/6、7/1926	彼得与露西	法	罗曼罗兰	李劼人
17/7/1926	烟袋	苏	爱伦堡	曹靖华
17/8/1926	丽西爱尔彩爱丽沙白	匈牙利	F. Herczeg	鲁彦
17/8/1926	奇事的天使	美	爱伦坡	傅东华
17/10/1926	笛声	俄	柴霍甫	张友松
17/10/1926	爱	俄	柴霍甫	张友松
17/10/1926	香槟酒	俄	柴霍甫	赵景深
17/10/1926	一篇没有题目的故事	俄	柴霍甫	效洵
17/10/1926	暧昧的性情	俄	柴霍甫	效洵
17/11/1926	母亲	日	人见克	苏仪贞
18/1/1927	雪风	俄	皮涅克	向培良
18/1/1927	老仆人	波兰	显克微支	鲁彦

卷/号/年	篇　名	国　别	著　者	译　者
18/1/1927	近代名著百种述略 一. 沉钟	德	霍普特曼	谢六逸
18/1/1927	二. 伊凡泽林			徐调孚
18/2/1927	三. 复活	俄	托尔斯泰	谢六逸
18/3/1927	四. 红与黑	法	司汤达	马宗融
18/3/1927	五. 约婚夫妇			徐调孚
18/6/1927	六. 世界游记	英	达尔文	周建人
18/6/1927	七. 童话全集	丹麦	安徒生	徐调孚
18/10/1927	八. 陶林格莱之肖像	英	王尔德	赵家璧
18/10/1927	九. 沙乐美	英	王尔德	徐调孚
18/12/1927	十. 巴黎圣母院	法	雨果	马宗融
18/2/1927	山鸭	日	芥川龙之介	汤鹤逸
18/2/1927	临谷	俄	皮涅克	向培良
18/4/1927	群众	法	米尔博	修勺
18/4/1927	农夫马尔来	俄	杜思退益夫斯基	杨彦劬
18/5/1927	不幸	俄	柴霍甫	露明
18/5/1927	头等搭客	俄	柴霍甫	云裳
18/5/1927	安娜套在颈子上	俄	柴霍甫	赵景深
18/6/1927	醉汉	法	莫泊桑	董家溁
18/6/1927	婴孩	法	米尔博	马宗融
18/8、10/1927	他们的儿子		柴玛萨斯	沈馀
18/8/1927	一女侍	英	乔其·麻亚	郁达夫
18/9/1927	地狱变相	日	芥川龙之介	江炼百
18/9/1927	开化的杀人	日	芥川龙之介	郑心南 梁希杰
18/9/1927	影	日	芥川龙之介	顾寿白
18/9/1927	阿富的贞操	日	芥川龙之介	谢六逸
18/9/1927	龙	日	芥川龙之介	胡可章
18/9/1927	开通的丈夫	日	芥川龙之介	周颂久
18/9/1927	奇谭	日	芥川龙之介	夏韫玉
18/9/1927	湖南的扇子	日	芥川龙之介	夏丏尊
18/9/1927	南京的基督	日	芥川龙之介	郑心南
18/9、10/1927	河童	日	芥川龙之介	黎烈文
18/11/1927	一条狗底死	法	米尔博	马宗融

卷/号/年	篇　名	国　别	著　者	译　者
18/11/1927	春天的一个晚晌	法	莫泊桑	董家琛
18/12/1927	接吻	日	加藤武雄	谢六逸
18/12/1927	两男一女	意	戴丽黛	赵景深
18/12/1927	柏心哥夫	俄	屠格涅甫	张迪虚
19/1/1928	爱犬故事	日	加藤武雄	谢六逸
19/1/1928	古尔达		普鲁士	鲁彦
19/1～4/1928	罗亭	俄	屠格涅甫	赵景深
19/1/1928	骑卫兵曲韦里		杜哈美尔	济之
19/3/1928	富美子的脚	日	谷崎润一郎	沈端先
19/4/1928	布雨多阿	法	法朗士	马宗融
19/5/1928	意外之事		爱佛钦古	汪倜然
19/5/1928	赴戏园途中		爱佛钦古	汪倜然
19/5/1928	良夜幽情曲	西班牙	伊本纳兹	杜衡
19/6/1928	拉·巴尔纳斯·阿姆菩兰	日	森鸥外	S.F
19/6、7/1928	一个人的死		帕拉玛兹	沈余
19/7/1928	过去		斯泰玛托夫	钟宪民
19/8～11/1928	菊子夫人		绿谛	徐霞村
19/8、9/1928	只是一个人		尤利勃海	钟宪民
19/11/1928	实验室	日	有岛武郎	金溟若
19/12/1928	阿尔背特	俄	托尔斯泰	王春野
20/1/1929	竖琴	俄	理定	鲁迅
20/1/1929	红的笑	俄	安特列夫	梅川
20/1/1929	黄昏的故事	德	支魏格	耿济之
20/1～12/1929	沙宁	俄	阿志巴绥夫	西谛
20/2/1929	资本家	美	李特	傅东华
20/2/1929	贫之初遇	意	安达西	王了一
20/3/1929	恫吓	西班牙	皮康	傅东华
20/4/1929	谣言的发生	日	菊池宽	侍桁
20/4/1929	乞援泉	俄	伊凡诺夫	耿济之
20/11/1929	到思想－文化之路的暗号	美	高尔特	刘穆
20/11/1929	一个伊达哥	西班牙	阿左林	徐霞村
20/12/1929	衣厨	德	托马斯曼	段白莼

卷/号/年	篇　名	国　别	著　者	译　者
21/1/1930	恩怨之外	日	菊池宽	郑心南
21/1～3/1930	黑色马	俄	路卜洵	映波
21/1/1930	袭击	苏	赛甫琳娜	蒙生
21/1/1930	自杀俱乐部	英	史蒂文生	丰子恺
21/1/1930	失了面子	美	贾克伦敦	张梦麟
21/1/1930	可怜的衬衣匠	法	拉鲍	徐霞村
21/1/1930	相反的灵魂	西班牙	皮康	徐调孚
21/1/1930	火烧的城	瑞典	苏特堡	徐调孚
21/1/1930	当沙尔堡回家时	挪威	伊格	徐调孚
21/1/1930	新年	波兰	普鲁士	鲁彦
21/1/1930	伊丽耐	罗马尼亚	迭莱夫郎西	杨彦劬
21/1/1930	消夜会	保加利亚	伐拉夷柯夫	鲁彦
21/1/1930	沉默的人	新犹太	潘莱士	汪倜然
21/2/1930	一个结局	日	片冈铁兵	章克标
21/2/1930	尼克·加特的死	法	苏保	徐霞村
21/3/1930	指纹	日	佐藤春夫	金溟若
21/3/1930	春天坐了马车	日	横光利一	章克标
21/4/1930	百合子的幸运	日	林房雄	适夷
21/4/1930	火	苏	卡泰也夫	胡愈之
21/4/1930	彩色鸟	德	哈尔特列本	段白莼
21/4/1930	克利士陶佛生	英	基星	侍桁
21/6/1930	神童	德	托马斯曼	段白莼
21/6/1930	脱列思丹	德	托马斯曼	施蛰存
21/6/1930	到坟园之路	德	托马斯曼	段白莼
21/7/1930	间米米吉氏底铜像	日	林房雄	赵冷
21/7～9/1930	哥儿	日	夏目漱石	章克标
21/7/1930	没有樱花	苏	罗曼诺夫	闻侣鹤
21/7/1930	那个问题	法	项伯	李青崖 吴且冈
21/8/1930	愚劣的中学校	日	村山知义	秦觉
21/8/1930	幸运	苏	高尔基	周久荣
21/9/1930	薏赛儿	英	罗兰斯	施蛰存
21/10～12/1930	向那里去	日	正宗白鸟	方光焘
21/12/1930	在镜中	俄	勃留骚夫	由稚吾

续表

卷/号/年	篇 名	国 别	著 者	译 者
21/12/1930	圣诞节夜	德	禾达娄	鲁彦
22/1/1931	汽笛	日	平林夕仔	秦觉
22/1/1931	信	俄	佐理契	建南
22/1/1931	在狱中	俄	契里珂夫	鲁彦
22/1/1931	半天玩儿	英	赫胥黎	徐志摩
22/2/1931	母亲	俄	左祝里	高滔
22/2/1931	苏拉德的咖啡店	俄	托尔斯泰	祝枕江
22/3/1931	老人	日	志贺直哉	冯厚生
22/3/1931	拉拉的利益	俄	英倍尔	建南
22/3/1931	寂寞	德	爱斯特	段白莼
22/3/1931	约佐祖父在望着	保加利亚	跋佐夫	北冈
22/4/1931	彼德堡之梦	俄	杜思退益夫斯基	许德佑
22/4/1931	窗边	德	霍尔茶孟	段白莼
22/5/1931	草原的狼人	俄	卜里西文	高滔
22/5/1931	家具	英	高尔娜	叶启芳
22/5/1931	家庭教师	匈牙利	拉可西	沈来秋
22/6/1931	小偷	俄	契列珂夫	紫薇
22/6/1931	齿痛	捷克	凯贝克	孙用
22/7/1931	克罗波摩尔	俄	英倍尔	建南
22/7/1931	新娘之梦	英	费尔坡兹	叶启芳
22/8/1931	橡树	俄	格台新斯基	宁英
22/8/1931	一个人的出生	俄	高尔基	建南
22/8/1931	中国的苦力	俄	谢洛随斯基	许念曾 徐位
22/9/1931	老茶房	日	村山知义	秦觉
22/9/1931	静寂的黎明	俄	柴采夫	适夷
22/9/1931	一件不要人相信的故事	德	克洛格尔	段可情
22/9/1931	一个坏女人	美	贾克伦敦	陈虎生
22/10/1931	当我是一个托钵僧时	俄	伊凡诺夫	高滔
22/10/1931	雏	罗	勃拉太斯古	孙用
22/10/1931	磨坊旁	保加利亚	伊林潘林	北冈
22/11/1931	安琪玲	法	左拉	李青崖
22/12/1931	第七号地窖	法	盖塞尔	李青谷

7. 散文、通信、杂文翻译

卷/号/年	篇 名	国 别	著 者	译 者
12/6/1921	弃妇	匈	亚丹尔摩范男爵夫人	胡天月
14/10/1923	欧行通信	印度	太戈尔	仲云
15/5/1924	悼陆蒂文	法	波儿蒂	吴山 冯璘
15/6/1924	一个文学革命家的供状	印度	太戈尔 讲	徐志摩
15/8/1924	人类的命运书	德	摩桑	胡愈之
15/8/1924	告别辞	印度	太戈尔 讲	徐志摩
15/8/1924	第一次的谈话	印度	太戈尔 讲	徐志摩
15/9/1924	真的傀儡之家		Xiane	褚保时
15/10/1924	清华讲演	印度	太戈尔	徐志摩
16/1/1925	太戈尔书简零拾	印度	太戈尔	顾钧正
16/2/1925	斯尉夫特的劝仆奇文	英	斯尉夫特	顾德隆
16/8/1925	我作童话的来源和经过	丹麦	安徒生	赵景深
17/10/1926	柴霍甫的零简——给高尔基	俄	柴霍甫	志摩
18/9/1927	隽语集			宏徒
18/9/1927	女体	日	芥川龙之介	谢六逸
18/9/1927	黄粱梦	日	芥川龙之介	谢六逸
18/9/1927	尾生的信	日	芥川龙之介	谢六逸
18/9/1927	英雄之器	日	芥川龙之介	谢六逸
18/9/1927	小说作法十则	日	芥川龙之介	讱生
18/11/1927	嗅妻房的男人	日	薄田泣堇	谢六逸
19/1/1928	火钵	日	夏目漱石	谢六逸
19/1/1928	猫的墓	日	夏目漱石	谢六逸
19/6/1928	大自然与灵魂的对话		李奥柏特	丰子恺
19/6/1928	大地与月的对话		李奥柏特	丰子恺
19/7/1928	百鸟颂		李奥柏特	丰子恺
22/1/1931	托尔斯泰孙女回忆录	俄	安娜·托尔斯泰	耿济之
22/11/1931	诗和散文	捷克	符尔克力次基	孙用
22/12/1931	病后对话	意	邓南遮	颜歆

8. 寓言、神话、儿童文学翻译

卷/号/年	篇 名	国 别	著 者	译 者
13/1/1922	世界的火灾	俄	爱罗先珂	鲁迅
13/2/1922	天鹅梭鱼与螃蟹	俄	克鲁洛夫	郑振铎
13/2/1922	箱子	俄	克鲁洛夫	郑振铎
13/3/1922	骡子与夜莺	俄	克鲁洛夫	郑振铎
15/2/1924	白雪女郎	俄	民间传说	高君箴
15/2/1924	蜘蛛与草花	日	小川未明	晓天
15/3/1924	停着呀，停着呀，可爱的水		Eli Iza Lee Fellen	西谛
15/6/1924	种种的花	日	小川未明	晓天
15/6/1924	懒惰老人的来世	日	小川未明	晓天
15/7/1924	佛陀的战争	日	秋田雨雀	晓天
15/7/1924	凶恶的国王	丹麦	安徒生	顾钧正
15/11/1924	克鲁洛夫的寓言 雨云 杜鹃鸟与鹰	俄	克鲁洛夫	西谛
15/11、12/1924	印度寓言	印度		西谛
16/1/1925	奇异的礼物	北欧	神话	高君箴
16/1/1925	蜗牛与蔷薇丛	丹麦	安徒生	桂裕
16/1/1925	教师与儿童	日	小川未明	晓天
16/3、4/1925	莱森的寓言			西谛
16/4/1925	飞箱	丹麦	安徒生	桂裕
16/4/1925	十字路	冰岛	阿那森	徐调孚
16/5/1925	假若	安南	民歌	黄运初
16/6/1925	印度寓言	印度		西谛
16/6/1925	高加索寓言	俄		西谛
16/8/1925	火绒箱	丹麦	安徒生	徐调孚
16/8/1925	幸福的套鞋	丹麦	安徒生	傅东华
16/8/1925	豌豆上的公主	丹麦	安徒生	赵景深

卷/号/年	篇　名	国　别	著　者	译　者
16/8/1925	牧豕人	丹麦	安徒生	赵景深
16/8/1925	牧羊女郎和打扫烟囱者	丹麦	安徒生	赵景深
16/8/1925	锁眼阿来	丹麦	安徒生	赵景深
16/8/1925	孩子们的闲谈	丹麦	安徒生	西谛
16/8/1925	小绿虫	丹麦	安徒生	岑麒祥
16/8/1925	老人做的总不错	丹麦	安徒生	顾钧正
16/8/1925	烛	丹麦	安徒生	赵景深
16/8~12/1925	列那狐的历史	法		文基
16/9/1925	践踏在面包上的女孩	丹麦	安徒生	胡愈之
16/9/1925	茶壶	丹麦	安徒生	樊仲云
16/9/1925	乐园	丹麦	安徒生	顾钧正
16/9/1925	扑满	丹麦	安徒生	西谛
16/9/1925	千年之后	丹麦	安徒生	西谛
16/9/1925	七曜日	丹麦	安徒生	顾钧正
16/9/1925	一个大悲哀	丹麦	安徒生	顾钧正
16/9/1925	雪人	丹麦	安徒生	沈志坚
16/9/1925	红鞋	丹麦	安徒生	梁指南
16/9/1925	妖山	丹麦	安徒生	季赞育
16/9/1925	凤鸟	丹麦	安徒生	西谛
16/10/1925	印度寓言	印度		西谛
16/11/1925	小的红花	日	小川未明	张晓天
16/11/1925	兔儿的衣服	日	木村小舟	秋芸
16/12/1925	狐狸和葡萄（寓言）	法	拉封登	调孚？
16/12/1925	鱼与天鹅	日	小川未明	晓天
17/1~11/1926	拉风歹纳寓言	法	拉风歹纳	张若谷
17/1/1926	玫瑰与麻雀	丹麦	安徒生	樊仲云
17/1/1926	乞丐	俄	高加索民间故事	西谛
17/1/1926	恶汉乐斯和三个火堆	印度	M. H. Wade	纫秋女士

续表

卷/号/年	篇　名	国　别	著　者	译　者
17/1/1926	世界童话名著介绍 一．莽丛集	英	吉卜林	
17/1/1926	二．镜里世界	英	加乐尔	
17/2/1926	三．彼得班恩	英	巴莱	
17/2/1926	四．猿儿及其它	英	伊温夫人	
17/3/1926	五．钟为什么响	英	阿尔登	
17/3/1926	六．匹诺契奥的奇遇	意	科罗狄	顾钧正
17/5/1926	七．空想的故事			
17/6/1926	八．仙女漠泊萨			
17/7/1926	九．自然的喻言	英	盖替夫人	
17/8/1926	十．鹅母亲的故事	法	贝洛尔	
17/9/1926	十一．美人与野兽	法	微拉馁	
17/10/1926	十二．挪威民间的故事	挪威		
17/2/1926	寓言的寓言	俄	Vlas Doroševič	胡愈之
17/2/1926	猫与黄狼及野兔（寓言）	法	拉风歹纳	张若谷
17/2/1926	狼变成牧童（寓言）	法	拉风歹纳	张若谷
17/2/1926	牧童与羊群（寓言）	法	拉风歹纳	张若谷
17/3/1926	山生子（寓言）	法	拉风歹纳	张若谷
17/3/1926	苏格拉底的话（寓言）	法	拉风歹纳	张若谷
17/3/1926	牡牛与蛙（寓言）	法	拉风歹纳	张若谷
17/7/1926	橡树与芦苇（寓言）	法	拉风歹纳	张若谷
17/8/1926	象与周比特的猴子（寓言）	法	拉风歹纳	张若谷
17/9/1926	大言不惭的游历家（寓言）	法	拉风歹纳	张若谷
17/10/1926	蝉与蚁（寓言）	法	拉风歹纳	张若谷
17/10/1926	妇女与秘密（寓言）	法	拉风歹纳	张若谷
18/1/1927	雄鸡与狐（寓言）	法	拉风歹纳	张若谷
18/1/1927	百头龙与百尾龙（寓言）	法	拉风歹纳	张若谷
18/1~5、8、10~12/1927	木偶的奇遇	意	科洛提	徐调孚
18/4/1927	日本传说十种	日		谢六逸

其他相关资料：

1. 语体文欧化讨论的通信

卷/号/年	篇　名	国　别	著　者	译　者
12/9/1921	语体文欧化讨论			周作人等
12/12/1921	语体文欧化讨论			胡天月
13/1、2/1922	语体文欧化问题			
13/3/1922	语体文欧化的讨论			
13/4/1922	语体文欧化问题与文学主义问题的讨论			

2. 专著、专辑

文学大纲　郑振铎

希腊罗马神话传说中的恋爱故事　西谛

希腊罗马神话传说中的英雄传说　西谛

参考文献

一 学术类

〔丹麦〕勃兰兑斯:《十九世纪文学主流》,张道真等译,人民文学出版社,1997。

〔法〕伊夫·瓦岱:《文学与现代性》,田庆生译,北京大学出版社,2001。

〔美〕韩南:《中国近代小说的兴起》,上海教育出版社,2004。

〔美〕马泰·卡林内斯库:《现代性的五副面孔》,顾爱彬、李瑞华译,商务印书馆,2002。

〔美〕韦勒克、沃伦:《文学理论》,刘象愚等译,江苏教育出版社,2005。

〔美〕乔纳森·卡勒:《文学理论》,李平译,辽宁教育出版社,1998。

〔日〕柄谷行人:《日本现代文学的起源》,赵京华译,生活·读书·新知三联书店,2003。

〔英〕福斯特:《小说面面观》,花城出版社,1981。

〔捷克〕米列娜:《从传统到现代:19 至 20 世纪转折时期的中国小说》,伍晓明译,北京大学出版社,1991。

〔苏〕加切奇拉泽:《文艺翻译与文学交流》,蔡毅、虞杰编译,中国对外翻译出版公司,1987。

商务印书馆编《商务印书馆九十年(1897~1987)》,商务印书馆,1987。

商务印书馆编《商务印书馆一百年(1897~1997)》,商务印书馆,1997。

陈伯海:《近四百年中国文学思潮史》,东方出版中心,1997。

272

陈平原：《文学史的形成与建构》，广西教育出版社，1999。

陈平原：《小说史：理论与实践》，北京大学出版社，1993。

陈平原：《中国现代小说的起点——清末民初小说研究》，北京大学出版社，2005。

陈平原：《中国小说叙事模式的转变》，北京大学出版社，2003。

陈平原、山口守编《大众传媒与现代文学》，新世界出版社，2003。

陈思和：《中国新文学整体观》，上海文艺出版社，2001。

陈玉刚主编《中国翻译文学史稿》，中国对外翻译出版公司，1989。

陈子展：《中国近代文学之变迁》，上海古籍出版社，2000。

程光炜主编《大众媒介与中国现当代文学》，人民文学出版社，2005。

程丽蓉：《对话场景中的中国现代小说理论话语》，人民文学出版社，2006。

董丽敏：《想象现代性——革新时期的〈小说月报〉研究》，广西师范大学出版社，2006。

范伯群主编《中国近现代通俗文学史》，江苏教育出版社，2000。

傅东华主编《文学百题》，上海生活书店，1935。

高天如：《中国现代语言计划理论和实践》，复旦大学出版社，1993。

高玉：《现代汉语与中国现代文学》，中国社会科学出版社，2003。

郭建中：《文化与翻译》，中国对外翻译出版公司，2000。

郭延礼：《中国近代翻译文学概论》，湖北教育出版社，1998。

郭延礼：《中国近代文学发展史》（1～3卷），高等教育出版社，2001。

胡适：《白话文学史》，百花洲文艺出版社，2002。

胡适：《胡适的日记》，中华书局，1985。

黄晋凯、张秉真、杨恒达主编《象征主义·意象派》，中国人民大学出版社，1989。

黄子平、陈平原、钱理群：《20世纪中国文学三人谈·漫说文化》，北京大学出版社，2004。

金丝燕：《文学接受与文化过滤：中国对法国象征主义诗歌的接受》，中国人民大学出版社，1994。

柯文溥：《中国新诗流派史》，海峡文艺出版社，1993。

孔范今：《20世纪中国文学史》（上、下），山东文艺出版社，1997。

乐黛云：《比较文学原理》，湖南文艺出版社，1988。

蓝凡：《中西戏剧比较论稿》，学林出版社，1992。

李欧梵：《徘徊在现代和后现代之间》，上海三联书店，2000。

李欧梵：《现代性的追求》，生活·读书·新知三联书店，2000。

李泽厚：《中国思想史论》，安徽文艺出版社，1999。

凌远征：《新语文建设史话》，河南大学出版社，1995。

梁启超：《清代学术概论》，中国人民大学出版社，2004。

梁淑安编《中国近代文学论文集·戏剧卷》，中国社会科学出版社，1988。

刘重德：《西方译论研究》，中国对外翻译出版公司，2003。

刘禾：《跨语际实践——文学、民族文化与被译介的现代性（中国1900～1937）》，宋伟杰译，生活·读书·新知三联书店，2002。

刘禾：《语际书写——现代思想史写作批判纲要》，上海三联书店，1999。

刘纳：《嬗变——辛亥革命时期至五四时期的中国文学》，中国社会科学出版社，1998。

刘彦君：《东西方戏剧进程》，文化艺术出版社，1997。

刘宁：《俄国文学批评史》，上海译文出版社，1999。

柳珊：《在历史缝隙间挣扎——1910～1920年间的〈小说月报〉研究》，百花洲文艺出版社，2004。

柳鸣九主编《自然主义》，中国社会科学出版社，1988。

廖七一编著《当代西方翻译理论探索》，译林出版社，2000。

廖七一：《中国近代翻译思想的嬗变——五四前后文学翻译规范研究》，南开大学出版社，2010

鲁迅：《中国小说史略》，上海古籍出版社，1998。

茅盾：《西洋文学通论》，书目文献出版社，1985（此版本系重印本。原本署名方璧，由上海世界书局1930年出版）。

孟昭毅、李载道主编《中国翻译文学史》，北京大学出版社，2005。

马祖毅：《中国翻译简史：五四以前部分》，中国对外翻译出版公司，1998。

钱基博：《现代中国文学史》，中国人民大学出版社，2004。

钱林森：《法国作家与中国》，福建教育出版社，1995。

史春风：《商务印书馆与中国近代文化》，北京大学出版社，2006。

钱钟书：《林纾的翻译》，商务印书馆，1981。

石昌渝：《中国小说源流论》，生活·读书·新知三联书店，1994。

施咸荣：《外国现代科学幻想小说》，上海文艺出版社，1982。

谭载喜：《西方翻译简史》（增订版），商务印书馆，2004。

温儒敏：《中国现代文学批评史》，北京大学出版社，1993。

汪晖：《汪晖自选集》，广西师范大学出版社，1997。

汪晖：《现代中国思想的兴起》，生活·读书·新知三联书店，2004。

王德威：《想象中国的方法——历史·小说·叙事》，生活·读书·新知三联书店，1998。

王宏志编《翻译与创作——中国近代翻译小说论》，北京大学出版社，2000。

王宏印：《中国传统译论经典诠释：从道安到傅雷》，湖北教育出版社，2003。

王锦厚：《五四新文学与外国文学》，四川大学出版社，1996。

王晓明：《批评空间的开创——20世纪中国文学研究》，东方出版中心，1998。

王向远、陈言：《二十世纪中国文学翻译之争》，百花洲文艺出版社，2006。

吴福辉：《中国现代文学发展史》，北京大学出版社，2010。

夏志清：《中国现代小说史》，复旦大学出版社，2005。

谢天振、查明建主编《中国现代翻译文学史》，上海外语教育出版社，2004。

谢天振：《翻译的理论建构与文化透视》，上海外语教育出版社，2000。

谢天振：《译介学导论》，北京大学出版社，2007。

谢天振：《译介学》，上海外语教育出版社，2000。

谢晓霞：《〈小说月报〉1910~1920：商业、文化与未完成的现代性》，上海三联书店，2006。

夏志清：《人的文学》，辽宁教育出版社，1998。

许宝强、袁伟选编《语言与翻译的政治》，中央编译出版社，2001。

杨联芬：《晚清至五四：中国文学现代性的发生》，北京大学出版社，2003。

杨义：《中国现代小说史》（1～3卷），人民文学出版社，1986。

袁国兴：《1898～1948文学场态》，广东人民出版社，2005。

袁进：《中国文学观念的近代变革》，上海社会科学出版社，1996。

袁进：《中国小说的近代变革》，中国社会科学出版社，1992。

应锦襄、林铁民、朱水涌：《世界文学格局中的中国小说》，北京大学出版社，1997。

曾小逸主编《走向世界文学：中国现代作家与外国文学》，湖南人民出版社，1985。

智量等：《俄国文学与中国》，华东师范大学出版社，1991。

赵景深：《文坛回忆》，重庆出版社，1985。

赵景深：《文坛忆旧》，上海书店，1983。

赵景深：《新文学过眼录》，陈子善编，广西师范大学出版社，2004。

郑逸梅：《清末民初文坛轶事》，中华书局，2005。

郑振铎：《中国文学大纲》，广西师范大学出版社，2003。

周瘦鹃译：《欧美名家短篇小说》，岳麓书社，1987。

周有光：《中国语文的时代演进》，清华大学出版社，1997。

朱自清：《新诗杂话·译诗》，生活·读书·新知三联书店，1984。

郑克鲁主编《外国文学史》，高等教育出版社，1999。

张大明：《西方文学思潮在现代中国的传播史》，四川教育出版社，2001。

周启超：《白银时代俄罗斯文学研究》，北京大学出版社，2003。

二 资料类

《新小说》、《绣像小说》、《月月小说》、《小说林》、《小说月报》（1910～1931）、《东方杂志》、《新青年》（1915～1922）、《新潮》（1919～1922）、《文学周报》、《晨报副刊》（1921～1923）、《改造》、《文学旬刊》（1921～1923）、《少年中国》

陈平原、夏晓虹编《20世纪中国小说理论资料》（第一卷），北京大学出版社，1997。

严家炎编《20世纪中国小说理论资料》（第二卷），北京大学出版社，1997。

吴福辉编《20世纪中国小说理论资料》（第三卷），北京大学出版社，1997。

赵家璧主编《中国新文学大系》，上海良友图书公司，1935。

魏绍昌编《鸳鸯蝴蝶派研究资料》，生活·读书·新知三联书店，1980。

徐中玉主编《中国近代文学大系·文学理论集一》，上海书店，1994。

徐中玉主编《中国近代文学大系·文学理论集二》，上海书店，1995。

施蛰存主编《中国近代文学大系·翻译文学集一》，上海书店，1990。

施蛰存主编《中国近代文学大系·翻译文学集二》，上海书店，1991。

施蛰存主编《中国近代文学大系·翻译文学集三》，上海书店，1991。

贾植芳、陈思和主编《中外文学关系史资料汇编》，广西师范大学出版社，2004。

贾植芳编《文学研究会资料》（上中下），河南人民出版社，1985。

杨匡汉、刘福春编《中国现代诗论》，花城出版社，1985。

陈绍伟：《中国新诗集序跋选》，湖南文艺出版社，1986。

陈大康：《中国近代小说编年》，华东师范大学出版社，2002。

《翻译研究》编辑部编《翻译研究论文集》（1894～1948），外语教学与研究出版社，1984。

罗新璋编《翻译论集》，商务印书馆，1984。

中国大百科全书出版社不列颠百科全书编辑部编译《不列颠百科全书》，中国大百科全书出版社，1999。

〔比利时〕梅特林克：《梅特林克戏剧选》，张裕禾、李玉民译，外国文学出版社，1983。

陈福康：《郑振铎论》商务印书馆，1991。

陈福康编著《郑振铎年谱》，书目文献出版社，1988。

茅盾：《我走过的道路·上》，人民文学出版社，1981。

茅盾：《我走过的道路·中》，人民文学出版社，1984。

茅盾：《我走过的道路·下》，人民文学出版社，1988。

商金林编《叶圣陶年谱》，江苏教育出版社，1986。

三　论文类

王晓明：《一份杂志和一个"社团"——重识"五四"文学传统》，《上海文学》1993年第4期。

王富仁：《当前中国现代文学研究中的若干问题》，《中国现代文学研究丛刊》1996年第2期。

陈思和：《20世纪中外文学关系研究中的"世界性因素"的几点思考》，《中国比较文学》2001年第1期。

张南峰：《从边缘走向中心——从多元系统论的角度看中国翻译研究的过去与未来》，《外国语》2001年第4期。

〔以色列〕伊塔马·埃文－佐哈尔：《多元系统论》，张南峰译，《中国翻译》2002年第4期。

廖七一：《多元系统》，《外国文学》2004年第4期。

乐黛云：《全球化时代的比较文学——中国视野——在17届国际比较文学年会上的发言》，《中国比较文学》2005年第1期。

范伯群：《从鲁迅的弃医从文谈到恽铁樵的弃文从医——恽铁樵论》，《复旦学报》2005年第1期。

范伯群：《论中国现代文学史起点的"向前移"问题》，《江苏大学学报》2006年第5期。

查明建：《译介学：渊源、性质、内容与方法——兼评比较文学论著、教材中有关"译介学"的论述》，《中国比较文学》2005年第1期。

秦弓：《"五四"时期的白银时代俄罗斯文学翻译》，《中国社会科学院研究生院学报》2005年第2期。

吴福辉：《寻找多个起点，何妨返回转折点——现代文学史质疑之一》，《文艺争鸣》2007年第7期。

严家炎：《"五四"新体白话的起源、特征及其评价》，《中国现代文学研究丛刊》2006年第1期。

袁国兴：《中国现代文学发生期小说戏曲形制的同构问题——从"小说"名称的界定谈起》，《贵州社会科学》2007年第1期。

四　作家文集

《鲁迅全集》，人民文学出版社，2005。

《茅盾全集》，人民文学出版社，1984。

《郑振铎文集》，人民文学出版社，1983～1988。

〔挪威〕《易卜生文集·第八卷》，人民文学出版社，1995。

后　记

本书是教育部人文社会科学研究青年基金项目的结题成果，也是我近六七年对《小说月报》研究的一个小结。这六七年里，我为人生、为人师、为人妻、为人母，人生角色在不断变化，而22卷承载着一代知识分子理想、激情与历史沧桑的《小说月报》始终像一个忠实友人，不离不弃伴我左右，孤寂时给我安慰，迷茫时令我温暖，浮躁时让我沉静。

感谢我的母校中山大学，绿意葱茏的参天古树和红墙绿瓦的康乐园建筑是我心中最美的记忆，师长们的深厚学养和高尚人格是我终生学习的榜样，图书馆里的珍藏是我最留恋的风景——本书的很多参考文献都来自中大优质丰富的馆藏。犹记得图书馆五楼陈列的中大首任校长邹鲁先生的手迹："勿谓今日不学而有明日，勿谓今年不学而有明年。日月逝矣，岁不我与，乌乎老矣，是谁之愆？"老校长的话一直在催我前行，激励我进取。

感谢我的工作单位海南大学。在这个热带小岛上，海南大学以其大海般开阔、平和的胸怀接纳我、包容我，让我这只初出茅庐的小小鸟可以从容、自在地飞翔。我毕业到海大的五年里，学校进步飞速。我见证了学校的成长，学校也看到了我的成长。我深知自己的每一点微小的进步，都离不开学校和学院里诸多前辈、同事、学生的鼓励和支持，这些让我心存感激。这种相濡以沫投桃报李的深情，非亲历者不能体会。

感谢我的至爱亲朋。感谢我的博士生导师吴定宇教授，他不仅对我的学习和研究提出许多切实可行的意见，而且常常在思想上鼓励我、鞭策我，帮助我坚定理想、树立信心，教育我做一个知礼、诚信、勤奋、阳光、敢于超越、勇于担当的人。感谢我的祖母和姑姑，她们总是在我最艰难的时刻给我坚定的支持，以智慧、坚强、乐观与宽容深深地影响我。感谢我的父母公婆，他们承担了日常的琐屑家务，用无私奉献成全了我的写作。感谢我的丈夫，他一直给我中肯的建议、深切的理解和坚实的依靠，帮我战胜困难勇敢前行。感谢我的儿子。立项之后，我经历了怀孕、生子、育儿。本书的写作与儿子的成长相伴随，他们都是我最爱的孩子。还要感谢研究过程中诸多老师、同事、朋友的倾力相助，他们或提供信息，或提出建议，或赠送资料，或鼓励安慰，写作中的困难因此而不再令人畏惧，这份温暖的情谊是我人生中的珍宝，将永存我心，伴我一生。

等待花开，花开只在一瞬间。人生中的很多事，积累、酝酿、奋斗、等待的过程总是艰辛而漫长，而结果降临就在一瞬间。在完成书稿这一刻，我有些忐忑，同时也感到充实。那些曾经付出的，我无怨无悔乐在其中；那些有幸获得的，我永远感恩无比珍惜。

石晓岩

2013 年 9 月 22 日于海南大学

图书在版编目(CIP)数据

重构与转型:《小说月报》(1910~1931)翻译文学研究 /
石晓岩著.—北京:社会科学文献出版社,2014.5
　ISBN 978 - 7 - 5097 - 5139 - 8

　Ⅰ.①重…　Ⅱ.①石…　Ⅲ.①小说 - 翻译 - 研究 -
中国 - 1910~1931　Ⅳ.①I207.4

中国版本图书馆 CIP 数据核字 (2013) 第 234896 号

重构与转型
　　——《小说月报》(1910~1931) 翻译文学研究

著　　者 / 石晓岩

出 版 人 / 谢寿光
出 版 者 / 社会科学文献出版社
地　　址 / 北京市西城区北三环中路甲 29 号院 3 号楼华龙大厦
邮政编码 / 100029

责任部门 / 经济与管理出版中心 (010) 59367226　　责任编辑 / 高　雁　李　佳
电子信箱 / caijingbu@ssap.cn　　　　　　　　　　　责任校对 / 卫　晓
项目统筹 / 高　雁　　　　　　　　　　　　　　　　责任印制 / 岳　阳
经　　销 / 社会科学文献出版社市场营销中心 (010) 59367081　59367089
读者服务 / 读者服务中心 (010) 59367028

印　　装 / 北京鹏润伟业印刷有限公司
开　　本 / 787mm×1092mm　1/16　　　　　　　　印　　张 / 18.25
版　　次 / 2014 年 5 月第 1 版　　　　　　　　　　字　　数 / 307 千字
印　　次 / 2014 年 5 月第 1 次印刷
书　　号 / ISBN 978 - 7 - 5097 - 5139 - 8
定　　价 / 69.00 元